OEUVRES

COMPLETES

DE

VOLTAIRE.

OEUVRES

COMPLETES

DE

VOLTAIRE.

TOME QUARANTE-CINQUIEME.

DE L'IMPRIMERIE DE LA SOCIÉTÉ LITTÉRAIRE-
TYPOGRAPHIQUE.

1 7 8 5.

ROMANS.

TOME SECOND.

L'HOMME

AUX

QUARANTE ECUS.

AVERTISSEMENT

DES EDITEURS.

Après la paix de 1748, les efprits parurent
fe porter, en France, vers l'agriculture et l'économie politique, et on publia beaucoup d'ouvrages fur ces deux objets. M. de *Voltaire* vit
avec peine que, fur des matières qui touchaient
de fi près au bonheur des hommes, l'efprit de
fyftême vînt fe mêler aux obfervations et aux
difcuffions utiles. C'eft dans un moment d'humeur contre ces fyftêmes qu'il s'amufa à faire
ce roman. On venait de propofer des moyens
de s'enrichir par l'agriculture, dont les uns
demandaient des avances fupérieures aux
moyens des cultivateurs les plus riches, tandis
que les autres offraient des profits chimériques.
On avait employé dans un grand nombre
d'ouvrages des expreffions bizarres, comme
celle de *defpotifme légal*, pour exprimer le
gouvernement d'un fouverain abfolu qui
conformerait toutes fes volontés aux principes
démontrés de l'économie politique ; comme
celle qui fefait la puiffance légiflatrice *copro-*
priétaire de toutes les poffeffions, pour dire que
chaque homme, étant intéreffé aux lois qui lui
affurent la libre jouiffance de fa propriété,
devait payer proportionnellement fur fon revenu

A 2

pour les dépenfes que néceffite le maintien de
ces lois et de la fureté publique.

Ces expreffions nuifirent à des vérités d'ailleurs utiles. Ceux qui ont dit les premiers que
les principes de l'adminiftration des Etats étaient
dictés par la raifon et par la nature ; qu'ils
devaient être les mêmes dans les monarchies et
dans les républiques ; que c'était du rétabliffe-
ment de ces principes que dépendaient la vraie
richeffe, la force, le bonheur des nations, et
même la jouiffance des droits des hommes les
plus importans ; que le droit de propriété, pris
dans toute fon étendue, celui de faire de fon
induflrie, de fes denrées un ufage abfolument
libre, étaient des droits auffi naturels et fur-tout
bien plus importans pour les quatre-vingt-dix-
neuf centièmes des hommes que celui de faire
partie pour un dix-millionième de la puiffance
légiflative : ceux qui ont ajouté que la confer-
vation de la fureté de la liberté perfonnelle eft
moins liée qu'on ne croit avec la liberté de la
conftitution ; que, fur tous ces points, les lois qui
font conformes à la juftice et à la raifon font
les meilleures en politique, et même les feules
bonnes dans toutes les formes de gouvernement ;
qu'enfin, tant que les lois ou l'adminiftration
font mauvaifes, le gouvernement le plus à
défirer eft celui où l'on peut efpérer la réforme

de ces lois la plus prompte et la plus entière : tous ceux qui ont dit ces vérités ont été utiles aux hommes, en leur apprenant que le bonheur était plus près d'eux qu'ils ne penſaient ; et que ce n'eſt point en bouleverſant le monde, mais en l'éclairant, qu'ils peuvent eſpérer de trouver le bien-être et la liberté.

L'idée que la félicité humaine dépend d'une connaiſſance plus entière, plus parfaite de la vérité, et par conſéquent des progrès de la raiſon, eſt la plus conſolante qu'on puiſſe nous offrir ; car les progrès de la raiſon ſont dans l'homme la ſeule choſe qui n'ait point de bornes, et la connaiſſance de la vérité la ſeule qui puiſſe être éternelle.

L'impôt ſur le produit des terres eſt le plus utile à celui qui lève l'impôt, le moins onéreux à celui qui le paye, le ſeul juſte, parce qu'il eſt le ſeul où chacun paye à meſure de ce qu'il poſsède, de l'intérêt qu'il a au maintien de la ſociété.

Cette vérité a été encore établie par les mêmes écrivains, et c'eſt une de celles qui ont ſur le bonheur des hommes une influence plus puiſſante et plus directe. Mais ſi des hommes, d'ailleurs éclairés et de bonne foi, ont nié cette vérité, c'eſt en grande partie la faute de ceux qui ont cherché à la prouver. Nous diſons en

A 3

partie, parce que nous connaiffons peu de circonflances où la faute foit toute entière d'un feul côté. Si les partifans de cette opinion l'avaient développée d'une manière plus analytique et avec plus de clarté; fi ceux qui l'ont rejetée avaient voulu l'examiner avec plus de foin, les opinions auraient été bien moins partagées; du moins les objections que les derniers ont faites femblent le prouver. Ils auraient fenti que les impôts annuels, de quelque manière qu'ils foient impofés, font levés fur le produit de la terre; qu'un impôt territorial ne diffère d'un autre que parce qu'il eft levé avec moins de frais, ne met aucune entrave dans le commerce, ne porte la mort dans aucune branche d'induftrie, n'occafionne aucune vexation, parce qu'il peut être diftribué avec égalité fur les différentes productions, proportionnellement au produit net que chaque terre rapporte à fon propriétaire.

Nous avons combattu dans les notes quelques-unes des opinions de M. de *Voltaire* qui font contraires à ce principe, parce qu'elles ont pour objet des queftions très-importantes au bonheur public, et que fon ouvrage était deftiné à être lu par les hommes de tous les états dans l'Europe entière. Nous avons cru qu'il était de notre devoir d'expofer la vérité, ou du moins ce que nous croyons la vérité.

Mon fils, nous demandons nous-mêmes l'aumône,
nous ne la faifons pas.

J. M. Moreau le J.ᵉ inv.   1786.   Langlois Sculp.

L'HOMME

AUX

QUARANTE ECUS.

Un vieillard, qui *toujours plaint le préfent et vante le paffé*, me difait : Mon ami, la France n'eft pas auffi riche qu'elle l'a été fous *Henri IV*. Pourquoi ? c'eft que les terres ne font pas fi bien cultivées ; c'eft que les hommes manquent à la terre, et que le journalier ayant enchéri fon travail, plufieurs colons laiffent leurs héritages en friche.

D'où vient cette difette de manœuvres ? — De ce que quiconque s'eft fenti un peu d'induftrie a embraffé les métiers de brodeur, de cifeleur, d'horloger, d'ouvrier en foie, de procureur ou de théologien. C'eft que la révocation de l'édit de Nantes a laiffé un très-grand vide dans le royaume ; que les religieufes et les mendians fe font multipliés, et qu'enfin chacun a fui, autant qu'il a pu, le travail pénible de la culture pour laquelle DIEU nous a fait naître, et que nous avons rendue ignominieufe, tant nous fommes fenfés !

Une autre caufe de notre pauvreté eft dans nos befoins nouveaux. Il faut payer à nos voifins quatre millions d'un article et cinq ou fix d'un autre, pour mettre dans notre nez une poudre puante venue de l'Amérique ; le café, le thé, le chocolat, la cochenille, l'indigo, les épiceries nous coûtent plus de foixante millions par an. Tout cela était inconnu du temps de *Henri IV*, aux épiceries près, dont la confommation

A 4

était bien moins grande. Nous brûlons cent fois plus de bougie, et nous tirons plus de la moitié de notre cire de l'étranger, parce que nous négligeons les ruches. Nous voyons cent fois plus de diamans aux oreilles, au cou, aux mains de nos citoyennes de Paris et de nos grandes villes, qu'il n'y en avait chez toutes les dames de la cour de *Henri IV*, en comptant la reine. Il a fallu payer presque toutes ces superfluités argent comptant.

Observez sur-tout que nous payons plus de quinze millions de rentes sur l'hôtel-de-ville aux étrangers, et que *Henri IV*, à son avénement, en ayant trouvé pour deux millions en tout sur cet hôtel imaginaire, en remboursa sagement une partie pour délivrer l'Etat de ce fardeau.

Considérez que nos guerres civiles avaient fait verser en France les trésors du Mexique, lorsque *don Phelippo el discreto* voulait acheter la France, et que depuis ce temps-là les guerres étrangères nous ont débarrassés de la moitié de notre argent.

Voilà en partie les causes de notre pauvreté. Nous la cachons sous des lambris vernis et par l'artifice des marchandes de modes : nous sommes pauvres avec goût. Il y a des financiers, des entrepreneurs, des négocians très-riches ; leurs enfans, leurs gendres sont très-riches : en général, la nation ne l'est pas.

Le raisonnement de ce vieillard, bon ou mauvais, fit sur moi une impression profonde ; car le curé de ma paroisse, qui a toujours eu de l'amitié pour moi, m'a enseigné un peu de géométrie et d'histoire, et je commence à réfléchir, ce qui est très-rare dans ma province. Je ne sais s'il avait raison en tout ; mais, étant fort pauvre, je n'eus pas grand' peine à croire que j'avais beaucoup de compagnons. (*a*)

Défaſtre de l'homme aux quarante écus.

JE ſuis bien aiſe d'apprendre à l'univers que j'ai une terre qui me vaudrait net quarante écus de rente, n'était la taxe à laquelle elle eſt impoſée.

Il parut pluſieurs édits de quelques perſonnes qui, ſe trouvant de loiſir, gouvernent l'Etat au coin de leur feu. Le préambule de ces édits était que la puiſ-fance *légiſlatrice et exécutrice eſt née du droit divin copro-priétaire de ma terre*, et que je lui dois au moins la moitié de ce que je mange. L'énormité de l'eſtomac de la puiſſance légiſlatrice et exécutrice me fit faire un grand ſigne de croix. Que ſerait-ce ſi cette puiſſance, qui préſide à l'*ordre eſſentiel des ſociétés*, avait ma terre en entier ? l'un eſt encore plus divin que l'autre.

(*a*) Madame de *Maintenon*, qui en tout genre était une femme fort entendue, excepté dans celui ſur lequel elle conſultait le trigaud et proceſſif abbé *Gobelin*, ſon confeſſeur ; madame de *Maintenon*, dis-je, dans une de ſes lettres, fait le compte du ménage de ſon frère et de ſa femme, en 1680. Le mari et la femme avaient à payer le loyer d'une maiſon agréable ; leurs domeſtiques étaient au nombre de dix : ils avaient quatre chevaux et deux cochers, un bon dîner tous les jours. Madame de *Maintenon* évalue le tout à neuf mille francs par an, et met trois mille livres pour le jeu, les ſpec-tacles, les fantaiſies et les magnificences de monſieur et de madame. Il faudrait à préſent environ quarante mille livres pour mener une telle vie dans Paris : il n'en eût fallu que ſix mille du temps de *Henri IV*. Cet exemple prouve aſſez que le vieux bon homme ne radote pas abſolument.

N. B. La queſtion doit ſe réduire à ſavoir ſi le produit réel des terres (les frais de culture prélevés) a augmenté ou diminué depuis le temps de *Henri IV*, ou depuis celui de *Louis XIV*, et il paraît que cela eſt inconteſ-table. La nation eſt donc réellement plus riche qu'elle ne l'était alors.

Monſieur le contrôleur général ſait que je ne payais en tout que douze livres ; que c'était un fardeau très-peſant pour moi, et que j'y aurais ſuccombé, ſi DIEU ne m'avait donné le génie de faire des paniers d'oſier qui m'aidaient à ſupporter ma miſère. Comment donc pourrai-je tout d'un coup donner au roi vingt écus ?

Les nouveaux miniſtres diſaient encore dans leur préambule qu'on ne doit taxer que les terres, parce que tout vient de la terre, juſqu'à la pluie, et que par conſéquent il n'y a que les fruits de la terre qui doivent l'impôt.

Un de leurs huiſſiers vint chez moi dans la dernière guerre ; il me demanda pour ma quote part trois ſetiers de blé et un ſac de fêves, le tout valant vingt écus, pour ſoutenir la guerre qu'on féſait, et dont je n'ai jamais ſu la raiſon, ayant ſeulement entendu dire que, dans cette guerre, il n'y avait rien à gagner du tout pour mon pays, et beaucoup à perdre. Comme je n'avais alors ni blé ni fêves ni argent, la puiſſance légiſlatrice et exécutrice me fit traîner en priſon, et on fit la guerre comme on put.

En ſortant de mon cachot, n'ayant que la peau ſur les os, je rencontrai un homme jouflu et vermeil dans un carroſſe à ſix chevaux ; il avait ſix laquais et donnait à chacun d'eux pour gages le double de mon revenu. Son maître-d'hôtel, auſſi vermeil que lui, avait deux mille francs d'appointemens, et lui en volait par an vingt mille. Sa maîtreſſe lui coûtait quarante mille écus en ſix mois : je l'avais connu autrefois dans le temps qu'il était moins riche que moi : il m'avoua, pour me conſoler, qu'il jouiſſait de quatre cents mille

livres de rentes. Vous en payez donc deux cents mille
à l'Etat, lui dis-je, pour foutenir la guerre avantageufe
que nous avons ; car moi, qui n'ai jufte que mes cent
vingt livres, il faut que j'en paye la moitié ?

   Moi ! dit-il, que je contribue aux befoins de l'Etat ?
vous voulez rire, mon ami : j'ai hérité d'un oncle qui
avait gagné huit millions à Cadix et à Surate ; je n'ai
pas un pouce de terre ; tout mon bien eft en contrats,
en billets fur la place : je ne dois rien à l'Etat ; c'eft
à vous de donner la moitié de votre fubfiftance, vous
qui êtes un feigneur terrien. Ne voyez-vous pas que,
fi le miniftre des finances exigeait de moi quelques
fecours pour la patrie, il ferait un imbécille qui ne
faurait pas calculer ; car tout vient de la terre ; l'argent
et les billets ne font que des gages d'échange : au
lieu de mettre fur une carte au pharaon cent fetiers
de blé, cent bœufs, mille moutons et deux cents
facs d'avoine, je joue des rouleaux d'or qui repréfentent ces denrées dégoûtantes. Si, après avoir mis
l'impôt unique fur ces denrées, on venait encore me
demander de l'argent, ne voyez-vous pas que ce
ferait un double emploi ? que ce ferait demander deux
fois la même chofe ? Mon oncle vendit à Cadix pour
deux millions de votre blé, et pour deux millions
d'étoffes fabriquées avec votre laine ; il gagna plus de
cent pour cent dans ces deux affaires. Vous concevez
bien que ce profit fut fait fur des terres déjà taxées :
ce que mon oncle achetait dix fous de vous, il le
revendait plus de cinquante francs au Mexique ; et,
tous frais faits, il eft revenu avec huit millions.

   Vous fentez bien qu'il ferait d'une horrible injuftice de lui redemander quelques oboles fur les dix

fous qu'il vous donna. Si vingt neveux comme moi,
dont les oncles auraient gagné dans le bon temps
chacun huit millions au Mexique, à Buénos-Ayres,
à Lima, à Surate, ou à Pondichéri, prêtaient feulement à l'Etat chacun deux cents mille francs, dans
les befoins urgens de la patrie, cela produirait quatre
millions : quelle horreur ! Payez, mon ami, vous qui
jouiffez en paix d'un revenu clair et net de quarante
écus ; fervez bien la patrie, et venez quelquefois dîner
avec ma livrée. (1)

Ce difcours plaufible me fit beaucoup réfléchir et
ne me confola guère.

(1) Ce chapitre renferme deux objections contre l'établiffement d'un
impôt unique; l'une, que fi l'impôt était établi fur les terres feules, le citoyen
dont le revenu eft en contrats en ferait exempt ; la feconde, que celui qui
s'enrichit par le commerce étranger en ferait également exempt. Mais,
1°. fuppofons que le propriétaire d'un capital en argent en retire un intérêt
de cinq pour cent, et qu'il foit affujetti à un impôt d'un cinquième, il eft
clair que c'eft feulement quatre pour cent qu'il retire ; fi l'impôt eft ôté
pour être levé d'une autre manière, il aura cinq pour cent. Mais la concurrence entre les prêteurs fefait trouver de l'argent réellement à quatre pour
cent, quoiqu'on l'appelât à cinq pour cent : la même concurrence fera donc
baiffer le taux nominal de l'intérêt à quatre pour cent. Suppofons encore
que l'on ajoute un nouvel impôt fur les terres, tout reftant d'ailleurs le
même, l'intérêt de l'argent ne changera point ; mais, fi vous mettez une
partie de l'impôt fur les capitaliftes, il augmentera. Les capitaliftes payeront
donc l'impôt de même, foit qu'il tombe en partie immédiatement fur eux,
foit qu'on les en exempte. A la vérité, dans le cas où l'on changerait en
impôt territorial un impôt fur les capitaliftes, ceux à qui l'on n'offrirait
pas le rembourfement de leur capital aliéné à perpétuité, ceux dont le
capital n'eft aliéné que pour un temps y gagneraient pendant quelques
années; mais les propriétaires y gagneraient encore plus par la deftruction
des abus qu'entraîne toute autre méthode d'impofition.

2°. Suppofons qu'un négociant paye un droit de fortie pour une mar-
chandife exportée, et que ce droit foit changé en impôt territorial, alors
fon profit paraîtra augmenter ; mais, comme il fe contentait d'un moindre

Entretien avec un géomètre.

Il arrive quelquefois qu'on ne peut rien répondre et qu'on n'eſt pas perſuadé. On eſt atterré ſans pouvoir être convaincu. On ſent dans le fond de ſon ame un ſcrupule, une répugnance qui nous empêche de croire ce qu'on nous a prouvé. Un géomètre vous démontre qu'entre un cercle et une tangente vous pouvez faire paſſer une infinité de lignes courbes, et que vous n'en pouvez faire paſſer une droite : vos yeux, votre raiſon vous diſent le contraire. Le géomètre vous répond gravement que c'eſt-là un infini du ſecond ordre. Vous vous taiſez, et vous vous en retournez tout ſtupéfait, ſans avoir aucune idée nette, ſans rien comprendre et ſans répliquer.

Vous conſultez un géomètre de meilleure foi, qui vous explique le myſtère. Nous ſuppoſons, dit-il, ce qui ne peut être dans la nature, des lignes qui ont de la longueur ſans largeur : il eſt impoſſible, phyſiquement parlant, qu'une ligne réelle en pénètre une autre. Nulle courbe, ni nulle droite réelle ne peut paſſer entre deux lignes réelles qui ſe touchent ; ce ne ſont-là que des jeux de l'entendement, des chimères idéales ; et la véritable géométrie eſt l'art de meſurer les choſes exiſtantes.

profit, la concurrence entre les négocians le fera tomber au même taux, en augmentant à proportion le prix d'achat des denrées exportées. Si, au contraire, payant un droit pour les marchandiſes importées, ce droit eſt ſupprimé, la concurrence fera tomber ces marchandiſes à proportion ; ainſi, dans tous les cas, ce profit de ce marchand ſera le même, et dans aucun il ne payera réellement l'impôt.

Je fus très-content de l'aveu de ce fage mathématicien, et je me mis à rire, dans mon malheur, d'apprendre qu'il y avait de la charlatanerie jufque dans la fcience qu'on appelle la *haute fcience*. (2)

Mon géomètre était un citoyen philofophe qui avait daigné quelquefois caufer avec moi dans ma chaumière. Je lui dis : Monfieur, vous avez tâché d'éclairer les badauds de Paris fur le plus grand intérêt des hommes, la durée de la vie humaine. Le miniftère a connu par vous feul ce qu'il doit donner aux rentiers viagers, felon leurs différens âges. Vous avez propofé de donner aux maifons de la ville l'eau qui leur manque, et de nous fauver enfin de l'opprobre et du ridicule d'entendre toujours crier *à l'eau* et de voir des femmes enfermées dans un cerceau oblong porter deux feaux d'eau, pefant enfemble trente livres, à un quatrième étage auprès d'un privé. (3) Faites-moi, je vous prie, l'amitié de me dire combien il y a d'animaux à deux mains et à deux pieds en France.

LE GEOMETRE.

On prétend qu'il y en a environ vingt millions,

(2) Il y a ici une équivoque : quand on dit qu'une ligne courbe paffe entre le cercle et fa tangente, on entend que cette ligne courbe fe trouve entre le cercle et fa tangente au-delà du point de contact et en deçà ; car, à ce point, elle fe confond avec ces deux lignes. Les lignes font la limite des furfaces, comme les furfaces font la limite des corps, et ces limites doivent être fuppofées fans largeur : il n'y a point de charlatanerie là-dedans. La mefure de l'étendue abftraite eft l'objet de la géométrie ; celle des chofes exiftentes en eft l'application.

(3) Ce géomètre eft feu M. de *Parcieux* de l'académie des fciences. Il a donné l'*Effai fur la probabilité de la vie humaine*, et un projet pour amener à Paris l'eau de la rivière d'Yvette. C'était un excellent citoyen qui avait du talent pour la mécanique pratique ; mais il n'était pas géomètre. Le célèbre *Hallei* s'était occupé avant lui des probabilités de la vie humaine.

et je veux bien adopter ce calcul très-probable (*b*), en attendant qu'on le vérifie ; ce qui ferait très-aifé et qu'on n'a pas encore fait , *parce qu'on ne s'avife jamais de tout.*

L'HOMME AUX QUARANTE ECUS.

Combien croyez-vous que le territoire de France contienne d'arpens ?

LE GEOMETRE.

Cent trente millions dont prefque la moitié eft en chemins, en villes, villages, landes, bruyères, marais, fables, terres ftériles, couvens inutiles, jardins de plaifance plus agréables qu'utiles, terrains incultes, mauvais terrains mal cultivés. On pourrait réduire les terres d'un bon rapport à foixante et quinze millions d'arpens quarrés ; mais comptons-en quatre-vingts millions : on ne faurait trop faire pour fa patrie.

L'HOMME AUX QUARANTE ECUS.

Combien croyez-vous que chaque arpent rapporte l'un dans l'autre, année commune, en blés, en femence de toute efpèce, vins, étangs, bois, métaux, beftiaux, fruits, laines, foies, lait, huile, tous frais faits, fans compter l'impôt ?

LE GEOMETRE.

Mais, s'ils produifent chacun vingt-cinq livres, c'eft beaucoup ; cependant mettons trente livres, pour ne

(*b*) Cela eft prouvé par les mémoires des intendans, faits à la fin du dix-feptième fiècle, combinés avec le dénombrement par feux, compofé en 1753 par ordre de M. le comte d'*Argenfon*, et fur-tout avec l'ouvrage très-exact de M. de *Mézence*, fait fous les yeux de M. l'intendant de *la Michaudière*, l'un des hommes les plus éclairés.

pas décourager nos concitoyens. Il y a des arpens qui
produifent des valeurs renaiffantes eftimées trois cents
livres; il y en a qui produifent trois livres. La moyenne
proportionnelle entre trois et trois cents eft trente; car
vous voyez bien que trois eft à trente comme trente
eft à trois cents. Il eft vrai que, s'il y avait beaucoup
d'arpens à trente livres, et très-peu à trois cents livres,
notre compte ne s'y trouverait pas; mais, encore une
fois, je ne veux point chicaner.

L'HOMME AUX QUARANTE ECUS.

Hé bien, Monfieur, combien les quatre - vingts
millions d'arpens donneront-ils de revenu, eftimé en
argent?

LE GEOMETRE.

Le compte eft tout fait : cela produit par an deux
milliars quatre cents millions de livres numéraires,
au cours de ce jour.

L'HOMME AUX QUARANTE ECUS.

J'ai lu que *Salomon* poffédait lui feul vingt-cinq
milliars d'argent comptant; et certainement il n'y a
pas deux milliars quatre cents millions d'efpèces
circulantes dans la France qu'on m'a dit être beaucoup
plus grande et plus riche que le pays de *Salomon*.

LE GEOMETRE.

C'eft-là le myftère : il y a peut-être à préfent environ
neuf cents millions d'argent circulant dans le royaume;
et cet argent paffant de main en main fuffit pour payer
toutes les denrées et tous les travaux : le même écu peut
paffer mille fois de la poche du cultivateur dans celle
du cabaretier et du commis des aides.

L'HOMME

L'HOMME AUX QUARANTE ECUS.

J'entends. Mais vous m'avez dit que nous fommes vingt millions d'habitans, hommes et femmes, vieillards et enfans, combien pour chacun, s'il vous plaît ?

LE GEOMETRE.

Cent vingt livres, ou quarante écus.

L'HOMME AUX QUARANTE ECUS.

Vous avez deviné tout jufte mon revenu : j'ai quatre arpens qui, en comptant les années de repos mêlées avec les années de produit, me valent cent vingt livres ; c'eft peu de chofe.

Quoi ! fi chacun avait une portion égale, comme dans l'âge d'or, chacun n'aurait que cinq louis d'or par an ?

LE GEOMETRE.

Pas davantage, fuivant notre calcul que j'ai un peu enflé. Tel eft l'état de la nature humaine. La vie et la fortune font bien bornées ; on ne vit à Paris, l'un portant l'autre, que vingt-deux à vingt-trois ans ; l'un portant l'autre, on n'a tout au plus que cent vingt livres par an à dépenfer ; c'eft-à-dire que votre nourriture, votre vêtement, votre logement, vos meubles font repréfentés par la fomme de cent vingt livres.

L'HOMME AUX QUARANTE ECUS.

Hélas ! que vous ai-je fait pour m'ôter ainfi la fortune et la vie ? Eft-il vrai que je n'ai que vingt-trois ans à vivre, à moins que je ne vole la part de mes camarades ?

LE GEOMETRE.

Cela eft inconteftable dans la bonne ville de Paris;

Romans. Tome II. B

mais de ces vingt-trois ans il en faut retrancher au moins dix de votre enfance ; car l'enfance n'eſt pas une jouiſſance de la vie, c'eſt une préparation, c'eſt le veſtibule de l'édifice, c'eſt l'arbre qui n'a pas encore donné de fruits, c'eſt le crépuſcule d'un jour. Retranchez de treize années qui vous reſtent le temps du ſommeil et celui de l'ennui, c'eſt au moins la moitié ; reſte ſix ans et demi que vous paſſez dans le chagrin, les douleurs, quelques plaiſirs et l'eſpérance. (4)

L'HOMME AUX QUARANTE ECUS.

Miſéricorde ! votre compte ne va pas à trois ans d'une exiſtence ſupportable.

LE GEOMETRE.

Ce n'eſt pas ma faute. La nature ſe ſoucie fort peu des individus. Il y a d'autres inſectes qui ne vivent qu'un jour, mais dont l'eſpèce dure à jamais. La nature eſt comme ces grands princes qui comptent pour rien la perte de quatre cents mille hommes ; pourvu qu'ils viennent à bout de leurs auguſtes deſſeins.

L'HOMME AUX QUARANTE ECUS.

Quarante écus et trois ans à vivre ! quelle reſſource imagineriez-vous contre ces deux malédictions ?

---

(4) S'il eſt queſtion de la vie phyſique et individuelle de l'homme conſidéré comme un être doué de raiſon, ayant des idées, de la mémoire, des affections morales, elle doit commencer avant dix ans. S'il eſt queſtion de la vie conſidérée par rapport à la ſociété, on doit la commencer plus tard. D'ailleurs pour évaluer la durée de la vie priſe dans un de ces deux ſens, il faudrait prendre une autre méthode : évaluer la durée de la vie réelle par toutes les durées de la vie phyſique, et en former enſuite une vie mitoyenne ; on aurait un réſultat différent, mais qui conduirait aux mêmes réflexions. Le temps où la jouiſſance entière de nos facultés nous permet de prétendre au bonheur, ſe réduirait toujours à un bien petit nombre d'années.

LE GEOMETRE.

Pour la vie, il faudrait rendre dans Paris l'air plus pur, que les hommes mangeaffent moins, qu'ils fiffent plus d'exercice, que les mères allaitaffent leurs enfans, qu'on ne fût plus affez mal avifé pour craindre l'inoculation ; c'eft ce que j'ai dit : et pour la fortune, il n'y a qu'à fe marier, faire des garçons et des filles.

L'HOMME AUX QUARANTE ECUS.

Quoi! le moyen de vivre commodément eft d'affocier ma mifère à celle d'un autre.

LE GEOMETRE.

Cinq ou fix mifères enfemble font un établiffement très-tolérable. Ayez une brave femme, deux garçons et deux filles feulement, cela fait fept cents vingt livres pour votre petit ménage, fuppofé que juftice foit faite, et que chaque individu ait cent vingt livres de rente. Vos enfans en bas âge ne vous coûtent prefque rien ; devenus grands ils vous foulagent ; leurs fecours mutuels vous fauvent prefque toutes les dépenfes, et vous vivez très-heureufement en philofophe, pourvu que ces meffieurs qui gouvernent l'Etat n'aient pas la barbarie de vous extorquer à chacun vingt écus par an : (5) mais le malheur eft que nous ne fommes plus dans l'âge d'or, où les hommes nés tous égaux avaient également part aux productions fucculentes d'une terre non cultivée. Il s'en faut

(5) C'eft une plaifanterie. Ceux qui ont dit que la puiffance légiflatrice et exécutrice était copropriétaire de tous les biens, n'ont pas prétendu qu'elle eût le droit d'en prendre la moitié, mais feulement la portion néceffaire pour défendre l'Etat et le bien gouverner. Il n'y a que l'expreffion qui foit ridicule.

B 2

beaucoup aujourd'hui que chaque être à deux mains et à deux pieds pofsède un fonds de cent vingt livres de revenu.

L'HOMME AUX QUARANTE ECUS.

Ah ! vous nous ruinez. Vous nous difiez tout à l'heure que dans un pays où il y a quatre-vingts millions d'arpens de terre affez bonne , et vingt millions d'habitans , chacun doit jouir de cent vingt livres de rente, et vous nous les ôtez.

LE GEOMETRE.

Je comptais fuivant les regiftres du fiècle d'or , et il faut compter fuivant le fiècle de fer. Il y a beaucoup d'habitans qui n'ont que la valeur de dix écus de rente , d'autres qui n'en ont que quatre ou cinq , et plus de fix millions d'hommes qui n'ont abfolument rien.

L'HOMME AUX QUARANTE ECUS.

Mais s'ils mouraient de faim au bout de trois jours ?

LE GEOMETRE.

Point du tout : les autres qui pofsèdent leurs portions les font travailler, et partagent avec eux ; c'eft ce qui paye le théologien , le confiturier , l'apothicaire , le prédicateur, le comédien, le procureur et le fiacre. Vous vous êtes cru à plaindre de n'avoir que cent vingt livres à dépenfer par an , réduites à cent huit livres à caufe de votre taxe de douze francs ; mais regardez les foldats qui donnent leur fang pour la patrie ; ils ne difpofent , à quatre fous par jour , que de foixante et treize livres , et ils vivent gaiement en s'affociant par chambrées.

L'HOMME AUX QUARANTE ECUS.

Ainfi donc un ex-jéfuite a plus de cinq fois la paye du foldat. Cependant les foldats ont rendu plus de fervices à l'Etat fous les yeux du roi à Fontenoi, à Lawfelt, au fiége de Fribourg, que n'en a jamais rendu le révérend père *la Valette.*

LE GEOMETRE.

Rien n'eft plus vrai; et même chaque jéfuite devenu libre a plus à dépenfer qu'il ne coûtait à fon couvent : il y en a même qui ont gagné beaucoup d'argent à faire des brochures contre les parlemens, comme le révérend père *Patouillet* et le révérend père *Nonotte.* Chacun s'ingénie dans ce monde; l'un eft à la tête d'une manufacture d'étoffes, l'autre de porcelaine, un autre entreprend l'opéra; celui-ci fait la gazette eccléfiaftique; cet autre une tragédie bourgeoife, ou un roman dans le goût anglais; il entretient le papetier, le marchand d'encre, le libraire, le colporteur, qui fans lui demanderaient l'aumône. Ce n'eft enfin que la reftitution de cent vingt livres à ceux qui n'ont rien qui fait fleurir l'Etat.

L'HOMME AUX QUARANTE ECUS.

Parfaite manière de fleurir !

LE GEOMETRE.

Il n'y en a point d'autre : par tout pays le riche fait vivre le pauvre. Voilà l'unique fource de l'induftrie du commerce. Plus la nation eft induftrieufe, plus elle gagne fur l'étranger. Si nous attrapions de l'étranger dix millions par an pour la balance du commerce, il y aurait dans vingt ans deux cents millions de plus

dans l'Etat ; ce ferait dix francs de plus à répartir
loyalement fur chaque tête ; c'eſt-à-dire que les négocians feraient gagner à chaque pauvre dix francs de
plus , dans l'eſpérance de faire des gains encore plus
confidérables. Mais le commerce a fes bornes , comme
la fertilité de la terre ; autrement la progreſſion irait
à l'infini : et puis il n'eſt pas sûr que la balance de
notre commerce nous foit toujours favorable ; il y a
des temps où nous perdons.

L'HOMME AUX QUARANTE ECUS.

J'ai entendu parler beaucoup de population. Si
nous nous aviſions de faire le double d'enfans de ce
que nous en fefons , fi notre patrie était peuplée du
double , fi nous avions quarante millions d'habitans
au lieu de vingt , qu'arriverait-il ?

LE GEOMETRE.

Il arriverait que chacun n'aurait à dépenfer que
vingt écus, l'un portant l'autre; ou qu'il faudrait que
la terre rendît le double de ce qu'elle rend; ou qu'il
y aurait le double de pauvres ; ou qu'il faudrait avoir
le double d'induſtrie , et gagner le double fur l'étranger , ou envoyer la moitié de la nation en Amérique;
ou que la moitié de la nation mangeât l'autre.

L'HOMME AUX QUARANTE ECUS.

Contentons-nous donc de nos vingt millions
d'hommes , et de nos cent vingt livres par tête répar-
ties , comme il plaît à DIEU: mais cette fituation
eſt trifle , et votre fiècle de fer eſt bien dur.

LE GEOMETRE.

Il n'y a aucune nation qui foit mieux: et il en eſt

beaucoup qui font plus mal. Croyez-vous qu'il y ait dans le Nord de quoi donner la valeur de cent vingt livres à chaque habitant ? S'ils avaient eu l'équivalent, les Huns, les Goths, les Vandales et les Francs, n'auraient pas déferté leur patrie pour aller s'établir ailleurs, le fer et la flamme à la main.

L'HOMME AUX QUARANTE ECUS.

Si je vous laiffais dire, vous me perfuaderiez bientôt que je fuis heureux avec mes cent vingt francs.

LE GEOMETRE.

Si vous penfiez être heureux, en ce cas vous le fériez.

L'HOMME AUX QUARANTE ECUS.

On ne peut s'imaginer être ce qu'on n'eft pas, à moins qu'on ne foit fou.

LE GEOMETRE.

Je vous ai déjà dit que pour être plus à votre aife et plus heureux que vous n'êtes, il faut que vous preniez une femme; mais j'ajouterai qu'elle doit avoir comme vous cent vingt livres de rente, c'eft-à-dire, quatre arpens à dix écus l'arpent. Les anciens Romains n'en avaient chacun que trois. Si vos enfans font induftrieux, ils pourront en gagner chacun autant en travaillant pour les autres.

L'HOMME AUX QUARANTE ECUS.

Ainfi ils ne pourront avoir de l'argent fans que d'autres en perdent.

LE GEOMETRE.

C'eft la loi de toutes les nations ; on ne refpire qu'à ce prix.

B 4

L'HOMME AUX QUARANTE ECUS.

Et il faudra que ma femme et moi nous donnions chacun la moitié de notre récolte à la puissance législatrice et exécutrice, et que les nouveaux ministres d'Etat nous enlèvent la moitié du prix de nos sueurs et de la substance de nos pauvres enfans avant qu'ils puissent gagner leur vie! Dites-moi, je vous prie, combien nos nouveaux ministres font entrer d'argent de droit divin dans les coffres du roi?

LE GEOMETRE.

Vous payez vingt écus pour quatre arpens qui vous en rapportent quarante. L'homme riche qui possède quatre cents arpens payera deux mille écus par ce nouveau tarif, et les quatre-vingts millions d'arpens rendront au roi douze cents millions de livres par année, ou quatre cents millions d'écus.

L'HOMME AUX QUARANTE ECUS.

Cela me paraît impraticable et impossible.

LE GEOMETRE.

Vous avez très-grande raison, et cette impossibilité est une démonstration géométrique qu'il y a un vice fondamental de raisonnement dans nos nouveaux ministres.

L'HOMME AUX QUARANTE ECUS.

N'y a-t-il pas aussi une prodigieuse injustice démontrée à me prendre la moitié de mon blé, de mon chanvre, de la laine de mes moutons, &c. et de n'exiger aucun secours de ceux qui auront gagné dix ou vingt ou trente mille livres de rente avec mon chanvre dont ils ont tissu de la toile, avec ma laine dont ils ont fabriqué des draps , avec mon blé qu'ils auront vendu plus cher qu'ils ne l'ont acheté ?

LE GEOMETRE.

L'injuftice de cette adminiftration eft auffi évidente que fon calcul eft erroné. Il faut que l'induftrie foit favorifée, mais il faut que l'induftrie opulente fecoure l'Etat. Cette induftrie vous a certainement ôté une partie de vos cent vingt livres , et fe l'eft appropriée en vous vendant vos chemifes et votre habit vingt fois plus cher qu'ils ne vous auraient coûté fi vous les aviez faits vous-même. Le manufacturier qui s'eft enrichi à vos dépens a , je l'avoue , donné un falaire à fes ouvriers qui n'avaient rien par eux-mêmes; mais il a retenu pour lui, chaque année, une fomme qui lui a valu enfin trente mille livres de rente : il a donc acquis cette fortune à vos dépens ; vous ne pourrez donc jamais lui vendre vos denrées affez cher pour vous rembourfer de ce qu'il a gagné fur vous; car fi vous tentiez ce furhauffement, il en ferait venir de l'étranger à meilleur prix. Une preuve que cela eft ainfi, c'eft qu'il refte toujours poffeffeur de fes trente mille livres de rente , et vous reftez avec vos cent vingt livres qui diminuent fouvent, bien loin d'augmenter.

Il eft donc néceffaire et équitable que l'induftrie rafinée du négociant paye plus que l'induftrie groffière du laboureur. Il en eft de même des receveurs des deniers publics. Votre taxe avait été jufqu'ici de douze francs avant que nos grands miniftres vous euffent pris vingt écus. Sur ces douze francs le publicain retenait dix fous pour lui. Si dans votre province il y a cinq cents mille ames, il aura gagné deux cents cinquante

mille francs par an. Qu'il en dépenſe cinquante , il
eſt clair qu'au bout de dix ans il aura deux millions
de bien. Il eſt très-juſte qu'il contribue à proportion ,
ſans quoi tout ſerait perverti et bouleverſé. (6)

L'HOMME AUX QUARANTE ECUS.

Je vous remercie d'avoir taxé ce financier , cela
ſoulage mon imagination ; mais puiſqu'il a ſi bien
augmenté ſon ſuperflu , comment puis-je faire pour
accroître auſſi ma petite fortune ?

LE GEOMETRE.

Je vous l'ai déjà dit , en vous mariant, en travaillant , en tâchant de tirer de votre terre quelques
gerbes de plus que ce qu'elle vous produiſait.

L'HOMME AUX QUARANTE ECUS.

Je ſuppoſe que j'aie bien travaillé , que toute la
nation en ait fait autant , que la puiſſance légiſlatrice

---

(6) Voici deux nouvelles objections contre l'idée de réduire tous les
impôts à un ſeul. Celle des financiers n'eſt qu'une plaiſanterie , puiſqu'il
n'y aurait plus alors de financiers , mais ſeulement des hommes chargés ,
moyennant des appointemens modiques , de recevoir les deniers publics.
Reſtent les commerçans , les manufacturiers ; mais il eſt clair que ſi les
objets de leur commerce et de leur induſtrie n'étaient plus aſſujettis à aucun
droit , leur profit reſterait le même , parce qu'ils vendraient meilleur marché
ou acheteraient plus cher les matières premières. Ce ne ſont point eux qui
payent ces impôts , ce ſont ceux qui achètent d'eux ou qui leur vendent ,
et ils continueraient de les payer ſous une autre forme. Si c'eſt au contraire
un impôt perſonnel , une capitation dont on les délivre , il fallait déduire
cet impôt , cette capitation de l'intérêt qu'ils tiraient de leurs fonds : ainſi
ſuppoſons cet intérêt de dix pour cent et cet impôt d'un dixième , ils ne
retiraient donc réellement que neuf pour cent ; et cet impôt ſupprimé , la
concurrence les obligera bientôt à borner le même intérêt à ces neuf pour
cent auxquels elle les avait déjà bornés. Il en eſt de même de ceux qui
vivent de leurs ſalaires ; ſi vous leur ôtez les impôts perſonnels , ſi vous
ôtez des droits qui augmentaient pour eux le prix de certaines denrées ,
leurs ſalaires baiſſeront à proportion.

et exécutrice en ait reçu un plus gros tribut, combien la nation a-t-elle gagné au bout de l'année?

LE GEOMETRE.

Rien du tout; à moins qu'elle n'ait fait un commerce étranger utile; mais elle aura vécu plus commodément. Chacun aura eu à proportion plus d'habits, de che-mifes, de meubles, qu'il n'en avait auparavant. Il y aura eu dans l'Etat une circulation plus abondante; les falaires auront été augmentés avec le temps à peu-près en proportion du nombre des gerbes de blé, des toifons de mouton, des cuirs de bœufs, de cerfs et de chèvres qui auront été employés, des grappes de raifin qu'on aura foulées dans le preffoir. On aura payé au roi plus de valeurs de denrées en argent, et le roi aura rendu plus de valeurs à tous ceux qu'il aura fait travailler fous fes ordres; mais il n'y aura pas un écu de plus dans le royaume.

L'HOMME AUX QUARANTE ECUS.

Que reftera-t-il donc à la puiffance au bout de l'année?

LE GEOMETRE.

Rien, encore une fois; c'eft ce qui arrive à toute puiffance: elle ne théfaurife pas; elle a été nourrie, vêtue, logée, meublée; tout le monde l'a été auffi, chacun fuivant fon état; et fi elle théfaurife, elle a arraché à la circulation autant d'argent qu'elle en a entaffé; elle a fait autant de malheureux qu'elle a mis de fois quarante écus dans fes coffres.

L'HOMME AUX QUARANTE ECUS.

Mais ce grand *Henri IV* n'était donc qu'un vilain, un ladre, un pillard; car on m'a conté qu'il avait encaqué dans la baftille plus de cinquante millions de notre monnaie d'aujourd'hui.

LE GEOMETRE.

C'était un homme auffi bon, auffi prudent que valeureux. Il allait faire une jufte guerre, et en amaf-fant dans fes coffres vingt-deux millions de fon temps, en ayant encore à recevoir plus de vingt autres qu'il laiffait circuler, il épargnait à fon peuple plus de cent millions qu'il en aurait coûté, s'il n'avait pas pris ces utiles mefures. Il fe rendait moralement fûr du fuccès contre un ennemi qui n'avait pas les mêmes précautions. Le calcul des probabilités était prodigieufement en fa faveur. (7)

L'HOMME AUX QUARANTE ECUS.

Mon vieillard me l'avait bien dit, qu'on était à proportion plus riche fous l'adminiftration du duc de *Sulli* que fous celle des nouveaux miniftres qui ont mis l'impôt unique, et qui m'ont pris vingt écus fur quarante. Dites-moi, je vous prie, y a-t-il une nation au monde qui jouiffe de ce beau bénéfice de l'impôt unique?

LE GEOMETRE.

Pas une nation opulente. Les Anglais, qui ne rient guère, fe font mis à rire quand ils ont appris que des gens d'efprit avaient propofé parmi nous cette

---

(7) La queftion fe réduit à favoir s'il vaut mieux théfaurifer pendant la paix que d'emprunter pendant la guerre. Le premier parti ferait beaucoup plus avantageux dans un pays où la conftitution et l'état des lumières permettraient de compter fur un fyftême d'adminiftration de finances indépendant des révolutions du miniftère.

adminiſtration. (8) Les Chinois exigent une taxe de tous les vaiſſeaux marchands qui abordent à Kanton ; les Hollandais payent à Nangaſaqui quand ils ſont reçus au Japon , ſous prétexte qu'ils ne ſont pas

(8) Cela eſt vrai ; mais l'Angleterre eſt un des pays de l'Europe où l'on trouve le plus de préjugés ſur tous les objets de l'adminiſtration et du gouvernement. Tout écrivain politique en Angleterre peut prétendre aux places , et rien ne nuit plus dans la recherche de la vérité que d'avoir un intérêt bien ou mal entendu , de la trouver conforme plutôt à une opinion qu'à une autre. Il eſt très-poſſible par cette raiſon que les lumières aient moins de peine à ſe répandre dans une monarchie que dans une république , et s'il exiſte dans les républiques plus d'enthouſiaſme patriotique , on trouve dans quelques monarchies un patriotiſme plus éclairé.

D'ailleurs l'établiſſement d'un impôt unique eſt une opération qui doit ſe faire avec lenteur , et qui exige , pour ne cauſer aucun déſordre paſſager , beaucoup de ſageſſe dans les meſures. Il faut en effet s'aſſurer d'abord par quelles eſpèces de propriétés , par quels cantons chaque eſpèce d'impôts eſt réellement payée , et dans quelle proportion chaque eſpèce de propriétés , chaque canton ou la totalité de l'Etat y contribuent ; il faut répartir enſuite dans la même proportion l'impôt qui doit les remplacer.

Il faut par conſéquent avoir un cadaſtre général de toutes les terres ; mais quelque exactitude qu'on ſuppoſe dans ce cadaſtre , quelque ſagacité que l'on ait miſe dans la diſtribution de la taxe qui remplace les impôts indirects , il eſt impoſſible de ne pas commettre des erreurs très-ſenſibles : il eſt donc néceſſaire de ne faire cette opération que ſucceſſivement , et il faut de plus être en état de faire un ſacrifice momentané d'une partie du revenu public , quoique le réſultat de ce changement de forme des impôts puiſſe être à la fois d'en diminuer le fardeau pour le peuple , et d'augmenter leur produit pour le ſouverain. Enfin , comme la plupart des terres ſont affermées , comme lorſqu'on en ſoumet le produit à un nouvel impôt deſtiné à remplacer un impôt d'un autre genre , une partie ſeulement de la compenſation qui ſe fait alors ſerait au profit du propriétaire et le reſte au profit du fermier ; c'eſt une nouvelle raiſon de mettre dans cette opération beaucoup de ménagement , quand même on ſerait parvenu à connaître à peu-près dans chaque genre de culture la partie de l'impôt que l'on doit faire porter au propriétaire , et celle dont , juſqu'à l'expiration du bail , le fermier doit être chargé : mais ſi cet ouvrage eſt difficile , il ne l'eſt pas moins d'aſſigner à quel point la nation qui l'exécuterait verrait augmenter en peu d'années ſon bien-être , ſes richeſſes et ſa puiſſance.

chrétiens ; les Lapons et les Samoïèdes, à la vérité,
font foumis à un impôt unique en peaux de martre ;
la république de Saint-Marin ne paye que des dixmes
pour entretenir l'Etat dans fa fplendeur.

Il y a dans notre Europe une nation célèbre par fon
équité et pour fa valeur, qui ne paye aucune taxe ;
c'eft le peuple helvétien ; mais voici ce qui eft arrivé ;
ce peuple s'eft mis à la place des ducs d'Autriche et
de Zeringen ; les petits cantons font démocratiques et
très-pauvres ; chaque habitant y paye une fomme très-
modique pour les befoins de la petite république.
Dans les cantons riches, on eft chargé envers l'Etat
des redevances que les archiducs d'Autriche et les
feigneurs fonciers exigeaient : les cantons proteftans
font à proportion du double plus riches que les catho-
liques, parce que l'Etat y pofsède les biens des moines.
Ceux qui étaient fujets des archiducs d'Autriche, des
ducs de Zeringen et des moines, le font aujourd'hui de
la patrie ; ils payent à cette patrie les mêmes dixmes,
les mêmes droits, les mêmes lods et ventes qu'ils
payaient à leurs anciens maîtres ; et comme les fujets
en général ont très-peu de commerce, le négoce n'eft
affujetti à aucune charge, excepté de petits droits
d'entrepôt : les hommes trafiquent de leur valeur avec
les puiffances étrangères, et fe vendent pour quelques
années, ce qui fait entrer quelque argent dans leur
pays à nos dépens ; et c'eft un exemple auffi unique
dans le monde policé que l'eft l'impôt établi par vos
nouveaux légiflateurs.

L'HOMME AUX QUARANTE ECUS.

Ainfi, Monfieur, les Suiffes ne font pas de droit
divin dépouillés de la moitié de leurs biens ; et celui

qui poſsède quatre vaches n'en donne pas deux à l'Etat?

LE GEOMETRE.

Non, ſans doute. Dans un canton, ſur treize tonneaux de vin on en donne un et on en boit douze. Dans un autre canton on paye la douzième partie et on en boit onze.

L'HOMME AUX QUARANTE ECUS.

Ah! qu'on me faſſe ſuiſſe. Le maudit impôt que l'impôt unique et inique qui m'a réduit à demander l'aumône! mais trois ou quatre cents impôts, dont les noms mêmes me ſont impoſſibles à retenir et à prononcer, ſont-ils plus juſtes et plus honnêtes? Y a-t-il jamais eu un légiſlateur qui, en fondant un Etat, ait imaginé de créer des conſeillers du roi meſureurs de charbon, jaugeurs de vin, mouleurs de bois, langueyeurs de porc, contrôleurs de beurre ſalé? d'entretenir une armée de faquins deux fois plus nombreuſe que celle d'*Alexandre*, commandée par ſoixante généraux qui mettent le pays à contribution, qui remportent des victoires ſignalées tous les jours, qui font des priſonniers, et qui quelquefois les ſacrifient en l'air ou ſur un petit théâtre de planches, comme feſaient les anciens Scythes, à ce que m'a dit mon curé?

Une telle légiſlation, contre laquelle tant de cris s'élevaient, et qui feſait verſer tant de larmes, valait-elle mieux que celle qui m'ôte tout d'un coup nettement et paiſiblement la moitié de mon exiſtence? J'ai peur qu'à bien compter on ne m'en prît en détail les trois quarts ſous l'ancienne finance.

LE GEOMETRE.

Illiacos intrà muros peccatur et extrà.

Est modus in rebus . . . . . .

Caveas nè quid nimis.

L'HOMME AUX QUARANTE ECUS.

J'ai appris un peu d'histoire et de géométrie, mais je ne sais pas le latin.

LE GEOMETRE.

Cela signifie à peu-près, *on a tort des deux côtés. Gardez le milieu en tout. Rien de trop.*

L'HOMME AUX QUARANTE ECUS.

Oui, rien de trop; c'est ma situation ; mais je n'ai pas assez.

LE GEOMETRE.

Je conviens que vous périrez de faim et moi aussi, et l'Etat aussi, supposé que la nouvelle administration dure seulement deux ans ; mais il faut espérer que DIEU aura pitié de nous.

L'HOMME AUX QUARANTE ECUS.

On passe sa vie à espérer et on meurt en espérant. Adieu, Monsieur ; vous m'avez instruit, mais j'ai le cœur navré.

LE GEOMETRE.

C'est souvent le fruit de la science.

Aventure avec un carme.

QUAND j'eus bien remercié l'académicien de l'académie des sciences de m'avoir mis au fait , je m'en allai tout pantois, louant la Providence; mais

grommelant

grommelant entre mes dents ces triftes paroles : *Vingt écus de rente feulement pour vivre , et n'avoir que vingt-deux ans à vivre !* Hélas ! puiffe notre vie être encore plus courte, puifqu'elle eft fi malheureufe !

Je me trouvai bientôt vis-à-vis d'une maifon fuperbe. Je fentais déjà la faim ; je n'avais pas feulement la cent vingtième partie de la fomme qui appartient de droit à chaque individu. Mais dès qu'on m'eut appris que ce palais était le couvent des révérends pères carmes déchauffés, je conçus de grandes efpérances ; et je dis, puifque ces faints font affez humbles pour marcher pieds nus, ils feront affez charitables pour me donner à dîner.

Je fonnai ; un carme vint : Que voulez-vous , mon fils ? Du pain, mon révérend père ; les nouveaux édits m'ont tout ôté. Mon fils , nous demandons nous-mêmes l'aumône, nous ne la fefons pas. Quoi! votre faint inftitut vous ordonne de n'avoir pas de bas, et vous avez une maifon de prince, et vous me refufez à manger! Mon fils, il eft vrai que nous fommes fans fouliers et fans bas; c'eft une dépenfe de moins ; mais nous n'avons pas plus froid aux pieds qu'aux mains ; et fi notre faint inftitut nous avait ordonné d'aller cul nu, nous n'aurions point froid au derrière. A l'égard de notre belle maifon, nous l'avons aifément bâtie, parce que nous avons cent mille livres de rentes en maifons dans la même rue.

Ah! ah! vous me laiffez mourir de faim, et vous avez cent mille livres de rentes! vous en rendez donc cinquante mille au nouveau gouvernement?

Dieu nous préferve de payer une obole! Le feul

produit de la terre cultivée par des mains laborieuses, endurcies de calus et mouillées de larmes, doit des tributs à la puissance législatrice et exécutrice. Les aumônes qu'on nous a données nous ont mis en état de faire bâtir ces maisons dont nous tirons cent mille livres par an ; mais ces aumônes venant des fruits de la terre, ayant déjà payé le tribut, elles ne doivent pas payer deux fois : elles ont sanctifié les fidèles qui se font appauvris en nous enrichissant ; et nous continuons à demander l'aumône et à mettre à contribution le faubourg Saint-Germain pour sanctifier encore les fidèles. Ayant dit ces mots, le carme me ferma la porte au nez (9)

Je passai par-devant l'hôtel des mousquetaires gris ; je contai la chose à un de ces messieurs : ils me donnèrent un bon dîner et un écu. L'un d'eux proposa d'aller brûler le couvent ; mais un mousquetaire plus sage lui montra que le temps n'était pas encore venu, et le pria d'attendre encore deux ou trois ans.

Audience de M. le contrôleur général.

J'ALLAI avec mon écu présenter un placet à M. le contrôleur général, qui donnait audience ce jour-là.

(9) L'ouvrage que M. de *Voltaire* avait le plus en vue est intitulé : *Considérations sur l'ordre essentiel et naturel des sociétés politiques*. On y trouve plusieurs questions importantes analysées avec beaucoup de sagacité et de profondeur. L'auteur y prouve que les maisons, ne rapportant aucun produit réel, ne doivent point payer d'impôts ; que l'on doit regarder le loyer qu'elles rapportent comme l'intérêt du capital qu'elles représentent, et que si on les exemptait des impôts auxquels elles sont assujetties, les loyers diminueraient à proportion.

Son antichambre était remplie de gens de toute
espèce. Il y avait sur-tout des visages encore plus pleins,
des ventres plus rebondis, des mines plus fières que
mon homme aux huit millions. Je n'osais m'approcher,
je les voyais, et ils ne me voyaient pas.

Un moine gros décimateur avait intenté un procès
à des citoyens qu'il appelait *ses paysans*. Il avait déjà
plus de revenu que la moitié de ses paroissiens ensemble;
et de plus il était seigneur de fief. Il prétendait que
ses vassaux, ayant converti avec des peines extrêmes
leurs bruyères en vignes, ils lui devaient la dixième
partie de leur vin; ce qui fefait, en comptant le prix
du travail et des échalas, et des futailles et du cellier,
plus du quart de la récolte. Mais comme les dixmes,
disait-il, sont de droit divin, je demande le quart
de la substance de mes paysans au nom de DIEU. Le
ministre lui dit : Je vois combien vous êtes charitable.

Un fermier général, fort intelligent dans les aides,
lui dit alors : Monseigneur, ce village ne peut rien
donner à ce moine; car ayant fait payer aux paroissiens
l'année passée trente-deux impôts pour leur vin, et
les ayant fait condamner ensuite à payer le trop bu,
ils sont entièrement ruinés. J'ai fait vendre leurs
bestiaux et leurs meubles, ils sont encore mes redevables. Je m'oppose aux prétentions du révérend
père.

Vous avez raison d'être son rival, repartit le ministre;
vous aimez l'un et l'autre également votre prochain,
et vous m'édifiez tous deux.

Un troisième, moine et seigneur, dont les paysans
sont main-mortables, attendait aussi un arrêt du conseil
qui le mît en possession de tout le bien d'un badaud

de Paris qui, ayant par inadvertance demeuré un an
et un jour dans une maifon fujette à cette fervitude,
et enclavée dans les états de ce prêtre, y était mort au
bout de l'année. Le moine réclamait tout le bien du
badaud, et cela de droit divin. (*)

Le miniftre trouva le cœur du moine auffi jufte et
auffi tendre que les deux premiers.

Un quatrième, qui était contrôleur du domaine,
préfenta un beau mémoire par lequel il fe juftifiait
d'avoir réduit vingt familles à l'aumône. Elles avaient
hérité de leurs oncles ou tantes, ou frères ou coufins ;
il avait fallu payer les droits. Le domanier leur avait
prouvé généreufement qu'elles n'avaient pas affez
eftimé leurs héritages, qu'elles étaient beaucoup plus
riches qu'elles ne croyaient ; et en conféquence les
ayant condamnées à l'amende du triple, les ayant
ruinées en frais, et fait mettre en prifon les pères de
familles, il avait acheté leurs meilleures poffeffions
fans bourfe délier. (c)

Le contrôleur général lui dit (d'un ton un peu
amer, à la vérité) : *Euge, contrôleur bone et fidelis, quia
fuper pauca fuifti fidelis, fermier général te conftituam.* (d)
Cependant il dit tout bas à un maître des requêtes
qui était à côté de lui : Il faudra bien faire rendre

(*) Voyez dans le fecond volume de *Politique*, différens ouvrages de
M. de *Voltaire* fur la fervitude de la glèbe.

(c) Le cas à peu-près femblable eft arrivé dans la province que j'habite,
et le contrôleur du domaine a été forcé à faire reftitution ; mais il n'a pas
été puni. Voyez la fatire intitulée *les Finances*.

(d) Je me fis expliquer ces paroles par un favant à quarante écus : elles
me réjouirent.

gorge à ces fangfues facrées et à ces fangfues profanes :
il eft temps de foulager le peuple qui, fans nos foins
et notre équité, n'aurait jamais de quoi vivre que
dans l'autre monde.

Des hommes d'un génie profond lui préfentèrent
des projets. L'un avait imaginé de mettre des impôts
fur l'efprit. Tout le monde, difait-il, s'empreffera de
payer, perfonne ne voulant paffer pour un fot. Le
miniftre lui dit : Je vous déclare exempt de la taxe.

Un autre propofa d'établir l'impôt unique fur les
chanfons et fur le rire, attendu que la nation était
la plus gaie du monde, et qu'une chanfon la confolait
de tout. Mais le miniftre obferva que depuis quelque
temps on ne fefait plus guère de chanfons plaifantes,
et il craignit que pour échapper à la taxe on ne devînt
trop férieux.

Vint un fage et brave citoyen qui offrit de donner
au roi trois fois plus, en fefant payer par la nation
trois fois moins. Le miniftre lui confeilla d'apprendre
l'arithmétique.

Un cinquième prouvait au roi, *par amitié*, qu'il
ne pouvait recueillir que foixante et quinze millions,
mais qu'il allait lui en donner deux cents vingt-cinq.
Vous me ferez plaifir, dit le miniftre, quand nous
aurons payé les dettes de l'Etat.

Enfin arriva un commis de l'auteur nouveau qui fait
la puiffance légiflatrice copropriétaire de toutes nos
terres par le droit divin, et qui donnait au roi douze
cents millions de rente. Je reconnus l'homme qui m'a-
vait mis en prifon pour n'avoir pas payé mes vingt écus.
Je me jetai aux pieds de M. le contrôleur général, et

je lui demandai juftice ; il fit un grand éclat de rire, et me
dit que c'était un tour qu'on m'avait joué. Il ordonna
à ces mauvais plaifans de me donner cent écus de
dédommagement, et m'exempta de taille pour le refte
de ma vie. Je lui dis : Monfeigneur, DIEU vous béniffe !

Lettre à l'homme aux quarante écus.

QUOIQUE je fois trois fois auffi riche que vous,
c'eft-à-dire, quoique je pofsède trois cents foixante
livres ou francs de revenu, je vous écris cependant
comme d'égal à égal, fans affecter l'orgueil des grandes
fortunes.

J'ai lu l'hiftoire de votre défaftre et de la juftice
que M. le contrôleur général vous a rendue, je vous
en fais mon compliment ; mais par malheur je viens
de lire *le Financier citoyen*, malgré la répugnance que
m'avait infpirée le titre qui paraît contradictoire à
bien des gens. Ce citoyen vous ôte vingt francs de
vos rentes et à moi foixante ; il n'accorde que cent
francs à chaque individu fur la totalité des habitans ;
mais en récompenfe, un homme non moins illuftre
enfle nos rentes jufqu'à cent cinquante livres ; je vois
que votre géomètre a pris un jufte milieu. Il n'eft point
de ces magnifiques feigneurs qui d'un trait de plume
peuplent Paris d'un million d'habitans, et vous font
rouler quinze cents millions d'efpèces fonnantes dans
le royaume, après tout ce que nous en avons perdu
dans nos guerres dernières. (1 0)

(10) Il s'en faut beaucoup que ces évaluations puiffent être précifes ;
et ceux qui les ont faites fe font bien gardés de prendre toute la peine
néceffaire pour parvenir au degré de précifion qu'on pourrait atteindre,

Comme vous êtes grand lecteur, je vous prêterai *le Financier citoyen;* mais n'allez pas le croire en tout ; il cite le teftament du grand miniftre *Colbert,* et il ne fait pas que c'eft une rapfodie ridicule faite par un *Gatien de Courtilz;* il cite la *Dixme* du maréchal de *Vauban,* et il ne fait pas qu'elle eft d'un *Boifguilbert;* il cite le teftament du cardinal de *Richelieu,* et il ne fait pas qu'il eft de l'abbé de *Bourzeis.* Il fuppofe que ce cardinal affure *que quand la viande enchérit, on donne une paye plus forte au foldat.* Cependant la viande enchérit beaucoup fous fon miniftère, et la paye du foldat n'augmenta point; ce qui prouve, indépendamment de cent autres preuves, que ce livre reconnu pour fuppofé dès qu'il parut, et enfuite attribué au cardinal même, ne lui appartient pas plus que les teftamens du cardinal *Albéroni* et du maréchal de *Belle-Ifle* ne leur appartiennent.

Défiez-vous toute votre vie des teftamens et des fyftêmes ; j'en ai été la victime comme vous. Si les *Solons* et les *Licurgues* modernes fe font moqués de vous, les nouveaux *Triptolêmes* fe font encore plus moqués de moi ; et, fans une petite fucceffion qui m'a ranimé, j'étais mort de misère.

J'ai cent vingt arpens labourables dans le plus beau pays de la nature, et le fol le plus ingrat. Chaque arpent ne rend, tous frais faits, dans mon pays, qu'un

---

Ce qu'il eft important de favoir, c'eft qu'un Etat qui a deux millions d'habitans et celui qui en a vingt, le pays dont le territoire eft fertile et celui où le fol eft ingrat, celui qui a un excédent de fubfiftance et celui qui eft obligé d'en réparer le défaut par le commerce, &c. doivent avoir les mêmes lois d'adminiftration. C'eft une des plus grandes vérités que les écrivains économiftes français aient annoncées, et une de celles qu'ils ont le mieux établies.

C 4

écu de trois livres. Dès que j'eus lu dans les journaux qu'un célèbre agriculteur avait inventé un nouveau femoir, et qu'il labourait fa terre par planches, afin qu'en femant moins il recueillît davantage, j'empruntai vîte de l'argent, j'achetai un femoir, je labourai par planches ; je perdis ma peine et mon argent, auffi-bien que l'illuftre agriculteur qui ne sème plus par planches. (*)

Mon malheur voulut que je luffe le *Journal écono-mique* qui fe vend à Paris chez *Boudet*. Je tombai fur l'expérience d'un parifien ingénieux qui, pour fe réjouir, avait fait labourer fon parterre quinze fois, et y avait femé du froment, au lieu d'y planter des túlipes : il eut une récolte très-abondante. J'empruntai encore de l'argent. Je n'ai qu'à donner trente labours, me difais-je, j'aurai le double de la récolte de ce digne parifien qui s'eft formé des principes d'agriculture à l'opéra et à la comédie, et me voilà enrichi par fes leçons et par fon exemple.

Labourer feulement quatre fois dans mon pays eft une chofe impoffible ; la rigueur et les changemens foudains des faifons ne le permettent pas ; et d'ailleurs le malheur que j'avais eu de femer par planches, comme l'illuftre agriculteur dont j'ai parlé, m'avait forcé à vendre mon attelage. Je fais labourer trente fois mes cent vingt arpens par toutes les charrues qui font à quatre lieues à la ronde. Trois labours pour chaque arpent coûtent douze livres, c'eft un prix fait ; il fallut donner trente façons par arpent ; le labour de chaque arpent me coûta cent vingt livres : la façon

(*) M. *Duhamel*

de mes cent vingt arpens me revint à quatorze mille
quatre cents livres. Ma récolte qui fe monte, année
commune, dans mon maudit pays, à trois cents
fetiers, monta, il eft vrai, à trois cents trente, qui,
à vingt livres le fetier, me produifirent fix mille fix
cents livres : je perdis fept mille huit cents livres; il eft
vrai que j'eus la paille.

J'étais ruiné, abymé, fans une vieille tante qu'un
grand médecin dépêcha dans l'autre monde en raifonnant auffi-bien en médecine que moi en agriculture.

Qui croirait que j'eus encore la faibleffe de me laiffer
féduire par le *Journal* de *Boudet*? Cet homme-là après
tout n'avait pas juré ma perte. Je lis dans fon recueil
qu'il n'y a qu'à faire une avance de quatre mille francs
pour avoir quatre mille livres de rentes en artichauts :
certainement *Boudet* me rendra en artichauts ce qu'il
m'a fait perdre en blé. Voilà mes quatre mille francs
dépenfés et mes artichauts mangés par des rats de
campagne. Je fus hué dans mon canton comme le
diable de Papefiguière.

J'écrivis une lettre de reproches fulminante à *Boudet*.
Pour toute réponfe le traître s'égaya dans fon *Journal* à
mes dépens. Il me nia impudemment que les Caraïbes
fuffent nés rouges; je fus obligé de lui envoyer une
atteftation d'un ancien procureur du roi de la Gua-
deloupe, comme quoi DIEU a fait les Caraïbes rouges
ainfi que les Nègres noirs. Mais cette petite victoire ne
m'empêcha pas de perdre jufqu'au dernier fou toute
la fucceffion de ma tante, pour avoir trop cru les
nouveaux fyftêmes. Mon cher Monfieur, encore une
fois, gardez-vous des charlatans.

Nouvelles douleurs occasionnées par les nouveaux syſtêmes.

(Ce petit morceau eſt tiré des manuſcrits d'un vieux ſolitaire.)

JE vois que, ſi de bons citoyens ſe ſont amuſés à gouverner les Etats, et à ſe mettre à la place des rois ; ſi d'autres ſe ſont crus des *Triptolêmes* et des *Cérès*, il y en a de plus fiers qui ſe ſont mis ſans façon à la place de DIEU, et qui ont créé l'univers avec leur plume, comme DIEU le créa autrefois par la parole.

Un des premiers qui ſe préſenta à mes adorations fut un deſcendant de *Talès*, nommé *Téliamed*, qui m'apprit que les montagnes et les hommes ſont produits par les eaux de la mer. Il y eut d'abord de beaux hommes marins qui enſuite devinrent amphibies. Leur belle queue fourchue ſe changea en cuiſſes et en jambes. J'étais encore tout plein des *Métamorphoſes* d'*Ovide*, et d'un livre où il était démontré que la race des hommes était bâtarde d'une race de babouins : j'aimais autant deſcendre d'un poiſſon que d'un ſinge.

Avec le temps j'eus quelques doutes ſur cette généalogie, et même ſur la formation des montagnes. Quoi ! me dit-il ; vous ne ſavez pas que les courans de la mer, qui jettent toujours du ſable à droite et à gauche à dix ou douze pieds de hauteur, tout au plus, ont produit, dans une ſuite infinie de ſiècles, des montagnes de vingt mille pieds de haut, leſquelles ne ſont pas de ſable ? Apprenez que la mer a néceſſairement couvert tout le globe. La preuve en eſt qu'on

a vu des ancres de vaiffeau fur le mont Saint-Bernard,
qui étaient là plufieurs fiècles avant que les hommes
euffent des vaiffeaux.

Figurez-vous que la terre eft un *globe de verre* qui
a été long-temps tout couvert d'eau. Plus il m'endoc-
trinait, plus je devenais incrédule. Quoi donc, me
dit-il, n'avez-vous pas vu le falun de Touraine, à
trente-fix lieues de la mer ? c'eft un amas de coquilles
avec lefquelles on engraiffe la terre comme avec du
fumier. Or, fi la mer a dépofé dans la fucceffion des
temps une mine entière de coquilles à trente-fix lieues
de l'Océan, pourquoi n'aura-t-elle pas été jufqu'à
trois mille lieues pendant plufieurs fiècles fur notre
globe de verre ?

Je lui répondis : Monfieur *Téliamed*, il y a des gens
qui font quinze lieues par jour à pied ; mais ils ne
peuvent en faire cinquante. Je ne crois pas que mon
jardin foit de verre ; et quant à votre falun, je doute
encore qu'il foit un lit de coquilles de mer. Il fe
pourrait bien que ce ne fût qu'une mine de petites
pierres calcaires qui prennent aifément la forme des
fragmens de coquilles, comme il y a des pierres qui
font figurées en langues, et qui ne font pas des langues ;
en étoiles, et qui ne font point des aftres ; en ferpens
roulés fur eux-mêmes, et qui ne font point des ferpens ;
en parties naturelles du beau fexe, et qui ne font point
pourtant les dépouilles des dames. On voit des
dendrites, des pierres figurées qui repréfentent des
arbres et des maifons, fans que jamais ces petites
pierres aient été des maifons et des chênes.

Si la mer avait dépofé tant de lits de coquilles en
Touraine, pourquoi aurait-elle négligé la Bretagne,

la Normandie, la Picardie et toutes les autres côtes ?
J'ai bien peur que ce falun tant vanté ne vienne pas
plus de la mer que les hommes. Et quand la mer fe
ferait répandue à trente-fix lieues, ce n'eft pas à dire
qu'elle ait été jufqu'à trois cents, et même jufqu'à
trois mille, et que toutes les montagnes aïent été pro-
duites par les eaux. J'aimerais autant dire que le
Caucafe a formé la mer, que de prétendre que la mer
a fait le Caucafe.

Mais, monfieur l'incrédule, que répondrez-vous
aux huîtres pétrifiées qu'on a trouvées fur le fommet
des Alpes ?

Je répondrai, monfieur le créateur, que je n'ai pas
vu plus d'huîtres pétrifiées que d'ancres de vaiffeau
fur le haut du mont Cénis. Je répondrai ce qu'on a
déjà dit, qu'on a trouvé des écailles d'huître (qui fe
pétrifient aifément) à de très-grandes diftances de la
mer, comme on a déterré des médailles romaines à
cent lieues de Rome; et j'aime mieux croire que des
pélerins de Saint-Jacques ont laiffé quelques coquilles
vers Saint-Maurice, que d'imaginer que la mer a formé
le mont Saint-Bernard.

Il y a des coquillages par-tout ; mais eft-il bien sûr
qu'ils ne foient pas les dépouilles des teftacées et des
cruftacées de nos lacs et de nos rivières, auffi-bien
que des petits poiffons marins ?

—Monfieur l'incrédule, je vous tournerai en ridicule dans le monde que je me propofe de créer.

—Monfieur le créateur, à vous permis, chacun eft
le maître dans ce monde ; mais vous ne me ferez
jamais croire que celui où nous fommes foit de verre,
ni que quelques coquilles foient des démonftrations

que la mer a produit les Alpes et le mont Taurus. Vous favez qu'il n'y a aucune coquille dans les montagnes d'Amérique. Il faut que ce ne foit pas vous qui ayez créé cet hémifphère , et que vous vous foyez contenté de former l'ancien monde : c'eft bien affez. (*)

—Monfieur, Monfieur, fi on n'a pas découvert de coquilles fur les montagnes d'Amérique , *on en découvrira.*

—Monfieur , c'eft parler en créateur qui fait fon fecret, et qui eft fûr de fon fait. Je vous abandonne, fi vous voulez , votre falun , pourvu que vous me laiffiez mes montagnes. Je fuis d'ailleurs le très-humble et très-obéiffant ferviteur de votre providence.

Dans le temps que je m'inftruifais ainfi avec *Téliamed*, un jéfuite irlandais déguifé en homme , d'ailleurs grand obfervateur, et ayant de bons microfcopes, fit des anguilles avec de la farine de blé ergoté. On ne douta pas alors qu'on ne fît des hommes avec de la farine de bon froment. Auffitôt on créa des particules organiques qui composèrent des hommes. Pourquoi non ? Le grand géomètre *Fatio* avait bien reffufcité des morts à Londres ; on pouvait tout auffi aifément faire à Paris des vivans avec des particules organiques : mais malheureufement les nouvelles anguilles de *Nëedham* ayant difparu , les nouveaux hommes difparurent auffi , et s'enfuirent chez les monades qu'ils

_____

(*) Voyez fur les coquilles et la formation des montagnes , la *differtation fur les changemens arrivés dans notre globe.* (vol. de *Phyfique.*) Quant à l'opinion que la terre eft de verre et qu'une comète l'a détachée du foleil , c'eft une plaifanterie de M. de *Buffon*, qui a voulu faire une expérience morale fur la crédulité des Parifiens.

rencontrèrent dans le plein au milieu de la matière fubtile, globuleufe et cannelée. (*)

Ce n'eft pas que ces créateurs de fyftêmes n'aient rendu de grands fervices à la phyfique ; à Dieu ne plaife que je méprife leurs travaux ! on les a comparés à des alchimiftes qui, en fefant de l'or, (qu'on ne fait point) ont trouvé de bons remèdes ou du moins des chofes très - curieufes. On peut être un homme d'un rare mérite et fe tromper fur la formation des animaux et fur la ftructure du globe.

Les poiffons changés en hommes, et les eaux changées en montagnes, ne m'avaient pas fait autant de mal que M. *Boudet;* je me bornais tranquillement à douter, lorfqu'un lapon me prit fous fa protection. C'était un profond philofophe, mais qui ne pardonnait jamais aux gens qui n'étaient pas de fon avis. Il me fit d'abord connaître clairement l'avenir en exaltant mon ame. Je fis de fi prodigieux efforts d'exaltation que j'en tombai malade ; mais il me guérit en m'enduifant de poix réfine de la tête aux pieds. A peine fus-je en état de marcher qu'il me propofa un voyage aux terres auftrales pour y difféquer des têtes de géans, ce qui nous ferait connaître clairement la nature de l'ame. Je ne pouvais fupporter la mer ; il eut la bonté de me mener par terre. Il fit creufer un grand trou dans le globe terraquée : ce trou allait droit chez les Patagons. Nous partîmes ; je me caffai une jambe à l'entrée du trou ; on eut beaucoup de peine à me redreffer la jambe : il s'y forma un calus qui m'a beaucoup foulagé.

(*). Voyez fur les anguilles les *Singularités de la nature*, vol. de *Phyfique*, chap. XIII.

J'ai déjà parlé de tout cela dans une de mes diatribes , pour inſtruire l'univers très-attentif à ces grandes choſes. (*) Je ſuis bien vieux; j'aime quelquefois à répéter mes contes, afin de les inculquer mieux dans la tête des petits garçons pour leſquels je travaille depuis ſi long-temps.

Mariage de l'homme aux quarante écus.

L'HOMME aux quarante écus s'étant beaucoup formé, et ayant fait une petite fortune , épouſa une jolie fille qui poſſédait cent écus de rente. Sa femme devint bientôt groſſe. Il alla trouver ſon géomètre, et lui demanda ſi elle lui donnerait un garçon ou une fille? Le géomètre lui répondit que les ſages-femmes , les femmes de chambre le ſavaient pour l'ordinaire, mais que les phyſiciens qui prédiſent les éclipſes n'étaient pas ſi éclairés qu'elles.

Il voulut ſavoir enſuite ſi ſon fils ou ſa fille avait déjà une ame. Le géomètre dit que ce n'était pas ſon affaire , et qu'il en fallait parler au théologien du coin.

L'homme aux quarante écus , qui était déjà l'homme aux deux cents pour le moins , demanda en quel endroit était ſon enfant? Dans une petite poche, lui dit ſon ami, entre la veſſie et l'inteſtin rectum. O Dieu paternel! s'écria-t-il; l'ame immortelle de mon fils née et logée entre de l'urine et quelque choſe de pis ! Oui, mon cher voiſin , l'ame d'un cardinal n'a point eu d'autre berceau : et avec cela on fait le fier, on ſe donne des airs.

(*) Voyez la Diatribe du docteur *Akakia*, volume de *Facéties*.

Ah ! monfieur le favant, ne pourriez-vous point me dire comment les enfans fe font ?

Non, mon ami ; mais fi vous voulez je vous dirai ce que les philofophes ont imaginé, c'eft-à-dire, comment les enfans ne fe font point.

Premièrement, le révérend père *Sanchez*, dans fon excellent livre *de Matrimonio*, eft entièrement de l'avis d'*Hippocrate*; il croit comme un article de foi que les deux véhicules fluides de l'homme et de la femme s'élancent et s'uniffent enfemble, et que dans le moment l'enfant eft conçu par cètte union ; et il eft fi perfuadé de ce fyftême phyfique, devenu théologique, qu'il examine, chap. 21 du livre fecond : *Utrùm virgo Maria femen emiferit in copulatione cum Spiritu Sancto.*

Hé! Monfieur, je vous ai déjà dit que je n'entends pas le latin ; expliquez-moi en français l'oracle du père *Sanchez*. Le géomètre lui traduifit le texte, et tous deux frémirent d'horreur.

Le nouveau marié, en trouvant *Sanchez* prodigieufement ridicule, fut pourtant affez content d'*Hippocrate* ; et il fe flattait que fa femme avait rempli toutes les conditions impofées par ce médecin pour faire un enfant.

Malheureufement, lui dit le voifin, il y a beaucoup de femmes qui ne répandent aucune liqueur, qui ne reçoivent qu'avec averfion les embraffemens de leurs maris, et qui cependant en ont des enfans. Cela feul décide contre *Hippocrate* et *Sanchez*.

De plus il y a très-grande apparence que la nature agit toujours dans les mêmes cas par les mêmes principes ; or il y a beaucoup d'efpèces d'animaux qui engendrent fans copulation, comme les poiffons écaillés,

les

les huîtres, les pucerons. Il a donc fallu que les phyficiens cherchaffent une mécanique de génération qui
convînt à tous les animaux. Le célèbre *Harvei*, qui
le premier démontra la circulation, et qui était digne
de découvrir le fecret de la nature, crut l'avoir trouvé
dans les poules : elles pondent des œufs; il jugea que
les femmes pondaient auffi. Les mauvais plaifans dirent
que c'eft pour cela que les bourgeois, et même quelques gens de cour, appellent leur femme ou leur
maîtreffe, *ma poule*, et qu'on dit que toutes les femmes
font coquettes, parce qu'elles voudraient que les coqs
les trouvaffent belles. Malgré ces railleries, *Harvei* ne
changea point d'avis, et il fut établi dans toute l'Europe que nous venons d'un œuf.

L'HOMME AUX QUARANTE ECUS.

Mais, Monfieur, vous m'avez dit que la nature eft
toujours femblable à elle-même, qu'elle agit toujours
par le même principe dans le même cas : les femmes,
les jumens, les âneffes, les anguilles ne pondent point;
vous vous moquez de moi.

LE GEOMETRE.

Elles ne pondent point en dehors, mais elles
pondent en dedans; elles ont des ovaires, comme tous
les oifeaux; les jumens, les anguilles en ont auffi. Un
œuf fe détache de l'ovaire, il eft couvé dans la matrice.
Voyez tous les poiffons écaillés, les grenouilles ; ils
jettent des œufs que le mâle féconde. Les baleines et
les autres animaux marins de cette éfpèce font éclore
leurs œufs dans leur matrice. Les mites, les teignes,
les plus vils infectes font vifiblement formés d'un œuf:

Romans. Tome II.   D

tout vient d'un œuf; et notre globe eſt un grand œuf qui contient tous les autres.

L'HOMME AUX QUARANTE ECUS.

Mais vraiment ce ſyſtême porte tous les caractères de la vérité; il eſt ſimple, il eſt uniforme, il eſt démontré aux yeux dans plus de la moitié des animaux; j'en ſuis fort content, je n'en veux point d'autre; les œufs de ma femme me ſont fort chers.

LE GEOMETRE.

On s'eſt laſſé à la longue de ce ſyſtême; on a fait les enfans d'une autre façon.

L'HOMME AUX QUARANTE ECUS.

Et pourquoi, puiſque celle-la eſt ſi naturelle?

LE GEOMETRE.

C'eſt qu'on a prétendu que nos femmes n'ont point d'ovaire, mais ſeulement de petites glandes.

L'HOMME AUX QUARANTE ECUS.

Je ſoupçonne que des gens qui avaient un autre ſyſtême à débiter ont voulu décréditer les œufs.

LE GEOMETRE.

Cela pourrait bien être. Deux hollandais s'aviſèrent d'examiner la liqueur ſéminale au microſcope, celle de l'homme, celle de pluſieurs animaux; et ils crurent y apercevoir des animaux déjà tout formés qui couraient avec une vîteſſe inconcevable. Ils en virent même dans le fluide ſéminal du coq. Alors on jugea que les mâles feſaient tout, et les femelles rien; elles ne ſervirent plus qu'à porter le tréſor que le mâle leur avait confié.

L'HOMME AUX QUARANTE ECUS.

Voilà qui eft bien étrange. J'ai quelques doutes
fur tous ces petits animaux qui fretillent fi prodigieufement dans une liqueur, pour être enfuite immobiles
dans les œufs des oifeaux, et pour être non moins
immobiles neuf mois, à quelques culbutes près, dans
le ventre de la femme ; cela ne me paraît pas conféquent. Ce n'eft pas, autant que j'en puis juger, la
marche de la nature. Comment font faits, s'il vous
plaît, ces petits hommes qui font fi bons nageurs
dans la liqueur dont vous me parlez ?

LE GEOMETRE.

Comme des vermiffeaux. Il y avait fur-tout un
médecin, nommé *Andri*, qui voyait des vers par-tout,
et qui voulait abfolument détruire le fyftême d'*Harvei*.
Il aurait, s'il l'avait pu, anéanti la circulation du
fang, parce qu'un autre l'avait découverte. Enfin
deux hollandais et M. *Andri*, à force de tomber dans
le péché d'*Onan* et de voir les chofes au microfcope,
réduifirent l'homme à être chenille. Nous fommes
d'abord un ver comme elle ; de-là dans notre enve-
loppe, nous devenons comme elle pendant neuf mois
une vraie chryfalide, que les payfans appellent *fève*.
Enfuite, fi la chenille devient papillon, nous devenons
hommes : voilà nos métamorphofes.

L'HOMME AUX QUARANTE ECUS.

Hé bien, s'en eft-on tenu-là ? n'y a-t-il point eu
depuis de nouvelle mode ?

LE GEOMETRE.

On s'eft dégoûté d'être chenille. Un philofophe
extrêmement plaifant a découvert dans une Vénus

D 2

physique (*) que l'attraction fefait les enfans; et voici comment la chofe s'opère. Le fperme étant tombé dans la matrice , l'œil droit attire l'œil gauche, qui arrive pour s'unir à lui en qualité d'œil ; mais il en eft empêché par le nez qu'il rencontre en chemin , et qui l'oblige de fe placer à gauche. Il en eft de même des bras , des cuiffes et des jambes qui tiennent aux cuiffes. Il eft difficile d'expliquer , dans cette hypo-thèfe, la fituation des mamelles et des feffes. Ce grand philofophe n'admet aucun deffein de l'Etre créateur dans la formation des animaux ; il eft bien loin de croire que le cœur foit fait pour recevoir le fang et pour le chaffer , l'eftomac pour digérer , les yeux pour voir, les oreilles pour entendre ; cela lui paraît trop vulgaire : tout fe fait par attraction.

L'HOMME AUX QUARANTE ECUS.

Voilà un maître fou. Je me flatte que perfonne n'a pu adopter une idée auffi extravagante.

LE GEOMETRE.

On en rit beaucoup; mais ce qu'il y eut de trifte , c'eft que cet infenfé reffemblait aux théologiens qui perfécutent, autant qu'ils le peuvent , ceux qu'ils font rire.

D'autres philofophes ont imaginé d'autres manières qui n'ont pas fait une plus grande fortune : ce n'eft plus le bras qui va chercher le bras ; ce n'eft plus la cuiffe qui court après la cuiffe ; ce font de petites molé-cules, de petites particules de bras et de cuiffe qui fe placent lès unes fur les autres. On fera peut-être enfin obligé d'en revenir aux œufs, après avoir perdu bien du temps.

(*) *Maupertuis.*

L'HOMME AUX QUARANTE ECUS.

J'en fuis ravi : mais quel a été le réfultat de toutes ces difputes ?

LE GEOMETRE.

Le doute. Si la queftion avait été débattue entre des théologaux, il y aurait eu des excommunications et du fang répandu ; mais entre des phyficiens, la paix eft bientôt faite : chacun a couché avec fa femme, fans penfer le moins du monde à fon ovaire, ni à fes trompes de fallope. Les femmes font devenues groffes ou enceintes, fans demander feulement comment ce myftère s'opère. C'eft ainfi que vous femez du blé et que vous ignorez comment le blé germe en terre. (11)

L'HOMME AUX QUARANTE ECUS.

Oh! je le fais bien; on me l'a dit il y a long-temps; c'eft par pourriture. Cependant il me prend quelque-fois envie de rire de tout ce qu'on m'a dit.

LE GEOMETRE.

C'eft une fort bonne envie. Je vous confeille de douter de tout, excepté que les trois angles d'un

---

(11) Les obfervations de *Haller* et de *Spalanzani* femblent avoir prouvé que l'embryon exifte avant la fécondation dans l'œuf des oifeaux, et par analogie dans la femelle vivipare ; que la fubftance du fperme eft nécef-faire pour la fécondation, et qu'une quantité prefque infiniment petite peut fuffire. Mais comment, dans ce fyftême, expliquer la reffemblance des mulets avec leurs pères ? Comment cet embryon et cet œuf fe forment-ils dans la femelle ? Comment le fperme agit-il fur cet embryon ? Voilà ce qu'on ignore encore. Peut-être quelque jour en faura-t-on davantage. Les vers fpermatiques ne deviennent plus du moins des hommes, ni des lapins. Quant aux molécules organiques, elles reffemblent trop aux monades ; mais remarquons, à l'honneur de *Leibnitz*, que jamais il ne s'eft avifé de prétendre avoir vu des monades dans fon microfcope.

triangle font égaux à deux droits, et que les triangles qui ont même bafe et même hauteur font égaux entre eux, ou autres propofitions pareilles, comme, par exemple, que deux et deux font quatre.

L'HOMME AUX QUARANTE ECUS.

Oui, je crois qu'il eft fort fage de douter; mais je fens que je fuis curieux depuis que j'ai fait fortune, et que j'ai du loifir. Je voudrais, quand ma volonté remue mon bras ou ma jambe, découvrir le reffort par lequel ma volonté les remue; car furement il y en a un. Je fuis quelquefois tout étonné de pouvoir lever et abaiffer mes yeux, et de ne pouvoir dreffer mes oreilles. Je penfe, et je voudrais connaître un peu...... là...... toucher au doigt ma penfée. Cela doit être fort curieux. Je cherche fi je penfe par moi-même, fi DIEU me donne mes idées, fi mon ame eft venue dans mon corps à fix femaines ou à un jour, comment elle s'eft logée dans mon cerveau, fi je penfe beaucoup quand je dors profondément, et quand je fuis en léthargie. Je me creufe la cervelle pour favoir comment un corps en pouffe un autre. Mes fenfations ne m'étonnent pas moins; j'y trouve du divin, et fur-tout dans le plaifir.

J'ai fait quelquefois mes efforts pour imaginer un nouveau fens, et je n'ai jamais pu y parvenir. Les géomètres favent toutes ces chofes; ayez la bonté de m'inftruire.

LE GEOMETRE.

Hélas! nous fommes auffi ignorans que vous; adreffez-vous à la forbonne.

L'homme aux quarante écus, devenu père, raisonne
sur les moines.

QUAND l'homme aux quarante écus se vit père d'un
garçon, il commença à se croire un homme de quelque
poids dans l'Etat; il espéra donner au moins dix sujets
au roi, qui feraient tous utiles. C'était l'homme du
monde qui fefait le mieux des panniers ; et sa femme
était une excellente couturière. Elle était née dans le
voisinage d'une grosse abbaye de cent mille livres de
rente. Son mari me demanda un jour pourquoi ces
messieurs, qui étaient en petit nombre, avaient englouti
tant de parts de quarante écus ? Sont-ils plus utiles que
moi à la patrie? —Non, mon cher voisin. — Servent-
ils comme moi à la population du pays? — Non, au
moins en apparence. — Cultivent-ils la terre? défen-
dent-ils l'Etat quand il est attaqué? —Non, ils prient
DIEU pour vous. — Hé bien, je prierai DIEU pour
eux, partageons.

Combien croyez-vous que les couvens renferment
de ces gens utiles, soit en hommes, soit en filles, dans
le royaume?

Par les mémoires des intendans, faits sur la fin du
dernier siècle, il y en avait environ quatre-vingt-dix
mille.

Par notre ancien compte, ils ne devraient, à quarante écus par tête, posséder que dix millions huit
cents mille livres ; combien en ont-ils ?

Cela va à cinquante millions, en comptant les messes

D 4

et les quêtes des moines mendians qui mettent réellement un impôt confidérable fur le peuple. Un frère quêteur d'un couvent de Paris s'eft vanté publiquement que fa beface valait quatre-vingts mille livres de rente.

Voyons combien cinquante millions répartis entre quatre-vingt-dix mille têtes tondues donnent à chacune ? — Cinq cents cinquante-cinq livres.

C'eft une fomme confidérable dans une fociété nombreufe, où les dépenfes diminuent par la quantité même des confommateurs ; car il en coûte bien moins à dix perfonnes pour vivre enfemble , que fi chacun avait féparément fon logis et fa table.

Les ex-jéfuites, à qui on donne aujourd'hui quatre cents livres de penfion , ont donc réellement perdu à ce marché?

Je ne le crois pas; car ils font prefque tous retirés chez des parens qui les aident ; plufieurs difent la meffe pour de l'argent, ce qu'ils ne fefaient pas aupa-ravant; d'autres fe font faits précepteurs ; d'autres ont été foutenus par des dévotes; chacun s'eft tiré d'affaire ; et peut-être y en a-t-il peu aujourd'hui qui, ayant goûté du monde et de la liberté , vouluffent reprendre leurs anciennes chaînes. (12) La vie monacale ,

___

(12) Les jéfuites n'auraient point été à plaindre fi on eût doublé cette penfion de 400 livres , en faveur de ceux qui auraient eu des infirmités , ou plus de foixante ans ; fi les autres euffent pu poffeder des bénéfices , ou remplir des emplois fans faire un ferment qu'ils ne pou-vaient prêter avec honneur ; fi l'on avait permis à ceux qui auraient voulu vivre en commun de fe réunir fous l'infpection du magiftrat; mais la haine des janféniftes pour les jéfuites , le préjugé qu'ils pou-vaient être à craindre , et leur infolent fanatifme dans le temps de leur deftruction , et même après qu'elle eût été confommée, ont empêché de remplir , à leur égard , ce qu'euffent exigé la juftice et l'humanité.

quoi qu'on en dife, n'eſt point du tout à envier. C'eſt
une maxime aſſez connue, que les moines ſont des gens
qui s'aſſemblent ſans ſe connaître, vivent ſans s'aimer,
et meurent ſans ſe regretter.

Vous penſez donc qu'on leur rendrait un très-
grand ſervice de les défroquer tous ?

Ils y gagneraient beaucoup, ſans douté, et l'Etat
encore davantage ; on rendrait à la patrie des citoyens
et des citoyennes qui ont ſacrifié témérairement leur
liberté dans un âge où les lois ne permettent pas qu'on
diſpoſe d'un fonds de dix ſous de rente ; on tirerait
ces cadavres de leurs tombeaux : ce ſerait une vraie
réſurrection. Leurs maiſons deviendraient des hôtels-
de-ville, des hôpitaux, des écoles publiques, ou ſeraient
affectées à des manufactures ; la population deviendrait plus grande ; tous les arts ſeraient mieux cultivés.
On pourrait du moins diminuer le nombre de ces
victimes volontaires, en fixant le nombre des novices :
la patrie aurait plus d'hommes utiles et moins de
malheureux. C'eſt le ſentiment de tous les magiſtrats ;
c'eſt le vœu unanime du public, depuis que les eſprits
ſont éclairés. L'exemple de l'Angleterre et de tant
d'autres Etats eſt une preuve évidente de la néceſſité
de cette réforme. Que ferait aujourd'hui l'Angleterre,
ſi, au lieu de quarante mille hommes de mer, elle avait
quarante mille moines ? Plus les arts ſe ſont multipliés,
plus le nombre des ſujets laborieux eſt devenu néceſſaire. Il y a certainement dans les cloîtres beaucoup de
talens enſevelis qui ſont perdus pour l'Etat. Il faut,
pour faire fleurir un royaume, le moins de prêtres
poſſible, et le plus d'artiſans. L'ignorance et la barbarie

de nos pères, loin d'être une règle pour nous, n'eſt
qu'un avertiſſement de faire ce qu'ils feraient s'ils
étaient en notre place avec nos lumières.

Ce n'eſt donc point par haine contre les moines
que vous voulez les abolir, c'eſt par pitié pour eux,
c'eſt par amour pour la patrie. Je penſe comme vous.
Je ne voudrais point que mon fils fût moine; et ſi je
croyais que je duſſe avoir des enfans pour le cloître,
je ne coucherais plus avec ma femme.

Quel eſt en effet le bon père de famille qui ne gémiſſe
de voir ſon fils et ſa fille perdus pour la ſociété ? cela
s'appelle *ſe ſauver ;* mais un ſoldat qui ſe ſauve quand
il faut combattre , eſt puni. Nous ſommes tous les
ſoldats de l'Etat ; nous ſommes à la ſolde de la ſociété ,
nous devenons des déſerteurs quand nous la quittons.
Que dis-je ! les moines font des parricides qui étouf-
fent une poſtérité toute entière. Quatre-vingt-dix mille
cloîtrés, qui braillent ou qui naſillent du latin, pourraient donner à l'Etat chacun deux ſujets : cela fait
cent ſoixante mille hommes qu'ils font périr dans leur
germe. Au bout de cent ans la perte eſt immenſe ;
cela eſt démontré. (13)

_____

(13) C'eſt une erreur. Le nombre des hommes dépend eſſentiellement
de la quantité des ſubſiſtances : dans un grand Etat comme la France,
quatre-ving-dix mille perſonnes enlevées à la culture et aux arts utiles
cauſent ſans doute une perte ; mais l'induſtrie du reſte de la nation la
répare ſans peine. Les moines ſont ſur-tout nuiſibles, parce qu'ils ſervent
à nourrir le fanatiſme et la ſuperſtition , et parce qu'ils abſorbent des
richeſſes immenſes qui pourraient être employées au ſoulagement du
peuple, ou pour l'éducation publique. Au reſte, il ne ſerait pas impoſſible
de calculer l'effet que peut avoir ſur la population l'exiſtence d'une claſſe
de célibataires ; mais ce calcul ſerait très-compliqué , et dépend d'un beaucoup plus grand nombre d'élémens , que ne l'ont cru les ſavans d'après le
calcul deſquels M. de *Voltaire* parle ici.

Pourquoi donc le monachifme a-t-il prévalu ? parce que le gouvernement fut prefque par-tout déteftable et abfurde depuis *Conftantin ;* parce que l'empire romain eut plus de moines que de foldats ; parce qu'il y en avait cent mille dans la feule Egypte ; parce qu'ils étaient exempts de travail et de taxe ; parce que les chefs des nations barbares qui détruifirent l'empire s'étant faits chrétiens pour gouverner des chrétiens, exercèrent la plus horrible tyrannie ; parce qu'on fe jetait en foule dans les cloîtres, pour échapper aux fureurs de ces tyrans, et qu'on fe plongeait dans un efclavage pour en éviter un autre ; parce que les papes, en inftituant tant d'ordres différens de fainéans facrés, fe firent autant de fujets dans les autres Etats ; parce qu'un payfan aime mieux être appelé *mon révérend père,* et donner des bénédictions, que de conduire la charrue ; parce qu'il ne fait pas que la charrue eft plus noble que le froc ; parce qu'il aime mieux vivre aux dépens des fots, que par un travail honnête ; enfin parce qu'il ne fait pas qu'en fe fefant moine, il fe prépare des jours malheureux, tiffus d'ennui et de repentir.

Allons, Monfieur, plus de moines, pour leur bonheur et pour le nôtre. Mais je fuis fâché d'entendre dire au feigneur de mon village, père de quatre garçons et de trois filles, qu'il ne faura où les placer, s'il ne fait pas fes filles religieufes.

Cette allégation trop fouvent repétée eft inhumaine ; anti-patriotique, deftructive de la fociété.

Toutes les fois qu'on peut dire d'un état de vie, quel qu'il puiffe être, fi tout le monde embraffait cet état, le genre humain ferait perdu, il eft démontré que cet état ne vaut rien, et que celui qui le prend nuit au genre humain autant qu'il eft en lui.

Or il eft clair que fi tous les garçons et toutes les filles s'encloîtraient, le monde périrait : donc la moinerie eft par cela feul l'ennemie de la nature humaine, indépendamment des maux affreux qu'elle a caufés quelquefois.

Ne pourrait-on pas en dire autant des foldats ?

Non affurément : car fi chaque citoyen porte les armes à fon tour, comme autrefois dans toutes les républiques, et fur-tout dans celle de Rome, le foldat n'en eft que meilleur cultivateur ; le foldat citoyen fe marie, il combat pour fa femme et pour fes enfans. Plût à Dieu que tous les laboureurs fuffent foldats et mariés ! ils feraient d'excellens citoyens. Mais un moine, en tant que moine, n'eft bon qu'à dévorer la fubftance de fes compatriotes. Il n'y a point de vérité plus reconnue.

Mais les filles, Monfieur, les filles des pauvres gentilshommes, qu'on ne peut marier, que feront-elles ?

Elles feront, on l'a dit mille fois, comme les filles d'Angleterre, d'Ecoffe, d'Irlande, de Suiffe, de Hollande, de la moitié de l'Allemagne, de Suède, de Norvège, du Danemarck, de Tartarie, de Turquie, d'Afrique, et de prefque tout le refte de la terre. Elles feront bien meilleures époufes, bien meilleures mères, quand on fe fera accoutumé, ainfi qu'en Allemagne, à prendre des femmes fans dot. Une femme ménagère

et laborieufe fera plus de bien dans une maifon que
la fille d'un financier, qui dépenfe plus en fuperfluités
qu'elle n'a porté de revenu chez fon mari.

Il faut qu'il y ait des maifons de retraite pour la
vieilleffe, pour l'infirmité, pour la difformité. Mais
par le plus déteftable des abus, les fondations ne font
que pour la jeuneffe et pour les perfonnes bien con-
formées. On commence dans le cloître par faire étaler
aux novices des deux fexes leur nudité, malgré toutes
les lois de la pudeur ; on les examine attentivement
devant et derrière. Qu'une vieille boffue aille fe préfenter pour entrer dans un cloître, on la chaffera avec
mépris, à moins qu'elle ne donne une dot immenfe.
Que dis-je! toute religieufe doit être dotée, fans quoi
elle eft le rebut du couvent. Il n'y eut jamais d'abus
plus intolérable. (14)

Allez, allez, Monfieur, je vous jure que mes filles
ne feront jamais religieufes. Elles apprendront à filer,
à coudre, à faire de la dentelle, à broder, à fe rendre
utiles. Je regarde les vœux comme un attentat contre
la patrie et contre foi-même. Expliquez-moi, je vous
prie, comment il fe peut faire qu'un de mes amis,
pour contredire le genre humain, prétende que les
moines font très-utiles à la population d'un Etat,
parce que leurs bâtimens font mieux entretenus que
ceux des feigneurs, et leurs terres mieux cultivées.

---

(14) Le grand duc *Léopold* vient de défendre aux couvens de fes Etats,
d'exiger ni même de recevoir aucune dot : mais, de peur que des parens
avares ne trouvent dans cette loi un encouragement pour forcer leurs filles
à prendre le parti du cloître, ils feront obligés de donner aux hôpitaux
une dot égale à celle que le couvent aurait exigée.

Hé, quel eft donc votre ami qui avance une propofition fi étrange ?

C'eft l'ami des hommes, ou plutôt celui des
moines.

Il a voulu rire ; il fait trop bien que dix familles
qui ont chacune cinq mille livres de rente en terre,
font cent fois, mille fois plus utiles qu'un couvent qui
jouit d'un revenu de cinquante mille livres, et qui a
toujours un tréfor fecret. Il vante les belles maifons,
bâties par les moines ; et c'eft précifément ce qui irrite
les citoyens ; c'eft le fujet des plaintes de l'Europe.
Le vœu de pauvreté condamne les palais, comme le
vœu d'humilité contredit l'orgueil, et comme le vœu
d'anéantir fa race contredit la nature.

Je commence à croire qu'il faut beaucoup fe défier
des livres.

Il faut en ufer avec eux comme avec les hommes ;
choifir les plus raifonnables, les examiner, et ne fe
rendre jamais qu'à l'évidence.

Des impôts payés à l'étranger.

Il y a un mois que l'homme aux quarante écus
vint me trouver en fe tenant les côtés de rire, et il
riait de fi grand cœur, que je me mis à rire auffi fans
favoir de quoi il était queftion : tant l'homme eft né
imitateur, tant l'inftinct nous maîtrife, tant les grands
mouvemens de l'ame font contagieux !

Ut ridentibus arrident, ita flentibus adflent (e)
Humani vultus.

(e) Le jéfuite *Sanadon* a mis *adfunt* pour *adflent*. Un amateur d'*Horace*
prétend que c'eft pour cela qu'on a chaffé les jéfuites.

Quand il eut bien ri, il me dit qu'il venait de rencontrer un homme qui fe difait protonotaire du faint fiége, et que cet homme envoyait une groffe fomme d'argent à trois cents lieues d'ici à un italien, au nom d'un français à qui le roi avait donné un petit fief, et que ce français ne pourrait jamais jouir des bienfaits du roi, s'il ne donnait à cet italien la première année de fon revenu.

La chofe eft très-vraie, lui dis-je, mais elle n'eft pas fi plaifante. Il en coûte à la France environ quatre cents mille livres par an en menus droits de cette efpèce; et depuis environ deux fiècles et demi que cet ufage dure, nous avons déjà porté en Italie quatre-vingts millions.

Dieu paternel! s'écria-t-il, que de fois quarante écus! cet italien-la nous fubjugua donc, il y a deux fiècles et demi! il nous impofa ce tribut! Vraiment, répondis-je, il nous en impofait autrefois d'une façon bien plus onéreufe. Ce n'eft-là qu'une bagatelle en comparaifon de ce qu'il leva long-temps fur notre pauvre nation et fur les autres pauvres nations de l'Europe. Alors je lui racontai comment ces faintes ufurpations s'étaient établies; il fait un peu d'hiftoire; il a du bon fens; il comprit aifément que nous avions été des efclaves auxquels il reftait encore un petit bout de chaîne. Il parla long-temps avec énergie contre cet abus; mais avec quel refpect pour la religion en général! comme il révérait les évêques! comme il leur fouhaitait beaucoup de quarante écus, afin qu'ils les dépenfaffent dans leurs diocèfes en bonnes œuvres!

Il voulait auffi que tous les curés de campagne

euffent un nombre de quarante écus fuffifant pour les
faire vivre avec décence. Il eft trifte., difait-il, qu'un
curé foit obligé de difputer trois gerbes de blé à fon
ouaille , et qu'il ne foit pas largement payé par la province. Il eft honteux que ces meffieurs foient toujours
en procès avec leurs feigneurs. Ces conteftations éternelles pour des droits imaginaires , pour des dixmes ,
détruifent la confidération qu'on leur doit. Le malheureux cultivateur, qui a déjà payé aux prépofés fon
dixième , et les deux fous pour livre , et la taille , et la
capitation , et le rachat du logement des gens de
guerre, après qu'il a logé des gens de guerre , &c. &c.
cet infortuné , dis-je , qui fe voit encore enlever le
dixième de fa récolte par fon curé , ne le regarde
plus comme fon pafteur, mais comme fon écorcheur,
qui lui arrache le peu de peau qui lui refte. Il fent
bien qu'en lui enlevant la dixième gerbe de droit
divin , on a la cruauté diabolique de ne pas lui
tenir compte de ce qu'il lui en a coûté pour faire
croître cette gerbe. Que lui refte-t-il pour lui et pour
fa famille ? les pleurs, la difette, le découragement, le
défefpoir ; et il meurt de fatigue et de mifère. Si le
curé était payé par la province , il ferait la confolation
de fes paroiffiens , au lieu d'être regardé par eux
comme leur ennemi.

Ce digne homme s'attendriffait en prononçant ces
paroles ; il aimait fa patrie , et était idolâtre du bien
public. Il s'écriait quelquefois : Quelle nation que la
françaife, fi on voulait !

Nous allâmes voir fon fils à qui fa mère bien propre
et bien lavée donnait un gros teton blanc. L'enfant
était fort joli. Hélas ! dit le père, te voilà donc , et

tu

tu n'as pas vingt-trois ans de vie, et quarante écus à prétendre !

Des proportions.

Le produit des extrêmes eft égal au produit des moyens; mais deux facs de blé volés ne font pas à ceux qui les ont pris, comme la perte de leur vie l'eft à l'intérêt de la perfonne volée.

Le prieur de ***, à qui deux de fes domeftiques de campagne avaient dérobé deux fetiers de blé, vient de faire pendre les deux délinquans. Cette exécution lui a plus coûté que toute fa récolte ne lui a valu, et depuis ce temps il ne trouve plus de valets.

Si les lois avaient ordonné que ceux qui voleraient le blé de leur maître, laboureraient fon champ toute leur vie, les fers aux pieds et une fonnette au cou, attachée à un carcan, ce prieur aurait beaucoup gagné.

Il faut effrayer le crime; oui, fans doute : mais le travail forcé et la honte durable l'intimident plus que la potence.

Il y a quelques mois qu'à Londres un malfaiteur fut condamné à être tranfporté en Amérique pour y travailler aux fucreries avec les Nègres. Tous les criminels en Angleterre, comme en bien d'autres pays, font reçus à préfenter requête au roi, foit pour obtenir grâce entière, foit pour diminution de peine. Celui-ci préfenta requête pour être pendu : il alléguait qu'il haïffait mortellement le travail, et qu'il aimait mieux être étranglé une minute, que de faire du fucre toute fa vie.

D'autres peuvent penfer autrement; chacun a fon goût; mais on a déjà dit, et il faut le répéter, qu'un

Romans. Tome II.   E

pendu n'eſt bon à rien, et que les ſupplices doivent être utiles.

Il y a quelques années que l'on condamna dans la Tartarie (*) deux jeunes gens à être empalés, pour avoir regardé, leur bonnet ſur la tête, paſſer une proceſſion de lamas. L'empereur de la Chine, (**) qui eſt un homme de beaucoup d'eſprit, dit qu'il les aurait condamnés à marcher nu-tête à la proceſſion pendant trois mois.

Proportionnez les peines aux délits, a dit le marquis *Beccaria;* ceux qui ont fait les lois n'étaient pas géomètres.

Si l'abbé *Guyon*, ou *Cogé*, ou l'ex-jéſuite *Nonotte*, ou l'ex-jéſuite *Patouillet*, ou le prédicant *la Beaumelle*, font de miſérables libelles où il n'y a ni vérité, ni raiſon, ni eſprit, irez-vous les faire pendre, comme le prieur de *** a fait pendre ſes deux domeſtiques; et cela ſous prétexte que les calomniateurs ſont plus coupables que les voleurs?

Condamnerez-vous *Fréron* même aux galères, pour avoir inſulté le bon goût, et pour avoir menti toute ſa vie dans l'eſpérance de payer ſon cabaretier?

Ferez-vous mettre au pilori le ſieur *Larcher*, parce qu'il a été très-peſant, parce qu'il a entaſſé erreur ſur erreur, parce qu'il n'a jamais ſu diſtinguer aucun degré de probabilité, parce qu'il veut que, dans une antique et immenſe cité, renommée par ſa police et par la jalouſie des maris, dans Babylone enfin où les femmes étaient gardées par des eunuques, toutes les princeſſes allaſſent par dévotion donner publiquement leurs

(*) A Abbeville.
(**) Le roi de Pruſſe.

faveurs dans la cathédrale aux étrangers pour de l'argent? Contentons-nous de l'envoyer fur les lieux courir les bonnes fortunes; foyons modérés en tout; mettons de la proportion entre les délits et les peines.

Pardonnons à ce pauvre *Jean - Jacques*, lorfqu'il n'écrit que pour fe contredire, lorfqu'après avoir donné une comédie fifflée fur le théâtre de Paris, il injurie ceux qui en font jouer à cent lieues de là; lorfqu'il cherche des protecteurs, et qu'il les outrage; lorfqu'il déclame contre les romans, et qu'il fait des romans dont le héros eft un fot précepteur qui reçoit l'aumône d'une fuiffeffe à laquelle il a fait un enfant, et qui va dépenfer fon argent dans un bordel de Paris: laiffons-le croire qu'il a furpaffé *Fénélon* et *Xénophon*, en élevant un jeune homme de qualité dans le métier de menuifier : ces extravagantes platitudes ne méritent pas un décret de prife de corps; les petites-maifons fuffifent avec de bons bouillons, de la faignée et du régime.

Je hais les lois de *Dracon*, qui puniffaient également les crimes et les fautes, la méchanceté et la folie. Ne traitons point le jéfuite *Nonotte*, qui n'eft coupable que d'avoir écrit des bêtifes et des injures, comme on a traité les jéfuites *Malagrida*, *Oldecorne*, *Garnet*, *Guignard*, *Gueret*, et comme on devait traiter le jéfuite *le Tellier* qui trompa fon roi, et qui troubla la France. Diftinguons principalement dans tout procès, dans toute contention, dans toute querelle, l'agreffeur de l'outragé, l'oppreffeur de l'opprimé. La guerre offenfive eft d'un tyran ; celui qui fe défend eft un homme jufte.

E 2

Comme j'étais plongé dans ces réflexions, l'homme
aux quarante écus me vint voir tout en larmes. Je lui
demandai avec émotion fi fon fils qui devait vivre
vingt-trois ans était mort. Non, dit-il, le petit fe porte
bien et ma femme auffi ; mais j'ai été appelé en
témoignage contre un meûnier à qui on a fait fubir la
queftion ordinaire et extraordinaire, et qui s'eft trouvé
innocent ; je l'ai vu s'évanouir dans les tortures redou-
blées ; j'ai entendu craquer fes os ; j'entends encore fes
cris et fes hurlemens ; ils me pourfuivent ; je pleure de
pitié, et je tremble d'horreur. Je me mis à pleurer et
à frémir auffi ; car je fuis extrêmement fenfible.

Ma mémoire alors me repréfenta l'aventure épouvantable des *Calas*, une mère vertueufe dans les fers,
fes filles éplorées et fugitives, fa maifon au pillage,
un père de famille refpectable brifé par la torture,
agonifant fur la roüe et expirant dans les flammes ;
un fils chargé de chaînes, traîné devant les juges,
dont un lui dit : *Nous venons de rouer votre père, nous
allons vous rouer auffi.*

Je me fouvins de la famille de *Sirven*, qu'un de
mes amis rencontra dans des montagnes couvertes de
glaces, lorfqu'elle fuyait la perfécution d'un juge auffi
inique qu'ignorant. Ce juge, me dit-il, a condamné
toute cette famille innocente au fupplice, en fuppo-
fant, fans la moindre apparence de preuve, que le
père et la mère, aidés de deux de leurs filles, avaient
égorgé et noyé la troifième, de peur qu'elle n'allât à la
meffe. Je voyais à la fois dans des jugemens de cette
efpèce l'excès de la bêtife, de l'injuftice et de la
barbarie.

Nous plaignions la nature humaine, l'homme aux

quarante écus et moi. J'avais dans ma poche le difcours d'un avocat général de Dauphiné, qui roulait
en partie fur ces matières intéreffantes : je lui en lus
les endroits fuivans.

,, Certes, ce furent des hommes véritablement
,, grands qui osèrent les premiers fe charger de gou-
,, verner leurs femblables, et s'impofer le fardeau de
,, la félicité publique; qui, pour le bien qu'ils voulaient
,, faire aux hommes, s'exposèrent à leur ingratitude;
,, et, pour le repos d'un peuple, renoncèrent au leur;
,, qui fe mirent, pour ainfi dire, entre les hommes et
,, la Providence, pour leur compofer, par artifice, un
,, bonheur qu'elle femblait leur avoir refufé.

. . . .

,, Quel magiftrat, un peu fenfible à fes devoirs, à
,, la feule humanité, pourrait foutenir ces idées ?
,, Dans la folitude d'un cabinet pourra-t-il, fans frémir
,, d'horreur et de pitié, jeter les yeux fur ces papiers,
,, monumens infortunés du crime ou de l'innocence?
,, ne lui femble-t-il pas entendre des voix gémiffantes
,, fortir de ces fatales écritures, et le preffer de décider
,, du fort d'un citoyen, d'un époux, d'un père, d'une
,, famille? Quel juge impitoyable (s'il eft chargé d'un
,, feul procès criminel) pourra paffer de fang froid
,, devant une prifon? C'eft donc moi, dira-t-il, qui
,, retiens dans ce déteftable féjour mon femblable,
,, peut-être mon égal, mon concitoyen, un homme
,, enfin! c'eft moi qui le lie tous les jours, qui ferme
,, fur lui ces odieufes portes ! peut-être le défefpoir
,, s'eft emparé de fon ame; il pouffe vers le ciel mon
,, nom avec des malédictions, et fans doute il attefte

E 3

,, contre moi le grand juge qui nous obſerve et doit
,, nous juger tous les deux.

. . . .

,, Ici un ſpectacle effrayant ſe préſente tout à coup
,, à mes yeux ; le juge ſe laſſe d'interroger par la parole ;
,, il veut interroger par les ſupplices : impatient dans
,, ſes recherches , et peut-être irrité de leur inutilité ,
,, on apporte des torches , des chaînes , des leviers et
,, tous ces inſtrumens inventés pour la douleur. Un
,, bourreau vient ſe mêler aux fonctions de la magiſ-
,, trature , et terminer par la violence un interrogatoire
,, commencé par la liberté.

,, Douce philoſophie ! toi qui ne cherches la vérité
,, qu'avec l'attention et la patience , t'attendais-tu que ,
,, dans ton ſiècle , on employât de tels inſtrumens pour
,, la découvrir ?

,, Eſt-il bien vrai que nos lois approuvent cette
,, méthode inconcevable , et que l'uſage la conſacre ?

. . . .

,, Leurs lois imitent leurs préjugés ; les punitions
,, publiques ſont auſſi cruelles que les vengeances
,, particulières , et les actes de leur raiſon ne ſont guère
,, moins impitoyables que ceux de leurs paſſions.
,, Quelle eſt donc la cauſe de cette bizarre oppoſition ?
,, c'eſt que nos préjugés ſont anciens et que notre
,, morale eſt nouvelle ; c'eſt que nous ſommes auſſi
,, pénétrés de nos ſentimens qu'inattentifs à nos idées ;
,, c'eſt que l'avidité des plaiſirs nous empêche de
,, réfléchir ſur nos beſoins , et que nous ſommes plus
,, empreſſés de vivre que de nous diriger ; c'eſt en
,, un mot que nos mœurs ſont douces , et qu'elles ne

„ font pas bonnes ; c'eft que nous fommes polis , et
„ que nous ne fommes feulement pas humains. „

Ces fragmens, que l'éloquence avait dictés à l'humanité, remplirent le cœur de mon ami d'une douce
confolation. Il admirait avec tendréfle. Quoi! difait-il
dans fon tranfport, on fait des chefs - d'œuvre en
province ! on m'avait dit qu'il n'y a que Paris dans
le monde.

Il n'y a que Paris , lui dis-je , où l'on faffe des
opéra comiques; mais il y a aujourd'hui dans les provinces beaucoup de magiftrats qui penfent avec la
même vertu, et qui s'expriment avec la même force.
Autrefois les oracles de la juftice , ainfi que ceux de la
morale , n'étaient que ridicules. Le docteur *Balouard*
déclamait au barreau, et arlequin dans la chaire. La
philofophie eft enfin venue; elle a dit : Ne parlez en
public que pour dire des vérités neuves et utiles , avec
l'éloquence du fentiment et de la raifon.

Mais fi nous n'avons rien de neuf à dire? fe font
écrié les parleurs. Taifez-vous alors , a répondu la
philofophie; tous ces vains difcours d'appareil, qui ne
contiennent que des phrafes, font comme le feu de la
Saint-Jean, allumé le jour de l'année où l'on a le
moins befoin de fe chauffer ; il ne caufe aucun plaifir ;
et il n'en refte pas même la cendre.

Que toute la France life les bons livres. Mais , malgré
les progrès de l'efprit humain, on lit très-peu; et parmi
ceux qui veulent quelquefois s'inftruire, la plupart
lifent très-mal. Mes voifins et mes voifines jouent après
dîner un jeu anglais que j'ai beaucoup de peine à
prononcer ; car on l'appelle *wisk*. Plufieurs bons bourgeois, plufieurs groffes têtes, qui fe croient de bonnes

têtes, vous difent avec un air d'importance, que les livres ne font bons à rien. Mais, meffieurs les Velches, favez-vous que vous n'êtes gouvernés que par des livres? favez-vous que l'ordonnance civile, le code militaire et l'évangile font des livres dont vous dépendez continuellement? Lifez, éclairez-vous; ce n'eft que par la lecture qu'on fortifie fon ame; la converfation la diffipe, le jeu la refferre.

J'ai bien peu d'argent, me répondit l'homme aux quarante écus; mais fi jamais je fais une petite fortune, j'acheterai des livres chez *Marc-Michel Rey*.

De la vérole.

L'HOMME aux quarante écus demeurait dans un petit canton où l'on n'avait jamais mis de foldats en garnifon depuis cent cinquante années. Les mœurs, dans ce coin de terre inconnu, étaient pures comme l'air qui l'environne. On ne favait pas qu'ailleurs l'amour pût être infecté d'un poifon deftructeur, que les générations fuffent attaquées dans leur germe, et que la nature, fe contredifant elle-même, pût rendre la tendreffe horrible et le plaifir affreux; on fe livrait à l'amour avec la fécurité de l'innocence. Des troupes vinrent et tout changea.

Deux lieutenans, l'aumônier du régiment, un caporal et un foldat de recrue, qui fortait du féminaire, fuffirent pour empoifonner douze villages en moins de trois mois. Deux coufines de l'homme aux quarante écus fe virent couvertes de puftules calleufes; leurs beaux cheveux tombèrent; leur voix devint rauque; les paupières de leurs yeux fixes et éteints fe chargèrent d'une couleur livide, et ne fe fermèrent plus pour laiffer entrer le repos dans des membres difloqués, qu'une carie fecrète commençait à ronger comme ceux de l'arabe *Job*, quoique *Job* n'eût jamais eu cette maladie.

Le chirurgien major du régiment, homme d'une grande expérience, fut obligé de demander des aides à la cour pour guérir toutes les filles du pays. Le miniftre de la guerre, toujours porté d'inclination à foulager le beau fexe, envoya une recrue de fraters, qui gâtèrent d'une main ce qu'ils rétablirent de l'autre.

L'homme aux quarante écus lifait alors l'hiftoire philofophique de *Candide*, traduite de l'allemand du docteur *Ralph*, qui prouve évidemment que tout eft bien, et qu'il était abfolument *impoffible*, dans le meilleur des mondes *poffibles*, que la vérole, la pefte, la pierre, la gravelle, les écrouelles, la chambre de Valence (15) et l'inquifition n'entraffent dans la compofition de l'univers, de cet univers uniquement fait pour l'homme, roi des animaux et image de DIEU, auquel on voit bien qu'il reffemble comme deux gouttes d'eau.

Il lifait, dans l'hiftoire véritable de *Candide*, que

_____

(15) Les cours des aides, juges ordinaires et fouverains des délits en matière d'impôts, n'étant ni affez expéditives ni affez févères au jugement des fermiers généraux, ils obtinrent d'un contrôleur des finances, nommé *Orri*, vers 1730, l'érection de trois ou quatre commiffions fouveraines, dont les juges, payés par eux, s'empreffèrent de gagner leur argent. Un de ces juges, nommé *Collot*, a été prefque auffi fameux que *Bâville*, *Laubardemont*, *Pierre d'Ancre*, le duc d'*Albe* et le prévôt de *Louis XI* ont pu l'être dans leur temps. On établit une de ces chambres à Valence, et elle fubfifte encore.

le fameux docteur *Panglofs* avait perdu dans le traitement un œil et une oreille. Hélas ! dit-il, mes deux
coufines , mes deux pauvres coufines feront - elles
borgnes ou borgnefses et efforillées? Non, lui dit le
major confolateur : les Allemands ont la main lourde ;
mais nous autres , nous guériffons les filles promptement , furement et agréablement.

En effet, les deux jolies coufines en furent quittes
pour avoir la tête enflée comme un ballon pendant
fix femaines, pour perdre la moitié de leurs dents ,
en tirant la langue d'un demi-pied , et pour mourir
de la poitrine au bout de fix mois.

Pendant l'opération, le coufin et le chirurgien major
raifonnèrent ainfi.

L'HOMME AUX QUARANTE ECUS.

Eft-il poffible , Monfieur, que la nature ait attaché
de fi épouvantables tourmens à un plaifir fi néceffaire ,
tant de honte à tant de gloire , et qu'il y ait plus de
rifque à faire un enfant qu'à tuer un homme? Serait-il
vrai au moins, pour notre confolation , que ce fléau
diminue un peu fur la terre , et qu'il devienne moins
dangereux de jour en jour.

LE CHIRURGIEN MAJOR.

Au contraire , il fe répand de plus en plus dans
toute l'Europe chrétienne ; il s'eft étendu jufqu'en
Sibérie ; j'en ai vu mourir plus de cinquante perfonnes,
et fur-tout un grand général d'armée et un miniftre
d'Etat fort fage. Peu de poitrines faibles réfiftent à la
maladie et au remède. Les deux fœurs, la petite et la
groffe , fe font liguées encore plus que les moines pour
détruire le genre humain.

L'HOMME AUX QUARANTE ÉCUS.

Nouvelle raifon pour abolir les moines, afin que, remis au rang des hommes, ils réparent un peu le mal que font les deux fœurs. Dites-moi, je vous prie, fi les bêtes ont la vérole.

LE CHIRURGIEN.

Ni la petite, ni la groffe, ni les moines ne fònt connus chez elles.

L'HOMME AUX QUARANTE ÉCUS.

Il faut donc avouer qu'elles font plus heureufes et plus prudentes que nous dans ce meilleur dès mondes.

LE CHIRURGIEN.

Je n'en ai jamais douté; elles éprouvent bien moins de maladies que nous; leur inftinct eft bien plus sûr que notre raifon : jamais ni le paffé ni l'avenir ne les tourmentent.

L'HOMME AUX QUARANTE ÉCUS.

Vous avez été chirurgien d'un ambaffadeur de France en Turquie; y a-t-il beaucoup de vérole à Conftantinople?

LE CHIRURGIEN.

Les francs l'ont apportée dans le faubourg de Péra où ils demeurent. J'y ai connu un capucin qui en était mangé comme *Panglófs*; mais elle n'eft point parvenue dans la ville; les francs n'y couchent prefque jamais. Il n'y a prefque point de filles publiques dans cette ville immenfe. Chaque homme riche a des femmes, efclaves de Circaffie, toujours gardées, toujours fur-veillées, dont la beauté ne peut être dangereufe. Les

Turcs appellent la vérole *le mal chrétien;* et cela redouble le profond mépris qu'ils ont pour notre théologie. Mais en récompenfe, ils ont la pefte, maladie d'Egypte dont ils font peu de cas, et qu'ils ne fe donnent jamais la peine de prévenir.

L'HOMME AUX QUARANTE ECUS.

En quel temps croyez-vous que ce fléau commença dans l'Europe?

LE CHIRURGIEN.

Au retour du premier voyage de *Chriftophe Colomb*, chez des peuples innocens qui ne connaiffaient ni l'avarice ni la guerre, vers l'an 1494. Ces nations fimples et juftes étaient attaquées de ce mal de temps immémorial, comme la lèpre régnait chez les Arabes et chez les Juifs, et la pefte chez les Egyptiens. Le premier fruit que les Efpagnols recueillirent de cette conquête du nouveau monde fut la vérole; elle fe répandit plus promptement que l'argent du Mexique, qui ne circula que long-temps après en Europe. La raifon en eft que dans toutes les villes il y avait alors de belles maifons publiques appelées *b*..... établies par l'autorité des fouverains pour conferver l'honneur des dames. Les Efpagnols portèrent le venin dans ces maifons privilégiées dont les princes et les évêques tiraient les filles qui leur étaient néceffaires. On a remarqué qu'à Conftance il y avait eu fept cents dix-huit filles pour le fervice du concile qui fit brûler fi dévotement *Jean Hus* et *Jérôme de Prague.*

On peut juger par ce feul trait avec quelle rapidité le mal parcourut tous les pays. Le premier feigneur qui en mourut fut l'illuftriffime et révérendiffime évêque et vice-roi de Hongrie, en 1499, que *Bartholomeo Montanagua*, grand médecin de Padoue, ne put guérir. *Gualtieri* affure que l'archevêque de Maïence, *Bertold de Henneberg*, *attaqué de la groffe vérole*, *rendit fon ame à* DIEU *en* 1504. On fait que notre roi *François I* en mourut. *Henri III* la prit à Venife; mais le jacobin *Jacques Clément* prévint l'effet de la maladie.

Le parlement de Paris, toujours zélé pour le bien public, fut le premier qui donna un arrêt contre la vérole, en 1497. Il défendit à tous les vérolés de refter dans Paris *fous peine de la hart*. Mais, comme il n'était pas facile de prouver juridiquement aux bourgeois et bourgeoifes qu'elles étaient en délit, cet arrêt n'eut pas plus d'effet que ceux qui furent rendus depuis contre l'émétique; et, malgré le parlement, le nombre des coupables augmenta toujours. Il eft certain que, fi on les avait exorcifés, au lieu de les faire pendre, il n'y en aurait plus aujourd'hui fur la terre; mais c'eft à quoi malheureufement on ne penfa jamais.

L'HOMME AUX QUARANTE ECUS.

Eft-il bien vrai ce que j'ai lu dans *Candide* que, parmi nous, quand deux armées de trente mille hommes chacune marchent enfemble en front de bannière, on peut parier qu'il y a vingt mille vérolés de chaque côté?

LE CHIRURGIEN.

Il n'eft que trop vrai. Il en eft de même dans les licences de forbonne. Que voulez-vous que faffent de jeunes bacheliers à qui la nature parle plus haut et plus ferme que la théologie? Je puis vous jurer que, proportion gardée, mes confrères et moi nous avons traité plus de jeunes prêtres que de jeunes officiers.

L'HOMME AUX QUARANTE ECUS.

N'y aurait-il point quelque manière d'extirper cette contagion qui défole l'Europe? on a déjà tâché d'affaiblir le poifon d'une vérole, ne pourra-t-on rien tenter fur l'autre?

LE CHIRURGIEN.

Il n'y aurait qu'un feul moyen, c'eft que tous les princes de l'Europe fe liguaffent enfemble comme dans les temps de *Godefroi de Bouillon*. Certainement une croifade contre la vérole ferait beaucoup plus raifonnable que ne l'ont été celles qu'on entreprit autrefois fi malheureufement contre *Saladin*, *Melecfala* et les Albigeois. Il vaudrait bien mieux s'entendre pour repouffer l'ennemi commun du genre humain, que d'être continuellement occupé à guetter le moment favorable de dévafter la terre et de couvrir les champs de morts, pour arracher à fon voifin deux ou trois villes et quelques villages. Je parle contre mes intérêts; car la guerre et la vérole font ma fortune: mais il faut être homme avant d'être chirurgien major.

C'eft ainfi que l'homme aux quarante écus fe formait, comme on dit, l'efprit et le cœur. Non-feulement il hérita de fes deux coufines qui moururent en fix mois; mais il eut encore la fucceffion d'un parent fort éloigné, qui avait été fous-fermier des hôpitaux des armées, et qui s'était fort engraiffé en mettant les foldats bleffés à la diète. Cet homme n'avait jamais voulu fe marier, il avait un affez joli férail. Il ne reconnut aucun de

fes parens, vécut dans la crapule et mourut à Paris
d'indigeftion. C'était un homme, comme on voit, fort
utile à l'Etat.

Notre nouveau philofophe fut obligé d'aller à Paris
pour recueillir l'héritage de fon parent. D'abord les
fermiers du domaine le lui difputèrent. Il eut le bonheur de gagner fon procès, et la générofité de donner
aux pauvres de fon canton, qui n'avaient pas leur
contingent de quarante écus de rente, une partie des
dépouilles du richard; après quoi il fe mit à fatisfaire
fa grande paffion d'avoir une bibliothèque.

Il lifait tous les matins, fefait des extraits, et le
foir il confultait les favans pour favoir en quelle langue
le ferpent avait parlé à notre bonne mère; fi l'ame eft
dans le corps calleux ou dans la glande pinéale; fi
St *Pierre* avait demeuré vingt-cinq ans à Rome; quelle
différence fpécifique eft entre un trône et une domination; et pourquoi les Nègres ont le nez épaté.
D'ailleurs, il fe propofa de ne jamais gouverner l'Etat,
et de ne faire aucune brochure contre les pièces nouvelles. On l'appelait monfieur *André*, c'était fon nom
de baptême. Ceux qui l'ont connu rendent juftice à fa
modeftie et à fes qualités, tant acquifes que naturelles.
Il a bâti une maifon commode dans fon ancien domaine
de quatre arpens. Son fils fera bientôt en âge d'aller
au collége; mais il veut qu'il aille au collége d'Har-
court et non à celui de Mazarin, à caufe du profeffeur
Cogé, qui fait des libelles, et parce qu'il ne faut pas
qu'un profeffeur de collége faffe des libelles.

Mme *André* lui a donné une fille fort jolie qu'il
efpère marier à un confeiller de la cour des aides,
pourvu que ce magiftrat n'ait pas la maladie que le

chirurgien major veut extirper dans l'Europe chrétienne.

Grande querelle.

PENDANT le féjour de M. *André* à Paris, il y eut
une querelle importante. Il s'agiffait de favoir fi *Marc-
Antonin* était un honnête homme, et s'il était en enfer
ou en purgatoire, ou dans les limbes, en attendant
qu'il reffufcitât. Tous les honnêtes gens prirent le parti
de *Marc-Antonin*. Ils difaient : *Antonin* a toujours été
jufte, fobre, chafte, bienfefant. Il eft vrai qu'il n'a pas
en paradis une place auffi belle que St *Antoine;* car il
faut des proportions, comme nous l'avons vu ; mais
certainement l'ame de l'empereur *Antonin* n'eft point
à la broche dans l'enfer ; fi elle eft en purgatoire, il
faut l'en tirer ; il n'y a qu'à dire des meffes pour lui :
les jéfuites n'ont plus rien à faire, qu'ils difent trois
mille meffes pour le repos de l'ame de *Marc-Antonin;*
ils y gagneront, à quinze fous la pièce, deux mille
deux cents cinquante livres. D'ailleurs on doit du
refpect à une tête couronnée ; il ne faut pas la damner
légèrement.

Les adverfaires de ces bonnes gens prétendaient, au
contraire, qu'il ne fallait accorder aucune compofition
à *Marc-Antonin;* qu'il était un hérétique ; que les
Carpocratiens et les Aloges n'étaient pas fi méchans
que lui ; qu'il était mort fans confeffion ; qu'il fallait
faire un exemple ; qu'il était bon de le damner pour
apprendre à vivre aux empereurs de la Chine et du
Japon, à ceux de Perfe, de Turquie et de Maroc,
aux rois d'Angleterre, de Suède, de Danemarck, de
Pruffe,

Pruffe, au ftathouder de Hollande, et aux avoyers du canton de Berne, qui n'allaient pas plus à confeffe que l'empereur *Marc-Antonin*; et qu'enfin c'eft un plaifir indicible de donner des décrets contre des fouverains morts, quand on ne peut en lancer contre eux de leur vivant, de peur de perdre fes oreilles.

La querelle devint auffi férieufe que le fut autrefois celle des urfulines et des annonciades, qui difputèrent à qui porterait plus long-temps des œufs à la coque entre les feffes fans les caffer. On craignit un fchifme, comme du temps des *cent et un contes de ma mère l'oie*, et de certains billets payables au porteur dans l'autre monde. C'eft une chofe bien épouvantable qu'un fchifme; cela fignifie *divifion dans les opinions*, et juf-qu'à ce moment fatal tous les hommes avaient penfé de même.

M. *André*, qui eft un excellent citoyen, pria les chefs des deux partis à fouper. C'eft un des bons convives que nous ayons; fon humeur eft douce et vive, fa gaieté n'eft point bruyante; il eft facile et ouvert; il n'a point cette forte d'efprit qui femble vouloir étouffer celui des autres; l'autorité qu'il fe concilie n'eft due qu'à fes grâces, à fa modération et à une phyfionomie ronde qui eft tout à fait perfuafive. Il aurait fait fouper gaiement enfemble un corfe et un génois, un repréfentant de Genève et un négatif, le muphti et un archevêque. Il fit tomber habilement les premiers coups que les difputans fe portaient, en détournant la converfation, et en fefant un conte très-agréable qui réjouit également les damnans et les damnés. Enfin, quand ils furent un peu en pointe de vin, il leur fit figner que l'ame de l'empereur *Marc-Antonin* refterait *in flatu quo*, c'eft-à-dire, je ne fais où, en attendant un jugement définitif.

Les ames des docteurs s'en retournèrent dans leurs limbes paifiblement après le fouper : tout fut tranquille. Cet accommodement fit un très-grand honneur à l'homme aux quarante écus ; et toutes les fois qu'il s'élevait une difpute bien acariâtre, bien virulente, entre les gens lettrés ou non lettrés, on difait aux deux partis : *Meffieurs, allez fouper chez M. André.*

Je connais deux factions acharnées qui, faute d'avoir été fouper chez M. *André*, fe font attiré de grands malheurs.

Scélérat chaffé.

LA réputation qu'avait acquife M. *André* d'apaifer les querelles en donnant de bons foupers lui attira, la femaine paffée, une fingulière vifite. Un homme noir, affez mal mis, le dos voûté, la tête penchée fur une épaule, l'œil hagard, les mains fort fales, vint le conjurer de lui donner à fouper avec fes ennemis.

Quels font vos ennemis, lui dit M. *André*, et qui êtes-vous ? Hélas ! dit-il, j'avoue, Monfieur, qu'on me prend pour un de ces maroufles qui font des libelles pour gagner du pain, et qui crient DIEU, DIEU, DIEU, religion, religion, pour attraper quelque petit bénéfice. On m'accufe d'avoir calomnié les citoyens les plus véritablement religieux, les plus fincères adorateurs de la Divinité, les plus honnêtes gens du royaume. Il eft vrai, Monfieur, que dans la chaleur de la compofition il échappe fouvent aux gens de mon métier de petites inadvertances qu'on prend

pour des erreurs groffières, des écarts que l'on qualifie
de menfonges impudens. Notre zèle eft regardé
comme un mélange affreux de friponnerie et de fanatifme. On affure que, tandis que nous furprenons la
bonne foi de quelques vieilles imbécilles, nous fommes le mépris et l'exécration de tous les honnêtes
gens qui favent lire.

Mes ennemis font les principaux membres des plus
illuftres académies de l'Europe, des écrivains honorés,
des citoyens bienfefans. Je viens de mettre en lumière
un ouvrage que j'ai intitulé *Anti-philofophique*. Je
n'avais que de bonnes intentions, mais perfonne n'a
voulu acheter mon livre. Ceux à qui je l'ai préfenté
l'ont jeté dans le feu, en me difant qu'il n'était pas
feulement anti-raifonnable, mais anti-chrétien et
très-anti-honnête.

Hé bien, lui dit M. *André*, imitez ceux à qui vous
avez préfenté votre libelle ; jetez-le dans le feu, et
qu'il n'en foit plus parlé. Je loue fort votre repentir ;
mais il n'eft pas poffible que je vous faffe fouper avec
des gens d'efprit qui ne peuvent être vos ennemis,
attendu qu'ils ne vous liront jamais.

Ne pourriez-vous pas du moins, Monfieur, dit le
cafard, me réconcilier avec les parens de feu M. de
Montefquieu dont j'ai outragé la mémoire, pour glóri-
fier le révérend père *Rout* qui vint affiéger fes derniers
momens, et qui fut chaffé de fa chambre ?

Morbleu, lui dit M. *André*, il y a long-temps que
le révérend père *Rout* eft mort ; allez-vous-en fouper
avec lui.

C'eft un rude homme que M. *André* quand il a
affaire à cette efpèce méchante et fotte. Il fentit que le

F 2

cafard ne voulait fouper chez lui avec des gens de
mérite que pour engager une difpute, pour les aller
enfuite calomnier, pour écrire contre eux, pour
imprimer de nouveaux menfonges. Il le chaffa de fa
maifon, comme on avait chaffé *Rout* de l'appartement
du préfident de *Montefquieu*. (16)

On ne peut guère tromper M. *André*. Plus il était
fimple et naïf quand il était l'homme aux quarante
écus, plus il eft devenu avifé quand il a connu les
hommes.

Le bon fens de M. André.

COMME le bon fens de M. *André* s'eft fortifié
depuis qu'il a une bibliothèque ! il vit avec les livres
comme avec les hommes ; il choifit, et il n'eft jamais
la dupe des noms. Quel plaifir de s'inftruire et
d'agrandir fon ame pour un écu, fans fortir de chez
foi !

Il fe félicite d'être né dans un temps où la raifon
humaine commence à fe perfectionner. Que je ferais
malheureux, dit-il, fi l'âge où je vis était celui du jéfuite
Garaffe, du jéfuite *Guignard*, ou du docteur *Boucher*,

_____

(16) Il s'agit ici du jéfuite *Paulian*, qui envoya un mauvais dictionnaire de phyfique à M. de *Voltaire*, en lui écrivant qu'il le regardait
comme un des plus grands hommes de fon fiècle, et fit l'année d'après
un dictionnaire anti-philofophique digne de fon titre, dans lequel M. de
Voltaire était infulté avec la groffièreté d'un moine et l'infolence d'un
jéfuite. Il n'eft pas rigoureufement vrai que *Rout* ait été chaffé de la chambre
de *Montefquieu* mourant ; on ne l'ofa point, parce que les jéfuites avaient
encore du crédit : mais il eft très-vrai qu'il troubla les derniers momens
de cet homme célèbre, qu'il voulut le forcer à lui livrer fes papiers,
et qu'il ne put y réuffir ; peu d'heures avant que *Montefquieu* n'expirât,
on renvoya *Rout* et fon compagnon ivres morts dans leur couvent.

du docteur *Aubri*, du docteur *Guinceſtre*, ou des gens qui condamnaient aux galéres ceux qui écrivaient contre les catégories d'*Ariſtote* !

La misère avait affaibli les reſſorts de l'ame de M. *André* ; le bien-être leur a rendu leur élaſticité. Il y a mille *Andrés* dans le monde auxquels il n'a manqué qu'un tour de roue de la fortune pour en faire des hommes d'un vrai mérite.

Il eſt aujourd'hui au fait de toutes les affaires de l'Europe, et fur-tout des progrès de l'eſprit humain.

Il me femble, me difait-il mardi dernier, que la raifon voyage à petites journées, du Nord au Midi, avec fes deux intimes amies l'expérience et la tolérance. L'agriculture et le commerce l'accompagnent. Elle s'eſt préfentée en Italie, mais la congrégation de l'indice l'a repouſſée. Tout ce qu'elle a pu faire a été d'envoyer fecrétement quelques-uns de fes facteurs, qui ne laiſſent pas de faire du bien. Encore quelques années, et le pays des *Scipion* ne fera plus celui des arlequins enfroqués.

Elle a de temps en temps de cruels ennemis en France ; mais elle y a tant d'amis qu'il faudra bien à la fin qu'elle y foit premier miniſtre.

Quand elle s'eſt préfentée en Bavière et en Autriche, elle a trouvé deux ou trois groſſes têtes à perruque qui l'ont regardée avec des yeux ſtupides et étonnés. Ils lui ont dit : Madame, nous n'avons jamais entendu parler de vous ; nous ne vous connaiſſons pas. Meſſieurs, leur a-t-elle répondu, avec le temps vous me connaîtrez et vous m'aimerez. (*) Je fuis très-bien

_____
(*) Et ce temps eſt venu.

F 3

reçue à Berlin , à Mofcou , à Copenhague , à Stoc-
kholm. Il y a long-temps que par le crédit de *Locke*, de
Gordon , de *Trenchard*, de milord *Shaftesbury* et de tant
d'autres , j'ai reçu mes lettres de naturalité en Angleterre : vous m'en accorderez un jour ; je fuis la fille du
temps , et j'attends tout de mon père.

Quand elle a paffé fur les frontières de l'Efpagne et
du Portugal , elle a béni D I E U de voir que les bûchers
de l'inquifition n'étaient plus fi fouvent allumés ; elle
a efpéré beaucoup en voyant chaffer les jéfuites ; mais
elle a craint qu'en purgeant le pays des renards on ne
le laifsât expofé aux loups.

Si , elle fait encore des tentatives pour entrer en
Italie , on croit qu'elle commencera par s'établir à
Venife , et qu'elle féjournera dans le royaume de
Naples , malgré toutes les liquéfactions de ce pays-là
qui lui donnent des vapeurs. On prétend qu'elle a un
fecret infaillible pour détacher les cordons d'une couronne qui font embarraffés , je ne fais comment , dans
ceux d'une tiare , et pour empêcher les haquenées
d'aller faire la révérence aux mules.

Enfin la converfation de M. *André* me réjouit beaucoup ; et plus je le vois , plus je l'aime.

D'un bon fouper chez M. André.

NO U S foupâmes hier enfemble avec un docteur
de forbonne , M. *Pinto* , célèbre juif , le chapelain de
la chapelle réformée de l'ambaffadeur batave , le
fecrétaire de M. le prince *Gallitzin* du rit grec , un
capitaine fuiffe calvinifte , deux philofophes et trois
dames d'efprit.

Le fouper fut fort long, et cependant on ne difputa pas plus fur la religion que fi aucun des convives n'en avait jamais eu; tant il faut avouer que nous fommes devenus polis; tant on craint à fouper de contrifter fes frères. Il n'en eft pas ainfi du régent *Cogé*, et de l'ex-jéfuite *Nonotte*, et de l'ex-jéfuite *Patouillet*, et de l'ex-jéfuite *Rotalier*, et de tous les animaux de cette efpèce. Ces croquans-là vous difent plus de fottifes dans une brochure de deux pages, que la meilleure compagnie de Paris ne peut dire de chofes agréables et inftructives dans un fouper de quatre heures; et ce qu'il y a d'étrange, c'eft qu'ils n'oferaient dire en face à perfonne ce qu'ils ont l'impudence d'imprimer.

La converfation roula d'abord fur une plaifanterie des *Lettres perfanes*, dans laquelle on répète, d'après plufieurs graves perfonnages, que le monde va non-feulement en empirant, mais en fe dépeuplant tous les jours; de forte que fi le proverbe, *plus on eft de fous, plus on rit*, a quelque vérité, le rire fera inceffamment banni de la terre.

Le docteur de forbonne affura qu'en effet le monde était réduit prefque à rien. Il cita le père *Pétau*, qui démontre qu'en moins de trois cents ans un feul des fils de *Noé* (je ne fais fi c'eft *Sem* ou *Japhet*) avait procréé de fon corps une férie d'enfans qui fe montait à fix cents vingt-trois milliars, fix cents douze millions, trois cents cinquante-huit mille fidèles, l'an 285, après le déluge univerfel.

M. *André* demanda pourquoi, du temps de *Philippe le bel*, c'eft-à-dire environ trois cents ans après *Hugues Capet*, il n'y avait pas fix cents vingt-trois milliars de

F 4

princes de la maison royale? C'est que la foi est diminuée, dit le docteur de sorbonne.

On parla beaucoup de Thèbes aux cent portes, et du million de soldats qui sortait par ces portes avec vingt mille chariots de guerre. Serrez, ferrez, disait M. *André*, je soupçonne, depuis que je me suis mis à lire, que le même génie qui a écrit *Gargantua* écrivait autrefois toutes les histoires

Mais enfin, lui dit un des convives, Thèbes, Memphis, Babylone, Ninive, Troye, Seleucie étaient de grandes villes et n'existent plus. Cela est vrai, répondit le secrétaire de M. le prince *Gallitzin*; mais Moscou, Constantinople, Londres, Paris, Amsterdam, Lyon qui vaut mieux que Troye, toutes les villes de France, d'Allemagne, d'Espagne et du Nord étaient alors des déserts.

Le capitaine suisse, homme très-instruit, nous avoua que, quand ses ancêtres voulurent quitter leurs montagnes et leurs précipices pour aller s'emparer, comme de raison, d'un pays plus agréable, *César*, qui vit de ses yeux le dénombrement de ces émigrans, trouva qu'il se montait à trois cents soixante et huit mille, en comptant les vieillards, les enfans et les femmes. Aujourd'hui le seul canton de Berne possède autant d'habitans : il n'est pas tout à fait la moitié de la Suisse; et je puis vous assurer que les Treize cantons ont au-delà de sept cents vingt mille ames, en comptant les natifs qui servent ou qui négocient en pays étranger. Après cela, messieurs les savans, faites des calculs et des systêmes, ils seront aussi faux les uns que les autres.

Ensuite on agita la question si les bourgeois de Rome,

du temps des *Céfars*, étaient plus riches que les bourgeois de Paris du temps de M. *Silhouette*.

Ah ! ceci me regarde, dit M. *André*. J'ai été long-temps l'homme aux quarante écus; je crois bien que les citoyens romains en avaient davantage. Ces illuftres voleurs de grand chemin avaient pillé les plus beaux pays de l'Afie, de l'Afrique et de l'Europe. Ils vivaient fort fplendidement du fruit de leurs rapines ; mais enfin il y avait des gueux à Rome; et je fuis perfuadé que, parmi ces vainqueurs du monde, il y eut des gens réduits à quarante écus de rente, comme je l'ai été.

Savez-vous bien, lui dit un favant de l'académie des infcriptions et belles-lettres , que *Lucullus* dépen-fait, à chaque fouper qu'il donnait dans le fallon d'*Apollon* , trente neuf mille trois cents foixante et douze livres treize fous de notre monnaie courante, mais qu'*Atticus*, le célèbre épicurien *Atticus* , ne dépen-fait point par mois, pour fa table, au-delà de deux cents trente-cinq livres tournois ?

Si cela eft, dis-je, il était digne de préfider à la confrérie de la léfine établie depuis peu en Italie. J'ai lu comme vous dans *Florus* cette incroyable anecdote ; mais apparemment que *Florus* n'avait jamais foupé chez *Atticus*, ou que fon texte a été corrompu, comme tant d'autres, par les copiftes. Jamais *Florus* ne me fera croire que l'ami de *Céfar* et de *Pompée* , de *Cicéron* et d'*Antoine* qui mangeaient fouvent chez lui , en fut quitte pour un peu moins de dix louis d'or par mois.

Et voilà juftement comme on écrit l'hiftoire.

Madame *André*, prenant la parole , dit au favant
que, s'il voulait défrayer fa table pour dix fois autant,
il lui ferait grand plaifir.

Je fuis perfuadé que cette foirée de M. *André* valait
bien un mois d'*Atticus*; et des dames doutèrent fort
que les foupers de Rome fuffent plus agréables que
ceux de Paris. La converfation fut très-gaie quoiqu'un
peu favante. Il ne fut parlé ni des modes nouvelles,
ni des ridicules d'autrui, ni de l'hiftoire fcandaleufe
du jour.

La queftion du luxe fut traitée à fond. On demanda
fi c'était le luxe qui avait détruit l'empire romain, et il
fut prouvé que les deux empires d'Occident et d'Orient
n'avaient été détruits que par la controverfe et par les
moines. En effet, quand *Alaric* prit Rome on n'était
occupé que de difputes théologiques ; et quand
Mahomet II prit Conftantinople , les moines défendaient beaucoup plus l'éternité de la lumière du
Thabor qu'ils voyaient à leur nombril, qu'ils ne
défendaient la ville contre les Turcs.

Un de nos favans fit une réflexion qui me frappa
beaucoup : c'eft que ces deux grands empires font
anéantis , et que les ouvrages de *Virgile* , d'*Horace* et
d'*Ovide* fubfiftent.

On ne fit qu'un faut du fiècle d'*Augufte* au fiècle
de *Louis XIV*. Une dame demanda pourquoi avec
beaucoup d'efprit on ne fefait plus guère aujourd'hui
d'ouvrages de génie ?

M. *André* répondit que c'eft parce qu'on en avait
fait le fiècle paffé. Cette idée était fine et pourtant
vraie; elle fut approfondie. Enfuite on tomba rudement
fur un écoffais qui s'eft avifé de donner des règles de

goût, et de critiquer les plus admirables endroits de *Racine* fans favoir le français. (*f*) On traita encore plus févèrement un italien, nommé *Dénina*, qui a dénigré l'*Efprit des lois* fans le comprendre, et qui fur-tout a cenfuré ce que l'on aime le mieux dans cet ouvrage.

Cela fit fouvenir du mépris affecté que *Boileau* étalait pour le *Taffe*. Quelqu'un des convives avança que le *Taffe*, avec fes défauts, était autant au-deffus d'*Homère* que *Montefquieu*, avec fes défauts encore plus grands, eft au-deffus du fatras de *Grotius*. On s'éleva contre ces mauvaifes critiques dictées par la haine nationale et le préjugé. Le fignor *Dénina* fut traité comme il le méritait, et comme les pédans le font par les gens d'efprit.

On remarqua fur-tout avec beaucoup de fagacité que la plupart des ouvrages littéraires du fiècle préfent, ainfi que les converfations, roulent fur l'examen des

---

(*f*) Ce M. *Home*, grand juge d'Ecoffe, enfeigne la manière de faire parler les héros d'une tragédie avec efprit ; et voici un exemple remarquable qu'il rapporte de la tragédie de *Henri IV* du divin *Shakefpeare*. Le divin *Shakefpeare* introduit milord *Falftaf*, chef de juftice, qui vient de prendre prifonnier le chevalier *Jean Coleville*, et qui le préfente au roi.

,, Sire, le voilà, je vous le livre ; je fupplie votre grâce de faire
,, enregiftrer ce fait d'armes parmi les autres de cette journée, ou pardieu
,, je le ferai mettre dans une balade avec mon portrait à la tête ; on
,, verra *Coleville* me baifant les pieds. Voilà ce que je ferai fi vous ne
,, rendez pas ma gloire auffi brillante qu'une pièce de deux fous dorée ;
,, et alors vous verrez, dans le clair ciel de la renommée, ternir votre
,, fplendeur comme la pleine lune efface les charbons éteints de l'élément
,, de l'air, qui ne paraiffent autour d'elle que comme des têtes
,, d'épingle. ,,

C'eft cet abfurde et abominable galimatias, très-fréquent dans le divin *Shakefpeare*, que M. *Jean Home* propofe pour le modèle du bon goût et de l'efprit dans la tragédie. Mais en récompenfe M. *Home* trouve l'Iphigénie et la Phèdre de *Racine* extrêmement ridicules.

chefs-d'œuvre du dernier fiècle. Notre mérite eft de difcuter leur mérite. Nous fommes comme des enfans déshérités qui font le compte du bien de leurs pères. On avoua que la philofophie avait fait de très-grands progrès, mais que la langue et le ftyle s'étaient un peu corrompus.

C'eft le fort de toutes les converfations de paffer d'un fujet à un autre. Tous ces objets de curiofité, de fcience et de goût difparurent bientôt devant le grand fpectacle que l'impératrice de Ruffie et le roi de Pologne donnaient au monde. Ils venaient de relever l'humanité écrafée, et d'établir la liberté de confcience dans une partie de la terre, beaucoup plus vafte que ne le fut jamais l'empire romain. Ce fervice rendu au genre humain, cet exemple donné à tant de cours qui fe croient politiques, fut célébré comme il devait l'être. On but à la fanté de l'impératrice, du roi philofophe et du primat philofophe, et on leur fouhaïta beaucoup d'imitateurs. Le docteur de forbonne même les admira ; car il y a quelques gens de bon fens dans ce corps, comme il y eut autrefois des gens d'efprit chez les Béotiens.

Le fecrétaire ruffe nous étonna par le récit de tous les grands établiffemens qu'on fefait en Ruffie. On demanda pourquoi on aimait mieux lire l'hiftoire de *Charles XII*, qui a paffé fa vie à détruire, que celle de *Pierre le grand*, qui a confumé la fienne à créer. Nous conclûmes que la faibleffe et la frivolité font la caufe de cette préférence ; que *Charles XII* fut le don *Quichote* du Nord, et que *Pierre* en fut le *Solon;* que les efprits fuperficiels préfèrent l'héroïfme extravagant aux grandes vues d'un légiflateur ; que les détails de la fondation d'une ville leur plaisent moins que la témérité d'un homme qui brave dix mille turcs avec ses seuls domestiques; et qu'enfin la plupart des lecteurs aiment mieux s'amuser que s'instruire. De-là vient que cent femmes lisent les *Mille et une nuits* contre une qui lit deux chapitres de *Locke*.

De quoi ne parla-t-on point dans ce repas, dont je me souviendrai long-temps ! Il fallut bien enfin dire un mot des acteurs et des actrices, sujet éternel des entretiens de table de Versailles et de Paris. On convint qu'un bon déclamateur était aussi rare qu'un bon poëte. Le souper finit par une chanson très-jolie qu'un des convives fit pour les dames. Pour moi, j'avoue que le banquet de *Platon* ne m'aurait pas fait plus de plaisir que celui de M. et madame *André*.

Nos petits-maîtres et nos petites-maîtresses s'y feraient ennuyés, sans doute; ils prétendent être la bonne compagnie : mais ni M. *André* ni moi ne soupons jamais avec cette bonne compagnie-là.

Fin de l'homme aux quarante écus.

Le jeune inconnu, touché du péril d'un si brave prince, se jette dans l'arène plus prompt qu'un éclair;

La Princesse de Babilone.

J. M. Moreau le j.e inv. 1787. Simonet Sculp.

LA PRINCESSE

DE

BABYLONE.

LA

LA PRINCESSE

DE BABYLONE.

§. I.

Le vieux *Bélus*, roi de Babylone, fe croyait le premier homme de la terre, car tous fes courtifans le lui difaient, et fes hiftoriographes le lui prouvaient. Ce qui pouvait excufer en lui ce ridicule, c'eft qu'en effet fes prédéceffeurs avaient bâti Babylone plus de trente mille ans avant lui, et qu'il l'avait embellie. On fait que fon palais et fon parc, fitués à quelques parafanges de Babylone, s'étendaient entre l'Euphrate et le Tigre qui baignaient ces rivages enchantés. Sa vafte maifon de trois mille pas de façade s'élevait jufqu'aux nues. La plate-forme était entourée d'une baluftrade de marbre blanc de cinquante pieds de hauteur, qui portait les ftatues coloffales de tous les rois et de tous les grands hommes de l'empire. Cette plate-forme, compofée de deux rangs de briques couvertes d'une épaiffe furface de plomb d'une extrémité à l'autre, était chargée de douze pieds de terre; et fur cette terre on avait élevé des forêts d'oliviers, d'orangers, de citroniers, de palmiers, de girofliers, de cocotiers, de cannelliers, qui formaient des allées impénétrables aux rayons du foleil.

Les eaux de l'Euphrate, élevées par des pompes dans cent colonnes creufées, venaient dans ces jardins remplir de vaftes baffins de marbre ; et, retombant enfuite par d'autres canaux, allaient former dans le parc des cafcades de fix mille pieds de longueur, et cent mille jets-d'eau dont la hauteur pouvait à peine être aperçue; elles retournaient enfuite dans l'Euphrate dont elles étaient parties. Les jardins de *Sémiramis*, qui étonnèrent l'Afie plufieurs fiècles après, n'étaient qu'une faible imitation de ces antiques merveilles; car du temps de *Sémiramis* tout commençait à dégénérer chez les hommes et chez les femmes.

Mais ce qu'il y avait de plus admirable à Babylone, ce qui éclipfait tout le refte, était la fille unique du roi, nommée *Formofante*. Ce fut d'après fes portraits et fes ftatues que dans la fuite des fiècles *Praxitéles* fculpta fon *Aphrodite*, et celle qu'on nomma *la Vénus aux belles feffes*. Quelle différence, ô ciel! de l'original aux copies! Auffi *Bélus* était plus fier de fa fille que de fon royaume. Elle avait dix-huit ans; il lui fallait un époux digne d'elle : mais où le trouver? Un ancien oracle avait ordonné que *Formofante* ne pourrait appartenir qu'à celui qui tendrait l'arc de *Nembrod*. Ce *Nembrod*, le fort chaffeur devant le Seigneur, avait laiffé un arc de fept pieds babyloniques de haut, d'un bois d'ébène plus dur que le fer du mont Caucafe, qu'on travaille dans les forges de Derbent; et nul mortel depuis *Nembrod* n'avait pu bander cet arc merveilleux.

Il était dit encore que le bras qui aurait tendu cet arc tuerait le lion le plus terrible et le plus dangereux, qui ferait lâché dans le cirque de Babylone. Ce n'était pas tout; le bandeur de l'arc, le vainqueur du lion devait terraffer tous fes rivaux; mais il devait fur-tout avoir beaucoup d'efprit, être le plus magnifique des hommes, le plus vertueux, et poffćder la chofe la plus rare qui fût dans l'univers entier.

Il fe préfenta trois rois qui osèrent difputer *Formofante*, le pharaon d'Egypte, le sha des Indes et le grand kan des Scythes. *Bélus* affigna le jour, et le lieu du combat à l'extrémité de fon parc, dans le vafte efpace bordé par les eaux de l'Euphrate et du Tigre réunies. On dreffa autour de la lice un amphithéâtre de marbre qui pouvait contenir cinq cents mille fpectateurs. Vis-à-vis l'amphithéâtre était le trône du roi, qui devait paraître avec *Formofante*, accompagné de toute la cour ; et à droite et à gauche, entre le trône et l'amphithéâtre étaient d'autres trônes et d'autres fiéges pour les trois rois et pour tous les autres fouverains qui feraient curieux de venir voir cette augufte cérémonie.

Le roi d'Egypte arriva le premier, monté fur le bœuf *Apis*, et tenant en main le fiftre d'*Ifis*. Il était fuivi de deux mille prêtres vêtus de robes de lin plus blanches que la neige, de deux mille eunuques, de deux mille magiciens et de deux mille guerriers.

Le roi des Indes arriva bientôt après dans un char traîné par douze éléphans. Il avait une fuite encore plus nombreufe et plus brillante que le pharaon d'Egypte.

Le dernier qui parut était le roi des Scythes. Il n'avait auprès de lui que des guerriers choifis armés d'arcs et de flèches. Sa monture était un tigre fuperbe qu'il avait dompté, et qui était auffi haut que les plus beaux chevaux de Perfe. La taille de ce monarque impofante et majeftueufe effaçait celle de fes rivaux ; fes bras nus, auffi nerveux que blancs, femblaient déjà tendre l'arc de *Nembrod*.

Les trois princes fe profternèrent d'abord devant *Bélus* et *Formofante*. Le roi d'Egypte offrit à la princeffe

les deux plus beaux crocodiles du Nil, deux hippopotames, deux zèbres, deux rats d'Egypte et deux
momies, avec les livres du grand *Hermès* qu'il croyait
être ce qu'il y avait de plus rare fur la terre.

Le roi des Indes lui offrit cent éléphans qui portaient chacun une tour de bois doré, et mit à fes pieds
le *Veïdam* écrit de la main de *Xaca* lui-même.

Le roi des Scythes, qui ne favait ni lire ni écrire,
préfenta cent chevaux de bataille couverts de houffes
et de peaux de renards noirs.

La princeffe baiffa les yeux devant fes amans, et s'inclina avec des grâces auffi modeftes que nobles.

Bélus fit conduire ces monarques fur les trônes qui
leur étaient préparés. Que n'ai-je trois filles, leur dit-
il, je rendrais aujourd'hui fix perfonnes heureufes.
Enfuite il fit tirer au fort à qui effayerait le premier
l'arc de *Nembrod*. On mit dans un cafque d'or les
noms des trois prétendans. Celui du roi d'Egypte fortit
le premier ; enfuite parut le nom du roi des Indes.
Le roi fcythe, en regardant l'arc et fes rivaux, ne fe
plaignit point d'être le troifième.

Tandis qu'on préparait ces brillantes épreuves,
vingt mille pages et vingt mille jeunes filles diftri-
buaient fans confufion des rafraîchiffemens aux fpectateurs entre les rangs des fiéges. Tout le monde
avouait que les dieux n'avaient établi les rois que
pour donner tous les jours des fêtes, pourvû qu'elles
fuffent diverfifiees ; que la vie eft trop courte pour
en uſer autrement ; que les procès, les intrigues, la
guerre, les difputes des prêtres, qui confument la vie
humaine, font des chofes abfurdes et horribles ; que
l'homme n'eft né que pour la joie ; qu'il n'aimerait pas

les plaisirs passionnément et continuellement, s'il
n'était pas formé pour eux ; que l'essence de la nature
humaine est de se réjouir, et que tout le reste est folie.
Cette excellente morale n'a jamais été démentie que
par les faits.

Comme on allait commencer ces essais qui devaient
décider de la destinée de *Formosante,* un jeune inconnu
monté sur une licorne, accompagné de son valet
monté de même, et portant sur le poing un gros
oiseau, se présente à la barrière. Les gardes furent
surpris de voir en cet équipage une figure qui avait
l'air de la Divinité. C'était, comme on a dit depuis,
le visage d'*Adonis* sur le corps d'*Hercule ;* c'était la
majesté avec les grâces. Ses sourcils noirs et ses longs
cheveux blonds, mélange de beautés inconnues à
Babylone, charmèrent l'assemblée : tout l'amphithéâtre
se leva pour le mieux regarder ; toutes les femmes de
la cour fixèrent sur lui des regards étonnés ; *Formosante*
elle-même, qui baissait toujours les yeux, les releva et
rougit ; les trois rois pâlirent : tous les spectateurs, en
comparant *Formosante* avec l'inconnu, s'écriaient : Il
n'y a dans le monde que ce jeune homme qui soit
aussi beau que la princesse.

Les huissiers, saisis d'étonnement, lui demandèrent
s'il était roi. L'étranger répondit qu'il n'avait pas
cet honneur, mais qu'il était venu de fort loin par
curiosité pour voir s'il y avait des rois qui fussent
dignes de *Formosante.* On l'introduisit dans le premier
rang de l'amphithéâtre, lui, son valet, ses deux
licornes et son oiseau. Il salua profondément *Bélus,*
sa fille, les trois rois et toute l'assemblée ; puis il prit
place en rougissant. Ses deux licornes se couchèrent à

fes pieds, fon oifeau fe percha fur fon épaule, et fon valet, qui portait un petit fac ; fe mit à côté de lui.

Les épreuves commencèrent. On tira de fon étui d'or l'arc de *Nembrod*. Le grand maître des cérémonies, fuivi de cinquante pages et précédé de vingt trompettes, le préfenta au roi d'Egypte qui le fit bénir par fes prêtres ; et, l'ayant pofé fur la tête du bœuf *Apis*, il ne douta pas de remporter cette première victoire. Il defcend au milieu de l'arène, il effaie, il épuife fes forces, il fait des contorfions qui excitent le rire de l'amphithéâtre, qui font même fourire *Formofante*.

Son grand aumônier s'approcha de lui : Que votre majefté, lui dit-il, renonce à ce vain honneur qui n'eft que celui des mufcles et des nerfs ; vous triompherez dans tout le refte. Vous vaincrez le lion, puifque vous avez le fabre d'*Ofiris*. La princeffe de Babylone doit appartenir au prince qui a le plus d'efprit, et vous avez deviné des énigmes ; elle doit époufer le plus vertueux, vous l'êtes, puifque vous avez été élevé par les prêtres d'Egypte ; le plus généreux doit l'emporter, et vous avez donné les deux plus beaux crocodiles et les deux plus beaux rats qui foient dans le Delta ; vous poffédez le bœuf *Apis* et les livres d'*Hermès* qui font la chofe la plus rare de l'univers ; perfonne ne peut vous difputer *Formofante*. Vous avez raifon, dit le roi d'Egypte, et il fe remit fur fon trône.

On alla mettre l'arc entre les mains du roi des Indes. Il en eut des ampoules pour quinze jours, et fe confola en préfumant que le roi des Scythes ne ferait pas plus heureux que lui.

Le fcythe mania l'arc à fon tour. Il joignait l'adreffe à la force ; l'arc parut prendre quelque élafticité entre fes mains, il le fit un peu plier, mais jamais il ne put venir à bout de le tendre. L'amphithéâtre, à qui la bonne mine de ce prince infpirait des inclinations favorables, gémit de fon peu de fuccès, et jugea que la belle princeffe ne ferait jamais mariée.

Alors le jeune inconnu defcendit d'un faut dans l'arène, et s'adreffant au roi des Scythes : Que votre majefté, lui dit-il, ne s'étonne point de n'avoir pas entièrement réuffi. Ces arcs d'ébène fe font dans mon pays ; il n'y a qu'un certain tour à donner ; vous avez beaucoup plus de mérite à l'avoir fait plier que je n'en peux avoir à le tendre. Auffitôt il prit une flèche, l'ajufta fur la corde, tendit l'arc de *Nembrod*, et fit voler la flèche bien au-delà des barrières. Un million de mains applaudit à ce prodige. Babylone retentit d'acclamations, et toutes les femmes difaient : Quel bonheur qu'un fi beau garçon ait tant de force !

Il tira enfuite de fa poche une petite lame d'ivoire, écrivit fur cette lame avec une aiguille d'or, attacha la tablette d'ivoire à l'arc, et préfenta le tout à la princeffe avec une grâce qui raviffait tous les affiftans. Puis il alla modeftement fe remettre à fa place entre fon oifeau et fon valet. Babylone entière était dans la furprife ; les trois rois étaient confondus, et l'inconnu ne paraiffait pas s'en apercevoir.

Formofante fut encore plus étonnée en lifant fur la tablette d'ivoire attachée à l'arc ces petits vers en beau langage chaldéen.

> L'arc de Nembrod eft celui de la guerre ;
> L'arc de l'amour eft celui du bonheur ;
> Vous le portez. Par vous ce dieu vainqueur
> Eft devenu le maître de la terre.

Trois rois puiſſans, trois rivaux aujourd'hui
Oſent prétendre à l'honneur de vous plaire :
Je ne ſais pas qui votre cœur préfère,
Mais l'univers ſera jaloux de lui.

Ce petit madrigal ne fâcha point la princeſſe. Il fut
critiqué par quelques ſeigneurs de la vieille cour, qui
dirent qu'autrefois dans le bon temps on aurait comparé
Bélus au ſoleil, et *Formoſante* à la lune, ſon cou à une
tour, et ſa gorge à un boiſſeau de froment. Ils dirent
que l'étranger n'avait point d'imagination, et qu'il
s'écartait des règles de la véritable poëſie ; mais toutes
les dames trouvèrent les vers fort galans. Elles s'émer-
veillèrent qu'un homme qui bandait ſi bien un arc
eût tant d'eſprit. La dame d'honneur de la princeſſe
lui dit : Madame, voilà bien des talens en pure perte.
De quoi ſerviront à ce jeune homme ſon eſprit et l'arc
de *Bélus* ? A le faire admirer, répondit *Formoſante*.
Ah ! dit la dame d'honneur entre ſes dents, encore
un madrigal, et il pourrait bien être aimé.

Cependant *Bélus*, ayant conſulté ſes mages, déclara
qu'aucun des trois rois n'ayant pu bander l'arc de
Nembrod, il n'en fallait pas moins marier ſa fille, et
qu'elle appartiendrait à celui qui viendrait à bout
d'abattre le grand lion qu'on nourriſſait exprès dans
ſa ménagerie. Le roi d'Egypte, qui avait été élevé
dans toute la ſageſſe de ſon pays, trouva qu'il était
fort ridicule d'expoſer un roi aux bêtes pour le marier.
Il avouait que la poſſeſſion de *Formoſante* était d'un
grand prix ; mais il prétendait que, ſi le lion l'étranglait,
il ne pourrait jamais épouſer cette belle babylonienne.
Le roi des Indes entra dans les ſentimens de l'égyptien ;

tous deux conclurent que le roi de Babylone se moquait d'eux ; qu'il fallait faire venir des armées pour le punir ; qu'ils avaient assez de sujets qui se tiendraient fort honorés de mourir au service de leurs maîtres, sans qu'il en coûtât un cheveu à leurs têtes sacrées ; qu'ils détrôneraient aisément le roi de Babylone, et qu'ensuite ils tireraient au sort la belle *Formosante*.

Cet accord étant fait, les deux rois dépêchèrent chacun dans leur pays un ordre exprès d'assembler une armée de trois cents mille hommes pour enlever *Formosante*.

Cependant le roi des Scythes descendit seul dans l'arène, le cimeterre à la main. Il n'était pas éperdument épris des charmes de *Formosante*; la gloire avait été jusque-là sa seule passion; elle l'avait conduit à Babylone. Il voulait faire voir que, si les rois de l'Inde et de l'Egypte étaient assez prudents pour ne se pas compromettre avec des lions, il était assez courageux pour ne pas dédaigner ce combat, et qu'il réparerait l'honneur du diadême. Sa rare valeur ne lui permit pas seulement de se servir du secours de son tigre. Il s'avance seul légèrement armé, couvert d'un casque d'acier garni d'or, ombragé de trois queues de cheval blanches comme la neige.

On lâche contre lui le plus énorme lion qui ait jamais été nourri dans les montagnes de l'Anti-Liban. Ses terribles griffes semblaient capables de déchirer les trois rois à la fois, et sa vaste gueule de les dévorer. Ses affreux rugissemens fesaient retentir l'amphithéâtre. Les deux fiers champions se précipitent l'un contre l'autre d'une course rapide. Le courageux scythe

enfonce fon épée dans le gofier du lion; mais la pointe
rencontrant une de ces épaiffes dents que rien ne peut
percer, fe brife en éclats, et le monftre des forêts,
furieux de fa bleffure, imprimait déjà fes ongles
fanglans dans les flancs du monarque.

Le jeune inconnu, touché du péril d'un fi brave
prince, fe jette dans l'arène plus prompt qu'un éclair;
il coupe la tête du lion avec la même dextérité qu'on
a vu depuis dans nos carroufels de jeunes chevaliers
adroits enlever des têtes de maures ou des bagues.

Puis tirant une petite boîte, il la préfente au roi
fcythe, en lui difant : Votre majefté trouvera dans
cette petite boîte le véritable dictame qui croît dans
mon pays. Vos glorieufes bleffures feront guéries en un
moment. Le hafard feul vous a empêché de triompher
du lion ; votre valeur n'en eft pas moins admirable.

Le roi fcythe, plus fenfible à la reconnaiffance qu'à
la jaloufie, remercia fon libérateur ; et après l'avoir
tendrement embraffé, rentra dans fon quartier pour
appliquer le dictame fur fes bleffures.

L'inconnu donna la tête du lion à fon valet :
celui-ci, après l'avoir lavée à la grande fontaine qui
était au-deffous de l'amphithéâtre, et en avoir fait
écouler tout le fang, tira un fer de fon petit fac,
arracha les quarante dents du lion, et mit à leur place
quarante diamans d'une égale groffeur.

Son maître avec fa modeftie ordinaire fe remit à fa
place; il donna la tête du lion à fon oifeau : Bel oifeau,
dit-il, allez porter aux pieds de *Formofante* ce faible
hommage. L'oifeau part tenant dans une de fes ferres
le terrible trophée ; il le préfente à la princeffe en
baiffant humblement le cou, et en s'aplatiffant devant

elle. Les quarante brillans éblouirent tous les yeux.
On ne connaiſſait pas encore cette magnificence dans la
ſuperbe Babylone : l'émeraude, la topaze, le ſaphir et
le pirope étaient regardés encore comme les plus précieux ornemens. *Bélus* et toute la cour étaient ſaiſis
d'admiration. L'oiſeau qui offrait ce préſent les ſurprit
encore davantage. Il était de la taille d'un aigle, mais
ſes yeux étaient auſſi doux et auſſi tendres que ceux
de l'aigle ſont fiers et menaçans. Son bec était couleur
de roſe, et ſemblait tenir quelque choſe de la belle
bouche de *Formoſante*. Son cou raſſemblait toutes les
couleurs de l'iris, mais plus vives et plus brillantes.
L'or en mille nuances éclatait ſur ſon plumage. Ses
pieds paraiſſaient un mélange d'argent et de pourpre ;
et la queue des beaux oiſeaux qu'on attela depuis au
char de *Junon* n'approchait pas de la ſienne.

L'attention, la curioſité, l'étonnement, l'extaſe de
toute la cour ſe partageaient entre les quarante diamans et l'oiſeau. Il s'était perché ſur la baluſtrade entre
Bélus et ſa fille *Formoſante* ; elle le flattait, le careſſait, le
baiſait. Il ſemblait recevoir ſes careſſes avec un plaiſir
mêlé de reſpect. Quand la princeſſe lui donnait des
baiſers, il les rendait, et la regardait enſuite avec des
yeux attendris. Il recevait d'elle des biſcuits et des
piſtaches qu'il prenait de ſa patte purpurine et
argentée, et qu'il portait à ſon bec avec des grâces
inexprimables.

Bélus, qui avait conſidéré les diamans avec attention, jugeait qu'une de ſes provinces pouvait à peine
payer un préſent ſi riche. Il ordonna qu'on préparât
pour l'inconnu des dons encore plus magnifiques que
ceux qui étaient deſtinés aux trois monarques. Ce

jeune homme, difait-il, eft fans doute le fils du roi
de la Chine, ou de cette partie du monde qu'on
nomme Europe dont j'ai entendu parler, ou de l'Afrique qui eft, dit-on, voifine du royaume d'Egypte.

Il envoya fur le champ fon grand écuyer complimenter l'inconnu, et lui demander s'il était fouverain
d'un de ces empires, et pourquoi, poffédant de fi
étonnans tréfors, il était venu avec un valet et un
petit fac.

Tandis que le grand écuyer avançait vers l'amphithéâtre, pour s'acquitter de fa commiffion, arriva un
autre valet fur une licorne. Ce valet, adreffant la parole
au jeune homme, lui dit : *Ormar* votre père touche à
l'extrémité de fa vie, et je fuis venu vous en avertir.
L'inconnu leva les yeux au ciel, verfa des larmes, et
ne répondit que par ce mot : *Partons.*

Le grand écuyer, après avoir fait les complimens
de *Bélus* au vainqueur du lion, au donneur des quarante diamans, au maître du bel oifeau, demanda
au valet de quel royaume était le père de ce jeune
héros ? Le valet répondit : Son père eft un vieux
berger qui eft fort aimé dans le canton.

Pendant ce court entretien l'inconnu était déjà
monté fur fa licorne. Il dit au grand écuyer : Seigneur,
daignez me mettre aux pieds de *Bélus* et de fa fille.
J'ofe la fupplier d'avoir grand foin de l'oifeau que je
lui laiffe ; il eft unique comme elle. En achevant ces
mots il partit comme un éclair ; les deux valets le
fuivirent, et on les perdit de vue.

Formofante ne put s'empêcher de jeter un grand cri.
L'oifeau fe retournant vers l'amphithéâtre où fon maître
avait été affis, parut très-affligé de ne le plus voir.

Puis regardant fixement la princeffe , et frottant doucement fa belle main de fon bec , il fembla fe vouer à fon fervice.

Bélus , plus étonné que jamais , apprenant que ce jeune homme fi extraordinaire était le fils d'un berger , ne put le croire. Il fit courir après lui ; mais bientôt on lui rapporta que les licornes fur lefquelles ces trois hommes couraient ne pouvaient être atteintes , et qu'au galop dont elles allaient , elles devaient faire cent lieues par jour.

§. II.

TOUT le monde raifonnait fur cette aventure étrange, et s'épuifait en vaines conjectures. Comment le fils d'un berger peut-il donner quarante gros diamans ? pourquoi eft-il monté fur une licorne ? On s'y perdait ; et *Formofante*, en careffant fon oifeau , était plongée dans une rêverie profonde.

La princeffe *Aldée*, fa coufine iffue de germaine , très-bien faite , et prefque auffi belle que *Formofante*, lui dit : Ma coufine , je ne fais pas fi ce jeune demi-dieu eft le fils d'un berger ; mais il me femble qu'il a rempli toutes les conditions attachées à votre mariage. Il a bandé l'arc de *Nembrod* , il a vaincu le lion , il a beaucoup d'efprit, puifqu'il a fait pour vous un affez joli impromptu. Après les quarante énormes diamans qu'il vous a donnés , vous ne pouvez nier qu'il ne foit le plus généreux des hommes. Il poffédait dans fon oifeau ce qu'il y a de plus rare fur la terre. Sa vertu n'a point d'égale , puifque , pouvant demeurer auprès de vous , il eft parti fans délibérer dès qu'il a fu que fon père était malade. L'oracle eft accompli dans tous

fes points, excepté dans celui qui exige qu'il terraffe
fes rivaux ; mais il a fait plus, il a fauvé la vie du feul
concurrent qu'il pouvait craindre ; et quand il s'agira
de battre les deux autres, je crois que vous ne doutez
pas qu'il n'en vienne à bout aifément.

Tout ce que vous dites eft bien vrai, répondit
Formofante ; mais eft-il poffible que le plus grand des
hommes, et peut-être même le plus aimable, foit le
fils d'un berger !

La dame d'honneur, fe mêlant de la converfation,
dit que très-fouvent ce mot de *berger* était appliqué
aux rois ; qu'on les appelait *bergers*, parce qu'ils
tondent de fort près leur troupeau ; que c'était, fans
doute, une mauvaife plaifanterie de fon valet ; que ce
jeune héros n'était venu fi mal accompagné que pour
faire voir combien fon feul mérite était au-deffus du
fafte des rois, et pour ne devoir *Formofante* qu'à
lui-même. La princeffe ne répondit qu'en donnant
à fon oifeau mille tendres baifers.

On préparait cependant un grand feftin pour les
trois rois et pour tous les princes qui étaient venus à
la fête. La fille et la nièce du roi devaient en faire les
honneurs. On portait chez les rois des préfens dignes
de la magnificence de Babylone. *Bélus*, en attendant
qu'on fervît, affembla fon confeil fur le mariage de la
belle *Formofante* ; et voici comme il parla en grand
politique :

Je fuis vieux, je ne fais plus que faire, ni à qui
donner ma fille. Celui qui la méritait n'eft qu'un vil
berger ; le roi des Indes et celui d'Egypte font des
poltrons ; le roi des Scythes me conviendrait affez,
mais il n'a rempli aucune des conditions impofées.

Je vais encore confulter l'oracle. En attendant déli-
bérez, et nous conclurons fuivant ce que l'oracle aura
dit ; car un roi ne doit fe conduire que par l'ordre
exprès des dieux immortels.

Alors il va dans fa chapelle ; l'oracle lui répond en
peu de mots, fuivant fa coutume : *Ta fille ne fera
mariée que quand elle aura couru le monde. Bélus* étonné
revient au confeil, et rapporte cette réponfe.

Tous les miniftres avaient un profond refpect pour
les oracles ; tous convenaient ou feignaient de convenir
qu'ils étaient le fondement de la religion ; que la raifon
doit fe taire devant eux ; que c'eft par eux que les
rois règnent fur les peuples, et les mages fur les rois ;
que fans les oracles il n'y aurait ni vertu ni repos fur
la terre. Enfin, après avoir témoigné la plus profonde vénération pour eux, prefque tous conclurent
que celui-ci était impertinent, qu'il ne fallait pas lui
obéir ; que rien n'était plus indécent pour une fille,
et fur-tout pour celle du grand roi de Babylone,
que d'aller courir fans favoir où ; que c'était le vrai
moyen de n'être point mariée, ou de faire un mariage
clandeftin, honteux et ridicule ; qu'en un mot cet
oracle n'avait pas le fens commun.

Le plus jeune des miniftres, nommé *Onadafe*, qui
avait plus d'efprit qu'eux, dit que l'oracle entendait,
fans doute, quelque pélerinage de dévotion, et qu'il
s'offrait à être le conducteur de la princeffe. Le confeil revint à fon avis ; mais chacun voulut fervir
d'écuyer. Le roi décida que la princeffe pourrait aller
à trois cents parafanges fur le chemin de l'Arabie à
un temple dont le faint avait la réputation de procurer
d'heureux mariages aux filles, et que ce ferait le doyen

du conseil qui l'accompagnerait. Après cette décision, on alla souper.

§. III.

Au milieu des jardins, entre deux cascades, s'élevait un sallon ovale de trois cents pieds de diamètre, dont la voûte d'azur semée d'étoiles d'or représentait toutes les constellations avec les planètes, chacune à leur véritable place; et cette voûte tournait, ainsi que le ciel, par des machines aussi invisibles que le sont celles qui dirigent les mouvemens célestes. Cent mille flambeaux enfermés dans des cylindres de cristal de roche éclairaient les dehors et l'intérieur de la salle à manger; un buffet en gradins portait vingt mille vases ou plats d'or, et vis-à-vis le buffet d'autres gradins étaient remplis de musiciens; deux autres amphithéâtres étaient chargés, l'un des fruits de toutes les saisons, l'autre d'amphores de cristal où brillaient tous les vins de la terre.

Les convives prirent leurs places autour d'une table de compartimens qui figuraient des fleurs et des fruits, tous en pierres précieuses. La belle *Formosante* fut placée entre le roi des Indes et celui d'Egypte, la belle *Aldée* auprès du roi des Scythes. Il y avait une trentaine de princes, et chacun d'eux était à côté d'une des plus belles dames du palais. Le roi de Babylone au milieu, vis-à-vis de sa fille, paraissait partagé entre le chagrin de n'avoir pu la marier, et le plaisir de la garder encore. *Formosante* lui demanda la permission de mettre son oiseau sur la table à côté d'elle. Le roi le trouva très-bon.

La musique qui se fit entendre donna une pleine
liberté

liberté à chaque prince d'entretenir fa voifine. Le
feftin parut auffi agréable que magnifique. On avait
fervi devant *Formofante* un ragoût que le roi fon père
aimait beaucoup. La princeffe dit qu'il fallait le porter
devant fa majefté; auffitôt l'oifeau fe faifit du plat
avec une dextérité merveilleufe, et va le préfenter au
roi. Jamais on ne fut plus étonné à fouper. *Bélus* lui
fit autant de careffes que fa fille. L'oifeau reprit enfuite
fon vol pour retourner auprès d'elle. Il déployait en
volant une fi belle queue, fes ailes étendues étalaient
tant de brillantes couleurs, l'or de fon plumage jetait
un éclat fi éblouiffant que tous les yeux ne regardaient
que lui. Tous les concertans cefsèrent leur mufique et
devinrent immobiles. Perfonne ne mangeait, perfonne
ne parlait; on n'entendait qu'un murmure d'admiration. La princeffe de Babylone le baifa pendant tout
le fouper, fans fonger feulement s'il y avait des rois
dans le monde. Ceux des Indes et d'Egypte fentirent
redoubler leur dépit et leur indignation, et chacun
d'eux fe promit bien de hâter la marche de fes trois
cents mille hommes pour fe venger.

Pour le roi des Scythes, il était occupé à entretenir
la belle *Aldée :* fon cœur altier méprifant fans dépit les
inattentions de *Formofante*, avait conçu pour elle plus
d'indifférence que de colère. Elle eft belle, difait-il,
je l'avoue; mais elle me paraît de ces femmes qui ne
font occupées que de leur beauté, et qui penfent que
le genre humain doit leur être bien obligé quand elles
daignent fe laiffer voir en public. On n'adore point
des idoles dans mon pays. J'aimerais mieux une laidron
complaifante et attentive que cette belle ftatue. Vous
avez, Madame, autant de charmes qu'elle, et vous

daignez au moins faire conversation avec les étrangers. Je vous avoue avec la franchise d'un Scythe que je vous donne la préférence sur votre cousine. Il se trompait pourtant sur le caractère de *Formosante* ; elle n'était pas si dédaigneuse qu'elle le paraissait ; mais son compliment fut très-bien reçu de la princesse *Aldée*. Leur entretien devint fort intéressant : ils étaient très-contens, et déjà sûrs l'un de l'autre avant qu'on sortît de table.

Après le souper on alla se promener dans les bosquets. Le roi des Scythes et *Aldée* ne manquèrent pas de chercher un cabinet solitaire. *Aldée*, qui était la franchise même, parla ainsi à ce prince :

Je ne hais point ma cousine, quoiqu'elle soit plus belle que moi, et qu'elle soit destinée au trône de Babylone : l'honneur de vous plaire me tient lieu d'attraits. Je préfère la Scythie avec vous à la couronne de Babylone sans vous ; mais cette couronne m'appartient de droit, s'il y a des droits dans le monde ; car je suis de la branche aînée de *Nembrod*, et *Formosante* n'est que de la cadette. Son grand-père détrôna le mien, et le fit mourir.

Telle est donc la force du sang dans la maison de Babylone ! dit le scythe. Comment s'appelait votre grand-père ? Il se nommait *Aldée* comme moi ; mon père avait le même nom ; il fut relégué au fond de l'empire avec ma mère : et *Bélus*, après leur mort, ne craignant rien de moi, voulut m'élever auprès de sa fille. Mais il a décidé que je ne serais jamais mariée.

Je veux venger votre père, votre grand-père, et vous, dit le roi des Scythes. Je vous réponds que vous serez mariée ; je vous enleverai après demain de

grand matin ; car il faut dîner demain avec le roi de
Babylone, et je reviendrai foutenir vos droits avec
une armée de trois cents mille hommes. Je le veux
bien, dit la belle *Aldée ;* et après s'être donné leur
parole d'honneur ils fe féparèrent.

Il y avait long-temps que l'incomparable *Formofante*
s'était allée coucher. Elle avait fait placer à côté de
fon lit un petit oranger dans une caiffe d'argent, pour
y faire repofer fon oifeau. Ses rideaux étaient fermés,
mais elle n'avait nulle envie de dormir ; fon cœur et
fon imagination étaient trop éveillés. Le charmant
inconnu était devant fes yeux ; elle le voyait tirant
une flèche avec l'arc de *Nembrod ;* elle le contemplait
coupant la tête du lion ; elle récitait fon madrigal ;
enfin elle le voyait s'échapper de la foule, monté fur
fa licorne ; alors elle éclatait en fanglots ; elle s'écriait
avec larmes : Je ne le reverrai donc plus, il ne reviendra pas !

Il reviendra, Madame, lui répondit l'oifeau du
haut de fon oranger ; peut-on vous avoir vue et ne
pas vous revoir ?

O ciel ! ô puiffances éternelles ! mon oifeau parle le
pur chaldéen ! En difant ces mots elle tire fes rideaux,
lui tend les bras, fe met à genoux fur fon lit :
Etes-vous un dieu defcendu fur la terre ? êtes-vous le
grand *Orofmade* caché fous ce beau plumage ? Si vous
êtes un dieu, rendez-moi ce beau jeune homme.

Je ne fuis qu'une volatile, répliqua l'autre ; mais
je naquis dans le temps que toutes les bêtes parlaient
encore, et que les oifeaux, les ferpens, les âneffes,
les chevaux et les griffons s'entretenaient familière-
ment avec les hommes. Je n'ai pas voulu parler devant

H 2

lé monde, de peur que vos dames d'honneur ne me priſſent pour un ſorcier : je ne veux me découvrir qu'à vous.

Formoſante interdite, égarée, enivrée de tant de merveilles, agitée de l'empreſſement de faire cent queſtions à la fois, lui demanda d'abord quel âge il avait. Vingt-ſept mille neuf cents ans et ſix mois, Madame ; je ſuis de l'âge de la petite révolution du ciel que vos mages appellent *la préceſſion des équinoxes*, et qui s'accomplit en près de vingt-huit mille de vos années. Il y a des révolutions infiniment plus longues, auſſi nous avons des êtres beaucoup plus vieux que moi. Il y a vingt-deux mille ans que j'appris le chaldéen dans un de mes voyages ; j'ai toujours conſervé beaucoup de goût pour la langue chaldéenne ; mais les autres animaux, mes confrères, ont renoncé à parler dans vos climats. — Et pourquoi cela, mon divin oiſeau ? — Hélas ! c'eſt parce que les hommes ont pris enfin l'habitude de nous manger, au lieu de converſer et de s'inſtruire avec nous. Les barbares ! ne devaient-ils pas être convaincus qu'ayant les mêmes organes qu'eux, les mêmes ſentimens, les mêmes beſoins, les mêmes déſirs, nous avions ce qui s'appelle *une ame* tout comme eux ; que nous étions leurs frères, et qu'il ne fallait cuire et manger que les méchans ? Nous ſommes tellement vos frères, que le grand Etre, l'Etre éternel et formateur, ayant fait un pacte avec les hommes, (*a*) nous comprit expreſſément dans le traité. Il vous défendit de vous nourrir de notre ſang, et à nous de ſucer le vôtre.

(*a*) Voyez le chap. 9 de la Geneſe et les chap. 3, 18 et 19 de l'Eccléſiaſte.

Les fables de votre ancien *Locman*, traduites en
tant de langues, feront un témoignage éternellement
fubfiftant de l'heureux commerce que vous avez eu
autrefois avec nous. Elles commencent toutes par ces
mots : *Du temps que les bêtes parlaient.* Il eft vrai qu'il y a
beaucoup de femmes parmi vous qui parlent toujours
à leurs chiens, mais ils ont réfolu de ne point répondre
depuis qu'on les a forcés à coups de fouet d'aller à la
chaffe, et d'être les complices du meurtre de nos
anciens amis communs, les cerfs, les daims, les
lièvres et les perdrix.

Vous avez encore d'anciens poëmes dans lefquels
les chevaux parlent, et vos cochers leur adreffent la
parole tous les jours ; mais c'eft avec tant de groffièreté, et en prononçant des mots fi infames, que les
chevaux, qui vous aimaient tant autrefois, vous détef-
tent aujourd'hui.

Le pays où demeure votre charmant inconnu, le
plus parfait des hommes, eft demeuré le feul où votre
efpèce fache encore aimer la nôtre et lui parler ; et
c'eft la feule contrée de la terre où les hommes foient
juftes.

Et où eft-il ce pays de mon cher inconnu ? quel eft
le nom de ce héros ? comment fe nomme fon empire ?
car je ne croirai pas plus qu'il eft un berger que je
ne crois que vous êtes une chauve-fouris.

Son pays, Madame, eft celui des Gangarides,
peuple vertueux et invincible qui habite la rive orientale du Gange. Le nom de mon ami eft *Amazan*. Il
n'eft pas roi, et je ne fais même s'il voudrait s'abaiffer
à l'être ; il aime trop fes compatriotes : il eft berger
comme eux. Mais n'allez pas vous imaginer que ces

bergers reſſemblent aux vôtres qui , couverts à peine
de lambeaux déchirés , gardent des moutons infiniment
mieux habillés qu'eux , qui gémiſſent ſous le fardeau
de la pauvreté , et qui paient à un exacteur la moitié
des gages chétifs qu'ils reçoivent de leurs maîtres.
Les bergers gangarides, nés tous égaux, ſont les maîtres
des troupeaux innombrables qui couvrent leurs prés
éternellement fleuris. On ne les tue jamais ; c'eſt un
crime horrible vers le Gange de tuer et de manger
ſon ſemblable. Leur laine , plus fine et plus brillante
que la plus belle ſoie , eſt le plus grand commerce
de l'Orient. D'ailleurs la terre des Gangarides produit
tout ce qui peut flatter les déſirs de l'homme. Ces
gros diamans qu'*Amazan* a eu l'honneur de vous offrir
ſont d'une mine qui lui appartient. Cette licorne que
vous l'avez vu monter, eſt la monture ordinaire des
Gangarides. C'eſt le plus bel animal , le plus fier , le
plus terrible et le plus doux qui orne la terre. Il
ſuffirait de cent gangarides et de cent licornes pour
diſſiper des armées innombrables. Il y a environ deux
ſiècles qu'un roi des Indes fut aſſez fou pour vouloir
conquérir cette nation ; il ſe préſenta ſuivi de dix
mille éléphans et d'un million de guerriers. Les
licornes percèrent les éléphans , comme j'ai vu ſur
votre table des moviettes enfilées dans des brochettes
d'or. Les guerriers tombaient ſous le ſabre des Gangarides , comme les moiſſons de riz ſont coupées par
les mains des peuples de l'Orient. On prit le roi
priſonnier avec plus de ſix cents mille hommes. On
le baigna dans les eaux ſalutaires du Gange ; on le
mit au régime du pays, qui conſiſte à ne ſe nourrir
que de végétaux prodigués par la nature pour nourrir

tout ce qui respire. Les hommes alimentés de carnage,
et abreuvés de liqueurs fortes, ont tous un sang aigri
et adufte qui les rend fous en cent manières différentes. Leur principale démence est la fureur de verser
le sang de leurs frères, et de dévaster des plaines fertiles
pour régner fur des cimetières. On employa fix mois
entiers à guérir le roi des Indes de fa maladie. Quand
les médecins eurent enfin jugé qu'il avait le pouls
plus tranquille et l'esprit plus raffis, ils en donnèrent
le certificat au conseil des Gangarides. Ce conseil,
ayant pris l'avis des licornes, renvoya humainement
le roi des Indes, fa sotte cour et fes imbécilles guerriers dans leur pays. Cette leçon les rendit fages, et
depuis ce temps les Indiens respectèrent les Gangarides, comme les ignorans qui voudraient s'instruire
respectent parmi vous les philosophes chaldéens qu'ils
ne peuvent égaler. A propos, mon cher oiseau, lui
dit la princesse, y a-t-il une religion chez les Gangarides? — S'il y en a une ! Madame, nous nous
assemblons pour rendre grâce à DIEU les jours de la
pleine lune; les hommes dans un grand temple de
cèdre, les femmes dans un autre, de peur des distrac-
tions; tous les oiseaux dans un bocage, les quadrupèdes
fur une belle pelouse; nous remercions DIEU de tous
les biens qu'il nous a faits. Nous avons fur-tout des
perroquets qui prêchent à merveille.

Telle est la patrie de mon cher *Amazan;* c'est là que
je demeure; j'ai autant d'amitié pour lui qu'il vous a
inspiré d'amour. Si vous m'en croyez, nous partirons
ensemble, et vous irez lui rendre fa visite.

Vraiment, mon oiseau, vous faites-là un joli métier,
répondit en fouriant la princesse qui brûlait d'envie

H 4

de faire le voyage, et qui n'ofait le dire. Je fers mon
ami, dit l'oifeau; et après le bonheur de vous aimer,
le plus grand eft celui de fervir vos amours.

Formofante ne favait plus où elle en était; elle fe
croyait tranfportée hors de la terre. Tout ce qu'elle
avait vu dans cette journée, tout ce qu'elle voyait,
tout ce qu'elle entendait, et fur-tout ce qu'elle fentait
dans fon cœur, la plongeait dans un raviffement qui
paffait de bien loin celui qu'éprouvent aujourd'hui les
fortunés mufulmans, quand, dégagés de leurs liens
terreftres, ils fe voient dans le neuvième ciel entre
les bras de leurs houris, environnés et pénétrés de la
gloire et de la félicité céleftes.

§. IV.

ELLE paffa toute la nuit à parler d'*Amazan*. Elle
ne l'appelait plus que fon *berger ;* et c'eft depuis ce
temps-là que les noms de *berger* et d'*amant* font toujours
employés l'un pour l'autre chez quelques nations.

Tantôt elle demandait à l'oifeau fi *Amazan* avait
eu d'autres maîtreffes. Il répondait que non, et elle
était au comble de la joie. Tantôt elle voulait favoir à
quoi il paffait fa vie; et elle apprenait avec tranfport
qu'il l'employait à faire du bien, à cultiver les arts, à
pénétrer les fecrets de la nature, à perfectionner fon
être. Tantôt elle voulait favoir fi l'ame de fon oifeau
était de la même nature que celle de fon amant; pourquoi il avait vécu près de vingt-huit mille ans, tandis
que fon amant n'en avait que dix-huit ou dix-neuf.
Elle fefait cent queftions pareilles, auxquelles l'oifeau
répondait avec une difcrétion qui irritait fa curiofité.

Enfin le fommeil ferma leurs yeux, et livra *Formofante*
à la douce illufion des fonges envoyés par les dieux,
qui furpaffent quelquefois la réalité même, et que
toute la philofophie des Chaldéens a bien de la peine
à expliquer.

Formofante ne s'éveilla que très-tard. Il était petit
jour chez elle quand le roi fon père entra dans fa
chambre. L'oifeau reçut fa majefté avec une politeffe
refpectueufe, alla au-devant de lui, battit des ailes,
alongea fon cou, et fe remit fur fon oranger. Le roi
s'affit fur le lit de fa fille que fes rêves avaient encore
embellie. Sa grande barbe s'approcha de ce beau
vifage, et après lui avoir donné deux baifers, il lui
parla en ces mots :

Ma chère fille, vous n'avez pu trouver hier un mari,
comme je l'efpérais; il vous en faut un pourtant; le
falut de mon empire l'exige. J'ai confulté l'oracle qui,
comme vous favez, ne ment jamais, et qui dirige
toute ma conduite; il m'a ordonné de vous faire courir
le monde. Il faut que vous voyagiez. Ah ! chez les
Gangarides, fans doute, dit la princeffe; et en prononçant ces mots qui lui échappaient, elle fentit bien
qu'elle difait une fottife. Le roi, qui ne favait pas un
mot de géographie, lui demanda ce qu'elle entendait
par des Gangarides. Elle trouva aifément une défaite.
Le roi lui apprit qu'il fallait faire un pelerinage; qu'il
avait nommé les perfonnes de fa fuite, le doyen des
confeillers d'Etat, le grand aumônier, une dame
d'honneur, un médecin, un apothicaire et fon oifeau
avec tous les domefliques convenables.

Formofante, qui n'était jamais fortie du palais du
roi fon père, et qui jufqu'à la journée des trois rois

et d'*Amazan* n'avait mené qu'une vie très-infipide dans
l'étiquette du fafte et dans l'apparence des plaifirs, fut
ravie d'avoir un pélerinage à faire. Qui fait, difait-elle
tout bas à fon cœur, fi les dieux n'infpireront pas à
mon cher gangaride le même défir d'aller à la même
chapelle, et fi je n'aurai pas le bonheur de revoir le
pélerin ? Elle remercia tendrement fon père, en lui
difant qu'elle avait eu toujours une fecrète dévotion
pour le faint chez lequel on l'envoyait.

Bélus donna un excellent dîner à fes hôtes; il n'y
avait que des hommes. C'étaient tous gens fort mal
affortis ; rois, princes, miniftres, pontifes, tous jaloux
les uns des autres, tous pefant leurs paroles, tous
embarraffés de leurs voifins et d'eux-mêmes. Le repas
fut trifte, quoiqu'on y bût beaucoup. Les princeffes
reftèrent dans leurs appartemens, occupées chacune
de leur départ. Elles mangèrent à leur petit couvert.
Formofante enfuite alla fe promener dans les jardins
avec fon cher oifeau, qui pour l'amufer vola d'arbre
en arbre en étalant fa fuperbe queue et fon divin
plumage.

Le roi d'Egypte, qui était chaud de vin, pour ne
pas dire ivre, demanda un arc et des flèches à un de
fes pages. Ce prince était, à la vérité, l'archer le plus
mal adroit de fon royaume. Quand il tirait au blanc,
la place où l'on était le plus en fureté était le but où
il vifait. Mais le bel oifeau, en volant auffi rapidement
que la flèche, fe préfenta lui-même au coup, et tomba
tout fanglant entre les bras de *Formofante*. L'égyptien
en riant d'un fot rire fe retira dans fon quartier. La
princeffe perça le ciel de fes cris, fondit en larmes,
fe meurtrit les joues et la poitrine. L'oifeau mourant

lui dit tout bas : Brûlez-moi, et ne manquez pas de
porter mes cendres vers l'Arabie heureufe à l'orient de
l'ancienne ville d'Aden ou d'Eden, et de les expofer
au foleil fur un petit bûcher de girofle et de cannelle.
Après avoir proféré ces paroles, il expira. *Formófante*
refta long-temps évanouie, et ne revit le jour que
pour éclater en fanglots. Son père partageant fa douleur, et fefant des imprécations contre le roi d'Egypte,
ne douta pas que cette aventure n'annonçât un avenir
finiftre. Il alla vîte confulter l'oracle de fa chapelle.
L'oracle répondit : *Mélange de tout; mort vivant ; infi-*
délité et conflance , perte et gain , calamités et bonheur.
Ni lui ni fon confeil n'y purent rien comprendre ; mais
enfin il était fatisfait d'avoir rempli fes devoirs de
dévotion.

Sa fille éplorée, pendant qu'il confultait l'oracle,
fit rendre à l'oifeau les honneurs funèbres qu'il avait
ordonnés, et réfolut de le porter en Arabie au péril de
fes jours. Il fut brûlé dans du lin incombuftible avec
l'oranger fur lequel il avait couché : elle en recueillit
la cendre dans un petit vafe d'or tout entouré d'ef-
carboucles et des diamans qu'on ôta de la gueule du
lion. Que ne put-elle, au lieu d'accomplir ce devoir
funefte , brûler tout en vie le déteftable roi d'Egypte !
c'était-là tout fon défir. Elle fit tuer dans fon dépit fes
deux crocodiles, fes deux hippopotames, fes deux
zèbres, fes deux rats ; et fit jeter fes deux momies
dans l'Euphrate ; fi elle avait tenu fon bœuf *Apis* , elle
ne l'aurait pas épargné.

Le roi d'Egypte, outré de cet affront, partit fur le
champ pour faire avancer fes trois cents mille hommes.
Le roi des Indes voyant partir fon allié s'en retourna

le jour même , dans le ferme deffein de joindre les trois cents mille indiens à l'armée égyptienne. Le roi de Scythie délogea dans la nuit avec la princeffe *Aldée*, bien réfolu de venir combattre pour elle à la tête de trois cents mille fcythes , et de lui rendre l'héritage de Babylone qui lui était dû , puifqu'elle defcendait de la branche aînée.

De fon côté la belle *Formofante* fe mit en route à trois heures du matin avec fa caravane de pélerins, fe flattant bien qu'elle pourrait aller en Arabie exécuter les dernières volontés de fon oifeau , et que la juftice des dieux immortels lui rendrait fon cher *Amazan* , fans qui elle ne pouvait plus vivre.

Ainfi à fon réveil le roi de Babylone ne trouva plus perfonne. Comme les grandes fêtes fe terminent! difait-il ; et comme elles laiffent un vide étonnant dans l'ame , quand le fracas eft paffé! Mais il fut tranf-porté d'une colère vraiment royale , lorfqu'il apprit qu'on avait enlevé la princeffe *Aldée*. Il donna ordre qu'on éveillât tous fes miniftres , et qu'on affemblât le confeil. En attendant qu'ils vinffent , il ne manqua pas de confulter fon oracle , mais il ne put jamais en tirer que ces paroles fi célèbres depuis dans tout l'univers : *Quand on ne marie pas les filles , elles fe marient elles-mêmes.*

Auffitôt l'ordre fut donné de faire marcher trois cents mille hommes contre le roi des Scythes. Voilà donc la guerre la plus terrible allumée de tous les côtés , et elle fut produite par les plaifirs de la plus belle fête qu'on ait jamais donnée fur la terre. L'Afie allait être défolée par quatre armées de trois cents mille combattans chacune. On fent bien que la guerre

de Troye, qui étonna le monde quelques siècles après,
n'était qu'un jeu d'enfans en comparaison ; mais aussi
on doit considérer que dans la querelle des Troyens
il ne s'agissait que d'une vieille femme fort libertine,
qui s'était fait enlever deux fois, au lieu qu'ici il
s'agissait de deux filles et d'un oiseau.

Le roi des Indes allait attendre son armée sur le
grand et magnifique chemin qui conduisait alors en
droiture de Babylone à Cachemire. Le roi des Scythes
courait avec *Aldée* par la belle route qui menait au
mont Immaüs. Tous ces chemins ont disparu dans la
suite par le mauvais gouvernement. Le roi d'Egypte
avait marché à l'occident, et s'avançait vers la petite
mer Méditerranée que les ignorans Hébreux ont
depuis nommée *la Grande mer*.

A l'égard de la belle *Formosante*, elle suivait le
chemin de Bassora planté de hauts palmiers qui four-
nissaient un ombrage éternel et des fruits dans toutes
les saisons. Le temple où elle allait en pèlerinage était
dans Bassora même. Le saint à qui ce temple avait
été dédié était à peu-près dans le goût de celui qu'on
adora depuis à Lampsaque. Non-seulement il procurait
des maris aux filles, mais il tenait lieu souvent de mari.
C'était le saint le plus fêté de toute l'Asie.

Formosante ne se souciait point du tout du saint de
Bassora ; elle n'invoquait que son cher berger gangaride, son bel *Amazan*. Elle comptait s'embarquer à
Bassora, et entrer dans l'Arabie heureuse pour faire ce
que l'oiseau mort avait ordonné.

A la troisième couchée, à peine était-elle entrée
dans une hôtellerie où ses fourriers avaient tout préparé
pour elle, qu'elle apprit que le roi d'Egypte y entrait

auſſi. Inſtruit de la marche de la princeſſe par ſes
eſpions, il avait ſur le champ changé de route, ſuivi
d'une nombreuſe eſcorte. Il arrive; il fait placer des
ſentinelles à toutes les portes; il monte dans la chambre
de la belle *Formoſante*, et lui dit: Mademoiſelle, c'eſt
vous préciſément que je cherchais; vous avez fait très-
peu de cas de moi lorſque j'étais à Babylone; il eſt
juſte de punir les dédaigneuſes et les capricieuſes: vous
aurez, s'il vous plaît, la bonté de ſouper avec moi ce
ſoir, vous n'aurez point d'autre lit que le mien; et je
me conduirai avec vous ſelon que j'en ferai content.

Formoſante vit bien qu'elle n'était pas la plus forte;
elle ſavait que le bon eſprit conſiſte à ſe conformer
à ſa ſituation; elle prit le parti de ſe délivrer du roi
d'Egypte par une innocente adreſſe: elle le regarda du
coin de l'œil, ce qui pluſieurs ſiècles après s'eſt appelé
lorgner; et voici comme elle lui parla avec une modeſtie,
une grâce, une douceur, un embarras et une foule
de charmes qui auraient rendu fou le plus ſage des
hommes, et aveuglé le plus clairvoyant.

Je vous avoue, Monſieur, que je baiſſai toujours
les yeux devant vous quand vous fîtes l'honneur au
roi mon père de venir chez lui. Je craignais mon cœur,
je craignais ma ſimplicité trop naïve: je tremblais que
mon père et vos rivaux ne s'aperçuſſent de la préférence que je vous donnais, et que vous méritez ſi bien.
Je puis à préſent me livrer à mes ſentimens. Je jure
par le bœuf *Apis*, qui eſt après vous tout ce que je
reſpecte le plus au monde, que vos propoſitions m'ont
enchantée. J'ai déjà ſoupé avec vous chez le roi mon
père; j'y ſouperai encore bien ici ſans qu'il ſoit de la
partie: tout ce que je vous demande, c'eſt que votre

grand-aumônier boive avec nous ; il m'a paru à Babylone un très-bon convive ; j'ai d'excellent vin de Chiras,
je veux vous en faire goûter à tous deux. A l'égard
de votre feconde propofition, elle eft très-engageante,
mais il ne convient pas à une fille bien née d'en parler ;
qu'il vous fuffife de favoir que je vous regarde comme
le plus grand des rois et le plus aimable des hommes.

Ce difcours fit tourner la tête au roi d'Egypte ; il
voulut bien que l'aumônier fût en tiers. J'ai encore
une grâce à vous demander, lui dit la princeffe ; c'eft
de permettre que mon apothicaire vienne me parler ;
les filles ont toujours de certaines petites incommo-
dités qui demandent de certains foins, comme vapeurs
de tête , battemens de cœur, coliques, étouffemens,
auxquels il faut mettre un certain ordre dans de
certaines circonftances : en un mot j'ai un befoin
preffant de mon apothicaire ; et j'efpère que vous ne
me refuferez pas cette légère marque d'amour.

Mademoifelle, lui répondit le roi d'Egypte, quoiqu'un apothicaire ait des vues précifément oppofées
aux miennes , et que les objets de fon art foient le
contraire de ceux du mien , je fais trop bien vivre
pour vous refufer une demande fi jufte ; je vais
ordonner qu'il vienne vous parler en attendant le
fouper ; je conçois que vous devez être un peu fatiguée
du voyage : vous devez auffi avoir befoin d'une femme
de chambre, vous pourrez faire venir celle qui vous
agréera davantage ; j'attendrai enfuite vos ordres et
votre commodité. Il fe retira ; l'apothicaire et la femme
de chambre nommée *Irla* arrivèrent. La princeffe avait
en elle une entière confiance ; elle lui ordonna de
faire apporter fix bouteilles de vin de Chiras pour

le fouper, et d'en faire boire de pareil à toutes les
fentinelles qui tenaient fes officiers aux arrêts ; puis
elle recommanda à l'apothicaire de faire mettre dans
toutes les bouteilles certaines drogues de fa pharmacie
qui fefaient dormir les gens vingt-quatre heures, et
dont il était toujours pourvu. Elle fut ponctuellement
obéie. Le roi revint avec le grand aumônier au bout
d'une demi-heure : le fouper fut très-gai ; le roi et le
prêtre vidèrent les fix bouteilles, et avouèrent qu'il
n'y avait pas de fi bon vin en Egypte ; la femme de
chambre eut foin d'en faire boire aux domeftiques
qui avaient fervi. Pour la princeffe, elle eut grande
attention de n'en point boire, difant que fon médecin
l'avait mife au régime. Tout fut bientôt endormi.

   L'aumônier du roi d'Egypte avait la plus belle barbe
que pût porter un homme de fa forte. *Formofante* la
coupa très-adroitement ; puis l'ayant fait coudre à un
petit ruban, elle l'attacha à fon menton. Elle s'affubla
de la robe du prêtre et de toutes les marques de fa
dignité, habilla fa femme de chambre en facriftain
de la déeffe *Ifis ;* enfin, s'étant munie de fon urne et de
fes pierreries, elle fortit de l'hôtellerie à travers les
fentinelles qui dormaient comme leur maître. La
fuivante avait eu le foin de faire tenir à la porte deux
chevaux prêts. La princeffe ne pouvait mener avec
elle aucun des officiers de fa fuite : ils auraient été
arrêtés par les grandes gardes.

   Formofante et *Irla* pafsèrent à travers des haies de
foldats qui, prenant la princeffe pour le grand prêtre
l'appelaient *mon révérendiffime père en* D I E U, et lui
demandaient fa bénédiction. Les deux fugitives arrivent
en vingt-quatre heures à Baffora, avant que le roi fût
                                                    éveillé.

éveillé. Elles quittèrent alors leur déguisement, qui
eût pu donner des foupçons. Elles frétèrent au plus
vîte un vaiffeau qui les porta par le détroit d'Ormus
au beau rivage d'Eden dans l'Arabie heureufe. C'eft
cet Eden dont les jardins furent fi renommés qu'on
en fit depuis la demeure des juftes ; ils furent le modèle
des champs Elyfées, des jardins des Hefpérides, et de
ceux des îles Fortunées ; car dans ces climats chauds,
les hommes n'imaginèrent point de plus grande béa-
titude que les ombrages et les murmures des eaux.
Vivre éternellement dans les cieux avec l'Etre fuprême,
ou aller fe promener dans le jardin, dans le paradis,
fut la même chofe pour les hommes qui parlent toujours fans s'entendre, et qui n'ont pu guère avoir encore
d'idées nettes ni d'expreffions juftes.

Dès que la princeffe fe vit dans cette terre, fon premier foin fut de rendre à fon cher oifeau les honneurs
funèbres qu'il avait exigés d'elle. Ses belles mains dref-
sèrent un petit bûcher de girofle et de cannelle. Quelle
fut fa furprife lorfque, ayant répandu les cendres de
l'oifeau fur ce bûcher, elle le vit s'enflammer de lui-
même ! Tout fut bientôt confumé. Il ne parut à là
place des cendres qu'un gros œuf, dont elle vit fortir
fon oifeau plus brillant qu'il ne l'avait jamais été. Ce
fut le plus beau des momens que la princeffe eût
éprouvés dans toute fa vie ; il n'y en avait qu'un qui
pût lui être plus cher ; elle le défirait, mais elle ne
l'efpérait pas.

Je vois bien, dit-elle à l'oifeau, que vous êtes le
phénix dont on m'avait tant parlé. Je fuis prête à
mourir d'étonnement et de joie. Je ne croyais point à la
réfurrection, mais mon bonheur m'en a convaincue.

Romans. Tome II.   I

La réfurrection , Madame , lui dit le phénix , eſt la
choſe du monde la plus ſimple. Il n'eſt pas plus ſurprenant de naître deux fois qu'une. Tout eſt réfurrection
dans ce monde ; les chenilles reſſuſcitent en papillons ;
un noyau mis en terre reſſuſcite en arbre ; tous les
animaux enſevelis dans la terre reſſuſcitent en herbes ,
en plantes , et nourriſſent d'autres animaux dont ils
font bientôt une partie de la ſubſtance ; toutes les particules qui compoſaient les corps ſont changées en
différens êtres. Il eſt vrai que je ſuis le ſeul à qui le
puiſſant *Oroſmade* ait fait la grâce de reſſuſciter dans
ſa propre nature.

Formoſante, qui, depuis le jour qu'elle vit *Amazan* et
le phénix pour la première fois, avait paſſé toutes ſes
heures à s'étonner, lui dit : Je conçois bien que le
grand Etre ait pu former de vos cendres un phénix
à peu-près ſemblable à vous ; mais que vous ſoyez
préciſément la même perſonne , que vous ayez la même
ame , j'avoue que je ne le comprends pas bien clairement. Qu'eſt devenue votre ame pendant que je vous
portais dans ma poche après votre mort ?

Hé, mon Dieu ! Madame , n'eſt-il pas auſſi facile au
grand *Oroſmade* de continuer ſon action ſur une petite
étincelle de moi-même que de commencer cette action ?
Il m'avait accordé auparavant le ſentiment, la mémoire
et la penſée ; il me les accorde encore : qu'il ait attaché
cette faveur à un atome de feu élémentaire caché dans
moi, ou à l'aſſemblage de mes organes, cela ne fait
rien au fond : les phénix et les hommes ignoreront
toujours comment la choſe ſe paſſe ; mais la plus grande
grâce que l'Etre ſuprême m'ait accordée eſt de me faire
renaître pour vous. Que ne puis-je paſſer les vingt-huit

mille ans que j'ai encore à vivre jusqu'à ma prochaine
résurrection entre vous et mon cher *Amazan* !

Mon phénix, lui repartit la princesse, songez que
les premières paroles que vous me dites à Babylone,
et que je n'oublierai jamais, me flattèrent de l'espérance de revoir ce cher berger que j'idolâtre; il faut
absolument que nous allions ensemble chez les Gangarides, et que je le ramène à Babylone. C'est bien
mon dessein, dit le phénix; il n'y a pas un moment
à perdre. Il faut aller trouver *Amazan* par le plus court
chémin, c'est-à-dire, par les airs. Il y a dans l'Arabie
heureuse deux griffons, mes amis intimes, qui ne
demeurent qu'à cent cinquante milles d'ici : je vais
leur écrire par la poste aux pigeons; ils viendront
avant la nuit. Nous aurons tout le temps de vous faire
travailler un petit canapé commode avec des tiroirs où
l'on mettra vos provisions de bouche. Vous serez très-
à votre aise dans cette voiture avec votre demoiselle.
Les deux griffons sont les plus vigoureux de leur
espèce; chacun d'eux tiendra un des bras du canapé
entre ses griffes. Mais, encore une fois, les momens
sont chers. Il alla sur le champ avec *Formosante* commander le canapé à un tapissier de sa connaissance. Il
fut achevé en quatre heures. On mit dans les tiroirs
des petits pains à la reine, des biscuits meilleurs que
ceux de Babylone, des poncires, des ananas, des
cocos, des pistaches et du vin d'Eden, qui l'emporte
sur le vin de Chiras autant que celui de Chiras est
au-dessus de celui de Surenne.

Le canapé était aussi léger que commode et solide.
Les deux griffons arrivèrent dans Eden à point nommé.
Formosante et *Irla* se placèrent dans la voiture. Les deux

I 2

griffons l'enlevèrent comme une plume. Le phénix
tantôt volait auprès, tantôt se perchait sur le dossier.
Les deux griffons cinglèrent vers le Gange avec la
rapidité d'une flèche qui fend les airs. On ne se reposait
que la nuit pendant quelques momens pour manger,
et pour faire boire un coup au deux voituriers.

On arriva enfin chez les Gangarides. Le cœur de
la princesse palpitait d'espérance, d'amour et de joie.
Le phénix fit arrêter la voiture devant la maison
d'*Amazan* ; il demande à lui parler; mais il y avait
trois heures qu'il en était parti, sans qu'on sût où il
était allé.

Il n'y a point de termes dans la langue même des
Gangarides qui puissent exprimer le désespoir dont
Formosante fut accablée. Hélas ! voilà ce que j'avais
craint, dit le phénix ; les trois heures que vous avez
passées dans votre hôtellerie sur le chemin de Bassora
avec ce malheureux roi d'Egypte, vous ont enlevé
peut-être pour jamais le bonheur de votre vie : j'ai bien
peur que nous n'ayons perdu *Amazan* sans retour.

Alors il demanda aux domestiques si on pouvait
saluer madame sa mère? Ils répondirent que son mari
était mort l'avant-veille, et qu'elle ne voyait personne.
Le phénix, qui avait du crédit dans la maison, ne
laissa pas de faire entrer la princesse de Babylone dans
un sallon dont les murs étaient revêtus de bois d'oranger à filets d'ivoire : les sous-bergers et sous-bergères,
en longues robes blanches ceintes de garnitures aurore,
lui servirent dans cent corbeilles de simple porcelaine
cent mets délicieux, parmi lesquels on ne voyait
aucun cadavre déguisé : c'était du riz, du sagou, de la
semoule, du vermicelle, des macaronis, des omelettes,

des œufs au lait, des fromages à la crême, des pâtif-
feries de toute efpèce, des légumes, des fruits d'un
parfum et d'un goût dont on n'a point l'idée dans
les autres climats : c'était une profufion de liqueurs
rafraîchiffantes, fupérieures aux meilleurs vins.

Pendant que la princeffe mangeait couchée fur un
lit de rofes, quatre pavons, ou paons, ou pans, heureufement muets, l'éventaient de leurs brillantes ailes;
deux cents oifeaux, cent bergers et cents bergères lui
donnèrent un concert à deux chœurs; les roffignols,
les ferins, les fauvettes, les pinçons chantaient le
deffus avec les bergères; les bergers fefaient la haute-
contre et la baffe : c'était en tout la belle et fimple
nature. La princeffe avoua que, s'il y avait plus de
magnificence à Babylone, la nature était mille fois
plus agréable chez les Gangarides. Mais, pendant
qu'on lui donnait cette mufique fi confolante et fi
voluptueufe, elle verfait des larmes; elle difait à la
jeune *Irla*, fa compagne : Ces bergers et ces bergères,
ces roffignols et ces ferins font l'amour, et moi je fuis
privée du héros gangaride, digne objet de mes très-
tendres et très-impatiens défirs.

Pendant qu'elle fefait ainfi cette collation, qu'elle
admirait et qu'elle pleurait, le phénix difait à la mère
d'*Amazan* : Madame, vous ne pouvez vous difpenfer
de voir la princeffe de Babylone; vous favez.... Je
fais tout, dit-elle, jufqu'à fon aventure dans l'hôtellerie fur le chemin de Baffora; un merle m'a tout
conté ce matin; et ce cruel merle eft caufe que mon
fils au défefpoir eft devenu fou, et a quitté la maifon
paternelle. Vous ne favez donc pas, reprit le phénix,
que la princeffe m'a reffufcité ? Non, mon cher enfant,

je favais par le merle que vous étiez mort, et j'en étais inconfolable. J'étais fi affligée de cette perte, de la mort de mon mari et du départ précipité de mon fils, que j'avais fait défendre ma porte. Mais, puifque la princeffe de Babylone me fait l'honneur de me venir voir, faites-la entrer au plus vîte; j'ai des chofes de la dernière conféquence à lui dire, et je veux que vous y foyez préfent. Elle alla auffitôt dans un autre fallon au-devant de la princeffe. Elle ne marchait pas facilement; c'était une dame d'environ trois cents années; mais elle avait encore de beaux reftes; et on voyait bien que vers les deux cents trente à quarante ans elle avait été charmante. Elle reçut *Formofante* avec une nobleffe refpectueufe, mêlée d'un air d'intérêt et de douleur qui fit fur la princeffe une vive impreffion.

Formofante lui fit d'abord fes triftes complimens fur la mort de fon mari. Hélas! dit la veuve, vous devez vous intéreffer à fa perte plus que vous ne penfez. J'en fuis touchée, fans doute, dit *Formofante*; il était le père de .... à ces mots elle pleura. Je n'étais venue que pour lui et à travers bien des dangers. J'ai quitté pour lui mon père et la plus brillante cour de l'univers; j'ai été enlevée par un roi d'Egypte que je détefte. Echappée à ce raviffeur, j'ai traverfé les airs pour venir voir ce que j'aime; j'arrive, et il me fuit! Les pleurs et les fanglots l'empêchèrent d'en dire davantage.

La mère lui dit alors : Madame, lorfque le roi d'Egypte vous raviffait, lorfque vous foupiez avec lui dans un cabaret fur le chemin de Baffora, lorfque vos belles mains lui verfaient du vin de Chiras, vous fouvenez-vous d'avoir vu un merle qui voltigeait dans la chambre ? —Vraiment oui, vous m'en rappelez la mémoire, je n'y avais pas fait d'attention; mais en recueillant mes idées, je me souviens très-bien qu'au moment que le roi d'Egypte se leva de table pour me donner un baiser, le merle s'envola par la fenêtre en jetant un grand cri, et ne reparut plus.

Hélas! Madame, reprit la mère d'*Amazan*, voilà ce qui fait précisément le sujet de nos malheurs: mon fils avait envoyé ce merle s'informer de l'état de votre santé et de tout ce qui se passait à Babylone; il comptait revenir bientôt se mettre à vos pieds et vous consacrer sa vie. Vous ne savez pas à quel excès il vous adore. Tous les Gangarides sont amoureux et fidèles; mais mon fils est le plus passionné et le plus constant de tous. Le merle vous rencontra dans un cabaret; vous buviez très-gaiement avec le roi d'Egypte et un vilain prêtre: il vous vit enfin donner un tendre baiser à ce monarque qui avait tué le phénix, et pour qui mon fils conserve une horreur invincible. Le merle à cette vue fut saisi d'une juste indignation; il s'envola en maudissant vos funestes amours; il est revenu aujourd'hui, il a tout conté; mais dans quels momens, juste ciel! dans le temps où mon fils pleurait avec moi la mort de son père et celle du phénix; dans le temps qu'il apprenait de moi qu'il est votre cousin issu de germain!

O ciel! mon cousin! Madame, est-il possible? par quelle aventure? comment? quoi! je serais heureuse à ce point! et je serais en même temps assez infortunée pour l'avoir offensé!

Mon fils est votre cousin, vous dis-je, reprit la mère, et je vais bientôt vous en donner la preuve; mais en devenant ma parente vous m'arrachez mon fils ; il ne pourra furvivre à la douleur que lui a caufée votre baifer donné au roi d'Egypte.

Ah ! ma tante, s'écria la belle *Formofante*, je jure par lui et par le puiffant *Orofmade*, que ce baifer funefte, loin d'être criminel, était la plus forte preuve d'amour que je puffe donner à votre fils. Je défobéiffais à mon père pour lui. J'allais pour lui de l'Euphrate au Gange. Tombée entre les mains de l'indigne pharaon d'Egypte, je ne pouvais lui échapper qu'en le trompant. J'en attefte les cendres et l'ame du phénix qui étaient alors dans ma poche ; il peut me rendre juftice. Mais comment votre fils né fur les bords du Gange peut-il être mon coufin, moi dont la famille règne fur les bords de l'Euphrate depuis tant de fiècles ?

Vous favez, lui dit la vénérable gangaride, que votre grand oncle *Aldée* était roi de Babylone, et qu'il fut détrôné par le père de *Bélus* ? — Oui, Madame. — Vous favez que fon fils *Aldée* avait eu de fon mariage la princeffe *Aldée* élevée dans votre cour. C'eft ce prince qui, étant perfécuté par votre père, vint fe réfugier dans notre heureufe contrée fous un autre nom ; c'eft lui qui m'époufa ; j'en ai eu le jeune prince *Aldée-Amazan*, le plus beau, le plus fort, le plus courageux, le plus vertueux des mortels, et aujourd'hui le plus fou. Il alla aux fêtes de Babylone fur la réputation de votre beauté : depuis ce temps-là il vous idolâtre, et peut-être je ne reverrai jamais mon cher fils.

Alors elle fit déployer devant la princeffe tous les titres de la maifon des *Aldée ;* à peine *Formofante* daigna les regarder. Ah ! Madame, s'écria-t-elle, examine-t-on ce qu'on défire ? mon cœur vous en croit

affez. Mais où eft *Aldée-Amazan?* où eft mon parent,
mon amant, mon roi? où eft ma vie? quel chemin
a-t-il pris ? J'irais le chercher dans tous les globes que
l'Eternel a formés , et dont il eft le plus bel ornement.
J'irais dans l'étoile *Canope*, dans Shacath, dans Alde-
baran ; j'irais le convaincre de mon amour et de mon
innocence.

Le phénix juftifia la princeffe du crime que lui
imputait le merle d'avoir donné par amour un baifer
au roi d'Egypte; mais il fallait détromper *Amazan* et
le ramener. Il envoie des oifeaux fur tous les chemins,
il met en campagne les licornes; on lui rapporte enfin
qu'*Amazan* a pris la route de la Chine. Hé bien, allons
à la Chine , s'écria la princeffe, le voyage n'eft pas
long; j'efpère bien vous ramener votre fils dans quinze
jours au plus tard. A ces mots que de larmes de tendreffe verfèrent la mère gangaride et la princeffe de
Babylone ! que d'embraffemens! que d'effufion de
cœur!

Le phénix commanda fur le champ un carroffe
à fix licornes. La mère fournit deux cents cavaliers ,
et fit préfent à la princeffe fa nièce de quelques milliers
des plus beaux diamans du pays. Le phénix , affligé
du mal que l'indifcrétion du merle avait caufé , fit
ordonner à tous les merles de vider le pays; et c'eft
depuis ce temps qu'il ne s'en trouve plus fur les bords
du Gange.

§. V.

LES licornes, en moins de huit jours, amenèrent
Formofante, *Irla* et le phénix à Gambalu, capitale de
la Chine. C'était une ville plus grande que Babylone

et d'une efpèce de magnificence toute différente. Ces nouveaux objets, ces mœurs nouvelles auraient amufé *Formofante* fi elle avait pu être occupée d'autre chofe que d'*Amazan*.

Dès que l'empereur de la Chine eut appris que la princeffe de Babylone était à une porte de la ville, il lui dépêcha quatre mille mandarins en robes de cérémonie ; tous fe proſternèrent devant elle, et lui préfentèrent chacun un compliment écrit en lettres d'or fur une feuille de foie pourpre. *Formofante* leur dit que fi elle avait quatre mille langues, elle ne manquerait pas de répondre fur le champ à chaque mandarin, mais que n'en ayant qu'une, elle les priait de trouver bon qu'elle s'en fervît pour les remercier tous en général. Ils la conduifirent refpectueufement chez l'empereur.

C'était le monarque de la terre le plus jufte, le plus joli et le plus fage. Ce fut lui qui le premier laboura un petit champ de fes mains impériales, pour rendre l'agriculture refpectable à fon peuple. Il établit le premier des prix pour la vertu. Les lois, par-tout ailleurs, étaient honteufement bornées à punir les crimes. Cet empereur venait de chaffer de fes Etats une troupe de bonzes étrangers qui étaient venus du fond de l'Occident, dans l'efpoir infenfé de forcer toute la Chine à penfer comme eux ; et qui, fous prétexte d'annoncer des vérités, avaient acquis déjà des richeffes et des honneurs. Il leur avait dit en les chaffant ces propres paroles, enregiftrées dans les annales de l'empire.

,, Vous pourriez faire ici autant de mal que vous ,, en avez fait ailleurs : vous êtes venus prêcher des

„ dogmes d'intolérance chez la nation la plus tolérante
„ de la terre. Je vous renvoie pour n'être jamais forcé
„ de vous punir. Vous ferez reconduits honorable-
„ ment fur mes frontières ; on vous fournira tout pour
„ retourner aux bornes de l'hémifphère dont vous
„ êtes partis. Allez en paix fi vous pouvez être en
„ paix, et ne revenez plus. „

La princeffe de Babylone apprit avec joie ce jugement et ce difcours ; elle en était plus fûre d'être bien
reçue à la cour, puifqu'elle était très-éloignée d'avoir
des dogmes intolérans. L'empereur de la Chine, en
dînant avec elle tête à tête, eut la politeffe de bannir
l'embarras de toute étiquette gênante ; elle lui préfenta le phénix, qui fut très-careffé de l'empereur,
et qui fe percha fur fon fauteuil. *Formofante* fur la fin
du repas lui confia ingénument le fujet de fon voyage,
et le pria de faire chercher dans Cambalu le bel
Amazan dont elle lui conta l'aventure, fans lui rien
cacher de la fatale paffion dont fon cœur était enflammé
pour ce jeune héros. A qui en parlez-vous ? lui dit
l'empereur de la Chine, il m'a fait le plaifir de venir
dans ma cour ; il m'a enchanté, cet aimable *Amazan* ;
il eft vrai qu'il eft profondément affligé ; mais fes
grâces n'en font que plus touchantes ; aucun de mes
favoris n'a plus d'efprit que lui ; nul mandarin de
robe n'a de plus vaftes connaiffances ; nul mandarin
d'épée n'a l'air plus martial et plus héroïque ; fon
extrême jeuneffe donne un nouveau prix à tous fes
talens : fi j'étais affez malheureux, affez abandonné
du *Tien* et du *Changti* pour vouloir être conquérant,
je prierais *Amazan* de fe mettre à la tête de mes armées,
et je ferais fûr de triompher de l'univers entier. C'eft

bien dommage que fon chagrin lui dérange quelquefois l'efprit.

Ah ! Monfieur, lui dit *Formofante* avec un air
enflammé et un ton de douleur, de faififfement et de
reproche, pourquoi ne m'avez-vous pas fait dîner
avec lui ? Vous me faites mourir, envoyez-le prier
tout à l'heure. —Madame, il eft parti ce matin, et il
n'a point dit dans quelle contrée il portait fes pas.
Formofante fe tourna vers le phénix : Hé bien, dit-elle;
phénix, avez-vous jamais vu une fille plus malheureufe que moi ? mais, Monfieur, continua-t-elle,
comment, pourquoi a-t-il pu quitter fi brufquement
une cour auffi polie que la vôtre, dans laquelle il
me femble qu'on voudrait paffer fa vie ?

Voici, Madame, ce qui eft arrivé. Une princeffe
du fang, des plus aimables, s'eft prife de paffion
pour lui, et lui a donné un rendez-vous chez elle à
midi ; il eft parti au point du jour, et il a laiffé ce
billet qui a coûté bien des larmes à ma parente.

,, Belle princeffe du fang de la Chine, vous méritez
,, un cœur qui n'ait jamais été qu'à vous ; j'ai juré
,, aux dieux immortels de n'aimer jamais que *Formo-*
,,*fante*, princeffe de Babylone, et de lui apprendre
,, comment on peut dompter fes défirs dans fes
,, voyages ; elle a eu le malheur de fuccomber avec
,, un indigne roi d'Egypte : je fuis le plus malheureux
,, des hommes ; j'ai perdu mon père et le phénix, et
,, l'efpérance d'être aimé de *Formofante* ; j'ai quitté
,, ma mère affligée, ma patrie, ne pouvant vivre un
,, moment dans les lieux où j'ai appris que *Formofante*
,, en aimait un autre que moi ; j'ai juré de parcourir
,, la terre et d'être fidèle. Vous me méprileriez, et

,, les dieux me puniraient fi je violais mon ferment :
,, prenez un amant, Madame, et foyez auffi fidelle
,, que moi. ,,

Ah ! laiffez-moi cette étonnante lettre, dit la belle
Formofante, elle fera ma confolation ; je fuis heureufe
dans mon infortune. *Amazan* m'aime ; *Amazan* renonce
pour moi à la poffeffion des princeffes de la Chine ;
il n'y a que lui fur la terre capable de remporter une
telle victoire ; il me donne un grand exemple ; le
phénix fait que je n'en avais pas befoin ; il eft bien
cruel d'être privée de fon amant pour le plus innocent
des baifers donné par pure fidélité : mais enfin où
eft-il allé ? quel chemin a-t-il pris ? daignez me l'enfeigner, et je pars.

L'empereur de la Chine lui répondit qu'il croyait,
fur les rapports qu'on lui avait faits, que fon amant
avait fuivi une route qui menait en Scythie. Auffitôt
les licornes furent attelées, et la princeffe, après les
plus tendres complimens, prit congé de l'empereur
avec le phénix, fa femme de chambre *Irla* et toute fa
fuite.

Dès qu'elle fut en Scythie, elle vit plus que jamais
combien les hommes et les gouvernemens diffèrent, et
diffèreront toujours jufqu'au temps où quelque peuple
plus éclairé que les autres communiquera la lumière
de proche en proche après mille fiècles de ténèbres,
et qu'il fe trouvera dans des climats barbares des
ames héroïques qui auront la force et la perfévérance
de changer les brutes en hommes. Point de villes en
Scythie, par conféquent point d'arts agréables. On ne
voyait que de vaftes prairies et des nations entières
fous des tentes et fur des chars. Cet afpect imprimait

la terreur. *Formofante* demanda dans quelle tente ou
dans quelle charrette logeait le roi ? On lui dit que
depuis huit jours il s'était mis en marche à la tête de
trois cents mille hommes de cavalerie pour aller à la
rencontre du roi de Babylone , dont il avait enlevé la
nièce , la belle princeffe *Aldée*. Il a enlevé ma coufine ,
s'écria *Formofante!* je ne m'attendais pas à cette nouvelle
aventure : quoi! ma coufine , qui était trop heureufe de
me faire la cour , eft devenue reine, et je ne fuis pas
encore mariée ! Elle fe fit conduire incontinent aux
tentes de la reine.

Leur réunion inefpérée dans ces climats lointains ,
les chofes fingulières qu'elles avaient mutuellement à
s'apprendre , mirent dans leur entrevue un charme
qui leur fit oublier qu'elles ne s'étaient jamais aimées ;
elles fe revirent avec tranfport; une douce illufion fe
mit à la place de la vraie tendreffe ; elles s'embrafsèrent
en pleurant ; et il y eut même entre elles de la cordialité et de la franchife , attendu que l'entrevue ne fe
fefait pas dans un palais.

Aldée reconnut le phénix et la confidente *Irla ;* elle
donna des fourrures de zibeline à fa coufine , qui lui
donna des diamans. On parla de la guerre que les
deux rois entreprenaient ; on déplora la condition des
hommes que des monarques envoient par fantaifie
s'égorger pour des différens que deux honnêtes gens
pourraient concilier en une heure : mais fur-tout on
s'entretint du bel étranger vainqueur des lions, donneur des plus gros diamans de l'univers , fefeur de
madrigaux , poffeffeur du phénix , devenu le plus
malheureux des hommes fur le rapport d'un merle.
C'eft mon cher frère , difait *Aldée :* c'eft mon amant,

s'écriait *Formosante* ; vous l'avez vu, sans doute ; il est
peut-être encore ici ; car, ma cousine, il fait qu'il est
votre frère ; il ne vous aura pas quittée brusquement
comme il a quitté le roi de la Chine.

Si je l'ai vu, grands dieux, reprit *Aldée ;* il a passé
quatre jours entiers avec moi. Ah ! ma cousine, que
mon frère est à plaindre ! un faux rapport l'a rendu
absolument fou ; il court le monde sans savoir où il
va. Figurez-vous qu'il a poussé la démence jusqu'à
refuser les faveurs de la plus belle scythe de toute la
Scythie. Il partit hier après lui avoir écrit une lettre
dont elle a été désespérée. Pour lui, il est allé chez les
Cimmériens. DIEU soit loué, s'écria *Formosante;* encore
un refus en ma faveur ! mon bonheur a passé mon
espoir, comme mon malheur a surpassé toutes mes
craintes. Faites-moi donner cette lettre charmante,
que je parte, que je le suive, les mains pleines de ses
sacrifices. Adieu, ma cousine; *Amazan* est chez les
Cimmériens, j'y vole.

Aldée trouva que la princesse sa cousine était encore
plus folle que son frère *Amazan :* mais comme elle avait
senti elle-même les atteintes de cette épidémie, comme
elle avait quitté les délices et la magnificence de Babylone pour le roi des Scythes, comme les femmes s'in-
téressent toujours aux folies dont l'amour est cause,
elle s'attendrit véritablement pour *Formosante*, lui
souhaita un heureux voyage, et lui promit de servir
sa passion, si jamais elle était assez heureuse pour revoir
son frère.

§. VI.

BIENTOT la princesse de Babylone et le phénix
arrivèrent dans l'empire des Cimmériens, bien moins
peuplé, à la vérité, que la Chine, mais deux fois plus
étendu, autrefois semblable à la Scythie, et devenu
depuis quelque temps aussi florissant que les royaumes
qui se vantaient d'instruire les autres Etats.

Après quelques jours de marche, on entra dans
une très-grande ville que l'impératrice régnante fesait
embellir, mais elle n'y était pas ; elle voyageait alors
des frontières de l'Europe à celles de l'Asie pour
connaître ses Etats par ses yeux, pour juger des maux
et porter les remèdes, pour accroître les avantages,
pour semer l'instruction.

Un des principaux officiers de cette ancienne
capitale, instruit de l'arrivée de la babylonienne et
du phénix, s'empressa de rendre ses hommages à la
princesse et de lui faire les honneurs du pays, bien
sûr que sa maîtresse, qui était la plus polie et la plus
magnifique des reines ; lui saurait gré d'avoir reçu
une si grande dame avec les mêmes égards qu'elle
aurait prodigués elle-même.

On logea *Formosante* au palais, dont on écarta une
foule importune de peuple ; on lui donna des fêtes
ingénieuses. Le seigneur cimmérien, qui était un
grand naturaliste, s'entretint beaucoup avec le phénix
dans les temps où la princesse était retirée dans son
appartement. Le phénix lui avoua qu'il avait autrefois
voyagé chez les Cimmériens, et qu'il ne reconnaissait
plus le pays. Comment de si prodigieux changemens,

disait-il,

difait-il , ont-ils pu être opérés dans un temps fi
court? Il n'y a pas trois cents ans que je vis ici la
nature fauvage dans toute fon horreur ; j'y trouve
aujourd'hui les arts , la fplendeur , la gloire et la
politeffe. Un feul homme a commencé ce grand
ouvrage, répondit le cimmérien , une femme l'a per-
fectionné ; une femme a été meilleure légiflatrice que
l'*Ifis* des Egyptiens et la *Cérès* des Grecs. La plupart
des légiflateurs ont eu un génie étroit et defpotique ,
qui a refferré leurs vues dans le pays qu'ils ont gouverné ; chacun a regardé fon peuple comme étant
feul fur la terre , ou comme devant être l'ennemi du
refte de la terre. Ils ont formé des inftitutions pour
ce feul peuple, introduit des ufages pour lui feul,
établi une religion pour lui feul. C'eft ainfi que les
Egyptiens , fi fameux par des monceaux de pierres,
fe font abrutis et déshonorés par leurs fuperftitions
barbares. Ils croient les autres nations profanes ,
ils ne communiquent point avec elles ; et, excepté la
cour qui s'élève quelquefois au-deffus des préjugés
vulgaires , il n'y a pas un égyptien qui voulût manger
dans un plat dont un étranger fe ferait fervi. Leurs
prêtres font cruels et abfurdes. Il vaudrait mieux
n'avoir point de lois, et n'écouter que la nature qui a
gravé dans nos cœurs les caractères du jufte et de
l'injufte , que de foumettre la fociété à des lois fi
infociables.

Notre impératrice embraffe des projets entièrement
oppofés ; elle confidère fon vafte Etat, fur lequel tous
les méridiens viennent fe joindre, comme devant
correfpondre à tous les peuples qui habitent fous ces
différens méridiens. La première de fes lois a été la

tolérance de toutes les religions , et la compaſſion pour toutes les erreurs. Son puiſſant génie a connu que , ſi les cultes ſont différens, la morale eſt par-tout la même ; par ce principe elle a lié ſa nation à toutes les nations du monde, et les Cimmériens vont regarder le Scandinavien et le Chinois comme leurs frères. Elle a fait plus ; elle a voulu que cette précieuſe tolérance , le premier lien des hommes , s'établît chez ſes voiſins ; ainſi elle a mérité le titre de mère de la patrie, et elle aura celui de bienfaitrice du genre humain , ſi elle perſévère.

Avant elle , des hommes malheureuſement puiſſans envoyaient des troupes de meurtriers ravir à des peuplades inconnues, et arroſer de leur ſang les héritages de leurs pères ; on appelait ces aſſaſſins des héros ; leur brigandage était de la gloire. Notre ſouveraine a une autre gloire ; elle a fait marcher des armées pour apporter la paix , pour empêcher les hommes de ſe nuire , pour les forcer à ſe ſupporter les uns les autres ; et ſes étendards ont été ceux de la concorde publique.

Le phénix , enchanté de tout ce que lui apprenait ce ſeigneur , lui dit : Monſieur , il y a vingt-ſept mille neuf cents années et ſept mois que je ſuis au monde ; je n'ai encore rien vu de comparable à ce que vous me faites entendre. Il lui demanda des nouvelles de ſon ami *Amazan ;* le cimmérien lui conta les mêmes choſes qu'on avait dites à la princeſſe chez les Chinois et chez les Scythes. *Amazan* s'enfuyait de toutes les cours qu'il viſitait , ſi tôt qu'une dame lui avait donné un rendez-vous auquel il craignait de ſuccomber. Le phénix inſtruiſit bientôt *Formoſante* de cette nouvelle

marque de fidélité qu'*Amazan* lui donnait, fidélité
d'autant plus étonnante, qu'il ne pouvait pas soup-
çonner que sa princesse en fût jamais informée.

Il était parti pour la Scandinavie. Ce fut dans ces
climats que des spectacles nouveaux frappèrent encore
ses yeux : ici la royauté et la liberté subsistaient ensemble
par un accord qui paraît impossible dans d'autres Etats :
les agriculteurs avaient part à la législation, aussi-bien
que les grands du royaume ; et un jeune prince donnait
les plus grandes espérances d'être digne de commander
à une nation libre. Là c'était quelque chose de plus
étrange ; le seul roi qui fût despotique de droit sur la
terre par un contrat formel avec son peuple, était en
même temps le plus jeune et le plus juste des rois.

Chez les Sarmates, *Amazan* vit un philosophe sur le
trône ; on pouvait l'appeler *le roi de l'anarchie*, car il
était le chef de cent mille petits rois dont un seul
pouvait d'un mot anéantir les résolutions de tous les
autres. *Eole* n'avait pas plus de peine à contenir tous
les vents qui se combattent sans cesse, que ce monarque
n'en avait à concilier les esprits : c'était un pilote
environné d'un éternel orage ; et cependant le vaisseau
ne se brisait pas, car le prince était un excellent
pilote.

En parcourant tous ces pays si différens de sa patrie,
Amazan refusait constamment toutes les bonnes fortunes qui se présentaient à lui, toujours désespéré du
baiser que *Formosante* avait donné au roi d'Egypte,
toujours affermi dans son inconcevable résolution de
donner à *Formosante* l'exemple d'une fidélité unique
et inébranlable.

La princesse de Babylone avec le phénix le suivait

par-tout à la piste, et ne le manquait jamais que d'un jour ou deux, sans que l'un se lassât de courir, et sans que l'autre perdît un moment à le suivre.

Ils traversèrent ainsi toute la Germanie ; ils admirèrent les progrès que la raison et la philosophie fesaient dans le Nord : tous les princes y étaient instruits, tous autorisaient la liberté de penser ; leur éducation n'avait point été confiée à des hommes qui eussent intérêt de les tromper, ou qui fussent trompés eux-mêmes ; on les avait élevés dans la connaissance de la morale universelle, et dans le mépris des superstitions : on avait banni dans tous ces Etats un usage insensé, qui énervait et dépeuplait plusieurs pays méridionaux ; cette coutume était d'enterrer tout vivans, dans de vastes cachots, un nombre infini des deux sexes éternellement séparés l'un de l'autre, et de leur faire jurer de n'avoir jamais de communication ensemble. Cet excès de démence, accrédité pendant des siècles, avait dévasté la terre autant que les guerres les plus cruelles.

Les princes du Nord avaient à la fin compris que, si l'on voulait avoir des haras, il ne fallait pas séparer les plus forts chevaux des cavales. Ils avaient détruit aussi des erreurs non moins bizarres et non moins pernicieuses. Enfin les hommes osaient être raisonnables dans ces vastes pays, tandis qu'ailleurs on croyait encore qu'on ne peut les gouverner qu'autant qu'ils sont imbécilles.

§. VII.

Amazan arriva chez les Bataves; son cœur éprouva, dans son chagrin, une douce satisfaction d'y retrouver quelque faible image du pays des heureux Gangarides; la liberté, l'égalité, la propreté, l'abondance, la tolérance; mais les dames du pays étaient si froides, qu'aucune ne lui fit d'avances, comme on lui en avait fait par-tout ailleurs; il n'eut pas la peine de résister. S'il avait voulu attaquer ces dames, il les aurait toutes subjuguées l'une après l'autre, sans être aimé d'aucune; mais il était bien éloigné de songer à faire des conquêtes.

Formosante fut sur le point de l'attraper chez cette nation insipide : il ne s'en fallut que d'un moment.

Amazan avait entendu parler chez les Bataves avec tant d'éloges d'une certaine île nommée Albion, qu'il s'était déterminé à s'embarquer lui et ses licornes sur un vaisseau qui, par un vent d'orient favorable, l'avait porté en quatre heures au rivage de cette terre plus célèbre que Tyr et que l'île Atlantide.

La belle *Formosante*, qui l'avait suivi au bord de la Duina, de la Vistule, de l'Elbe, du Veser, arrive enfin aux bouches du Rhin, qui portait alors ses eaux rapides dans la mer germanique.

Elle apprend que son cher amant a vogué aux côtes d'Albion; elle croit voir son vaisseau, elle pousse des cris de joie dont toutes les dames bataves furent surprises, n'imaginant pas qu'un jeune homme pût causer tant de joie : et à l'égard du phénix, elles n'en firent pas grand cas, parce qu'elles jugèrent que ses plumes

K 3

ne pourraient probablement fe vendre auffi bien que celles des canards et des oifons de leurs marais. La princeffe de Babylone loua ou nolifa deux vaiffeaux pour fe tranfporter avec tout fon monde dans cette bienheureufe île, qui allait poffêder l'unique objet de tous fes défirs, l'ame de fa vie, le dieu de fon cœur.

Un vent funefte d'occident s'éleva tout à coup dans le moment même où le fidèle et malheureux *Amazan* mettait pied à terre en Albion; les vaiffeaux de la princeffe de Babylone ne purent démarrer. Un ferrement de cœur, une douleur amère, une mélancolie profonde faifirent *Formofante;* elle fe mit au lit dans fa douleur, en attendant que le vent changeât; mais il fouffla huit jours entiers avec une violence défefpérante. La princeffe, pendant ce fiècle de huit jours, fe fefait lire par *Irla* des romans; ce n'eft pas que les Bataves en fuffent faire; mais comme ils étaient les facteurs de l'univers, ils vendaient l'efprit des autres nations ainfi que leurs denrées. La princeffe fit acheter chez *Marc-Michel Rey* tous les contes que l'on avait écrits chez les Aufoniens et chez les Velches, et dont le débit était défendu fagement chez ces peuples pour enrichir les Bataves; elle efpérait qu'elle trouverait dans ces hiftoires quelque aventure qui reffemblerait à la fienne, et qui charmerait fa douleur. *Irla* lifait, le phénix difait fon avis, et la princeffe ne trouvait rien dans *la Payfanne parvenue*, ni dans *le Sofa*, ni dans *les quatre Facardins*, qui eût le moindre rapport à fes aventures; elle interrompait à tout moment la lecture pour demander de quel côté venait le vent.

§. VIII.

CEPENDANT *Amazan* était déjà fur le chemin de la capitale d'Albion, dans fon carroffe à fix licornes, et rêvait à fa princeffe : il aperçut un équipage verfé dans une foffe ; les domeftiques s'étaient écartés pour aller chercher du fecours ; le maître de l'équipage reftait tranquillement dans fa voiture, ne témoignant pas la plus légère impatience, et s'amufant à fumer ; car on fumait alors : il fe nommait milord *What-then*, ce qui fignifie à peu-près milord *Qu'importe* en la langue dans laquelle je traduis ces mémoires.

Amazan fe précipita pour lui rendre fervice ; il releva tout feul la voiture, tant fa force était fupérieure à celle des autres hommes. Milord *Qu'importe* fe contenta de dire : Voilà un homme bien vigoureux.

Des ruftres du voifinage étant accourus, fe mirent en colère de ce qu'on les avait fait venir inutilement, et s'en prirent à l'étranger ; ils le menacèrent en l'appelant *chien d'étranger*, et ils voulurent le battre.

Amazan en faifit deux de chaque main, et les jeta à vingt pas ; les autres le refpectèrent, le faluèrent, lui demandèrent pour boire : il leur donna plus d'argent qu'ils n'en avaient jamais vu. Milord *Qu'importe* lui dit : Je vous eftime ; venez dîner avec moi dans ma maifon de campagne qui n'eft qu'à trois milles ; il monta dans la voiture d'*Amazan*, parce que la fienne était dérangée par la fecouffe.

Après un quart-d'heure de filence, il regarda un moment *Amazan*, et lui dit: *How dye do*, à la lettre,

K 4

comment faites-vous faire ? et dans la langue du traducteur , *comment vous portez=vous ?* ce qui ne veut rien
dire du tout en aucune langue; puis il ajouta : Vous
avez-là fix jolies licornes ; et il fe remit à fumer.

Le voyageur lui dit que fes licornes étaient à fon
fervice, qu'il venait avec elles du pays des Gangarides,
et il en prit occafion de lui parler de la princeffe de
Babylone , et du fatal baifer qu'elle avait donné au roi
d'Egypte ; à quoi l'autre ne répliqua rien du tout , fe
fouciant très-peu qu'il y eût dans le monde un roi
d'Egypte et une princeffe de Babylone. Il fut encore
un quart-d'heure fans parler ; après quoi il redemanda
à fon compagnon comment il fefait faire , et fi on
mangeait du bon *roft-beef* dans le pays des Gangarides. Le voyageur lui répondit avec fa politeffe ordinaire qu'on ne mangeait point fes frères fur les bords
du Gange. Il lui expliqua le fyftême qui fut , après
tant de fiècles , celui de *Pythagore* , de *Porphyre* ,
d'*Iamblique*. Sur quoi milord s'endormit, et ne fit qu'un
fomme jufqu'à ce qu'on fût arrivé à fa maifon.

Il avait une femme jeune et charmante , à qui la
nature avait donné une ame auffi vive et auffi fenfible
que celle de fon mari était indifférente. Plufieurs
feigneurs albioniens étaient venus ce jour-là dîner
avec elle. Il y avait des caractères de toutes les efpèces ;
car le pays n'ayant prefque jamais été gouverné que
par des étrangers, les familles venues avec ces princes,
avaient toutes apporté des mœurs différentes. Il fe
trouva dans la compagnie des gens très-aimables ,
d'autres d'un efprit fupérieur , quelques-uns d'une
fcience profonde.

La maîtreffe de la maifon n'avait rien de cet air

emprunté et gauche, de cette roideur, de cette mauvaise honte qu'on reprochait alors aux jeunes femmes
d'Albion ; elle ne cachait point, par un maintien
dédaigneux et par un silence affecté, la stérilité de
ses idées et l'embarras humiliant de n'avoir rien à
dire : nulle femme n'était plus engageante. Elle reçut
Amazan avec la politesse et les grâces qui lui étaient
naturelles. L'extrême beauté de ce jeune étranger,
et la comparaison soudaine qu'elle fit entre lui et son
mari, la frappèrent d'abord sensiblement.

On servit. Elle fit asseoir *Amazan* à côté d'elle ; et
lui fit manger des puddings de toute espèce, ayant
su de lui que les Gangarides ne se nourrissaient de
rien qui eût reçu des dieux le don céleste de la vie.
Sa beauté, sa force, les mœurs des Gangarides, les
progrès des arts, la religion et le gouvernement furent
le sujet d'une conversation aussi agréable qu'instruc-
tive pendant le repas qui dura jusqu'à la nuit, et
pendant lequel milord *Qu'importe* but beaucoup et ne
dit mot.

Après le dîner, pendant que Miladi versait du thé,
et qu'elle dévorait des yeux le jeune homme, il s'en-
tretenait avec un membre du parlement ; car chacun
sait que dès-lors il y avait un parlement, et qu'il s'appelait *Wittenagemot*, ce qui signifie *l'assemblée des gens
d'esprit*. *Amazan* s'informait de la constitution, des
mœurs, des lois, des forces, des usages, des arts qui
rendaient ce pays si recommandable ; et ce seigneur
lui parlait en ces termes :

Nous avons long-temps marché tout nus, quoique
le climat ne soit pas chaud. Nous avons été long-temps
traités en esclaves par des gens venus de l'antique terre

de *Saturne*, arrofée des eaux du Tibre ; mais nous nous fommes fait nous-mêmes beaucoup plus de maux que nous n'en avions effuyé de nos premiers vainqueurs. Un de nos rois pouffa la baffeffe jufqu'à fe déclarer fujet d'un prêtre qui demeurait auffi fur les bords du Tibre, et qu'on appelait *le vieux des fept montagnes* ; tant la deftinée de ces fept montagnes a été long-temps de dominer fur une grande partie de l'Europe habitée alors par des brutes.

Après ces temps d'aviliffement font venus des fiècles de férocité et d'anarchie. Notre terre, plus orageufe que les mers qui l'environnent, a été faccagée et enfanglantée par nos difcordes ; plufieurs têtes couronnées ont péri par le dernier fupplice ; plus de cent princes du fang des rois ont fini leurs jours fur l'échafaud ; on a arraché le cœur à tous leurs adhérens, et on en a battu leurs joues. C'était au bourreau qu'il appartenait d'écrire l'hiftoire de notre île, puifque c'était lui qui avait terminé toutes les grandes affaires.

Il n'y a pas long-temps que, pour comble d'horreur, quelques perfonnes portant un manteau noir, et d'autres qui mettaient une chemife blanche par-deffus leur jaquette, ayant été mordues par des chiens enragés, communiquèrent la rage à la nation entière. Tous les citoyens furent ou meurtriers ou égorgés, ou bourreaux ou fuppliciés, ou déprédateurs ou efclaves, au nom du ciel et en cherchant le Seigneur.

Qui croirait que de cet abyme épouvantable, de ce chaos de diffentions, d'atrocités, d'ignorance et de fanatifme, il eft enfin réfulté le plus parfait gouvernement, peut-être, qui foit aujourd'hui dans le monde ?

Un roi honoré et riche, tout-puissant pour faire le bien, impuissant pour faire le mal, est à la tête d'une nation libre, guerrière, commerçante et éclairée. Les grands d'un côté, et les représentans des villes de l'autre, partagent la législation avec le monarque.

On avait vu, par une fatalité singulière, le désordre, les guerres civiles, l'anarchie et la pauvreté désoler le pays quand les rois affectaient le pouvoir arbitraire. La tranquillité, la richesse, la félicité publique, n'ont régné chez nous que quand les rois ont reconnu qu'ils n'étaient pas absolus. Tout était subverti quand on disputait sur des choses inintelligibles ; tout a été dans l'ordre quand on les a méprisées. Nos flottes victo-rieuses portent notre gloire sur toutes les mers, et les lois mettent en sûreté nos fortunes ; jamais un juge ne peut les expliquer arbitrairement ; jamais on ne rend un arrêt qui ne soit motivé. Nous punirions comme des assassins des juges qui oseraient envoyer à la mort un citoyen sans manifester les témoignages qui l'accusent et la loi qui le condamne.

Il est vrai qu'il y a toujours chez nous deux partis qui se combattent avec la plume et avec des intrigues ; mais aussi ils se réunissent toujours quand il s'agit de prendre les armes pour défendre la patrie et la liberté. Ces deux partis veillent l'un sur l'autre, ils s'empêchent mutuellement de violer le dépôt sacré des lois ; ils se haïssent, mais ils aiment l'Etat ; ce sont des amans jaloux qui servent à l'envi la même maîtresse.

Du même fonds d'esprit qui nous a fait connaître et soutenir les droits de la nature humaine, nous avons porté les sciences au plus haut point où elles puissent parvenir chez les hommes. Vos Egyptiens qui

paſſent pour de ſi grands mécaniciens , vos Indiens
qu'on croit de ſi grands philoſophes , vos Babyloniens
qui ſe vantent d'avoir obſervé les aſtres pendant
quatre cents trente mille années, les Grecs qui ont
écrit tant de phraſes et ſi peu de choſes , ne ſavent
préciſément rien en comparaiſon de nos moindres
écoliers qui ont étudié les découvertes de nos grands
maîtres. Nous avons arraché plus de ſecrets à la
nature, dans l'eſpace de cent années , que le genre
humain n'en avait découvert dans la multitude des
ſiècles.

Voilà au vrai l'état où nous ſommes. Je ne vous
ai caché ni le bien ni le mal, ni nos opprobres, ni notre
gloire; et je n'ai rien exagéré.

Amazan , à ce diſcours, ſe ſentit pénétré du déſir de
s'inſtruire dans ces ſciences ſublimes dont on lui parlait; et ſi ſa paſſion pour la princeſſe de Babylone,
ſon reſpect filial pour ſa mère qu'il avait quittée , et
l'amour de ſa patrie n'euſſent fortement parlé à ſon
cœur déchiré, il aurait voulu paſſer ſa vie dans l'île
d'Albion ; mais ce malheureux baiſer donné par ſa
princeſſe au roi d'Egypte , ne lui laiſſait pas aſſez de
liberté dans l'eſprit pour étudier les hautes ſciences.

Je vous avoue, dit-il, que, m'étant impoſé la loi de
courir le monde et de m'éviter moi-même, je ſerais
curieux de voir cette antique terre de *Saturne* , ce
peuple du Tibre et des ſept montagnes à qui vous avez
obéi autrefois; il faut , ſans doute, que ce ſoit le premier
peuple de la terre. Je vous conſeille de faire ce voyage,
lui répondit l'albionien, pour peu que vous aimiez la
muſique et la peinture. Nous allons très-ſouvent nous-
mêmes porter quelquefois notre ennui vers les ſept

montagnes. Mais vous ferez bien étonné en voyant les defcendans de nos vainqueurs.

Cette converfation fut longue. Quoique le bel *Amazan* eût la cervelle un peu attaquée, il parlait avec tant d'agrémens, fa voix était fi touchante, fon maintien fi noble et fi doux, que la maîtreffe de la maifon ne put s'empêcher de l'entretenir à fon tour têté-à-tête. Elle lui ferra tendrement la main en lui parlant, et en le regardant avec des yeux humides et étincelans qui portaient les défirs dans tous les refforts de la vie. Elle le retint à fouper et à coucher. Chaque inftant, chaque parole, chaque regard enflammèrent fa paffion. Dès que tout le monde fut retiré, elle lui écrivit un petit billet, ne doutant pas qu'il ne vînt lui faire la cour dans fon lit, tandis que milord *Qu'importe* dormait dans le fien. *Amazan* eut encore le courage de réfifter; tant un grain de folie produit d'effets miraculeux dans une ame forte et profondément bleffée.

Amazan, felon fa coutume, fit à la dame une réponfe refpectueufe par laquelle il lui repréfentait la fainteté de fon ferment, et l'obligation étroite où il était d'apprendre à la princeffe de Babylone à dompter fes paffions; après quoi il fit atteler fes licornes, et repartit pour la Batavie, laiffant toute la compagnie émerveillée de lui, et la dame du logis défefpérée. Dans l'excès de fa douleur, elle laiffa traîner la lettre d'*Amazan*; milord *Qu'importe* la lut le lendemain matin. Voilà, dit-il en levant les épaules, de bien plates niaiferies: et il alla chaffer au renard avec quelques ivrognes du voifinage.

Amazan voguait déjà fur la mer, muni d'une carte géographique dont lui avait fait préfent le favant

albionien qui s'était entretenu avec lui chez milord
Qu'importe. Il voyait avec furprife une grande partie de
la terre fur une feuille de papier.

Ses yeux et fon imagination s'égarèrent dans ce
petit efpace ; il regardait le Rhin, le Danube, les Alpes
du Tirol marqués alors par d'autres noms, et tous les
pays par où il devait paffer avant d'arriver à la ville
des fept montagnes ; mais fur-tout il jetait les yeux
fur la contrée des Gangarides, fur Babylone où il
avait vu fa chère princeffe, et fur le fatal pays de Baffora où elle avait donné un baifer au roi d'Egypte. Il
foupirait, il verfait des larmes ; mais il convenait que
l'albionien, qui lui avait fait préfent de l'univers en
raccourci, n'avait point eu tort en difant qu'on était
mille fois plus inftruit fur les bords de la Tamife, que
fur ceux du Nil, de l'Euphrate et du Gange.

Comme il retournait en Batavie, *Formofante* volait
vers Albion avec fes deux vaiffeaux qui cinglaient à
pleines voiles ; celui d'*Amazan* et celui de la princeffe
fe croisèrent, fe touchèrent prefque : les deux amans
étaient près l'un de l'autre, et ne pouvaient s'en douter.
Ah ! s'ils l'avaient fu ! mais l'impérieufe deftinée ne le
permit pas.

§. I X.

Si tôt qu'*Amazan* fut débarqué fur le terrain égal
et fangeux de la Batavie, il partit comme un éclair
pour la ville aux fept montagnes. Il fallut traverfer la
partie méridionale de la Germanie. De quatre milles
en quatre milles on trouvait un prince et une princeffe,
des filles d'honneur et des gueux. Il était étonné des
coquetteries que ces dames et ces filles d'honneur lui

fefaient par-tout avec la bonne foi germanique ; et il n'y répondait que par de modeftes refus. Après avoir franchi les Alpes il s'embarqua fur la mer de Dal-matie , et aborda dans une ville qui ne reffemblait à rien du tout de ce qu'il avait vu jufqu'alors. La mer formait les rues, les maifons étaient bâties dans l'eau. Le peu de places publiques qui ornaient cette ville, était couvert d'hommes et de femmes qui avaient un double vifage, celui que la nature leur avait donné, et une face de carton mal peint qu'ils appliquaient par-deffus ; en forte que la nation femblait compofée de fpectres. Les étrangers qui venaient dans cette contrée, commençaient par acheter un vifage, comme on fe pourvoit ailleurs de bonnets et de fouliers. *Amazan* dédaigna cette mode contre nature, il fe pré-fenta tel qu'il était. Il y avait dans la ville douze mille filles enregiftrées dans le grand livre de la république ; filles utiles à l'Etat , chargées du commerce le plus avantageux et le plus agréable qui ait jamais enrichi une nation. Les négocians ordinaires envoyaient à grands frais et à grands rifques des étoffes dans l'Orient ; ces belles négociantes fefaient, fans aucun rifque, un trafic toujours renaiffant de leurs attraits. Elles vinrent toutes fe préfenter au bel *Amazan*, et lui offrir le choix. Il s'enfuit au plus vîte en prononçant le nom de l'incomparable princeffe de Babylone , et en jurant par les dieux immortels qu'elle était plus belle que toutes les douze mille filles vénitiennes. Sublime friponne, s'écriait-il dans fes tranfports , je vous apprendrai à être fidelle !

Enfin les ondes jaunes du Tibre, des marais empef-tés, des habitans hâves, décharnés et rares , couverts

de vieux manteaux troués qui laiſſaient voir leur peau
sèche et tannée, ſe préſentèrent à ſes yeux, et lui
annoncèrent qu'il était à la porte de la ville aux ſept
montagnes, de cette ville de héros et de légiſlateurs,
qui avaient conquis et policé une grande partie du
globe.

Il s'était imaginé qu'il verrait à la porte triomphale
cinq cents bataillons commandés par des héros ; et
dans le ſénat, une aſſemblée de demi-dieux, donnant
des lois à la terre ; il trouva, pour toute armée, une
trentaine de gredins montant la garde avec un paraſol,
de peur du ſoleil. Ayant pénétré juſqu'à un temple
qui lui parut très-beau, mais moins que celui de
Babylone, il fut aſſez ſurpris d'y entendre une muſique
exécutée par des hommes qui avaient des voix de
femmes.

Voilà, dit-il, un plaiſant pays que cette antique
terre de *Saturne*. J'ai vu une ville où perſonne n'avait
ſon viſage, en voici une autre où les hommes n'ont ni
leur voix, ni leur barbe. On lui dit que ces chantres
n'étaient plus hommes, qu'on les avait dépouillés de
leur virilité, afin qu'ils chantaſſent plus agréablement
les louanges d'une prodigieuſe quantité de gens de
mérite. *Amazan* ne comprit rien à ce diſcours. Ces
meſſieurs le prièrent de chanter ; il chanta un air
gangaride avec ſa grâce ordinaire. Sa voix était une
très-belle haute-contre. Ah ! mon ſignor, lui dirent-
ils, quel charmant ſoprano vous auriez ; ah ! ſi....
—Comment ſi ? que prétendez-vous dire ? —— Ah,
mon ſignor !.... ——Hé bien ? —Si vous n'aviez point
de barbe ? Alors ils lui expliquèrent très-plaiſamment,
et avec des geſtes fort comiques, ſelon leur coutume,

de

de quoi il était queſtion. *Amazan* demeura tout
confondu. J'ai voyagé, dit-il, et jamais je n'ai entendu
parler d'une telle fantaiſie.

Lorſqu'on eut bien chanté, *le vieux des ſept montagnes*
alla en grand cortége à la porte du temple; il coupa
l'air en quatre avec le pouce élevé, deux doigts étendus et deux autres pliés, en diſant ces mots dans une
langue qu'on ne parlait plus, *à la ville et à l'univers.* (*b*)
Le gangaride ne pouvait comprendre que deux doigts
puſſent atteindre ſi loin.

Il vit bientôt défiler toute la cour du maître du
monde; elle était compoſée de graves perſonnages,
les uns en robes rouges; les autres en violet; preſque
tous regardaient le bel *Amazan* en adouciſſant les yeux;
ils lui feſaient des révérences, et ſe diſaient l'un à
l'autre: San Martino, *che bel' ragazzo!* San Pancratio,
che bel' fanciullo!

Les ardens, dont le métier était de montrer aux
étrangers les curioſités de la ville, s'empreſsèrent de
lui faire voir des maſures où un muletier ne voudrait
pas paſſer la nuit, mais qui avaient été autrefois de
dignes monumens de la grandeur d'un peuple roi.
Il vit encore des tableaux de deux cents ans, et des
ſtatues de plus de vingt ſiècles, qui lui parurent des
chefs-d'œuvre. Faites-vous encore de pareils ouvrages?
Non, votre excellence, lui répondit un des ardens;
mais nous mépriſons le reſte de la terre, parce que
nous conſervons ces raretés. Nous ſommes des eſpèces
de fripiers qui tirons notre gloire des vieux habits qui
reſtent dans nos magaſins.

(*b*) *Urbi et orbi.*

Romans. Tome II.   L

Amazan voulut voir le palais du prince ; on l'y conduifit. Il vit des hommes en violet qui comptaient l'argent des revenus de l'Etat, tant d'une terre fituée fur le Danube, tant d'une autre fur la Loire, ou fur le Guadalquivir, ou fur la Viftule. Oh, oh, dit *Amazan* après avoir confulté fa carte de géographie, votre maître pofsède donc toute l'Europe comme ces anciens héros des fept montagnes ? Il doit poffèder l'univers entier de droit divin, lui répondit un violet ; et même il a été un temps où fes prédéceffeurs ont approché de la monarchie univerfelle : mais leurs fucceffeurs ont la bonté de fe contenter aujourd'hui de quelque argent que les rois leurs fujets leur font payer en forme de tribut.

Votre maître eft donc en effet le roi des rois, c'eft donc-là fon titre, dit *Amazan* ? Non, votre excellence, fon titre eft *ferviteur des ferviteurs* ; il eft originairement poiffonnier et portier ; et c'eft pourquoi les emblêmes de fa dignité font des clefs et des filets ; mais il donne toujours des ordres à tous les rois. Il n'y a pas long-temps qu'il envoya cent et un commandemens à un roi du pays des Celtes, et le roi obéit.

Votre poiffonnier, dit *Amazan*, envoya donc cinq ou fix cents mille hommes pour faire exécuter fes cent et une volontés ?

Point du tout, votre excellence ; notre faint maître n'eft point affez riche pour foudoyer dix mille foldats ; mais il a quatre à cinq cents mille prophètes divins diftribués dans les autres pays. Ces prophètes de toutes couleurs font, comme de raifon, nourris aux dépens des peuples ; ils annoncent de la part du ciel que mon maître peut avec fes clefs ouvrir et fermer toutes les

ferrures, et fur-tout celles des coffres-forts. Un prêtre
normand, qui avait auprès du roi dont je vous parle,
la charge de confident de fes penfées, le convainquit
qu'il devait obéir fans réplique aux cent et une penfées de mon maître ; car il faut que vous fachiez qu'une
des prérogatives du *vieux des fept montagnes* eft d'avoir
toujours raifon, foit qu'il daigne parler, foit qu'il
daigne écrire.

Parbleu, dit *Amazan*, voilà un fingulier homme ;
je ferais curieux de dîner avec lui. Votre excellence,
quand vous feriez roi, vous ne pourriez manger à fa
table ; tout ce qu'il pourrait faire pour vous, ce ferait
de vous en faire fervir une à côté de lui plus petite et
plus baffe que la fienne. Mais fi vous voulez avoir
l'honneur de lui parler, je lui demanderai audience
pour vous, moyennant la *buona mancia* que vous aurez
la bonté de me donner. Très-volontiers, dit le gangaride. Le violet s'inclina. Je vous introduirai demain,
dit-il ; vous ferez trois génuflexions, et vous baiferez
les pieds du *vieux des fept montagnes*. A ces mots,
Amazan fit de fi prodigieux éclats de rire, qu'il fut près
de fuffoquer ; il fortit en fe tenant les côtés, et rit aux
larmes pendant tout le chemin, jufqu'à ce qu'il fut
arrivé à fon hôtellerie, où il rit encore très-long-
temps.

A fon dîner il fe préfenta vingt hommes fans barbe
et vingt violons qui lui donnèrent un concert. Il fut
courtifé le refte de la journée par les feigneurs les
plus importans de la ville ; ils lui firent des propofitions encore plus étranges que celle de baifer les pieds
du *vieux des fept montagnes*. Comme il était extrêmement poli, il crut d'abord que ces meffieurs le prenaient

L 2

pour une dame, et les avertit de leur méprife avec
l'honnêteté la plus circonfpecte. Mais étant preffé un
peu vivement par deux ou trois des plus déterminés
violets, il les jeta par les fenêtres, fans croire faire un
grand facrifice à la belle *Formofante*. Il quitta au plus
vîte cette ville des maîtres du monde, où il fallait
baifer un vieillard à l'orteil, comme fi fa joue était à
fon pied, et où l'on n'abordait les jeunes gens qu'avec
des cérémonies encore plus bizarres.

§. X.

DE province en province, ayant toujours repouffé
les agaceries de toute efpèce, toujours fidèle à la
princeffe de Babylone, toujours en colère contre le
roi d'Egypte, ce modèle de conftance parvint à la
capitale nouvelle des Gaules. Cette ville avait paffé,
comme tant d'autres, par tous les degrés de la barbarie,
de l'ignorance, de la fottife et de la misère. Son premier nom avait été la *boue* et *la crotte*; enfuite elle
avait pris celui d'*Ifis*, du culte d'*Ifis* parvenu jufque
chez elle. Son premier fénat avait été une compagnie
de bateliers. Elle avait été long-temps efclave des
héros déprédateurs des fept montagnes, et après
quelques fiècles, d'autres héros brigands, venus de la
rive ultérieure du Rhin, s'étaient emparés de fon
petit terrain.

Le temps, qui change tout, en avait fait une ville
dont la moitié était très-noble et très-agréable, l'autre
un peu groffière et ridicule : c'était l'emblême de fes
habitans. Il y avait dans fon enceinte environ cent
mille perfonnes au moins qui n'avaient rien à faire

qu'à jouer et à fe divertir. Ce peuple d'oififs jugeait des arts que les autres cultivaient. Ils ne favaient rien de ce qui fe paffait à la cour, quoiqu'elle ne fût qu'à quatre petits milles d'eux; il femblait qu'elle en fût à fix cents milles au moins. La douceur de la fociété, la gaieté, la frivolité étaient leur importante et leur unique affaire : on les gouvernait comme des enfans à qui l'on prodigue des jouets pour les empê- cher de crier. Si on leur parlait des horreurs qui avaient deux fiècles auparavant défolé leur patrie, et des temps épouvantables où la moitié de la nation avait maffacré l'autre pour des fophifmes, ils difaient qu'en effet cela n'était pas bien, et puis ils fe mettaient à rire et à chanter des vaudevilles.

Plus les oififs étaient polis, plaifans et aimables, plus on obfervait un trifte contrafte entre eux et des compagnies d'occupés.

Il était parmi ces occupés, ou qui prétendaient l'être, une troupe de fombres fanatiques, moitié abfurdes, moitié fripons, dont le feul afpect contrif- tait la terre, et qui l'auraient bouleverfée, s'ils l'avaient pu, pour fe donner un peu de crédit. Mais la nation des oififs, en danfant et en chantant, les fefait rentrer dans leurs cavernes, comme les oifeaux obligent les chats-huants à fe replonger dans les trous des mafures.

D'autres occupés, en plus petit nombre, étaient les confervateurs d'anciens ufages barbares contre lefquels la nature effrayée réclamait à haute voix; ils ne conful- taient que leurs regiftres rongés des vers. S'ils y voyaient une coutume infenfée et horrible, ils la regardaient comme une loi facrée. C'eft par cette lâche habitude de n'ofer penfer par eux-mêmes, et de puifer leurs idées dans les débris des temps où l'on ne penfait pas, que dans la ville des plaifirs il était encore des mœurs atroces. C'eft par cette raifon qu'il n'y avait nulle proportion entre les délits et les peines. On fefait quelquefois fouffrir mille morts à un innocent, pour lui faire avouer un crime qu'il n'avait pas commis.

On puniffait une étourderie de jeune homme comme on aurait puni un empoifonnement ou un parricide. Les oififs en pouffaient des cris perçans, et le lendemain ils n'y penfaient plus, et ne parlaient que de modes nouvelles.

Ce peuple avait vu s'écouler un fiècle entier pendant lequel les beaux arts s'élevèrent à un degré de perfection qu'on n'aurait jamais ofé efpérer; les étrangers venaient alors comme à Babylone admirer les grands monumens d'architecture, les prodiges des jardins, les fublimes efforts de la fculpture et de la peinture. Ils étaient enchantés d'une mufique qui allait à l'ame fans étonner les oreilles.

La vraie poëfie, c'eft-à-dire, celle qui eft naturelle et harmonieufe, celle qui parle au cœur autant qu'à l'efprit, ne fut connue de la nation que dans cet heureux fiècle. De nouveaux genres d'éloquence déployèrent des beautés fublimes. Les théâtres fur-tout retentirent des chefs-d'œuvre dont aucun peuple n'approcha jamais. Enfin le bon goût fe répandit dans toutes les profeffions, au point qu'il y eut de bons écrivains même chez les druides.

Tant de lauriers, qui avaient levé leurs têtes jufqu'aux nues, fe féchèrent bientôt dans une terre épuifée. Il n'en refta qu'un très-petit nombre dont les feuilles étaient d'un verd pâle et mourant. La décadence fut produite par la facilité de faire, et par la pareffe de bien faire, par la fatiété du beau, et par le goût du bizarre. La vanité protégea des artiftes qui ramenaient les temps de la barbarie; et cette même vanité, en perfécutant les talens véritables, les força de quitter leur patrie; les frelons firent difparaître les abeilles.

Prefque plus de véritables arts, prefque plus de génie; le mérite confiftait à raifonner à tort et à travers fur le mérite du fiècle paffé : le barbouilleur des murs d'un cabaret critiquait favamment les tableaux des grands peintres; les barbouilleurs de papier défiguraient les ouvrages des grands écrivains. L'ignorance et le mauvais goût avaient d'autres barbouilleurs à leurs gages. On répétait les mêmes chofes dans cent volumes fous des titres différens. Tout était ou dictionnaire ou brochure. Un gazetier druide écrivait deux fois par femaine les annales obfcures de quelques énergumènes ignorés de la nation, et de prodiges céleftes opérés dans des galetas par de petits gueux et de petites gueufes; d'autres ex-druides vêtus de noir, près de mourir de colère et de faim, fe plaignaient dans cent écrits qu'on ne leur permît plus de tromper les hommes, et qu'on laifsât ce droit à des boucs vêtus de gris. Quelques archidruides imprimaient des libelles diffamatoires.

Amazan ne favait rien de tout cela; et quand il l'aurait fu, il ne s'en ferait guère embarraffé, n'ayant la tête remplie que de la princeffe de Babylone, du roi d'Egypte, et de fon ferment inviolable de méprifer

L 4

toutes les coquetteries des dames dans quelque pays
que le chagrin conduisît ſes pas.

Toute la populace légère, ignorante et toujours
pouſſant à l'excès cette curioſité naturelle au genre
humain, s'empreſſa long-temps auprès de ſeslicornes;
les femmes plus ſenſées forcèrent les portes de ſon
hôtel pour contempler ſa perſonne.

Il témoigna d'abord à ſon hôte quelque déſir d'aller
à la cour ; mais des oiſiſs de bonne compagnie, qui ſe
trouvèrent là par haſard, lui dirent que ce n'était plus
la mode, que les temps étaient bien changés, et qu'il
n'y avait plus de plaiſirs qu'à la ville. Il fut invité le
ſoir même à ſouper par une dame dont l'eſprit et les
talens étaient connus hors de ſa patrie, et qui avait
voyagé dans quelques pays où *Amazan* avait paſſé. Il
goûta fort cette dame et la ſociété raſſemblée chez elle:
La liberté y était décente, la gaieté n'y était point
bruyante, la ſcience n'y avait rien de rebutant, et
l'eſprit rien d'apprêté. Il vit que le nom de bonne
compagnie n'eſt pas un vain nom, quoiqu'il ſoit ſouvent uſurpé. Le lendemain il dîna dans une ſociété
non moins aimable, mais beaucoup plus voluptueuſe.
Plus il fut ſatisfait des convives, plus on fut content
de lui. Il ſentit ſon cœur s'amollir et ſe diſſoudre
comme les aromates de ſon pays ſe fondent doucement
à un feu modéré, et s'exhalent en parfums délicieux.

Après le dîner on le mena à un ſpectacle enchanteur, condamné par les druides ; parce qu'il leur
enlevait les auditeurs dont ils étaient les plus jaloux.
Ce ſpectacle était un compoſé de vers agréables, de
chants délicieux, de danſes qui exprimaient les

L'Amosante jetta un cri de douleur qui
retentit dans toute la maison;

la Princesse de Babilone §. X

J. L. N. Moreau le jeune. 1787. L. M. Halbou, sculp.

mouvemens de l'ame, et de perfpectives qui char-
maient les yeux en les trompant. Ce genre de plaifir,
qui raffemblait tant de genres, n'était connu que fous
un nom étranger; il s'appelait *opéra*, ce qui fignifiait
autrefois dans la langue des fept montagnes *travail*,
foin, *occupation*, *induftrie*, *entreprife*, *befogne*, *affaire*.
Cette affaire l'enchanta. Une fille fur-tout le charma
par fa voix mélodieufe et par les grâces qui l'accompagnaient : cette fille d'*affaire*, après le fpectacle,
lui fut préfentée par fes nouveaux amis. Il lui fit préfent
d'une poignée de diamans. Elle en fut fi reconnaiffante
qu'elle ne put le quitter du refte du jour. Il foupa avec
elle, et pendant le repas il oublia fa fobriété, et après
le repas il oublia fon ferment d'être toujours infenfible
à la beauté, et inexorable aux tendres coquetteries.
Quel exemple de la faibleffe humaine !

La belle princeffe de Babylone arrivait alors avec
le phénix, fa femme de chambre *Irla* et fes deux cents
cavaliers gangarides montés fur leurs licornes. Il fallut
attendre affez long-temps pour qu'on ouvrît les portes.
Elle demanda d'abord fi le plus beau des hommes, le
plus courageux, le plus fpirituel et le plus fidèle était
encore dans cette ville. Les magiftrats virent bien
qu'elle voulait parler d'*Amazan*. Elle fe fit conduire à
fon hôtel, elle entra, le cœur palpitant d'amour ; toute
fon ame était pénétrée de l'inexprimable joie de revoir
enfin dans fon amant le modèle de la conftance. Rien
ne put l'empêcher d'entrer dans fa chambre ; les
rideaux étaient ouverts; elle vit le bel *Amazan* dormant
entre les bras d'une jolie brune. Ils avaient tous deux
un très-grand befoin de repos.

Formofante jeta un cri de douleur qui retentit dans

toute la maiſon, mais qui ne put éveiller ni ſon cou-
ſin, ni la fille d'*affaire*. Elle tomba pâmée entre les
bras d'*Irla*. Dès qu'elle eut repris ſes ſens, elle ſortit
de cette chambre fatale avec une douleur mêlée de
rage. *Irla* s'informa quelle était cette jeune demoiſelle
qui paſſait des heures ſi douces avec le bel *Amazan*.
On lui dit que c'était une fille d'*affaire* fort complai-
ſante, qui joignait à ſes talens celui de chanter avec
aſſez de grâce. O juſte ciel! ô puiſſant *Oroſmade*! s'écriait
la belle princeſſe de Babylone toute en pleurs, par
qui ſuis-je trahie, et pour qui! ainſi donc celui qui a
refuſé pour moi tant de princeſſes m'abandonne pour
une farceuſe des Gaules! non, je ne pourrai ſurvivre
à cet affront.

Madame, lui dit *Irla*, voilà comme ſont faits tous
les jeunes gens d'un bout du monde à l'autre; fuſſent-
ils amoureux d'une beauté deſcendue du ciel, ils lui
feraient dans de certains momens des infidélités pour
une ſervante de cabaret.

C'en eſt fait, dit la princeſſe, je ne le reverrai de
ma vie; partons dans l'inſtant même, et qu'on attelle
mes licornes. Le phénix la conjura d'attendre au
moins qu'*Amazan* fût éveillé, et qu'il pût lui parler. Il
ne le mérite pas, dit la princeſſe; vous m'offenſeriez
cruellement; il croirait que je vous ai prié de lui faire
des reproches, et que je veux me raccommoder avec
lui : ſi vous m'aimez, n'ajoutez pas cette injure à l'injure qu'il m'a faite. Le phénix, qui, après tout, devait
la vie à la fille du roi de Babylone, ne put lui déſo-
béir. Elle repartit avec tout ſon monde. Où allons-
nous, Madame, lui demandait *Irla*? Je n'en ſais rien,
répondait la princeſſe; nous prendrons le premier

chemin que nous trouverons ; pourvu que je fuie
Amazan pour jamais, je fuis contente. Le phénix, qui
était plus fage que *Formofante*, parce qu'il était fans
paffion , la confolait en chemin; il lui remontrait avec
douceur qu'il était trifte de fe punir pour les fautes
d'un autre; qu'*Amazan* lui avait donné des preuves
affez éclatantes et affez nombreufes de fidélité pour
qu'elle pût lui pardonner de s'être oublié un moment;
que c'était un jufte à qui la grâce d'*Orofmade* avait
manqué; et qu'il n'en ferait que plus conftant déformais
dans l'amour et dans la vertu ; que le défir d'expier fa
faute le mettrait au-deffus de lui-même; qu'elle n'en
ferait que plus heureufe ; que plufieurs grandes princeffes avant elle avaient pardonné de femblables écarts,
et s'en étaient bien trouvées. Il lui en rapportait des
exemples ; et il poffédait tellement l'art de conter,
que le cœur de *Formofante* fut enfin plus calme et plus
paifible ; elle aurait voulu n'être point fi tôt partie ;
elle trouvait que fes licornes allaient trop vîte : mais
elle n'ofait revenir fur fes pas; combattue entre l'envie
de pardonner et celle de montrer fa colère , entre fon
amour et fa vanité , elle laiffait aller fes licornes ; elle
courait le monde felon la prédiction de l'oracle de fon
père.

    Amazan à fon réveil apprend l'arrivée et le départ
de *Formofante* et du phénix; il apprend le défefpoir et
le courroux de la princeffe ; on lui dit qu'elle a juré
de ne lui pardonner jamais : Il ne me refte plus , s'écria-
t-il, qu'à la fuivre et à me tuer à fes pieds.

    Ses amis de la bonne compagnie des oififs accou-
rurent au bruit de cette aventure; tous lui remontrèrent
qu'il valait infiniment mieux demeurer avec eux; que

rien n'était comparable à la douce vie qu'ils menaient
dans le fein des arts et d'une volupté tranquille et
délicate ; que plufieurs étrangers et des rois même
avaient préféré ce repos fi agréablement occupé et fi
enchanteur à leur patrie et à leur trône ; que d'ailleurs
fa voiture était brifée, et qu'un fellier lui en fefait une
à la nouvelle mode ; que le meilleur tailleur de la ville
lui avait déjà coupé une douzaine d'habits du dernier
goût ; que les dames les plus fpirituelles et les plus
aimables de la ville, chez qui on jouait très-bien la
comédie, avaient retenu chacune leur jour pour lui
donner des fêtes. La fille d'*affaire* pendant ce temps-
là prenait fon chocolat à fa toilette, riait, chantait,
et fefait des agaceries au bel *Amazan*, qui s'aperçut
enfin qu'elle n'avait pas le fens d'un oifon.

Comme la fincérité, la cordialité, la franchife,
ainfi que la magnanimité et le courage, compofaient
le caractère de ce grand prince, il avait conté fes malheurs et fes voyages à fes amis ; ils favaient qu'il était
coufin iffu de germain de la princeffe ; ils étaient infor-
més du baifer funefte donné par elle au roi d'Egypte ;
on fe pardonne, lui dirent-ils ; ces petites frafques
entre parens, fans quoi il faudrait paffer fa vie dans
d'éternelles querelles : rien n'ébranla fon deffein de
courir après *Formofante*; mais fa voiture n'étant pas
prête, il fut obligé de paffer trois jours parmi les oififs
dans les fêtes et dans les plaifirs : enfin il prit congé
d'eux en les embraffant, en leur fefant accepter les
diamans de fon pays les mieux montés, en leur recommandant d'être toujours légers et frivoles, puifqu'ils
n'en étaient que plus aimables et plus heureux. Les
Germains, difait-il, font les vieillards de l'Europe,

les peuples d'Albion font les hommes faits, les habitans de la Gaule font les enfans, et j'aime à jouer
avec eux.

§. X I.

S E S guides n'eurent pas de peine à fuivre la route
de la princeffe; on ne parlait que d'elle et de fon gros
oifeau. Tous les habitans étaient encore dans l'en-
thoufiafme de l'admiration. Les peuples de la Dalmatie
et de la Marche d'Ancône éprouvèrent depuis une
furprife moins délicieufe, quand ils virent une maifon voler dans les airs ; les bords de la Loire, de la
Dordogne, de la Garonne, de la Gironde, retentif-
faient encore d'acclamations.

Quand *Amazan* fut aux pieds des Pyrénées, les
magiftrats et les druides du pays lui firent danfer malgré lui un tambourin; mais fi tôt qu'il eut franchi les
Pyrénées, il ne vit plus de gaieté ni de joie. S'il entendit quelques chanfons de loin à loin, elles étaient
toutes fur un ton trifte : les habitans marchaient gravement avec des grains enfilés et un poignard à leur
ceinture. La nation vêtue de noir femblait être en
deuil. Si les domeftiques d'*Amazan* interrogeaient les
paffans, ceux-ci répondaient par fignes ; fi on entrait
dans une hôtellerie, le maître de la maifon enfeignait
aux gens en trois paroles qu'il n'y avait rien dans la
maifon, et qu'on pouvait envoyer chercher à quelques
milles les chofes dont on avait un befoin preffant.

Quand on demandait à ces filenciaires s'ils avaient
vu paffer la belle princeffe de Babylone, ils répondaient avec moins de brièveté : Nous l'avons vue,
elle n'eft pas fi belle, il n'y a de beaux que les teints

bafanés; elle étale une gorge d'albâtre qui eſt la choſe du monde la plus dégoûtante, et qu'on ne connaît preſque point dans nos climats.

Amazan avançait vers la province arroſée du Bétis. Il ne s'était pas écoulé plus de douze mille années depuis que ce pays avait été découvert par les Tyriens, vers le même temps qu'ils firent la découverte de la grande île Atlantique ſubmergée quelques ſiècles après. Les Tyriens cultivèrent la Bétique que les naturels du pays laiſſaient en friche, prétendant qu'ils ne devaient ſe mêler de rien, et que c'était aux Gaulois leurs voiſins à venir cultiver leurs terres. Les Tyriens avaient amené avec eux des Paleſtins qui dès ce temps-là couraient dans tous les climats, pour peu qu'il y eût de l'argent à gagner. Ces Paleſtins, en prêtant ſur gages à cinquante pour cent, avaient attiré à eux preſque toutes les richeſſes du pays. Cela fit croire aux peuples de la Bétique que les Paleſtins étaient ſorciers; et tous ceux qui étaient accuſés de magie étaient brûlés ſans miſéricorde par une compagnie de druides qu'on appelait *les rechercheurs* ou *les anthropokaies*. Ces prêtres les revêtaient d'abord d'un habit de maſque, s'emparaient de leurs biens, et récitaient dévotement les propres prières des Paleſtins, tandis qu'on les cuiſait à petit feu *por l'amor de Dios*.

La princeſſe de Babylone avait mis pied à terre dans la ville qu'on appela depuis Sevilla. Son deſſein était de s'embarquer ſur le Bétis pour retourner par Tyr à Babylone revoir le roi *Bélus*, ſon père, et oublier ſi elle pouvait ſon infidèle amant, ou bien le demander en mariage. Elle fit venir chez elle deux paleſtins qui feſaient toutes les affaires de la cour. Ils devaient lui fournir trois vaiffeaux. Le phénix fit avec eux tous les arrangemens néceffaires, et convint du prix après avoir un peu difputé.

L'hôteffe était fort dévote, et fon mari non moins dévot était familier, c'eft-à-dire, efpion des druides rechercheurs anthropokaies; il ne manqua pas de les avertir qu'il avait dans fa maifon une forcière et deux paleftins qui fefaient un pacte avec le diable déguifé en gros oifeau doré. Les rechercheurs apprenant que la dame avait une prodigieufe quantité de diamans, la jugèrent incontinent forcière; ils attendirent la nuit pour enfermer les deux cents cavaliers et les licornes qui dormaient dans de vaftes écuries; car les rechercheurs font poltrons.

Après avoir bien barricadé les portes, ils fe faifirent de la princeffe et d'*Irla;* mais ils ne purent prendre le phénix qui s'envola à tire d'ailes: il fe doutait bien qu'il trouverait *Amazan* fur le chemin des Gaules à Sevilla.

Il le rencontra fur la frontière de la Bétique, et lui apprit le défaftre de la princeffe. *Amazan* ne put parler; il était trop faifi, trop en fureur. Il s'arme d'une cuiraffe d'acier damafquiné d'or, d'une lance de douze pieds, de deux javelots et d'une épée tranchante appelée *la fulminante,* qui pouvait fendre d'un feul coup des arbres, des rochers et des druides; il couvre fa belle tête d'un cafque d'or ombragé de plumes de héron et d'autruche. C'était l'ancienne armure de *Magog,* dont fa fœur *Aldée* lui avait fait préfent dans fon voyage en Scythie; le peu de fuivans qui l'accompagnaient montent comme lui chacun fur fa licorne.

Amazan, en embraffant fon cher phénix, ne lui dit

que ces triſtes paroles : Je ſuis coupable ; ſi je n'avais
pas couché avec une fille d'*affaire* dans la ville des
oiſifs , la belle princeſſe de Babylone ne ſerait pas dans
cet état épouvantable ; courons aux anthropokaies. Il
entre bientôt dans Sevilla ; quinze cents alguazils gar-
daient les portes de l'enclos où les deux cents gangarides et leurs licornes étaient renfermés ſans avoir
à manger , tout était préparé pour le ſacrifice qu'on
allait faire de la princeſſe de Babylone , de ſa femme
de chambre *Irla*, et de deux riches paleſtins.

Le grand anthropokaie, entouré de ſes petits anthropokaies , était déjà ſur ſon tribunal ſacré ; une foule
de Sévillois portant des grains enfilés à leurs ceintures
joignaient les deux mains ſans dire un mot ; et l'on
amenait la belle princeſſe , *Irla*, et les deux paleſtins
les mains liées derrière le dos , et vêtus d'un habit de
mſque.

Le phénix entre par une lucarne dans la priſon où
les gangarides commençaient déjà à enfoncer les
portes. L'invincible *Amazan* les briſait en dehors. Ils
ſortent tous armés , tous ſur leurs licornes; *Amazan*
ſe met à leur tête. Il n'eut pas de peine à renverſer
les alguazils , les familiers , les prêtres anthropokaies ;
chaque licorne en perçait des douzaines à la fois.
La fulminante d'*Amazan* coupait en deux tous ceux
qu'il rencontrait ; le peuple fuyait en manteau noir
et en fraiſe ſale , toujours tenant à la main ſes grains
bénis *por l'amor de Dios*.

Amazan ſaiſit de ſa main le grand rechercheur ſur
ſon tribunal, et le jette ſur le bûcher qui était préparé
à quarante pas ; il y jeta auſſi les autres petits rechercheurs l'un après l'autre. Il ſe proſterne enſuite aux

pieds

pieds de *Formofante*. Ah ! que vous êtes aimable , dit-elle , et que je vous adorerais, fi vous ne m'aviez pas fait une infidélité avec une fille d'*affaire* !

Tandis qu'*Amazan* fefait fa paix avec la princeffe, tandis que les Gangarides entaffaient dans le bûcher les corps de tous les anthropokaies, et que les flammes s'élevaient jufqu'aux nues, *Amazan* vit de loin comme une armée qui venait à lui. Un vieux monarque, la couronne en tête , s'avançait fur un char traîné par huit mules attelées avec des cordes ; cent autres chars fuivaient. Ils étaient accompagnés de graves perfonnages en manteau noir et en fraife , montés fur de très - beaux chevaux; une multitude de gens à pied fuivait en cheveux gras , et en filence.

D'abord *Amazan* fit ranger autour de lui fes Gangarides, et s'avança la lance en arrêt. Dès que le roi l'aperçut, il ôta fa couronne , defcendit de fon char , embraffa l'étrier d'*Amazan*, et lui dit : ,, Homme ,, envoyé de DIEU , vous êtes le vengeur du genre ,, humain, le libérateur de ma patrie, mon protec- ,, teur. Ces monftres facrés dont vous avez purgé la ,, terre étaient mes maîtres au nom du *vieux des fept* ,, *montagnes;* j'étais forcé de fouffrir leur puiffance ,, criminelle. Mon peuple m'aurait abandonné fi j'avais ,, voulu feulement modérer leurs abominables atro- ,, cités. D'aujourd'hui je refpire, je règne, et je vous ,, le dois. ,,

Enfuite il baifa refpectueufement la main de *Formofante*, et la fupplia de vouloir bien monter avec *Amazan*, *Irla* et le phénix dans fon carroffe à huit mules. Les deux paleftins , banquiers de la cour, encore profternés à terre de frayeur et de reconnaiffance ,

Romans. Tome II.　　　　　　　　M

ſe relevèrent ; et la troupe des licornes ſuivit le roi de
la Bétique dans ſon palais.

Comme la dignité du roi d'un peuple grave exigeait que ſes mules allaſſent au petit pas , *Amazan* et
Formoſante eurent le temps de lui conter leurs aventures. Il entretint auſſi le phénix , il l'admira et le baiſa
cent fois. Il comprit combien les peuples d'Occident,
qui mangeaient les animaux , et qui n'entendaient plus
leur langage, étaient ignorans , brutaux et barbares ;
que les ſeuls Gangarides avaient conſervé la nature
et la dignité primitive de l'homme : mais il convenait
ſur-tout que les plus barbares des mortels étaient ces
rechercheurs anthropokaies dont *Amazan* venait de
purger le monde. Il ne ceſſait de le bénir et de le
remercier. La belle *Formoſante* oubliait déjà l'aventure
de la fille d'*affaire* , et n'avait l'ame remplie que de la
valeur du héros qui lui avait ſauvé la vie. *Amazan* , inſtruit de l'innocence du baiſer donné au roi d'Egypte ,
et de la réſurrection du phénix , goûtait une joie
pure , et était animé du plus violent amour.

On dîna au palais, et on y fit aſſez mauvaiſe chère.
Les cuiſiniers de la Bétique étaient les plus mauvais
de l'Europe : *Amazan* conſeilla d'en faire venir des
Gaules. Les muſiciens du roi exécutèrent pendant le
repas cet air célèbre qu'on appela dans la ſuite des
ſiècles *les folies d'Eſpagne*. Après le repas on parla
d'affaires.

Le roi demanda au bel *Amazan* , à la belle *Formoſante* et au beau phénix , ce qu'ils prétendaient
devenir. Pour moi, dit *Amazan* , mon intention
eſt de retourner à Babylone dont je ſuis l'héritier
préſomptif , et de demander à mon oncle *Bélus* ma

coufine iffue de germaine, l'incomparable *Formofante*,
à moins qu'elle n'aime mieux vivre avec moi chez
les Gangarides.

Mon deffein, dit la princeffe, eft affurément de ne
jamais me féparer de mon coufin iffu de germain ;
mais je crois qu'il convient que je me rende auprès
du roi mon père, d'autant plus qu'il ne m'a donné
permiffion que d'aller en pélerinage à Baffora, et que
j'ai couru le monde. Pour moi, dit le phénix, je fuivrai par-tout ces deux tendres et généreux amans.

Vous avez raifon, dit le roi de la Bétique ; mais le
retour de Babylone n'eft pas fi aifé que vous le penfez.
Je fais tous les jours des nouvelles de ce pays-là par
les vaiffeaux tyriens, et par mes banquiers paleftins
qui font en correfpondance avec tous les peuples de
la terre. Tout eft en armes vers l'Euphrate et le Nil.
Le roi de Scythie redemande l'héritage de fa femme,
à la tête de trois cents mille guerriers tous à cheval.
Le roi d'Egypte et le roi des Indes défolent auffi les
bords du Tigre et de l'Euphrate, chacun à la tête de
trois cents mille hommes, pour fe venger de ce qu'on
s'eft moqué d'eux. Pendant que le roi d'Egypte eft
hors de fon pays, fon ennemi le roi d'Éthiopie ravage
l'Egypte avec trois cents mille hommes ; et le roi de
Babylone n'a encore que fix cents mille hommes fur
pied pour fe défendre.

Je vous avoue, continua le roi, que lorfque j'entends parler de ces prodigieufes armées que l'Orient
vomit de fon fein, et de leur étonnante magnificence ;
quand je les compare à nos petits corps de vingt à
trente mille foldats qu'il eft fi difficile de vêtir et de
nourrir, je fuis tenté de croire que l'Orient a été fait

M 2

bien long-temps avant l'Occident. Il femble que nous foyons fortis avant-hier du chaos, et hier de la barbarie.

Sire, dit *Amazan*, les derniers venus l'emportent quelquefois fur ceux qui font entrés les premiers dans la carrière. On penfe dans mon pays que l'homme eft originaire de l'Inde ; mais je n'en ai aucune certitude.

Et vous, dit le roi de la Bétique au phénix, qu'en penfez-vous ? Sire, répondit le phénix, je fuis encore trop jeune pour être inftruit de l'antiquité. Je n'ai vécu qu'environ vingt-fept mille ans ; mais mon père, qui avait vécu cinq fois cet âge, me difait qu'il avait appris de fon père que les contrées de l'Orient avaient toujours été plus peuplées et plus riches que les autres. Il tenait de fes ancêtres que les générations de tous les animaux avaient commencé fur les bords du Gange. Pour moi, je n'ai pas la vanité d'être de cette opinion ; je ne puis croire que les renards d'Albion, les marmottes des Alpes, et les loups de la Gaule viennent de mon pays ; de même que je ne crois pas que les fapins et les chênes de vos contrées defcendent des palmiers et des cocotiers des Indes.

Mais d'où venons-nous donc ? dit le roi. Je n'en fais rien, dit le phénix ; je voudrais feulement favoir où la belle princeffe de Babylone et mon cher ami *Amazan* pourront aller. Je doute fort, repartit le roi, qu'avec fes deux cents licornes il foit en état de percer à travers tant d'armées de trois cents mille hommes chacune. Pourquoi non ? dit *Amazan*.

Le roi de la Bétique fentit le fublime du *pourquoi non ?* mais il crut que le fublime feul ne fuffifait pas

contre des armées innombrables. Je vous conseille ,
dit-il, d'aller trouver le roi d'Ethiopie ; je suis en relation avec ce prince noir par le moyen de mes paleftins ; je vous donnerai des lettres pour lui : puisqu'il
eft l'ennemi du roi d'Egypte , il fera trop heureux
d'être fortifié par votre alliance. Je puis vous aider de
deux mille hommes très-fobres et très-braves ; il ne
tiendra qu'à vous d'en engager autant chez les peuples
qui demeurent, ou plutôt qui fautent au pied des
Pyrénées , et qu'on appelle *Vafques* ou *Vafcons*. Envoyez
un de vos guerriers fur une licorne avec quelques
diamans , il n'y a point de vafcon qui ne quitte le
caftel , c'eft-à-dire , la chaumière de fon père , pour
vous fervir. Ils font infatigables , courageux et plaifans ; vous en ferez très-fatisfait. En attendant qu'ils
foient arrivés, nous vous donnerons des fêtes , et nous
vous préparerons des vaiffeaux. Je ne puis trop reconnaître le fervice que vous m'avez rendu.

    Amazan jouiffait du bonheur d'avoir retrouvé *Formo-
fante* , et de goûter en paix dans fa converfation tous
les charmes de l'amour réconcilié , qui valent prefque
ceux de l'amour naiffant.

    Bientôt une troupe fière et joyeufe de vafcons
arriva en danfant au tambourin ; l'autre troupe fière et
férieufe de bétiquois était prête. Le vieux roi tanné
embraffa tendrement les deux amans ; il fit charger
leurs vaiffeaux d'armes , de lits , de jeux d'échecs,
d'habits noirs , de goliles , d'oignons , de moutons ,
de poules , de farine et de beaucoup d'ail , en leur
fouhaitant une heureufe traverfée , un amour conftant
et des victimes.

    La flotte aborda le rivage où l'on dit que tant de

M 3

fiècles après la phénicienne *Didon*, fœur d'un *Pygma-lion*, époufe d'un *Sychée*, ayant quitté cette ville de Tyr, vint fonder la fuperbe ville de Carthage, en coupant un cuir de bœuf en lanières, felon le témoignage des plus graves auteurs de l'antiquité, lefquels n'ont jamais conté de fables, et felon les profeffeurs qui ont écrit pour les petits garçons; quoiqu'après tout il n'y ait jamais eu perfonne à Tyr qui fe foit appelé *Pygmalion*, ou *Didon*, ou *Sychée*, qui font des noms entièrement grecs, et quoiqu'enfin il n'y eût point de roi à Tyr en ces temps-là.

La fuperbe Carthage n'était point encore un port de mer; il n'y avait là que quelques numides qui fefaient fécher des poiffons au foleil. On côtoya la Bizacène et les Syrthes, les bords fertiles où furent depuis Cyrène et la grande Cherfonèfe.

Enfin on arriva vers la première embouchure du fleuve facré du Nil. C'eft à l'extrémité de cette terre fertile que le port de Canope recevait déjà les vaif-feaux de toutes les nations commerçantes, fans qu'on fût fi le dieu *Canope* avait fondé le port, ou fi les habitans avaient fabriqué le dieu, ni fi l'étoile *Canope* avait donné fon nom à la ville, ou fi la ville avait donné le fien à l'étoile. Tout ce qu'on en favait, c'eft que la ville et l'étoile étaient fort anciennes; et c'eft tout ce qu'on peut favoir de l'origine des chofes, de quelque nature qu'elles puiffent être.

Ce fut là que le roi d'Ethiopie, ayant ravagé toute l'Egypte, vit débarquer l'invincible *Amazan*, et l'ado-rable *Formofante*. Il prit l'un pour le dieu des combats, et l'autre pour la déeffe de la beauté. *Amazan* lui pré-fenta la lettre de recommandation du roi d'Efpagne.

Le roi d'Ethiopie donna d'abord des fêtes admirables, suivant la coutume indispensable des temps héroïques : ensuite on parla d'aller exterminer les trois cents mille hommes du roi d'Egypte, les trois cents mille de l'empereur des Indes, et les trois cents mille du grand kan des Scythes qui assiégeaient l'immense, l'orgueilleuse, la voluptueuse ville de Babylone.

Les deux mille espagnols qu'*Amazan* avait amenés avec lui dirent qu'ils n'avaient que faire du roi d'Ethiopie pour secourir Babylone ; que c'était assez que leur roi leur eût ordonné d'aller la délivrer, qu'il suffisait d'eux pour cette expédition.

Les vascons dirent qu'ils en avaient bien fait d'autres ; qu'ils battraient tout seuls les Egyptiens, les Indiens et les Scythes, et qu'ils ne voulaient marcher avec les espagnols qu'à condition que ceux-ci seraient à l'arrière-garde.

Les deux cents gangarides se mirent à rire des prétentions de leurs alliés, et ils soutinrent qu'avec cent licornes seulement ils feraient fuir tous les rois de la terre. La belle *Formosante* les apaisa par sa prudence et par ses discours enchanteurs. *Amazan* présenta au monarque noir ses gangarides, ses licornes, les espagnols, les vascons et son bel oiseau.

Tout fut prêt bientôt pour marcher par Memphis, par Héliopolis, par Arsinoé, par Pétra, par Artémite, par Sora, par Apamée, pour aller attaquer les trois rois, et pour faire cette guerre mémorable devant laquelle toutes les guerres que les hommes ont faites depuis n'ont été que des combats de coqs et de cailles.

Chacun sait comment le roi d'Ethiopie devint amoureux de la belle *Formosante*, et comment il la

M 4

furprit au lit, lorfqu'un doux fommeil fermait fes
longues paupières. On fe fouvient qu'*Amazan*, témoin
de ce fpectacle, crut voir le jour et la nuit couchant
enfemble. On n'ignore pas qu'*Amazan*, indigné de
l'affront, tira foudain fa fulminante, qu'il coupa la
tête perverfe du nègre infolent, et qu'il chaffa tous les
éthiopiens d'Egypte. Ces prodiges ne font-ils pas
écrits dans le livre des chroniques d'Egypte? La
renommée a publié de fes cent bouches les victoires
qu'il remporta fur les trois rois avec fes efpagnols, fes
vafcons et fes licornes. Il rendit la belle *Formofante*
à fon père; il délivra toute la fuite de fa maîtreffe que
le roi d'Egypte avait réduite en efclavage. Le grand
kan des Scythes fe déclara fon vaffal, et fon mariage
avec la princeffe *Aldée* fut confirmé. L'invincible et
généreux *Amazan*, reconnu pour héritier du royaume
de Babylone, entra dans la ville en triomphe avec le
phénix, en préfence de cent rois tributaires. La fête
de fon mariage furpaffa en tout celle que le roi *Bélus*
avait donnée. On fervit à table le bœuf *Apis* rôti.
Le roi d'Egypte et celui des Indes donnèrent à boire
aux deux époux, et ces noces furent célébrées par cinq
cents grands poëtes de Babylone.

O Mufes! qu'on invoque toujours au commencement de fon ouvrage, je ne vous implore qu'à la fin.
C'eft en vain qu'on me reproche de dire grâces fans
avoir dit *benedicite*. Mufes! vous n'en ferez pas moins
mes protectrices. Empêchez que des continuateurs
téméraires ne gâtent par leurs fables les vérités que j'ai
enfeignées aux mortels dans ce fidèle récit, ainfi qu'ils
ont ofé falfifier *Candide*, l'*Ingénu* et les chaftes aventures
de la chafte *Jeanne* qu'un ex-capucin a défigurées par

des vers dignes des capucins, dans des éditions bataves.
Qu'ils ne faffent pas ce tort à mon typographe chargé
d'une nombreufe famille, et qui pofsède à peine de
quoi avoir des caractères, du papier et de l'encre.

O Mufes! impofez filence au déteftable *Cogé*, profeffeur de bavarderie au collége Mazarin, qui n'a pas
été content des difcours moraux de *Bélifaire* et de
l'empereur *Juftinien*, et qui a écrit de vilains libelles
diffamatoires contre ces deux grands hommes.

Mettez un bâillon au pédant *Larcher* qui, fans
favoir un mot de l'ancien babylonien, fans avoir
voyagé comme moi fur les bords de l'Euphrate et du
Tigre, a eu l'impudence de foutenir que la belle
Formofante, fille du plus grand roi du monde, et la
princeffe *Aldée*, et toutes les femmes de cette refpectable
cour allaient coucher avec tous les palefreniers de
l'Afie pour de l'argent dans le grand temple de Babylone
par principe de religion. Ce libertin de collége, votre
ennemi et celui de la pudeur, accufe les belles égyp-
tiennes de Mendès de n'avoir aimé que des boucs, fe
propofant en fecret, par cet exemple, de faire un tour
en Egypte pour avoir enfin de bonnes aventures.

Comme il ne connaît pas plus le moderne que
l'antique, il infinue, dans l'efpérance de s'introduire
auprès de quelque vieille, que l'incomparable *Ninon*,
à l'âge de quatre-vingts ans, coucha avec l'abbé *Gédoin*
de l'académie françaife et de celle des infcriptions et
belles-lettres. Il n'a jamais entendu parler de l'abbé
de *Châteauneuf* qu'il prend pour l'abbé *Gédoin*. Il ne
connaît pas plus *Ninon* que les filles de Babylone.

Mufes, filles du ciel, votre ennemi *Larcher* fait
plus; il fe répand en éloges fur la pédéraftie; il ofe

dire que tous les bambins de mon pays font fujets à cette infamie. Il croit fe fauver en augmentant le nombre des coupables.

Nobles et chaftes Mufes, qui déteftez également le pédantifme et la pédéraftie, protégez-moi contre maître *Larcher* !

Et vous, maître *Aliboron*, dit *Fréron*, ci-devant foi-difant jéfuite; vous dont le parnaffe eft tantôt à bicêtre, et tantôt au cabaret du coin; vous à qui l'on a rendu tant de juftice fur tous les théâtres de l'Europe, dans l'honnête comédie de l'Ecoffaife; vous digne fils du prêtre *Desfontaines*, qui naquîtes de fes amours avec un de ces beaux enfans qui portent un fer et un bandeau comme le fils de *Vénus*, et qui s'élancent comme lui dans les airs, quoiqu'ils n'aillent jamais qu'au haut des cheminées; mon cher *Aliboron*, pour qui j'ai toujours eu tant de tendreffe, et qui m'avez fait rire un mois de fuite du temps de cette Ecoffaife, je vous recommande ma princeffe de Babylone, dites-en bien du mal, afin qu'on la life.

Je ne vous oublierai point ici, gazetier eccléfiafti-que, illuftre orateur des convulfionnaires, père de l'Eglife fondée par l'abbé *Bécherand* et par *Abraham Chaumeix;* ne manquez pas de dire dans vos feuilles, auffi pieufes qu'éloquentes et fenfées, que la prin-ceffe de Babylone eft hérétique, déifte et athée. Tâchez fur-tout d'engager le fieur *Riballier* à faire condamner la princeffe de Babylone par la forbonne; vous ferez grand plaifir à mon libraire, à qui j'ai donné cette petite hiftoire pour fes étrennes.

Fin de la princeffe de Babylone.

LES LETTRES

D'AMABED,

TRADUITES PAR L'ABBÉ TAMPONET.

LES

LETTRES D'AMABED,

TRADUITES PAR L'ABBÉ TAMPONET.

PREMIERE LETTRE.

D'Amabed à Shaftafid , grand brame de Maduré.

A Bénarès, le fecond du mois de la
fouris , l'an du renouvellement du
monde 115652. (a)

LUMIERE de mon ame, père de mes penfées, toi
qui conduis les hommes dans les voies de l'Eternel,
à toi , favant *Shaftafid*, refpect et tendreffe.

Je me fuis déjà rendu la langue chinoife fi familière , fuivant tes fages confeils, que je lis avec fruit
leurs cinq kings qui me femblent égaler en antiquité
notre Shafta dont tu es l'interprète, les fentences du
premier *Zoroaftre* et les livres de l'égyptien *Thaut*.

_____

(*a*) Cette date répond à l'année de notre ère vulgaire 1512 , deux ans
après qu'*Alfonfe d'Albuquerque* eut pris Goa. Il faut favoir que les brames
comptaient 111100 années depuis la rebellion et la chute des êtres céleftes,
et 4552 ans depuis la promulgation du Shafta , leur premier livre facré ; ce
qui fefait 115652 pour l'année correfpondante à notre ère 1512 , temps
auquel régnaient *Babar* dans le Mogol , *Ifmaël Sophi* en Perfe , *Sélim* en
Turquie , *Maximilien I* en Allemagne , *Louis XII* en France , *Jules II* à
Rome , *Jeanne la folle* en Efpagne , *Emmanuel* en Portugal.

Il paraît à mon ame, qui s'ouvre toujours devant toi, que ces écrits et ces cultes n'ont rien pris les uns des autres ; car nous fommes les feuls à qui *Brama*, confident de l'Eternel, ait enfeigné la rebellion des créatures céleftes, le pardon que l'Eternel leur accorde et la formation de l'homme ; les autres n'ont rien dit, ce me femble, de ces chofes fublimes.

Je crois fur-tout que nous ne tenons rien, ni nous ni les Chinois, des Égyptiens. Ils n'ont pu former une fociété policée et favante que long-temps après nous, puifqu'il leur a fallu dompter leur Nil avant de pouvoir cultiver les campagnes et bâtir leurs villes.

Notre Shafta divin n'a, je l'avoue, que quatre mille cinq cents cinquante-deux ans d'antiquité; mais il eft prouvé par nos monumens que cette doctrine avait été enfeignée de père en fils plus de cent fiècles avant la publication de ce facré livre. J'attends fur cela les inftructions de ta paternité.

Depuis la prife de Goa par les Portugais il eft venu quelques docteurs d'Europe à Bénarès. Il y en a un à qui j'enfeigne la langue indienne ; il m'apprend en récompenfe un jargon qui a cours dans l'Europe, et qu'on nomme l'italien. C'eft une plaifante langue. Prefque tous les mots fe terminent en *a*, en *e*, en *i* et en *o*; je l'apprends facilement, et j'aurai bientôt le plaifir de lire les livres européans.

Ce docteur s'appelle le père *Fa tutto* ; il paraît poli et infinuant; je l'ai préfenté à *Charme des yeux*, la belle *Adaté*, que mes parens et les tiens me deftinent pour époufe ; elle apprend l'italien avec moi. Nous avons conjugué enfemble le verbe *j'aime* dès le premier jour. Il nous a fallu deux jours pour tous les autres verbes.

Après elle tu es le mortel le plus près de mon cœur. Je prie *Birma* et *Brama* de conferver tes jours jufqu'à l'âge de cent trente ans, paffé lequel la vie n'eft plus qu'un fardeau.

REPONSE

De Shaftafid.

J'AI reçu ta lettre, efprit, enfant de mon efprit. Puiffe *Drugha*, (*b*) montée fur fon dragon, étendre toujours fur toi fes dix bras vainqueurs des vices.

Il eft vrai, et nous n'en devons tirer aucune vanité, que nous fommes le peuple de la terre le plus anciennement policé. Les Chinois eux-mêmes n'en difconviennent pas. Les Egyptiens font un peuple tout nouveau qui fut enfeigné lui-même par les Chaldéens. Ne nous glorifions pas d'être les plus anciens, et fongeons à être toujours les plus juftes.

Tu fauras, mon cher *Amabed*, que depuis très-peu de temps une faible image de notre révélation fur la chute des êtres céleftes et le renouvellement du monde a pénétré jufqu'aux Occidentaux. Je trouve, dans une traduction arabe d'un livre fyriaque qui n'eft compofé que depuis environ quatorze cents ans, ces propres paroles : *L'Eternel tient liées de chaînes éternelles jufqu'au*

_____

(*b*) *Drugha* eft le mot indien qui fignifie vertu. Elle eft repréfentée avec dix bras et montée fur un dragon pour combattre les vices, qui font l'intempérance, l'incontinence, le larcin, le meurtre, l'injure, la médifance, la calomnie, la fainéantife, la réfiftance à fes père et mère, l'ingratitude. C'eft cette figure que plufieurs miffionnaires ont prife pour le diable.

grand jour du jugement les puiſſances céleſtes qui ont ſouillé leur dignité première. (c) L'auteur cite en preuve un livre compoſé par un de leurs premiers hommes, nommé Enoch. Tu vois par-là que les nations barbares n'ont jamais été éclairées que par un rayon faible et trompeur qui s'eſt égaré vers eux du ſein de notre lumière.

Mon cher fils, je crains mortellement l'irruption des barbares d'Europe dans nos heureux climats. Je ſais trop quel eſt cet *Albuquerque* qui eſt venu des bords de l'Occident dans ce pays cher à l'aſtre du jour. C'eſt un des plus illuſtres brigands qui aient déſolé la terre. Il s'eſt emparé de Goa contre la foi publique ; il a noyé dans leur ſang des hommes juſtes et paiſibles. Ces Occidentaux habitent un pays pauvre qui ne leur produit que très-peu de ſoie ; point de coton, point de ſucre, nulle épicerie. La terre même dont nous fabriquons la porcelaine leur manque. D I E U leur a refuſé le cocotier qui ombrage, loge, vêtit, nourrit, abreuve les enfans de *Brama.* Ils ne connaiſſent qu'une liqueur qui leur fait perdre la raiſon. Leur vraie divinité eſt l'or ; ils vont chercher ce dieu à une autre extrémité du monde.

Je veux croire que ton docteur eſt un homme de bien ; mais l'Eternel nous permet de nous défier de ces étrangers. S'ils ſont moutons à Bénarès, on dit qu'ils ſont tigres dans les contrées où les Européans ſe ſont établis.

(c) On voit que *Shaſlaſid* avait lu notre Bible en arabe, et qu'il avait en vue l'épître de St *Jude* où ſe trouvent en effet ces paroles au verſet 6. Le livre apocryphe qui n'a jamais exiſté eſt celui d'*Enoch* cité par St *Jude* au verſet 14.

Puiſſent

Puiffent ni la belle *Adaté* ni toi n'avoir jamais à fe plaindre du père *Fa tutto !* mais un fecret preffentiment m'alarme. Adieu. Que bientôt *Adaté*, unie à toi par un faint mariage, puiffe goûter dans tes bras les joies céleftes !

Cette lettre te parviendra par un banian qui ne partira qu'à la pleine lune de l'éléphant.

SECONDE LETTRE

D'Amabed à Shaſtaſid.

Père de mes penfées, j'ai eu le temps d'apprendre ce jargon d'Europe avant que ton marchand banian ait pu arriver fur le rivage du Gange. Le père *Fa tutto* me témoigne toujours une amitié fincère. En vérité, je commence à croire qu'il ne reffemble point aux perfides dont tu crains avec raifon la méchanceté. La feule chofe qui pourrait me donner de la défiance, c'eft qu'il me loue trop, et qu'il ne loue jamais affez *Charme des yeux* ; mais d'ailleurs il me paraît rempli de vertu et d'onction. Nous avons lu enfemble un livre de fon pays, qui m'a paru bien étrange. C'eft une hiftoire univerfelle du monde entier dans laquelle il n'eft pas dit un mot de notre antique empire, rien des immenfes contrées au-delà du Gange, rien de la Chine, rien de la vafte Tartarie. Il faut que les auteurs dans cette partie de l'Europe foient bien ignorans. Je les compare à des villageois qui parlent avec emphafe de leurs chaumières, et qui ne favent pas où eft la capitale ; ou plutôt à ceux qui penfent que le monde finit aux bornes de leur horizon.

Ce qui m'a le plus furpris, c'eft qu'ils comptent les temps depuis la création de leur monde tout autrement que nous. Mon docteur européan m'a montré un de fes almanachs facrés, par lequel fes compatriotes font à préfent dans l'année de leur création 5552, ou dans l'année 6244, ou bien dans l'année 6940, (d) comme on voudra. Cette bizarrerie m'a furpris. Je lui ai demandé comment on pouvait avoir trois époques différentes de la même aventure. Tu ne peux, lui ai-je dit, avoir à la fois trente ans, quarante ans et cinquante ans. Comment ton monde peut-il avoir trois dates qui fe contrarient? Il m'a répondu que ces trois dates fe trouvent dans le même livre, et qu'on eft obligé chez eux de croire les contradictions pour humilier la fuperbe de l'efprit.

Ce même livre traite d'un premier homme qui s'appelait *Adam*, d'un *Caïn*, d'un *Mathufalem*, d'un *Noé* qui planta des vignes après que l'Océan eut fubmergé tout le globe; enfin d'une infinité de chofes dont je n'ai jamais entendu parler, et que je n'ai lues dans aucun de nos livres. Nous en avons ri la belle *Adaté* et moi en l'abfence du père *Fa tutto*; car nous fommes trop bien élevés et trop pénétrés de tes maximes pour rire des gens en leur préfence.

Je plains ces malheureux d'Europe qui n'ont été créés que depuis 6940 ans tout au plus; tandis que notre ère eft de 115652 années. Je les plains davantage de manquer de poivre, de cannelle, de girofle, de thé, de café, de foie, de coton, de vernis, d'encens, d'aromates et de tout ce qui peut rendre la vie agréable;

(*d*) C'eft la différence du texte hébreu, du famaritain et des Septante.

il faut que la Providence les ait long-temps oubliés ;
mais je les plains encore plus de venir de si loin ,
parmi tant de périls, ravir nos denrées, les armes à la
main. On dit qu'ils ont commis à Calicut des cruautés
épouvantables pour du poivre : cela fait frémir la
nature indienne qui est en tout différente de la leur ;
car leurs poitrines et leurs cuisses sont velues. Ils
portent de longues barbes ; leurs estomacs sont car-
nassiers. Ils s'enivrent avec le jus fermenté de la vigne
plantée, disent-ils, par leur *Noé.* Le père *Fa tutto* lui-
même, tout poli qu'il est, a égorgé deux petits poulets ;
il les a fait cuire dans une chaudière , et il les a mangés
impitoyablement. Cette action barbare lui a attiré la
haine de tout le voisinage que nous n'avons apaisé
qu'avec peine. DIEU me pardonne ! je crois que cet
étranger aurait mangé nos vaches sacrées qui nous
donnent du lait , si on l'avait laissé faire. Il a bien
promis qu'il ne commettrait plus de meurtres envers
les poulets , et qu'il se contenterait d'œufs frais , de
laitage , de riz , de nos excellens légumes , de pistaches,
de dattes , de cocos , de gâteaux d'amandes , de biscuits , d'ananas , d'oranges et de tout ce que produit
notre climat béni de l'Eternel.

Depuis quelques jours il paraît plus attentif auprès
de *Charme des yeux.* Il a même fait pour elle deux vers
italiens qui finissent en *o.* Cette politesse me plaît
beaucoup : car tu sais que mon bonheur est qu'on
rende justice à ma chère *Adaté.*

Adieu. Je me mets à tes pieds qui t'ont toujours
conduit dans la voie droite, et je baise tes mains qui
n'ont jamais écrit que la vérité.

REPONSE

De Shastasid.

MON cher fils en *Birma*, en *Brama*, je n'aime point ton *Fa tutto* qui tue des poulets, et qui fait des vers pour ta chère *Adaté*. Veuille *Birma* rendre vains mes foupçons !

Je puis te jurer qu'on n'a jamais connu fon *Adam*, ni fon *Noé* dans aucune partie du monde, tout récens qu'ils font. La Gréce même, qui était le rendez-vous de toutes les fables quand *Alexandre* approcha de nos frontières, n'entendit jamais parler de ces noms-là. Je ne m'étonne pas que des amateurs du vin, tels que les peuples occidentaux, faffent un fi grand cas de celui qui, felon eux, planta la vigne ; mais fois fûr que *Noé* a été ignoré de toute l'antiquité connue.

Il eft vrai que du temps d'*Alexandre* il y avait dans un coin de la Phénicie un petit peuple de courtiers et d'ufuriers qui avait été long-temps efclave à Babylone. Il fe forgea une hiftoire pendant fa captivité, et c'eft dans cette feule hiftoire qu'il ait jamais été queftion de *Noé*. Quand ce petit peuple obtint depuis des priviléges dans Alexandrie, il y traduifit fes annales en grec. Elles furent enfuite traduites en arabe ; et ce n'eft que dans nos derniers temps que nos favans en ont eu quelque connaiffance. Mais cette hiftoire eft auffi méprifée par eux que la miférable horde qui l'a écrite. (*e*)

(*e*) On voit bien que *Shastasid* parle ici en brame qui n'a pas le doü de la foi, et à qui la grâce a manqué.

Il ferait plaifant en effet que tous les hommes, qui font frères, euffent perdu leurs titres de famille, et que ces titres ne fe retrouvaffent que dans une petite branche compofée d'ufuriers et de lépreux. J'ai peur, mon cher ami, que les concitoyens de ton père *Fa tutto*, qui ont, comme tu me le mandes, adopté ces idées, ne foient auffi infenfés, auffi ridicules qu'ils font inté-reffés, perfides et cruels.

Epoufe au plus tôt ta charmante *Adaté* : car, encore une fois, je crains les *Fa tutto* plus que les *Noé*.

TROISIEME LETTRE

D'Amabed à Shaftafid.

BENI foit à jamais *Birma* qui a fait l'homme pour la femme! Sois béni; ô cher *Shaftafid*, qui t'intéreffes tant à mon bonheur! *Charme des yeux* eft à moi; je l'ai époufée. Je ne touche plus à la terre, je fuis dans le ciel : il n'a manqué que toi à cette divine cérémonie. Le docteur *Fa tutto* a été témoin de nos faints engage-mens; et quoiqu'il ne foit pas de notre religion, il n'a fait nulle difficulté d'écouter nos chants et nos prières; il a été fort gai au feftin des noces. Je fuccombe à ma félicité. Tu jouis d'un autre bonheur, tu pofsèdes la fageffe; mais l'incomparable *Adaté* me pofsède. Vis long-temps heureux, fans paffions, tandis que la mienne m'abforbe dans une mer de voluptés. Je ne puis t'en dire davantage : je revole dans les bras d'*Adaté*.

N 3

QUATRIEME LETTRE

D'Amabed à Shaſtaſid.

CHER ami, cher père, nous partons la tendre *Adaté*
et moi pour te demander ta bénédiction. Notre félicité
ſerait imparfaite ſi nous ne rempliſſions pas ce devoir
de nos cœurs ; mais le croirais-tu ? nous paſſons par
Goa dans la compagnie dé *Courſom*, le célèbre marchand, et de ſa femme. *Fa tutto* dit que Goa eſt devenue
la plus belle ville de l'Inde ; que le grand *Albuquerque*
nous recevra comme des ambaſſadeurs ; qu'il nous
donnera un vaiſſeau à trois voiles pour nous conduire
à Maduré. Il a perſuadé ma femme ; et j'ai voulu le
voyage dès qu'elle l'a voulu. *Fa tutto* nous aſſure qu'on
parle italien plus que portugais à Goa. *Charme des yeux*
brûle d'envie de faire uſage d'une langue qu'elle vient
d'apprendre : je partage tous ſes goûts. On dit qu'il y
a eu des gens qui ont eu deux volontés ; mais *Adaté* et
moi nous n'en avons qu'une, parce que nous n'avons
qu'une ame à nous deux. Enfin nous partons demain
avec la douce eſpérance de verſer dans tes bras avant
deux mois des larmes de tendreſſe et de joie.

PREMIERE LETTRE

D'Adaté à Shastasid.

A Goa, le 5 du mois du tigre,
l'an du renouvellement du
monde 115652.

BIRMA, entends mes cris, vois mes pleurs, sauve
mon cher époux! *Brama*, fils de *Birma*, porte ma
douleur et ma crainte à ton père! Généreux *Shastasid*,
plus sage que nous, tu avais prévu nos malheurs. Mon
cher *Amabed*, ton disciple, mon tendre époux, ne t'écrira
plus; il est dans une fosse que les barbares appellent
prison. Des gens que je ne puis définir, on les nomme
ici *inquisitori*, je ne sais ce que ce mot signifie; ces
monstres le lendemain de notre arrivée saisirent mon
mari et moi, et nous mirent chacun dans une fosse
séparée, comme si nous étions morts : mais si nous
l'étions, il fallait du moins nous ensevelir ensemble.
Je ne sais ce qu'ils ont fait de mon cher *Amabed*. J'ai
dit à mes anthropophages : Où est *Amabed*? ne le tuez
pas, et tuez-moi. Ils ne m'ont rien répondu. Où est-il?
pourquoi m'avez-vous séparée de lui? Ils ont gardé
le silence; ils m'ont enchaînée. J'ai depuis une heure
un peu plus de liberté; le marchand *Courfom* a trouvé
moyen de me faire tenir du papier, du coton, un
pinceau et de l'encre. Mes larmes imbibent tout, ma
main tremble, mes yeux s'obscurcissent, je me meurs.

N 4

SECONDE LETTRE

D'Adaté à Shastasid, écrite de la prison de l'inquisition.

DIVIN *Shastasid*, je fus hier long-temps évanouie; je ne pus achever ma lettre; je la pliai quand je repris un peu mes sens; je la mis dans mon sein qui n'allaitera pas les enfans que j'espérais avoir d'*Amabed*; je mourrai avant que *Birma* m'ait accordé la fécondité.

Ce matin au point du jour sont entrés dans ma fosse deux spectres armés de hallebardes, portant au cou des grains enfilés, et ayant sur la poitrine quatre petites bandes rouges croisées. Ils m'ont prise par les mains, toujours sans me rien dire, et m'ont menée dans une chambre où il y avait pour tous meubles une grande table, cinq chaises, et un grand tableau qui représentait un homme tout nu, les bras étendus, et les pieds joints.

Aussitôt entrent cinq personnages vêtus de robes noires avec une chemise par-dessus leur robe, et deux longs pendans d'étoffe bigarrée par-dessus leur chemise. Je suis tombée à terre de frayeur. Mais quelle a été ma surprise! J'ai vu le père *Fa tutto* parmi ces cinq fantômes. Je l'ai vu, il a rougi; mais il m'a regardée d'un air de douceur et de compassion qui m'a un peu rassurée pour un moment. Ah! père *Fa tutto*, ai-je dit, où suis-je? qu'est devenu *Amabed*? dans

quel gouffre m'avez-vous jetée? On dit qu'il y a des
nations qui fe nourriffent de fang humain : Va-t-on
nous tuer? va-t-on nous dévorer? Il ne m'a répondu
qu'en levant les yeux et les mains au ciel, mais avec
une attitude fi douloureufe et fi tendre que je ne favais
plus que penfer.

Le préfident de ce confeil de muets a enfin délié
fa langue, et m'a adreffé la parole ; il m'a dit ces mots:
Eft-il vrai que vous avez été baptifée? J'étais fi aby-
mée dans mon étonnement et dans ma douleur que
d'abord je n'ai pu répondre. Il a recommencé la
même queftion d'une voix terrible. Mon fang s'eft
glacé et ma langue s'eft attachée à mon palais. Il a
répété les mêmes mots pour la troifième fois, et à la
fin j'ai dit *oui*; car il ne faut jamais mentir. J'ai été
baptifée dans le Gange comme tous les fidèles enfans
de *Brama* le font, comme tu le fus, divin *Shaftafid*,
comme l'a été mon cher et malheureux *Amabed*. Oui,
je fuis baptifée, c'eft ma confolation, c'eft ma gloire.
Je l'ai avoué devant ces fpectres.

A peine cette parole *oui*, fymbole de la vérité, eft
fortie de ma bouche qu'un des cinq monftres noirs
et blancs s'eft écrié: *Apoftata;* les autres ont répété:
Apoftata. Je ne fais ce que ce mot veut dire; mais
ils l'ont prononcé d'un ton fi lugubre et fi épouvantable, que mes trois doigts font en convulfion en te
l'écrivant.

Alors le père *Fa tutto* prenant la parole, et me regardant toujours avec des yeux benins, les a affurés
que j'avais dans le fond de bons fentimens, qu'il
répondait de moi, que la grâce opérerait, qu'il fe
chargeait de ma confcience; et il a fini fon difcours,

auquel je ne comprenais rien, par ces paroles : *Io la convertero*. Cela fignifie en italien, autant que j'en puis juger, *je la retournerai*.

Quoi, difais-je en moi-même, il me retournera ! qu'entend-il par me retourner ? veut-il dire qu'il me rendra à ma patrie ? Ah ! père *Fa tutto*, lui ai-je dit, retournez donc le jeune *Amabed*, mon tendre époux; rendez-moi mon ame, rendez-moi ma vie.

Alors il a baiffé les yeux, il a parlé en fecret aux quatre fantômes dans un coin de la chambre. Ils font partis avec les deux hallebardiers. Tous ont fait une profonde révérence au tableau qui repréfente un homme tout nu; et le père *Fa tutto* eft refté feul avec moi.

Il m'a conduite dans une chambre affez propre, et m'a promis que, fi je voulais m'abandonner à fes confeils, je ne ferais plus enfermée dans une foffe. Je fuis défefpéré comme vous, m'a-t-il dit, de tout ce qui eft arrivé. Je m'y fuis oppofé autant que j'ai pu, mais nos faintes lois m'ont lié les mains : enfin, grâces au ciel et à moi, vous êtes libre dans une bonne chambre dont vous ne pouvez pas fortir. Je viendrai vous y voir fouvent, je vous confolerai; je travaillerai à votre félicité préfente et future.

Ah ! lui ai-je répondu, il n'y a que mon cher *Amabed* qui puiffe la faire cette félicité, et il eft dans une foffe! pourquoi y ai-je été plongée ? qui font ces fpectres qui m'ont demandé fi j'avais été baignée? où m'avez-vous conduite ? m'avez-vous trompée ? eft-ce vous qui êtes la caufe de ces horribles cruautés ? faites-moi venir le marchand *Courfom* qui eft de mon pays et homme de bien. Rendez-moi ma fuivante, ma

compagne, mon amie *Déra* dont on m'a féparée? eft-
elle auffi dans un cachot pour avoir été baignée?
qu'elle vienne; que je revoie *Amabed*, ou que je
meure.

Il a répondu à mes difcours et aux fanglots qui les
entrecoupaient, par des proteftations de fervice et de
zèle dont j'ai été touchée. Il m'a promis qu'il m'inf-
truirait des caufes de toute cette épouvantable aventure, et qu'il obtiendrait qu'on me rendît ma pauvre
Déra, en attendant qu'il pût parvenir à délivrer mon
mari. Il m'a plainte; j'ai vu même fes yeux un peu
mouillés : enfin au fon d'une cloche il eft forti dé ma
chambre en me prenant la main, et en la mettant fur
fon cœur. C'eft le figne vifible, comme tu le fais, de
la fincérité qui eft invifible. Puifqu'il a mis ma main
fur fon cœur il ne me trompera pas. Hé pourquoi me
tromperait-il? que lui ai-je fait pour me perfécuter?
nous l'avons fi bien traité à Bénarès, mon mari et moi!
Je lui ai fait tant de préfens quand il m'enfeignait
l'italien! il a fait des vers italiens pour moi, il ne peut
pas me haïr. Je le regarderai comme mon bienfaiteur
s'il me rend mon malheureux époux, fi nous pouvons
tous deux fortir de cette terre envahie et habitée par
des anthropophages, fi nous pouvons venir embraffer
tes genoux à Maduré, et recevoir tes faintes bénédictions.

TROISIEME LETTRE

D'Adaté à Shaftafid.

Tu permets, fans doute, généreux *Shaftafid*, que
je t'envoie le journal de mes infortunes inouies ; tu
aimes *Amabed*, tu prends pitié de mes larmes, tu lis
avec intérêt dans un cœur percé de toutes parts, qui
te déploie fes inconfolables afflictions.

On m'a rendu mon amie *Déra*, et je pleure avec
elle. Les monftres l'avaient defcendue dans une foffe,
comme moi. Nous n'avons nulle nouvelle d'*Amabed*.
Nous fommes dans la même maifon ; et il y a entre
nous un efpace infini, un chaos impénétrable. Mais
voici des chofes qui vont faire frémir ta vertu, et qui
déchireront ton ame jufte.

Ma pauvre *Déra* a fu, par un de ces deux fatellites
qui marchent toujours devant les cinq anthropophages,
que cette nation a un baptême comme nous. J'ignore
comment nos facrés rites ont pu parvenir jufqu'à eux.
Ils ont prétendu que nous avions été baptifés fuivant
les rites de leur fecte. Ils font fi ignorans qu'ils ne
favent pas qu'ils tiennent de nous le baptême depuis
très-peu de fiècles. Ces barbares fe font imaginés que
nous étions de leur fecte, et que nous avions renoncé
à leur culte. Voilà ce que voulait dire ce mot *apoftata*
que les anthropophages fefaient retentir à mes oreilles
avec tant de férocité. Ils difent que c'eft un crime horrible et digne des plus grands fupplices d'être d'une

autre religion que la leur. Quand le père *Fa tutto* leur difait : *Io la convertero*, je la retournerai, il entendait qu'il me ferait retourner à la religion des brigands. Je n'y conçois rien; mon efprit eft couvert d'un nuage, comme mes yeux. Peut-être mon défefpoir trouble mon entendement; mais je ne puis comprendre comment ce *Fa tutto*, qui me connaît fi bien, a pu dire qu'il me ramènerait à une religion que je n'ai jamais connue, et qui eft aufïi ignorée dans nos climats que l'étaient les Portugais quand ils font venus pour la première fois dans l'Inde chercher du poivre, les armes à la main. Nous nous perdons dans nos conjectures la bonne *Déra* et moi. Elle foupçonne le père *Fa tutto* de quelques deffeins fecrets; mais me préferve *Birma* de former un jugement téméraire!

J'ai voulu écrire au grand brigand *Albuquerque* pour implorer fa juftice, et pour lui demander la liberté de mon cher mari: mais on m'a dit qu'il était parti pour aller furprendre Bombay et le piller. Quoi! venir de fi loin dans le deffein de ravager nos habitations et de nous tuer! et cependant ces monftres font baptifés comme nous! On dit pourtant que cet *Albuquerque* a fait quelques belles actions. Enfin je n'ai plus d'efpérance que dans l'Etre des êtres qui doit punir le crime et protéger l'innocence. Mais j'ai vu ce matin un tigre qui dévorait deux agneaux. Je tremble de n'être pas affez précieufe devant l'Etre des êtres pour qu'il daigne me fecourir.

QUATRIEME LETTRE

D'Adaté à Shastasid.

IL fort de ma chambre ce père *Fa tutto :* quelle entrevue ; quelle complication de perfidies, de paffions et
de noirceurs ! le cœur humain eft donc capable de
réunir tant d'atrocités ! comment les écrirai-je à un
jufte ?

Il tremblait quand il eft entré. Ses yeux étaient
baiffés ; j'ai tremblé plus que lui. Bientôt il s'eft raf-
furé. Je ne fais pas, m'a-t-il dit, fi je pourrai fauver
votre mari. Les juges ont ici quelquefois de la compaffion pour les jeunes femmes, mais ils font bien févères
pour les hommes. Quoi ! la vie de mon mari n'eft pas
en fureté ? Je fuis tombée en faibleffe. Il a cherché des
eaux fpiritueufes pour me faire revenir ; il n'y en avait
point. Il a envoyé ma bonne *Déra* en acheter à l'autre
bout de la rue chez un banian. Cependant il m'a
délacée pour donner paffage aux vapeurs qui m'étouf-
faient. J'ai été étonnée, en revenant à moi, de trouver
fes mains fur ma gorge et fa bouche fur la mienne.
J'ai jeté un cri affreux ; je me fuis reculée d'horreur. Il
m'a dit : Je prenais de vous un foin que la charité
commande. Il fallait que votre gorge fût en liberté,
et je m'affurais de votre refpiration.

Ah ! prenez foin que mon mari refpire. Eft-il encore
dans cette foffe horrible ? Non, m'a-t-il répondu ;
j'ai eu, avec bien de la peine, le crédit de le faire
transférer dans un cachot plus commode. — Mais,

encore une fois, quel eft fon crime, quel eft le mien ?
d'où vient cette épouvantable inhumanité ? pourquoi
violer envers nous les droits de l'hofpitalité, celui des
gens, celui de la nature ? — C'eft notre fainte religion qui exige de nous ces petites févérités. Vous et
votre mari vous êtes accufés d'avoir renoncé tous
deux à notre baptême.

Je me fuis écriée alors : Que voulez-vous dire ? nous
n'avons jamais été baptifés à votre mode ; nous l'avons
été dans le Gange au nom de *Brama*. Eft-ce vous
qui avez perfuadé cette exécrable impofture aux
fpectres qui m'ont interrogée ? quelle pouvait être votre
deffein ?

Il a rejeté bien loin cette idée. Il m'a parlé de
vertu, de charité ; il a prefque diffipé un moment
mes foupçons, en m'affurant que ces fpectres font
des gens de bien, des hommes de D I E U, des juges
de l'ame qui ont par-tout de faints efpions, et principalement auprès des étrangers qui abordent dans
Goa. Ces efpions ont, dit-il, juré à fes confrères,
les juges de l'ame, devant le tableau de l'homme tout
nu, qu'*Amabed* et moi nous avons été baptifés à la
mode des brigands portugais, qu'*Amabed* eft *apoftato*,
et que je fuis *apoftata*.

O vertueux *Shaftafid*, ce que j'entends, ce que je
vois de moment en moment me faifit d'épouvante,
depuis la racine des cheveux jufqu'à l'angle du petit
doigt du pied.

Quoi ! vous êtes, ai-je dit au père *Fa tutto*, un des
cinq hommes de DIEU, un des juges de l'ame ! — Oui,
ma chère *Adaté*, oui, *Charme des yeux*, je fuis un
des cinq dominicains délégués par le vice-dieu de

l'univers pour difpofer fouverainement des ames et
des corps. — Qu'eft-ce qu'un dominicain? qu'eft-ce
qu'un vice-dieu? — Un dominicain eft un prêtre,
enfant de St *Dominique*, inquifiteur pour la foi; et un
vice-dieu eft un prêtre que DIEU a choifi pour le
repréfenter, pour jouir de dix millions de roupies
par an, et pour envoyer dans toute la terre des dominicains vicaires du vicaire de DIEU.

J'efpère, grand *Shaftafid*, que tu m'expliqueras ce
galimatias infernal, ce mélange incompréhenfible d'ab-
furdités et d'horreurs, d'hypocrifie et de barbarie.

Fa tutto me difait tout cela avec un air de componc-
tion, avec un ton de vérité qui dans un autre temps
aurait pu produire quelque effet fur mon ame fimple
et ignorante. Tantôt il levait les yeux au ciel, tantôt
il les arrêtait fur moi. Ils étaient animés et remplis
d'attendriffement. Mais cet attendriffement jetait dans
tout mon corps un friffonnement d'horreur et de
crainte. *Amabed* eft continuellement dans ma bouche
comme dans mon cœur. Rendez-moi mon cher
Amabed; c'était le commencement, le milieu et la fin
de tous mes difcours.

Ma bonne *Déra* arrive dans ce moment; elle m'apporte des eaux de cinnamum et d'amomum. Cette
charmante créature a trouvé le moyen de remettre
au marchand *Courfom* mes trois lettres précédentes.
Courfom part cette nuit, il fera dans peu de jours à
Maduré. Je ferai plainte du grand *Shaftafid*, il ver-
fera des pleurs fur le fort de mon mari; il me donnera
des confeils; un rayon de fa fageffe pénétrera dans la
nuit de mon tombeau.

REPONSE

REPONSE

Du brame Shastasid aux trois lettres précédentes d'Adaté.

VERTUEUSE et infortunée *Adaté*, épouse de mon cher disciple *Amabed*, *Charme des yeux*, les miens ont versé sur tes trois lettres des ruisseaux de larmes. Quel démon ennemi de la nature a déchaîné du fond des ténèbres de l'Europe les monstres à qui l'Inde est en proie! Quoi! tendre épouse de mon cher disciple, tu ne vois pas que le père *Fa tutto* est un scélérat qui t'a fait tomber dans le piége! tu ne vois pas que c'est lui seul qui a fait enfermer ton mari dans une fosse, et qui t'y a plongée toi-même pour que tu lui eusses l'obligation de t'en avoir tirée! que n'exigera-t-il pas de ta reconnaissance! je tremble avec toi : je donne part de cette violation du droit des gens à tous les pontifes de *Brama*, à tous les omras, à tous les raïas, aux nababs, au grand empereur des Indes lui-même, le sublime *Babar*, roi des rois, cousin du soleil et de la lune, fils de *Mirsamachamed*, fils de *Semcor*, fils d'*Abouchaïd*, fils de *Miracha*, fils de *Timur*, afin qu'on s'oppose de tous côtés aux brigandages des voleurs d'Europe. Quelle profondeur de scélératesses! Jamais les prêtres de *Timur*, de *Gengis-kan*, d'*Alexandre*, d'*Ogus-kan*, de *Sesac*, de *Bacchus*, qui tour à tour vinrent subjuguer nos saintes et paisibles contrées, ne permirent de pareilles horreurs hypocrites; au contraire

Alexandre laissa par-tout des marques éternelles de sa générosité; *Bacchus* ne fit que du bien, c'était le favori du ciel; une colonne de feu conduisait son armée pendant la nuit, et une nuée marchait devant elle pendant le jour; (*f*) il traversait la mer Rouge à pied sec; il commandait au soleil et à la lune de s'arrêter quand il le fallait; deux gerbes de rayons divins sortaient de son front; l'ange exterminateur était debout à ses côtés, mais il employait toujours l'ange de la joie. Votre *Albuquerque*, au contraire, n'est venu qu'avec des moines, des fripons de marchands et des meurtriers. *Courfom* le juste m'a confirmé le malheur d'*Amabed* et le vôtre. Puissé-je avant ma mort vous sauver tous deux, ou vous venger! Puisse l'éternel *Birma* vous tirer des mains du moine *Fa tutto!* mon cœur saigne des blessures du vôtre.

N. B. Cette lettre ne parvint à *Charme des yeux* que long-temps après, lorsqu'elle partit de la ville de Goa.

(*f*) Il est indubitable que les fables concernant *Bacchus* étaient fort communes en Arabie et en Grèce long-temps avant que les nations fussent informées si les Juifs avaient une histoire ou non. *Josephe* avoue même que les Juifs tinrent toujours leurs livres cachés à leurs voisins. *Bacchus* était révéré en Egypte, en Arabie, en Grèce long-temps avant que le nom de *Moïse* pénétrât dans ces contrées. Les anciens vers orphiques appellent *Bacchus Misa* ou *Mosa*. Il fut élevé sur la montagne de Nisa qui est précisément le mont Sina; il s'enfuit vers la mer Rouge, il y rassembla une armée, et passa avec elle cette mer à pied sec. Il arrêta le soleil et la lune. Son chien le suivit dans toutes ses expéditions, et le nom de *Caleb*, l'un des conquérans hébreux, signifie *chien*.

Les savans ont beaucoup disputé, et ne sont pas convenus si *Moïse* est antérieur à *Bacchus* ou *Bacchus* à *Moïse*. Ils sont tous deux de grands hommes; mais *Moïse* en frappant un rocher avec sa baguette n'en fit sortir que de l'eau, au lieu que *Bacchus* en frappant la terre de son thyrse, en fit sortir du vin. C'est de-là que toutes les chansons de table célèbrent *Bacchus*, et qu'il n'y a peut-être pas deux chansons en faveur de *Moïse*.

CINQUIEME LETTRE.

D'Adaté au grand brame Shastasid.

DE quels termes oserai-je me servir pour exprimer
mon nouveau malheur? comment la pudeur pourra-
t-elle parler de la honte ? *Birma* a vu le crime, et il
l'a souffert ! que deviendrai-je ? La fosse où j'étais
enterrée est bien moins horrible que mon état.

Le père *Fa tutto* est entré ce matin dans ma chambre,
tout parfumé et couvert d'une simarre de soie légère.
J'étais dans mon lit. Victoire , m'a-t-il dit, l'ordre de
délivrer votre mari est signé. A ces mots les transports
de la joie se sont emparés de tous mes sens ; je l'ai
nommé *mon protecteur, mon père :* il s'est penché vers
moi, il m'a embrassée. J'ai cru d'abord que c'était une
caresse innocente, un témoignage chaste de ses bontés
pour moi ; mais, dans le même instant, écartant ma
couverture, dépouillant sa simarre, se jetant sur moi
comme un oiseau de proie sur une colombe , me pres-
sant du poids de son corps , ôtant de ses bras nerveux
tout mouvement à mes faibles bras, arrêtant sur mes
lèvres ma voix plaintive par des baisers criminels ,
enflammé, invincible, inexorable. . . . quel moment !
et pourquoi ne suis-je pas morte !

Déra presque nue est venue à mon secours , mais
lorsque rien ne pouvait plus me secourir qu'un coup
de tonnerre : ô providence de *Birma* ! il n'a point
tonné , et le détestable *Fa tutto* a fait pleuvoir dans
mon sein la brûlante rosée de son crime. Non, *Drugha*

elle-même avec fes dix bras céleftes n'aurait pu déranger ce (g) *Mofafor* indomptable.

Ma chère *Déra* le tirait de toutes fes forces ; mais figurez-vous un paffereau qui becqueterait le bout des plumes d'un vautour acharné fur une tourterelle ; c'eft l'image du père *Fa tutto*, de *Déra* et de la pauvre *Adaté*.

Pour fe venger des importunités de *Déra*, il la faifit elle-même, la renverfe d'une main en me retenant de l'autre, il la traite comme il m'a traitée fans miféricorde ; enfuite il fort fièrement comme un maître qui a châtié deux efclaves, et nous dit : Sachez que je vous punirai ainfi toutes deux quand vous ferez les mutines.

Nous fommes reftées *Déra* et moi un quart-d'heure fans ofer dire un mot, fans ofer nous regarder. Enfin *Déra* s'eft écriée : Ah! ma chère maîtreffe, quel homme ! tous les gens de fon efpèce font-ils auffi cruels que lui ?

Pour moi, je ne penfais qu'au malheureux *Amabed*. On m'a promis de me le rendre, et on ne me le rend point. Me tuer, c'était l'abandonner ; ainfi je ne me fuis pas tuée.

Je ne m'étais nourrie depuis un jour que de ma douleur. On ne nous a point apporté à manger à l'heure accoutumée. *Déra* s'en étonnait et s'en plaignait. Il me paraiffait bien honteux de manger après ce qui nous était arrivé ; cependant nous avions un appétit

---

(g) Ce *Mofafor* eft l'un des principaux anges rebelles qui combattirent contre l'Eternel, comme le rapporte l'*Autorashafta*, le plus ancien livre des brachmanes ; et c'eft-là probablement l'origine de la guerre des Titans et de toutes les fables imaginées depuis fur ce modèle.

dévorant : rien ne venait ; et, après nous être pâmées
de douleur, nous nous évanouiffions de faim.

Enfin fur le foir on nous a fervi une tourte de
pigeonneaux, une poularde et deux perdrix, avec un
feul petit pain ; et, pour comble d'outrage, une bouteille
de vin fans eau. C'eft le tour le plus fanglant qu'on
puiffe jouer à deux femmes comme nous, après tout
ce que nous avions fouffert : mais que faire ? je me
fuis mife à genoux : *O Birma ! ô Vifnou ! ô Brama*,
vous favez que l'ame n'eft point fouillée de ce qui
entre dans le corps ; fi vous m'avez donné une ame,
pardonnez-lui la néceffité funefte où eft mon corps
de n'être pas réduit aux légumes ; je fais que c'eft un
péché horrible de manger du poulet, mais on nous y
force. Puiffent tant de crimes retomber fur la tête du
père *Fa tutto !* Qu'il foit, après fa mort, changé en une
jeune malheureufe indienne ; que je fois changée en
dominicain ; que je lui rende tous les maux qu'il m'a
faits ; et que je fois plus impitoyable encore pour lui
qu'il ne l'a été pour moi ! Ne fois point fcandalifé ;
pardonne, vertueux *Shaflafid !* nous nous fommes
mifes à table : qu'il eft dur d'avoir des plaifirs qu'on
fe reproche !

P. S. Immédiatement après dîner j'écris au modé-
rateur de Goa, qu'on appelle le *Corrégidor.* Je lui
demande la liberté d'*Amabed* et la mienne ; je l'inftruis
de tous les crimes du père *Fa tutto.* Ma chère *Déra*
dit qu'elle lui fera parvenir ma lettre par cet alguazil
des inquifiteurs pour la foi, qui vient quelquefois la
voir dans mon antichambre, et qui a pour elle beaucoup d'eftime. Nous verrons ce que cette démarche
hardie pourra produire.

O 3

SIXIEME LETTRE.

D'Adaté.

LE croirais-tu , fage inftructeur des hommes ! il y
a des juftes à Goa, et dom *Jéronimo* le corrégidor
en eft un. Il a été touché de mon malheur et de celui
d'*Amabed*. L'injuftice le révolte , le crime l'indigne.
Il s'eft tranfporté avec des officiers de juftice à la
prifon qui nous renferme. J'apprends qu'on appelle
ce repaire *le palais du St Office*. Mais , ce qui t'étonnera,
on lui a refufé l'entrée. Les cinq fpectres, fuivis de
leurs hallebardiers, fe font préfentés à la porte, et
ont dit à la juftice : Au nom de D I E U tu n'entreras
pas ; j'entrerai au nom du roi , a dit le corrégidor ;
c'eft un cas royal : C'eft un cas facré , ont répondu
les fpectres : don *Jéronimo* le jufte a dit : Je dois interroger *Amabed*, *Adaté*, *Déra* et le père *Fa tutto*. Interroger
un inquifiteur, un dominicain ! s'eft écrié le chef des
fpectres ; c'eft un facrilége ; *fcommunicao*, *fcommunicao*.
On dit que ce font des mots terribles , et qu'un
homme fur qui on les a prononcés meurt ordinairement au bout de trois jours.

Les deux partis fe font échauffés , ils étaient près
d'en venir aux mains ; enfin ils s'en font rapportés
à l'obifpo de Goa. Un obifpo eft à peu-près, parmi
ces barbares, ce que tu es chez les enfans de *Brama* ;
c'eft un intendant de leur religion ; il eft vêtu de
violet, et il porte aux mains des fouliers violets ; il a
fur la tête, les jours de cérémonie , un pain de fucre

fendu en deux. Cet homme a décidé que les deux partis avaient également tort, et qu'il n'appartenait qu'à leur vice-dieu de juger le père *Fa tutto*. Il a été convenu qu'on l'enverrait par-devant sa divinité avec *Amabed* et moi, et ma fidelle *Déra*.

Je ne sais où demeure ce vice, si c'est dans le voisinage du grand lama ou en Perse ; mais n'importe, je vais revoir *Amabed*, j'irais avec lui au bout du monde, au ciel, en enfer. J'oublie dans ce moment ma fosse, ma prison, les violences de *Fa tutto*, ses perdrix que j'ai eu la lâcheté de manger, et son vin que j'ai eu la faiblesse de boire.

SEPTIEME LETTRE.

D'Adaté.

JE l'ai revu mon tendre époux ; on nous a réunis ; je l'ai tenu dans mes bras ; il a effacé la tache du crime dont cet abominable *Fa tutto* m'avait souillée : semblable à l'eau sainte du Gange qui lave toutes les macules des ames, il m'a rendu une nouvelle vie. Il n'y a que cette pauvre *Déra* qui reste encore profanée, mais tes prières et tes bénédictions remettront son innocence dans tout son éclat.

On nous fait partir demain sur un vaisseau qui fait voile pour Lisbonne ; c'est la patrie du fier *Albuquerque;* c'est là sans doute qu'habite ce vice-dieu qui doit juger entre *Fa tutto* et nous : s'il est vice-dieu, comme tout le monde l'assure ici, il est bien certain qu'il condamnera *Fa tutto*. C'est une petite confolation; mais je cherche bien moins la punition de ce terrible coupable que le bonheur du tendre *Amabed*.

Quelle eft donc la deftinée des faibles mortels, de ces feuilles que les vents emportent! nous fommes nés *Amabed* et moi fur les bords du Gange; on nous emmène en Portugal; on va nous juger dans un monde inconnu, nous qui fommes nés libres! Reverrons-nous jamais notre patrie? Pourrons-nous accomplir le pélerinage que nous méditons vers ta perfonne facrée?

Comment pourrons-nous, moi et ma chère *Déra*, être enfermées dans le même vaiffeau avec le père *Fa tutto*? cette idée me fait trembler. Heureufement j'aurai mon brave époux pour me défendre; mais que deviendra *Déra* qui n'a point de mari? enfin, nous nous recommandons à la Providence.

Ce fera déformais mon cher *Amabed* qui t'écrira; il fera le journal de nos deftins; il te peindra la nouvelle terre et les nouveaux cieux que nous allons voir. Puiffe *Brama* conferver long-temps ta tête rafe et l'entendement divin qu'il a placé dans la moëlle de ton cerveau!

PREMIERE LETTRE

D'Amabed à Shaſtaſid, après ſa captivité.

JE ſuis donc encore au nombre des vivans! c'eſt donc
moi qui t'écris, divin *Shaſtaſid*! j'ai tout ſu, et tu ſais
tout. *Charme des yeux* n'a point été coupable; elle ne
peut l'être : la vertu eſt dans le cœur et non ailleurs.
Ce rhinocéros de *Fa tutto*, qui avait couſu à ſa peau
celle du renard, ſoutient hardiment qu'il nous a bapti-
ſés, *Adaté* et moi, dans Bénarès, à la mode de l'Europe;
que je ſuis *apoſtato*, et que *Charme des yeux* eſt *apoſtata*.
Il jure par l'homme nu qui eſt peint ici ſur preſque
toutes les murailles qu'il eſt injuſtement accuſé d'avoir
violé ma chère épouſe et ſa jeune *Déra*: *Charme des yeux*
de ſon côté et la douce *Déra* jurent qu'elles ont été
violées. Les eſprits européans ne peuvent percer ce
ſombre abyme; ils diſent tous qu'il n'y a que leur
vice-dieu qui puiſſe y rien connaître, attendu qu'il eſt
infaillible.

Don *Jéronimo*, le corrégidor, nous fait tous embarquer demain pour comparaître devant cet être extraordinaire qui ne ſe trompe jamais. Ce grand juge des
barbares ne ſiége point à Lisbonne, mais beaucoup
plus loin dans une ville magnifique qu'on nomme
Roume. Ce nom eſt abſolument inconnu chez nos
Indiens. Voilà un terrible voyage. A quoi les enfans
de *Brama* ſont-ils expoſés dans cette courte vie!

Nous avons pour compagnons de voyage des marchands d'Europe, des chanteuſes, deux vieux officiers

des troupes du roi de Portugal , qui ont gagné beaucoup d'argent dans notre pays , des prêtres du vice-
dieu et quelques foldats.

C'eſt un grand bonheur pour nous d'avoir appris
l'italien qui eſt la langue courante de tous ces gens-là ;
car comment pourrions-nous entendre le jargon portugais ? mais ce qui eſt horrible , c'eſt d'être dans la
même barque avec un *Fa tutto*. On nous fait coucher
ce ſoir à bord , pour démarrer demain au lever du
ſoleil. Nous aurons une petite chambre de ſix pieds
de long ſur quatre de large pour ma femme et pour
Déra. On dit que c'eſt une faveur inſigne. Il faut faire
ſes petites proviſions de toute eſpèce. C'eſt un bruit ,
c'eſt un tintamare inexprimable. La foule du peuple
ſe précipite pour nous regarder. *Charme des yeux* eſt en
larmes , *Déra* tremble ; il faut s'armer de courage.
Adieu : adreſſe pour nous tes ſaintes prières à l'Eternel
qui créa les malheureux mortels, il y a juſte cent quinze
mille ſix cents cinquante-deux révolutions annuelles
du ſoleil autour de la terre , ou de la terre autour du
ſoleil.

SECONDE LETTRE

D'Amabed pendant ſa route.

APRÈS un jour de navigation le vaiſſeau s'eſt trouvé
vis-à-vis Bombay dont l'exterminateur *Albuquerque*,
qu'on appelle ici *le grand* , s'eſt emparé. Auſſitôt un
bruit infernal s'eſt fait entendre ; notre vaiſſeau a tiré

neuf coups de canon; on lui en a répondu autant des
remparts de la ville. *Charme des yeux* et la jeune *Déra*
ont cru être à leur dernier jour. Nous étions couverts
d'une fumée épaisse. Croirais-tu, sage *Shastasid*, que
ce sont-là des politesses? c'est la façon dont ces barbares
se saluent. Une chaloupe a apporté des lettres pour le
Portugal; alors nous avons fait voile dans la grande
mer, laissant à notre droite les embouchures du grand
fleuve Zonboudipo que les barbares appellent l'Indus.

Nous ne voyons plus que les airs, nommés *ciel* par
ces brigands si peu dignes du ciel, et cette grande mer
que l'avarice et la cruauté leur ont fait traverser.

Cependant le capitaine paraît un homme honnête
et prudent. Il ne permet pas que le père *Fa tutto* soit
sur le tillac quand nous y prenons le frais, et lorsqu'il
est en haut nous nous tenons en bas. Nous sommes
comme le jour et la nuit, qui ne paraissent jamais
ensemble sur le même horizon. Je ne cesse de réfléchir
sur la destinée qui se joue des malheureux mortels.
Nous voguons sur la mer des Indes avec un dominicain, pour aller être jugés dans Roume, à six mille
lieues de notre patrie.

Il y a dans le vaisseau un personnage considérable qu'on nomme l'aumônier. Ce n'est pas qu'il
fasse l'aumône; au contraire, on lui donne de l'argent
pour dire des prières dans une langue qui n'est ni la
portugaise, ni l'italienne, et que personne de l'équipage n'entend; peut-être ne l'entend-il pas lui-même,
car il est toujours en dispute sur le sens des paroles
avec le père *Fa tutto*. Le capitaine m'a dit que cet
aumônier est franciscain, et que l'autre étant dominicain, ils sont obligés en conscience de n'être jamais

du même avis. Leurs fectes font ennemies jurées l'une de l'autre, auffi font-ils vêtus tout différemment pour marquer la différence de leurs opinions.

Ce francifcain s'appelle *Fa molto*; il me prête des livres italiens concernant la religion du vice-dieu devant qui nous comparaîtrons. Nous lifons ces livres, ma chère *Adaté* et moi ; *Déra* affifte à la lecture. Elle y a eu d'abord de la répugnance, craignant de déplaire à *Brama*; mais plus nous lifons, plus nous nous fortifions dans l'amour des faints dogmes que tu enfeignes aux fidèles.

TROISIEME LETTRE

Du journal d'Amabed.

Nous avons lu avec l'aumônier des épîtres d'un des grands faints de la religion italienne et portugaife. Son nom eft *Paul*. Toi qui pofsèdes la fcience univerfelle, tu connais *Paul*, fans doute. C'eft un grand homme ; il a été renverfé de cheval par une voix, et aveuglé par un trait de lumière ; il fe vante d'avoir été comme moi au cachot ; il ajoute qu'il a eu cinq fois trente-neuf coups de fouet, ce qui fait en tout cent quatre-vingt-quinze écourgées fur les feffes ; plus, trois fois des coups de bâton, fans fpécifier le nombre ; plus, il dit qu'il a été lapidé une fois : cela eft violent, car on n'en revient guère ; plus, il jure qu'il a été un jour et une nuit au fond de la mer. Je le plains beaucoup ; mais en récompenfe il a été ravi au troifième ciel. Je t'avoue, illuminé *Shaftafid*, que je voudrais

en faire autant, duſſé-je acheter cette gloire par cent
quatre-vingt-quinze coups de verges bien appliqués
ſur le derrière.

> Il eſt beau qu'un mortel juſques aux cieux s'élève :
>> Il eſt beau même d'en tomber,

comme dit un de nos plus aimables poëtes indiens,
qui eſt quelquefois ſublime.

Enfin je vois qu'on a conduit comme moi *Paul* à
Roume pour être jugé. Quoi donc ! mon cher *Shaſtaſid*,
Roume a donc jugé tous les mortels dans tous les
temps ? Il faut certainement qu'il y ait dans cette ville
quelque choſe de ſupérieur au reſte de la terre ; tous
les gens qui ſont dans le vaiſſeau ne jurent que par
Roume ; on feſait tout à Goa au nom de Roume.

Je te dirai bien plus ; le Dieu de notre aumônier
Fa molto, qui eſt le même que celui de *Fa tutto*,
naquit et mourut dans un pays dépendant de Roume,
et il paya le tribut au zamorin qui régnait dans cette
ville. Tout cela ne te paraît-il pas bien ſurprenant ?
pour moi je crois rêver, et que tous les gens qui
m'entourent rêvent auſſi.

Notre aumônier *Fa molto* nous a lu des choſes
encore plus merveilleuſes. Tantôt c'eſt un âne qui
parle, tantôt c'eſt un de leurs ſaints qui paſſe trois
jours et trois nuits dans le ventre d'une baleine, et qui
en ſort de fort mauvaiſe humeur. Ici c'eſt un prédicateur qui s'en va prêcher dans le ciel, monté ſur un
char de feu traîné par quatre chevaux de feu : un
docteur paſſe la mer à pied ſec, ſuivi de deux ou trois
millions d'hommes qui s'enfuient avec lui : un autre
docteur arrête le ſoleil et la lune ; mais cela ne me

furprend point ; tu m'as appris que *Bacchus* en avait fait autant.

Ce qui me fait le plus de peine, à moi qui me pique de propreté et d'une grande pudeur, c'eft que le Dieu de ces gens-là ordonne à un de fes prédicateurs de manger de la matière louable fur fon pain ; et à un autre de coucher pour de l'argent avec des filles de joie, et d'en avoir des enfans.

Il y a bien pis. Ce favant homme nous a fait remarquer deux fœurs *Oolla* et *Oliba*. Tu les connais bien, puifque tu as tout lu. Cet article a fòrt fcandalifé ma femme : le blanc de fes yeux en a rougi. J'ai remarqué que la bonne *Déra* était toute en feu à ce paragraphe. Il faut certainement que ce francifcain *Fa molto* foit un gaillard. Cependant il a fermé fon livre dès qu'il a vu combien *Charme des yeux* et moi nous étions effarouchés et il eft forti pour aller méditer fur le texte.

Il m'a laiffé fon livre facré. J'en ai lu quelques pages au hafard. O *Brama* ! ô juftice éternelle, quels hommes que tous ces gens-là ! ils couchent tous avec leurs fervantes dans leur vieilleffe. L'un fait des infamies à fa belle-mère, l'autre à fa belle-fille. Ici c'eft une ville toute entière qui veut abfolument traiter un pauvre prêtre comme une jolie fille ; là deux demoifelles de condition enivrent leur père, couchent avec lui l'une après l'autre, et en ont des enfans.

Mais ce qui m'a le plus épouvanté, le plus faifi d'horreur, c'eft que les habitans d'une ville magnifique à qui leur Dieu députa deux êtres éternels qui font fans ceffe au pied de fon trône, deux efprits purs refplendiffans d'une lumière divine . . . . ma plume frémit comme mon ame .... le dirai-je? oui ; ces habitans firent tout ce qu'ils purent pour violer ces messagers de DIEU. Quel péché abominable avec des hommes ! mais avec des anges cela est-il possible ? Cher *Shastasid* , bénissons *Birma* , *Visnou* et *Brama* ; remercions-les de n'avoir jamais connu ces inconcevables turpitudes. On dit que le conquérant *Alexandre* voulut autrefois introduire cette coutume superstitieuse parmi nous, qu'il polluait publiquement son mignon *Epheſtion* : le ciel l'en punit ; *Epheſtion* et lui périrent à la fleur de leur âge. Je te salue, maître de mon ame , esprit de mon esprit. *Adaté* , la triste *Adaté* se recommande à tes prières.

QUATRIEME LETTRE

D'Amabed à Shastasid.

Du cap qu'on appelle Bonne-Espérance ,
le 15 du mois du rhinocéros.

I L y a long-temps que je n'ai étendu mes feuilles de coton sur une planche, et trempé mon pinceau dans le laque noir délayé pour te rendre un compte fidèle. Nous avons laissé loin derrière nous à notre droite le golfe de Babelmandel qui entre dans la fameuse mer Rouge, dont les flots se séparèrent autrefois et s'amoncelèrent comme des montagnes , pour laisser passer *Bacchus* et son armée. Je regrettais qu'on n'eût point mouillé aux côtes de l'Arabie heureuse, ce pays presque aussi beau que le nôtre, dans lequel *Alexandre* voulait établir le siége de son empire et l'entrepôt du commerce du monde. J'aurais voulu voir cet Aden ou Eden dont les jardins sacrés furent si renommés dans l'antiquité ; ce Moka fameux par le café qui ne croît jusqu'à présent que dans cette province ; Mecca où le grand prophète des musulmans établit le siége de son empire, et où tant de nations de l'Asie, de l'Afrique et de l'Europe viennent tous les ans baiser une pierre noire descendue du ciel, qui n'envoie pas souvent de pareilles pierres aux mortels ; mais il ne nous est pas permis de contenter notre curiosité. Nous voguons toujours pour arriver à Lisbonne, et de là à Roume.

Nous avons déjà passé la ligne équinoxiale, nous sommes descendus à terre au royaume de Mélinde, où les Portugais ont un port considérable. Notre équipage y a embarqué de l'ivoire, de l'ambre gris, du cuivre, de l'argent et de l'or. Nous voici parvenus au grand Cap : c'est le pays des Hottentots. Ces peuples ne paraissent pas descendus des enfans de *Brama*. La nature y a donné aux femmes un tablier que forme leur peau ; ce tablier couvre leur joyau, dont les Hottentots sont idolâtres, et pour lequel ils font des madrigaux et des chansons. Ces peuples vont tout nus. Cette mode est fort naturelle ; mais elle ne me paraît ni honnête ni habile. Un hottentot est bien malheureux ; il n'a plus rien à désirer quand il a vu sa hottentote par devant et par derrière. Le charme des obstacles lui manque ; il n'y a plus rien de piquant pour lui. Les robes de nos Indiennes, inventées pour être troussées, marquent un génie bien supérieur. Je suis persuadé que le sage indien à qui nous devons

le

le jeu des échecs et celui du trictrac, imagina auſſi les ajuſtemens des dames pour notre félicité.

Nous reſterons deux jours à ce cap qui eſt la borne du monde, et qui ſemble ſéparer l'Orient de l'Occident. Plus je réfléchis ſur la couleur de ces peuples, ſur le gloſſement dont ils ſe ſervent pour ſe faire entendre au lieu d'un langage articulé, ſur leur figure, ſur le tablier de leurs dames, plus je ſuis convaincu que cette race ne peut avoir la même origine que nous.

Notre aumônier prétend que les Hottentots, les Nègres et les Portugais deſcendent du même père. Cette idée eſt bien ridicule; j'aimerais autant qu'on me dît que les poules, les arbres et l'herbe de ce pays-là viennent des poules, des arbres et de l'herbe de Bénarès ou de Pékin.

CINQUIEME LETTRE

D'Amabed.

Du 16 au ſoir, au cap dit de Bonne-Eſpérance.

VOICI bien une autre aventure. Le capitaine ſe promenait avec *Charme des yeux* et moi ſur un grand plateau, au pied duquel la mer du Midi vient briſer ſes vagues. L'aumônier *Fa molto* a conduit notre jeune *Déra* tout doucement dans une petite maiſon nouvellement bâtie, qu'on appelle *un cabaret*. La pauvre fille n'y entendait point fineſſe et croyait qu'il n'y avait rien à craindre, parce que cet aumônier n'eſt pas dominicain. Bientôt nous avons entendu des cris. Figure-toi que le père *Fa tutto* a été jaloux de ce tête-à-tête. Il eſt entré dans le cabaret en furieux : il y avait deux matelots qui ont été jaloux auſſi. C'eſt une terrible paſſion que la jalouſie. Les deux matelots et les deux prêtres avaient beaucoup bu de cette liqueur qu'ils diſent avoir été inventée par leur *Noé*, et dont nous prétendons que *Bacchus* eſt l'auteur : préſent funeſte qui pourrait être utile, s'il n'était pas ſi facile d'en abuſer. Les Européans diſent que ce breuvage leur donne de l'eſprit : comment cela peut-il être, puiſqu'il leur ôte la raiſon ?

Les deux hommes de mer et les deux bonzes d'Europe ſe ſont gourmés violemment, un matelot donnant ſur *Fa tutto*, celui-ci ſur l'aumônier, ce franciſcain ſur l'autre matelot qui rendait ce qu'il recevait ; tous quatre changeant de main à tout moment, deux contre deux, trois contre un, tous contre tous, chacun jurant, chacun tirant à ſoi notre infortunée qui jetait des cris lamentables. Le capitaine eſt accouru au bruit ; il a frappé indifféremment ſur les quatre combattans ; et pour mettre *Déra* en ſureté, il l'a menée dans ſon quartier où elle eſt enfermée avec lui depuis deux heures. Les officiers et les paſſagers, qui ſont tous fort polis, ſe ſont aſſemblés autour de nous, et nous ont aſſuré que les deux moines (c'eſt ainſi qu'ils les appellent) ſeraient punis ſévèrement par le vice-dieu, dès qu'ils ſeraient arrivés à Roume. Cette eſpérance nous a un peu conſolés.

Au bout de deux heures le capitaine eſt revenu en nous ramenant *Déra* avec des civilités et des complimens dont ma chère femme a été très-contente.

O *Brama*, qu'il arrive d'étranges chofes dans les voyages, et qu'il ferait bien plus fage de refter chez foi !

SIXIEME LETTRE

D'Amabed pendant fa route.

JE ne t'ai point écrit depuis l'aventure de notre petite *Déra*. Le capitaine pendant la traverfée a toujours eu pour elle des bontés très-diftinguées. J'avais peur qu'il ne redoublât de civilités pour ma femme ; mais elle a feint d'être groffe de quatre mois. Les Portugais regardent les femmes groffes comme des perfonnes facrées qu'il n'eft pas permis de chagriner. C'eft du moins une bonne coutume qui met en fureté le cher honneur d'*Adaté*. Le dominicain a eu ordre de ne fe préfenter jamais devant nous , et il a obéi.

Le francifcain , quelques jours après la fcène du cabaret , vint nous demander pardon. Je le tirai à part. Je lui demandai comment , ayant fait vœu de chafteté , il avait pu s'émanciper à ce point. Il me répondit : Il eft vrai que j'ai fait ce vœu ; mais fi j'avais promis que mon fang ne coulerait jamais dans mes veines , et que mes ongles et mes cheveux ne croîtraient pas , vous m'avouerez que je ne pourrais accomplir cette promeffe. Au lieu de nous faire jurer d'être chaftes, il fallait nous forcer à l'être, et rendre tous les moines eunuques. Tant qu'un oifeau a fes plumes , il vole ; le feul moyen d'empêcher un cerf de courir eft de lui couper les jambes. Soyez très-sûr que les prêtres vigoureux comme moi , et qui n'ont point de femmes, s'abandonnent malgré eux à des excès qui font rougir la nature , après quoi ils vont célébrer les faints myftères.

J'ai beaucoup appris dans la converfation avec cet homme. Il m'a inftruit de tous les myftères de fa religion qui m'ont tous étonné. Le révérend père *Fa tutto* , m'a-t-il dit , eft un fripon qui ne croit pas un mot de tout ce qu'il enfeigne: pour moi , j'ai des doutes violens ; mais je les écarte , je me mets un bandeau fur les yeux , je repouffe mes penfées , et je marche comme je puis dans la carrière que je cours. Tous les moines font réduits à cette alternative : ou l'incrédulité leur fait détefter leur profeffion , ou la ftupidité la leur rend fupportable.

Croirais-tu bien qu'après ces aveux il m'a propofé de me faire chrétien ? Je lui ai dit: Comment pouvez-vous me préfenter une religion dont vous n'êtes pas perfuadé vous-même , à moi qui fuis né dans la plus ancienne religion du monde , à moi dont le culte exiftait cent quinze mille trois cents ans pour le moins , de votre aveu , avant qu'il y eût des francif-cains dans le monde ?

Ah ! mon cher indien , m'a-t-il dit , fi je pouvais réuffir à vous rendre chrétien vous et la belle *Adaté* , je ferais crever de dépit ce maraud de dominicain qui ne croit pas à l'immaculée conception de la Vierge ! Vous feriez ma fortune ; je pourrais devenir *obifpo; (h)* ce ferait une bonne action , et DIEU vous en faurait gré.

(h) *Obifpo* eft le mot portugais qui fignifie *epifcopus* , évêque en langage gaulois. Ce mot n'eft dans aucun des quatre évangiles.

C'eſt ainſi, divin *Shaſtaſid*, que parmi ces barbares d'Europe on trouve des hommes qui ſont un compoſé d'erreur, de faibleſſe, de cupidité et de bêtiſe, et d'autres qui ſont des coquins conſéquens et endurcis. J'ai fait part de ces converſations à *Charme des yeux*; elle a ſouri de pitié. Qui l'eût cru que ce ſerait dans un vaiſſeau, en voguant vers les côtes d'Afrique, que nous apprendrions à connaître les hommes !

SEPTIEME LETTRE

D'Amabed.

QUEL beau climat que ces côtes méridionales ! mais quels vilains habitans ! quelles brutes ! plus la nature a fait pour nous, moins nous feſons pour elle. Nul art n'eſt connu chez tous ces peuples. C'eſt une grande queſtion parmi eux s'ils ſont deſcendus des ſinges, ou ſi les ſinges ſont venus d'eux. Nos ſages ont dit que l'homme eſt l'image de DIEU; voilà une plaiſante image de l'Etre éternel qu'un nez noir épaté, avec peu ou point d'intelligence ! Un temps viendra, ſans doute, où ces animaux ſauront bien cultiver la terre, l'embellir par des maiſons et par des jardins, et connaître la route des aſtres : il faut du temps pour tout. Nous datons, nous autres, notre philoſophie de cent quinze mille ſix cents cinquante-deux ans; en vérité, ſauf le reſpect que je te dois, je penſe que nous nous trompons; il me ſemble qu'il faut bien plus de temps pour être arrivés au point où nous fommes. Mettons feulement vingt mille ans pour inventer un langage tolérable, autant pour écrire par le moyen d'un alphabet, autant pour la métallurgie, autant pour la charrue et la navette, autant pour la navigation, et combien d'autres arts encore exigent-ils de fiecles! Les Chaldéens datent de quatre cents mille ans, et ce n'eft pas encore affez.

Le capitaine a acheté, fur un rivage qu'on nomme Angola, fix nègres qu'on lui a vendus pour le prix courant de fix bœufs. Il faut que ce pays-là foit bien plus peuplé que le nôtre, puifqu'on y vend les hommes fi bon marché; mais auffi comment une fi abondante population s'accorde-t-elle avec tant d'ignorance?

Le capitaine a quelques muficiens auprès de lui; il leur a ordonné de jouer de leurs inftrumens, et auffitôt ces pauvres nègres fe font mis à danfer avec prefque autant de jufteffe que nos éléphans. Eft-il poffible qu'aimant la mufique ils n'aient pas fu inventer le violon, pas même la mufette? Tu me diras, grand *Shaftafid*, que l'induftrie des éléphans même n'a pas pu parvenir à cet effort, et qu'il faut attendre. A cela je n'ai rien à répliquer.

HUITIEME LETTRE

D'Amabed.

L'ANNÉE eft à peine révolue et nous voici à la vue de Lisbonne, fur le fleuve du Tage qui depuis long-temps a la réputation de rouler de l'or dans fes flots. S'il eft ainfi, d'où vient donc que les Portugais vont en chercher si loin? tous ces gens d'Europe répondent qu'on n'en peut trop avoir. Lisbonne est, comme tu me l'avais dit, la capitale d'un très-petit royaume. C'est la patrie de cet *Albuquerque* qui nous a fait tant de mal. J'avoue qu'il y a quelque chose de grand dans ces Portugais qui ont subjugué une partie de nos belles contrées. Il faut que l'envie d'avoir du poivre donne de l'industrie et du courage.

Nous espérions *Charme des yeux* et moi entrer dans la ville; mais on ne l'a pas permis, parce qu'on dit que nous sommes prisonniers du vice-dieu, et que le dominicain *Fa tutto*, le franciscain aumônier *Fa molto*, *Déra*, *Adaté* et moi nous devons tous être jugés à Roume.

On nous a fait passer sur un autre vaisseau qui part pour la ville du vice-dieu.

Le capitaine est un vieux espagnol différent en tout du portugais qui en usait si poliment avec nous. Il ne parle que par monosyllabes, et encore très-rarement; il porte à sa ceinture des grains enfilés qu'il ne cesse de compter: on dit que c'est une grande marque de vertu.

Déra regrette fort l'autre capitaine; elle trouve qu'il était bien plus civil. On a remis à l'espagnol une grosse liasse de papier pour instruire notre procès en cour de Roume. Un scribe du vaisseau l'a lu à haute voix. Il prétend que le père *Fa tutto* sera condamné à ramer dans une des galères du vice-dieu, et que l'aumônier *Fa molto* aura le fouet en arrivant. Tout l'équipage est de cet avis; le capitaine a serré les papiers sans rien dire. Nous mettons à la voile. Que *Brama* ait pitié de nous, et qu'il te comble de ses

faveurs ! *Brama* eft jufte ; mais c'eft une chofe bien
fingulière qu'étant né fur le rivage du Gange j'aille
être jugé à Roume. On affure pourtant que la même
chofe eft arrivée à plus d'un étranger.

NEUVIEME LETTRE

D'Amabed.

R IE N de nouveau ; tout l'équipage eft filencieux et
morne comme le capitaine. Tu connais le proverbe
indien : *Tout fe conforme aux mœurs du maître.* Nous
avons paffé une mer qui n'a que neuf mille pas de
large entre deux montagnes ; nous fommes entrés
dans une autre mer femée d'îles. Il y en a une fort
fingulière ; elle eft gouvernée par des religieux chrétiens qui portent un habit court et un chapeau , et
qui font vœu de tuer tous ceux qui portent un bonnet
et une robe. Ils doivent auffi faire l'oraifon. Nous
avons mouillé dans une île plus grande et fort jolie,
qu'on nomme Sicile ; elle était bien plus belle autré-
fois ; on parle de villes admirables dont on ne voit
plus que les ruines. Elle fut habitée par des dieux ,
des déeffes , des géans , des héros ; on y forgeait la
foudre. Une déeffe nommée *Cérès* la couvrit de riches
moiffons. Le vice-dieu a changé tout cela ; on y voit
beaucoup de proceffions et de coupeurs de bourfe.

DIXIEME LETTRE

D'Amabed.

ENFIN nous voici fur la terre facrée du vice-dieu. J'avais lu dans le livre de l'aumônier que ce pays était d'or et d'azur; que les murailles étaient d'émeraudes et de rubis, que les ruiffeaux étaient d'huile, les fontaines de lait, les campagnes couvertes de vignes dont chaque cep produifait cent tonneaux de vin. (*i*) Peut-être trouverons-nous tout cela quand nous ferons auprès de Roume.

Nous avons abordé avec beaucoup de peine dans un petit port fort incommode, qu'on appelle *la cité vieille.* Elle tombe en ruines, et eft fort bien nommée.

On nous a donné pour nous conduire des charrettes attelées par des bœufs. Il faut que ces bœufs viennent de loin, car la terre à droite et à gauche n'eft point cultivée; ce ne font que des marais infects, des bruyères, des landes ftériles. Nous n'avons vu dans le chemin que des gens couverts de la moitié d'un manteau, fans chemife, qui nous demandaient l'aumône fièrement. Ils ne fe nourriffent, nous a-t-on dit, que de petits pains très-plats qu'on leur donne gratis le matin, et ne s'abreuvent que d'eau bénite.

Sans ces troupes de gueux qui font cinq ou fix

(*i*) Il veut apparemment parler de la fainte Jérufalem décrite dans le livre exact de l'Apocalypfe, dans *Juftin*, dans *Tertullien*, *Irénée* et autres grands perfonnages; mais on voit bien que ce pauvre brame n'en avait qu'une idée très-imparfaite.

mille pas pour obtenir , par leurs lamentations , la trentième partie d'une roupie, ce canton ferait un défert affreux. On nous avertit même que quiconque y paffe la nuit eft en danger de mort. Apparemment que DIEU eft fâché còntre fon vicaire, puifqu'il lui a donné un pays qui eft le cloaque de la nature. J'apprends que cette contrée a été autrefois très-belle et très-fertile, et qu'elle n'eft devenue fi miférable que depuis le temps où ces vicaires s'en font mis en poffeffion.

Je t'écris , fage *Shaftafid*, fur ma charrette pour me défennuyer. *Adaté* eft bien étonnée. Je t'écrirai dès que je ferai dans Roume.

ONZIEME LETTRE

D'Amabed.

Nous y voilà , nous y fommes dans cette ville de Roume. Nous arrivâmes hier en plein jour, le *trois du mois de la brebis*, qu'on dit ici le 15 mars 1513. Nous avons d'abord éprouvé tout le contraire de ce que nous attendions.

A peine étions-nous à la porte dite de Saint-Pancrace (*k*) que nous avons vu deux troupes de fpectres, dont l'une eft vêtue comme notre aumônier, et l'autre comme le père *Fa tutto*. Elles avaient chacune une bannière à leur tête , et un grand bâton fur lequel

(*k*) C'était autrefois la porte du Janicule : voyez comme la nouvelle Roume l'emporte fur l'ancienne.

était fculpté un homme tout nu, dans la même attitude que celui de Goa. Elles marchaient deux à deux,
et chantaient un air à faire bâiller toute une province.
Quand cette proceffion fut parvenue à notre charrette,
une troupe cria, c'eft faint *Fa tutto;* l'autre, c'eft faint
Fa molto. On baifa leurs robes, le peuple fe mit à
genoux. Combien avez-vous converti d'indiens, mon
révérend père? Quinze mille fept cents, difait l'un;
onze mille neuf cents, difait l'autre. Bénie foit la
vierge *Marie!* Tout le monde avait les yeux fur nous,
tout le monde nous entourait. Sont-ce-là de vos
catéchumènes, mon révérend père? Oui, nous les
avons baptifés. Vraiment ils font bien jolis. Gloire
dans les hauts! gloire dans les hauts!

Le père *Fa tutto* et le père *Fa molto* furent conduits
chacun par fa proceffion dans une maifon magnifique:
pour nous, nous allâmes à l'auberge; le peuple nous
y fuivit en criant *Cazzo, Cazzo,* en nous donnant des
bénédictions, en nous baifant les mains, en donnant
mille éloges à ma chère *Adaté,* à *Déra* et à moi-
même. Nous ne revenions pas de notre furprife.

A peine fûmes-nous dans notre auberge qu'un
homme vêtu d'une robe violette, accompagné de deux
autres en manteau noir, vint nous féliciter fur notre
arrivée. La première chofe qu'il fit fut de nous offrir
de l'argent de la part de la *Propaganda,* fi nous en
avions befoin. Je ne fais pas ce que c'eft que cette
propagande. Je lui répondis qu'il nous en reftait
encore avec beaucoup de diamans; en effet j'avais eu
le foin de cacher toujours ma bourfe et une boîte de
brillans dans mon caleçon. Auffitôt cet homme fe
profterna prefque devant moi, et me traita d'*excellence.*

Son excellence la fignora *Adaté* n'eft-elle pas bien fatiguée du voyage ? ne va-t-elle pas fe coucher ? Je crains de l'incommoder, mais je ferai toujours à fes ordres. Le fignor *Amabed* peut difpofer de moi ; je lui enverrai un *cicéron* (*l*) qui fera à fon fervice ; il n'a qu'à commander. Veulent-ils tous deux, quand ils feront repofés, me faire l'honneur de venir prendre le rafraîchiffement chez moi ? j'aurai l'honneur de leur envoyer un carroffe.

Il faut avouer, mon divin *Shaftafid*, que les Chinois ne font pas plus polis que cette nation occidentale. Ce feigneur fe retira. Nous dormîmes fix heures, la belle *Adaté* et moi. Quand il fut nuit, le carroffe vint nous prendre ; nous allâmes chez cet homme civil. Son appartement était illuminé et orné de tableaux bien plus agréables que celui de l'homme tout nu que nous avions vu à Goa. Une très-nombreufe compagnie nous accabla de careffes, nous admira d'être indiens, nous félicita d'être baptifés, et nous offrit fes fervices pour tout le temps que nous voudrions refter à Roume.

Nous voulions demander juftice du père *Fa tutto;* on ne nous donna pas le temps d'en parler. Enfin nous fûmes reconduits, étonnés, confondus d'un tel accueil, et n'y comprenant rien.

(*l*) On fait qu'on appelle à Rome *cicérons* ceux qui font métier de montrer aux étrangers les antiquailles.

DOUZIEME LETTRE

D'Amabed.

Aujourd'hui nous avons reçu des vifites fans nombre, et une princeffe de *Piombino* nous a envoyé deux écuyers nous prier de venir dîner chez elle. Nous y fommes allés dans un équipage magnifique; l'homme violet s'y eft trouvé. J'ai fu que c'eft un des feigneurs, c'eft-à-dire, un des valets du vice-dieu, qu'on appelle préférés, *prelati*. Rien n'eft plus aimable, plus honnête que cette princeffe de *Piombino*. Elle m'a placé à table à côté d'elle. Notre répugnance à manger des pigeons romains et des perdrix l'a fort furprife. Le *préféré* nous a dit que, puifque nous étions baptifés, il fallait manger des perdrix, et boire du vin de Montepulciano; que tous les vices-dieu en ufaient ainfi; que c'était la marque effentielle d'un véritable chrétien.

La belle *Adaté* a répondu avec fa naïveté ordinaire qu'elle n'était pas chrétienne, qu'elle avait été baptifée dans le Gange. Hé mon dieu, Madame, a dit le *préféré*, dans le Gange, ou dans le Tibre, ou dans un bain, qu'importe! vous êtes des nôtres. Vous avez été convertie par le père *Fa tutto;* c'eft pour nous un honneur que nous ne voulons pas perdre. Voyez quelle fupériorité notre religion a fur la vôtre; et auffitôt il a couvert nos affiettes d'ailes de gelinotes. La princeffe a bu à notre fanté et à notre falut. On nous a preffés avec tant de grâces, on a dit tant de bons mots, on a été fi poli, fi gai, fi féduifant, qu'enfin, enforcelés par le plaifir, (j'en demande pardon à *Brama*) nous avons fait *Adaté* et moi la meilleure chère du monde, avec un ferme propos de nous laver dans le Gange jufqu'aux oreilles, à notre retour, pour effacer notre péché. On n'a pas douté que nous ne fuffions chrétiens. Il faut, difait la princeffe, que ce père *Fa tutto* foit un grand miffionnaire; j'ai envie de le prendre pour mon confeffeur. Nous rougiffions et nous baiffions les yeux, ma pauvre femme et moi.

De temps en temps la fignora *Adaté* fefait entendre que nous venions pour être jugés par le vice-dieu, et qu'elle avait la plus grande envie de le voir. Il n'y en a point, nous a dit la princeffe; il eft mort, et on eft occupé à préfent à en faire un autre: dès qu'il fera fait, on vous préfentera à fa fainteté. Vous ferez témoin de la plus augufte fête que les hommes puiffent jamais voir, et vous en ferez le plus bel ornement. *Adaté* a répondu avec efprit; et la princeffe s'eft prife d'un grand goût pour elle.

Sur la fin du repas nous avons eu une mufique qui était, fi j'ofe le dire, fupérieure à celle de Bénarès et de Maduré.

Après dîner la princeffe a fait atteler quatre chars dorés: elle nous a fait monter dans le fien. Elle nous a fait voir de beaux édifices, des ftatues, des peintures. Le foir on a danfé. Je comparais fecrètement cette réception charmante avec le cul de baffe-foffe où nous avions été renfermés dans Goa; et je comprenais à peine comment le même gouvernement, la même religion pouvaient avoir tant de douceur et d'agrément dans Roume, et exercer au loin tant d'horreurs.

TREIZIEME LETTRE

D'Amabed.

Tandis que cette ville eft partagée fourdement en petites factions pour élire un vice-dieu, que ces factions animées de la plus forte haine fe ménagent toutes avec une politeffe qui reffemble à l'amitié, que le peuple regarde les pères *Fa tutto* et *Fa molto* comme les favoris de la Divinité, qu'on s'empreffe autour de nous avec une curiofité refpectueufe, je fais, mon cher *Shaftafid*, de profondes réflexions fur le gouvernement de Roume.

Je le compare au repas que nous a donné la princeffe de *Piombino*. La falle était propre, commode et parée; l'or et l'argent brillaient fur les buffets; la gaieté, l'efprit et les grâces animaient les convives; mais dans les cuifines le fang et la graiffe coulaient; les peaux des quadrupèdes, les plumes des oifeaux et leurs entrailles pêle-mêle amoncelées foulevaient le cœur, et répandaient l'infection.

Telle eft, ce me femble, la cour romaine; polie et flatteufe chez elle, ailleurs brouillonne et tyrannique. Quand nous difons que nous efpérons avoir juftice de *Fa tutto*, on fe met doucement à rire; on nous dit que nous fommes trop au-deffus de ces bagatelles; que le gouvernement nous confidère trop pour fouffrir que nous gardions le fouvenir d'une telle *facétie*; que les *Fa tutto* et les *Fa molto* font des efpèces de finges élevés avec foin pour faire des tours de paſſe-paſſe devant le peuple; et on finit par des proteſtations de reſpect et d'amitié pour nous. Quel parti veux-tu que nous prenions, grand *Shaſlaſid*? Je crois que le plus ſage eſt de rire comme les autres, et d'être poli comme eux. Je veux étudier Roume, elle en vaut la peine.

QUATORZIEME LETTRE

D'Amabed.

Il y a un aſſez grand intervalle entre ma dernière lettre et la préſente. J'ai lu, j'ai vu, j'ai converſé, j'ai médité. Je te jure qu'il n'y eut jamais ſur la terre une contradiction plus énorme qu'entre le gouvernement romain et ſa religion. J'en parlais hier à un théologien du vice-dieu. Un théologien eſt dans cette cour ce que ſont les derniers valets dans une maiſon; ils font la groſſe beſogne, portent les ordures; et s'ils y trouvent quelque chiffon qui puiſſe ſervir, ils le mettent à part pour le beſoin.

Je lui diſais: Votre Dieu eſt né dans une étable entre un bœuf et un âne; il a été élevé, a vécu, eſt mort dans la pauvreté; il a ordonné expreſſément la pauvreté à ſes diſciples; il leur a déclaré qu'il n'y aurait parmi eux ni premier ni dernier, et que celui qui voudrait commander aux autres les ſervirait: cependant je vois ici qu'on fait exactement tout le contraire de ce que veut votre Dieu. Votre culte même eſt tout différent du ſien. Vous obligez les

hommes

hommes à croire des chofes dont il n'a pas dit un feul mot.

Tout cela eft vrai, m'a-t-il répondu. Notre Dieu n'a pas commandé à nos maîtres formellement de s'enrichir aux dépens des peuples, et de ravir le bien d'autrui ; mais il l'a commandé virtuellement. Il eft né, entre un bœuf et un âne ; mais trois rois font venus l'adorer dans une écurie. Les bœufs et les ânes figurent les peuples que nous enfeignons, et les trois rois figurent tous les monarques qui font à nos pieds. Ses difciples étaient dans l'indigence ; donc nos maîtres doivent aujourd'hui regorger de richeffes : car, fi ces premiers vices-dieu n'eurent befoin que d'un écu, ceux d'aujourd'hui ont un befoin preffant de dix millions d'écus : or être pauvre, c'eft n'avoir précifément que le néceffaire ; donc nos maîtres, n'ayant pas même le néceffaire, accompliffent la loi de la pauvreté à la rigueur.

Quant aux dogmes, notre Dieu n'écrivit jamais rien, et nous favons écrire ; donc c'eft à nous d'écrire les dogmes : auffi lès avons-nous fabriqués avec le temps felon le befoin. Par exemple, nous avons fait du mariage le figne vifible d'une chofe invifible : cela fait que tous les procès fufcités pour caufe de mariage reffortiffent de tous les coins de l'Europe à notre tribunal de Roume, parce que nous feuls pouvons voir des chofes invifibles. C'eft une fource abondante de tréfors qui coulent dans notre chambre facrée des finances pour étancher la foif de notre pauvreté.

Je lui demandai fi la chambre facrée n'avait pas encore d'autres reffources. Nous n'y avons pas manqué, dit-il ; nous tirons parti des vivans et des morts.

Romans. Tome II.   Q

Par exemple, dès qu'une ame est trépassée, nous l'envoyons dans une infirmerie; nous lui fesons prendre médecine dans l'apothicairerie des ames ; et vous ne sauriez croire combien cette apothicairerie nous vaut d'argent. Comment cela, Monsignor? car il me semble que la bourse d'une ame est d'ordinaire assez mal garnie. Cela est vrai, Signor ; mais elles ont des parens qui sont bien aises de retirer leurs parens morts de l'infirmerie, et de les faire placer dans un lieu plus agréable. Il est triste pour une ame de passer toute une éternité à prendre médecine. Nous composons avec les vivans ; ils achètent la santé des ames de leurs défunts parens, les uns plus cher, les autres à meilleur compte, selon leurs facultés. Nous leur délivrons des billets pour l'apothicairerie. Je vous assure que c'est un de nos meilleurs revenus.

Mais, Monsignor, comment ces billets parviennent-ils aux ames? Il se mit à rire. C'est l'affaire des parens, dit-il ; et puis ne vous ai-je pas dit que nous avons un pouvoir incontestable sur les choses invisibles ?

Ce monsignor me paraît bien dessalé ; je me forme beaucoup avec lui, et je me sens déjà tout autre.

QUINZIEME LETTRE

D'Amabed.

Tu dois savoir, mon cher Shastasid, que le cicéron à qui monsignor m'a recommandé, et dont je t'ai dit un mot dans mes précédentes lettres, est un homme fort intelligent qui montre aux étrangers les curiosités de l'ancienne Roume et de la nouvelle. L'une et l'autre, comme tu le vois, ont commandé aux rois; mais les premiers Romains acquirent leur pouvoir par leur épée, et les derniers par leur plume. La difcipline militaire donna l'empire aux *Céfars* dont tu connais l'hiftoire : la difcipline monaftique donne une autre efpèce d'empire à ces vices-dieu qu'on appelle *papes*. On voit des proceffions dans la même place où l'on voyait autrefois des triomphes. Les cicérons expliquent tout cela aux étrangers; ils leur fourniffent des livres et des filles. Pour moi, qui ne veux pas faire d'infidélité à ma belle *Adaté*, tout jeune que je fuis, je me borne aux livres, et j'étudie principalement la religion du pays, qui me divertit beaucoup.

Je lifais avec mon cicéron l'hiftoire de la vie du Dieu du pays : elle eft fort extraordinaire. C'était un homme qui féchait des figuiers d'une feule parole, qui changeait l'eau en vin, et qui noyait des cochons. Il avait beaucoup d'ennemis : tu fais qu'il était né dans une bourgade appartenante à l'empereur de Roume. Ses ennemis étaient malins; ils lui demandèrent un jour s'ils devaient payer le tribut à l'empereur; il leur répondit : Rendez au prince ce qui eft au prince; mais rendez à DIEU ce qui eft à DIEU. Cette réponfe me paraît fage; nous en parlions, mon cicéron et moi, lorfque monfignor eft entré. Je lui ai dit beaucoup de bien de fon Dieu, et je l'ai prié de m'expliquer comment fa chambre des finances obfervait ce précepte en prenant tout pour elle, et en ne donnant rien à l'empereur : car tu dois favoir que, bien que les Romains aient un vice-dieu, ils ont un empereur auffi auquel même ils donnent le titre de *roi des Romains.* Voici ce que cet homme très-avisé m'a répondu.

Il est vrai que nous avons un empereur ; mais il ne l'est qu'en peinture ; il est banni de Roume ; il n'y a pas seulement une maison ; nous le laissons habiter auprès d'un grand fleuve qui est gelé quatre mois de l'année, dans un pays dont le langage écorche nos oreilles. Le véritable empereur est le pape, puisqu'il règne dans la capitale de l'empire. Ainsi *rendez à l'empereur* veut dire rendez au pape ; *rendez à Dieu* signifie encore rendez au pape, puisqu'en effet il est vice-dieu. Il est seul le maître de tous les cœurs et de toutes les bourses. Si l'autre empereur, qui demeure sur un grand fleuve, osait seulement dire un mot, alors nous soulèverions contre lui tous les habitans des rives du grand fleuve, qui sont, pour la plupart, de gros corps sans esprit, et nous armerions contre lui les autres rois, qui partageraient avec lui ses dépouilles.

Te voilà au fait, divin *Shastasid*, de l'esprit de Roume. Le pape est en grand ce que le *dalai lama* est en petit : s'il n'est pas immortel comme le *lama*, il est tout-puissant pendant sa vie ; ce qui vaut bien mieux. Si quelquefois on lui résiste, si on le dépose, si on lui donne des soufflets, ou si même on le tue (*m*)

(*m*) *Jean VIII*, assassiné à coups de marteau par un mari jaloux.

Jean X, amant de *Theodora*, étranglé dans son lit.

Etienne VIII, enfermé au château qu'on appelle aujourd'hui *St Ange*.

Etienne IX, sabré au visage par les Romains.

Jean XII, déposé par l'empereur *Othon I*, assassiné chez une de ses maîtresses.

Benoît V, exilé par l'empereur *Othon I*.

Benoît VII, étranglé par le bâtard de *Jean X*.

Benoît IX, qui acheta le pontificat, lui troisième, et revendit sa part, &c. &c. Ils étaient tous infaillibles.

entre les bras de fa maîtreffe , comme il eft arrivé quelquefois, ces inconvéniens n'attaquent jamais fon divin caractère. On peut lui donner cent coups d'étrivières ; mais il faut toujours croire tout ce qu'il dit. Le pape meurt ; la papauté eft immortelle. Il y a eu trois ou quatre vices-dieu à la fois qui difputaient cette place. Alors la divinité était partagée entre eux : chacun en avait fa part ; chacun était infaillible dans fon parti.

J'ai demandé à monfignor par quel art fa cour eft parvenue à gouverner toutes les autres cours. Il faut peu d'art, me dit-il , aux gens d'efprit pour conduire les fots. J'ai voulu favoir fi on ne s'était jamais révolté contre les décifions du vice-dieu. Il m'a avoué qu'il y avait eu des hommes affez téméraires pour lever les yeux, mais qu'on les leur avait crevés auffitôt, ou qu'on avait exterminé ces miférables , et que ces révoltes n'avaient jamais fervi jufqu'à préfent qu'à mieux affermir l'infaillibilité fur le trône de la vérité.

On vient enfin de nommer un nouveau vice-dieu. Les cloches fonnent, on frappe les tambours, les trompettes éclatent, le canon tire, cent mille voix lui répondent. Je t'informerai de tout ce que j'aurai vu.

SEIZIEME LETTRE

D'Amabed.

CE fut le 25 du mois du *crocodile*, et le 13 de la planète de Mars, comme on dit ici, que des hommes vêtus de rouge et inspirés élurent l'homme infaillible, devant qui je dois être jugé aussi bien que *Charme des yeux*, en qualité d'*apostata*.

Ce dieu en terre s'appelle *Leone*, dixième du nom. C'est un très-bel homme de trente-quatre à trente-cinq ans et fort aimable; les femmes sont folles de lui. Il était attaqué d'un mal immonde qui n'est bien connu encore qu'en Europe, mais dont les Portugais commencent à faire part à l'Indoustan. On croyait qu'il en mourrait; et c'est pourquoi on l'a élu, afin que cette sublime place fût bientôt vacante; mais il est guéri, et il se moque de ceux qui l'ont nommé.

Rien n'a été si magnifique que son couronnement; il y a dépensé cinq millions de roupies pour subvenir aux nécessités de son Dieu qui a été si pauvre. Je n'ai pu t'écrire dans le fracas de nos fêtes: elles se sont succédées si rapidement; il a fallu passer par tant de plaisirs, que le loisir a été impossible.

Le vice-dieu *Leone* a donné des divertissemens dont tu n'as point d'idée. Il y en a un sur-tout qu'on appelle *comédie*, qui me plaît beaucoup plus que tous les autres ensemble. C'est une représentation de la vie humaine; c'est un tableau vivant; les personnages parlent et agiffent ; ils expofent leurs intérêts ; ils développent leurs paffions ; ils remuent l'ame des fpectateurs.

La comédie que je vis avant hier chez le pape eft intitulée *la Mandragore*. Le fujet de la pièce eft un jeune homme adroit qui veut coucher avec la femme de fon voifin. Il engage avec de l'argent un moine, un *Fa tutto* ou un *Fa molto* à féduire fa maîtreffe et à faire tomber fon mari dans un piége ridicule. On fe moque tout le long de la pièce de la religion que l'Europe profeffe, dont Roume eft le centre et dont le fiége papal eft le trône. De tels plaifirs te paraîtront peut-être indécens, mon cher et pieux *Shaftafid. Charme des yeux* en a été fcandalifée ; mais la comédie eft fi jolie, que le plaifir l'a emporté fur le fcandale.

Les feftins, les bals, les belles cérémonies de la religion, les danfeurs de corde fe font fuccédés tour à tour fans interruption. Les bals fur-tout font fort plaifans. Chaque perfonne invitée au bal met un habit étranger et un vifage de carton par-deffus le fien. On tient fous ce déguifement des propos à faire éclater de rire. Pendant le repas il y à toujours une mufique très-agréable ; enfin c'eft un enchantement.

On m'a conté qu'un vice-dieu, prédéceffeur de *Léone*, nommé *Alexandre*, fixième du nom, avait donné aux noces d'une de fes bâtardes une fête bien plus extraordinaire. Il y fit danfer cinquante filles toutes nues. Les brachmanes n'ont jamais inftitué de pareilles danfes : tu vois que chaque pays a fes coutumes. Je t'embraffe avec refpect, et je te quitte pour aller danfer avec ma belle *Adaté*. Que *Birma* te comble de bénédictions !

DIX-SEPTIEME LETTRE

D'Amabed.

VRAIMENT, mon grand brame, tous les vices-dieu n'ont pas été fi plaifans que celui-ci. C'eſt un plaiſir de vivre fous fa domination. Le défunt, nommé *Jules*, était d'un caractère différent ; c'était un vieux foldat turbulent qui aimait la guerre comme un fou ; toujours à cheval, toujours le caſque en tête, diſtribuant des bénédictions et des coups de fabre, attaquant tous fes voifins, damnant leurs ames et tuant leurs corps, autant qu'il le pouvait : il eſt mort d'un accès de colère. Quel diable de vice-dieu on avait là ! croirais-tu bien qu'avec un morceau de papier il s'imaginait dépouiller les rois de leurs royaumes ? Il s'aviſa de détrôner de cette manière le roi d'un pays affez beau qu'on appelle la France. Ce roi était un fort bon homme : il paffe ici pour un fot, parce qu'il n'a pas été heureux. Ce pauvre prince fut obligé d'affembler un jour les plus favans hommes de fon royaume (*n*)

_____

(*n*) Le pape *Jules II* excommunia le roi de France *Louis XII*, en 1510. Il mit le royaume de France en interdit, et le donna au premier qui voudrait s'en faifir. Cette excommunication et cette interdiction furent réitérées en 1512. On a peine à concevoir aujourd'hui cet excès d'inſolence et de ridicule. Mais depuis *Grégoire VII*, il n'y eut prefque aucun évêque de Rome qui ne fît, ou qui ne voulût faire et défaire des fouverains, felon fon bon plaifir. Tous les fouverains méritaient cet infame traitement, puifqu'ils avaient été affez imbécilles pour fortifier eux-mêmes chez leurs fujets l'opinion de l'infaillibilité du pape et fon pouvoir fur toutes les églifes. Ils s'étaient donné eux-mêmes des fers qu'il était très-difficile de brifer. Le

pour leur demander s'il·lui était permis de fe défendre
contre un vice-dieu qui le détrônait avec du papier.
C'eft être bien bon que de faire une queftion pareille !
j'en témoignais ma furprife au monfignor violet qui
m'a pris en amitié. Eft-il poffible, lui difais-je, qu'on
foit fi fot en Europe? J'ai bien peur , me dit-il, que
les vices-dieu n'abufent tant de la complaifance des
hommes, qu'à la fin ils leur donneront de l'efprit.

Il faudra donc qu'il y ait des révolutions dans la
religion de l'Europe. Ce qui te furprendra , docte et
pénétrant *Shaftafid*, c'eft qu'il ne s'en fit point fous le
vice-dieu *Alexandre* qui régnait avant *Jules*. Il fefait
affaffiner, pendre, noyer, empoifonner impunément
tous les feigneurs fes voifins. Un de fes cinq bâtards
fut l'inftrument de cette foule de crimes à la vue de
toute l'Italie. Comment les peuples perfiftèrent-ils dans
la religion de ce monftre ! c'eft celui-là même qui
fefait danfer les filles fans aucun ornement fuperflu.
Ses fcandales devaient infpirer le mépris, fes barbaries
devaient aiguifer contre lui mille poignards : cependant il vécut honoré et paifible dans fa cour. La raifon
en eft, à mon avis, que les prêtres gagnaient à tous
fes crimes , et que les peuples n'y perdaient rien. Dès
qu'on vexera trop les peuples, ils briferont leurs liens.
Cent coups de bélier n'ont pu ébranler le coloffe, un
caillou le jettera par terre. C'eft ce que difent ici les
gens déliés qui fe piquent de prévoir.

---

gouvernement fut par-tout un chaos formé par la fuperftition. La raifon
n'a pénétré que très-tard chez les peuples de l'Occident; elle a guéri
quelques bleffures que cette fuperftition, ennemie du genre humain, avait
faites aux hommes; mais il en refte encore de profondes cicatrices.

Enfin les fêtes font finies ; il n'en faut pas trop ; rien ne laffe comme les chofes extraordinaires devenues communes. Il n'y a que les befoins renaiffans qui puiffent donner du plaifir tous les jours. Je me recommande à tes faintes prières.

DIX-HUITIEME LETTRE

D'Amabed,

L'INFAILLIBLE nous a voulu voir en particulier, *Charme des yeux* et moi. Notre monfignor nous a conduits dans fon palais. Il nous a fait mettre à genoux trois fois. Le vice-dieu nous a fait baifer fon pied droit en fe tenant les côtés de rire. Il nous a demandé fi le père *Fa tutto* nous avait convertis, et fi en effet nous étions chrétiens. Ma femme a répondu que le père *Fa tutto* était un infolent ; et le pape s'eft mis à rire encore plus fort. Il a donné deux baifers à ma femme et à moi auffi.

Enfuite il nous a fait affeoir à côté de fon petit lit de baife-pieds. Il nous a demandé comment on fefait l'amour à Bénarès, à quel âge on mariait communément les filles, fi le grand *Brama* avait un férail. Ma femme rougiffait ; je répondais avec une modeftie refpectueufe : enfuite il nous a congédiés, en nous recommandant le chriftianifme, en nous embraffant, et nous donnant de petites claques fur les feffes en figne de bonté. Nous avons rencontré en fortant les pères *Fa tutto* et *Fa molto* qui nous ont baifé le bas de la robe. Le premier moment, qui commande toujours à l'ame, nous a fait d'abord reculer avec horreur, ma femme et moi; mais le violet nous a dit : Vous n'êtes pas encore entièrement formés ; ne manquez pas de faire mille caresses à ces bons pères; c'est un devoir essentiel dans ce pays-ci d'embrasser ses plus grands ennemis : vous les ferez empoisonner, si vous pouvez, à la première occasion; mais en attendant vous ne pouvez leur marquer trop d'amitié. Je les embrassai donc; mais *Charme des yeux* leur fit une révérence fort sèche, et *Fa tutto* la lorgnait du coin de l'œil en s'inclinant jusqu'à terre devant elle. Tout ceci est un enchantement; nous passons nos jours à nous étonner. En vérité, je doute que Maduré soit plus agréable que Roume.

DIX-NEUVIEME LETTRE

D'Amabed.

POINT de justice du père *Fa tutto*. Hier notre jeune *Déra* s'avisa d'aller le matin, par curiosité, dans un petit temple. Le peuple était à genoux ; un brame du pays, vêtu magnifiquement, se courbait sur une table ; il tournait le derrière au peuple. On dit qu'il fesait DIEU. Dès qu'il eut fait DIEU, il se montra par devant. *Déra* fit un cri et dit : Voilà le coquin qui m'a violée. Heureusement, dans l'excès de sa douleur et de sa surprise, elle prononça ces paroles en indien. On m'assure que, si le peuple les avait comprises, la canaille se

ferait jetée fur elle comme fur une forcière. *Fa tutto*
lui répondit en italien : Ma fille , la grâce de la vierge
Marie foit avec vous ; parlez plus bas. Elle revint
toute éperdue nous conter la chofe. Nos amis nous
ont confeillé de ne nous jamais plaindre. Ils nous ont
dit que *Fa tutto* eft un faint , et qu'il ne faut jamais
mal parler des faints. Que veux-tu ? ce qui eft fait eft
fait. Nous prenons en patience tous les agrémens
qu'on nous fait goûter dans ce pays-ci. Chaque jour
nous apprend des chofes dont nous ne nous doutions
pas. On fe forme beaucoup par les voyages.

Il eft venu à la cour de *Leone* un grand poëte : fon
nom eft meffer *Ariofto* ; il n'aime pas les moines : voici
comme il parle d'eux.

> *Non fa quel che fia amor, non fa che vaglia*
> *La caritade ; et quindi avien che i frati*
> *Sono fi ingorda et fi crudel canaglia.*

Cela veut dire en indien :

> *Modermen febar efo*
> *La te ben fofa mefo.*

Tu fens quelle fupériorité la langue indienne , qui
eft fi antique, confervera toujours fur tous les jargons
nouveaux de l'Europe : nous exprimons en quatre
mots ce qu'ils ont de la peine à faire entendre en
dix. Je conçois bien que cet *Ariofto* dife que les moines
font de la canaille ; mais je ne fais pourquoi il prétend
qu'ils ne connaiffent point l'amour : hélas ! nous en
favons des nouvelles. Peut - être entend - il qu'ils
jouiffent et qu'ils n'aiment point.

VINGTIEME LETTRE.

D'Amabed.

IL y a quelques jours, mon cher grand brame, que je ne t'ai écrit. Les empreffémens dont on nous honore en font la caufe. Notre monfignor nous donna un excellent repas, avec deux jeunes gens vêtus de rouge de la tête aux pieds. Leur dignité eft *cardinal*, comme qui dirait *gond de porte*; l'un eft le cardinal *Sacripante*, et l'autre le cardinal *Faquinetti*. Ils font les premiers de la terre après le vice-dieu : auffi font-ils intitulés *vicaires du vicaire*. Leur droit, qui eft, fans doute, droit divin, eft d'être égaux aux rois et fupérieurs aux princes, et d'avoir fur-tout d'immenfes richeffes. Ils méritent bien tout cela, vu la grande utilité dont ils font au monde.

Ces deux gentilshommes, en dînant avec nous, proposèrent de nous mener paffer quelques jours à leurs maifons de campagne; car c'eft à qui nous aura. Après s'être difputé la préférence le plus plaifamment du monde, *Faquinetti* s'eft emparé de la belle *Adaté*, et j'ai été le partage de *Sacripante*, à condition qu'ils changeraient le lendemain, et que le troifième jour nous nous raffemblerions tous quatre. *Déra* était du voyage. Je ne fais comment te conter ce qui nous eft arrivé; je vais pourtant effayer de m'en tirer.

Ici finit le manufcrit des lettres d'*Amabed*. On a cherché dans toutes les bibliothèques de Maduré et de Bénarès la suite de ces lettres ; il est sûr qu'elle n'existe pas.

Ainsi, supposé que quelque malheureux faussaire imprime jamais le reste des aventures des deux jeunes indiens, *nouvelles lettres d'Amabed*, *nouvelles lettres de Charme des yeux*, *réponses du grand brame Shastasid*, le lecteur peut être sûr qu'on le trompe et qu'on l'ennuie, comme il est arrivé cent fois en cas pareil.

Fin des lettres d'Amabed

HISTOIRE

DE JENNI,

OU

L'ATHÉE ET LE SAGE.

PAR M. SHERLOC.

TRADUIT PAR M. DE LA CAILLE. (*)

(*) Nous n'avons cru devoir faire aucune remarque fur cet ouvrage par
des raifons que devineront fans peine ceux qui connaiffent le but que
l'auteur avait en l'écrivant.

HISTOIRE

HISTOIRE

DE JENNI,

OU

L'ATHÉE ET LE SAGE.

CHAPITRE PREMIER.

Vous me demandez, Monsieur, quelques détails, sur notre ami, le respectable *Freind*, et sur son étrange fils. Le loisir dont je jouis enfin après la retraite de milord *Peterboroug* me permet de vous satisfaire. Vous serez aussi étonné que je l'ai été, et vous partagerez tous mes sentimens.

Vous n'avez guère vu ce jeune et malheureux *Jenni*, ce fils unique de *Freind*, que son père mena avec lui en Espagne lorsqu'il était chapelain de notre armée, en 1705. Vous partîtes pour Alep avant que milord assiégeât Barcelone ; mais vous avez raison de me dire que *Jenni* était de la figure la plus aimable et la plus engageante, et qu'il annonçait du courage et de l'esprit. Rien n'est plus vrai ; on ne pouvait le voir sans l'aimer. Son père l'avait d'abord destiné à l'Eglise ; mais, le jeune homme ayant marqué de la répugnance pour cet état qui demande tant d'art, de ménagement et de finesse, ce père sage aurait cru faire un crime et une sottise de forcer la nature.

Romans. Tome II.   R

Jenni n'avait pas encore vingt ans. Il voulut abfolument fervir en volontaire à l'attaque du Mont-Joui que nous emportâmes, et où le prince de Heffe fut tué. Notre pauvre *Jenni* bleffé fut prifonnier et mené dans la ville. Voici un récit très-fidèle de ce qui lui arriva depuis l'attaque de Mont-Joui jufqu'à la prife de Barcelone. Cette relation eft d'une catalane un peu trop libre et trop naïve ; de tels écrits ne vont point jufqu'au cœur du fage. Je pris cette relation chez elle lorfque j'entrai dans Barcelone à la fuite de milord *Peterboroug*. Vous la lirez fans fcandale comme un portrait fidèle des mœurs du pays.

Aventure d'un jeune anglais nommé Jenni, écrite de la main de dona las Nalgas.

Lorsqu'on nous dit que les mêmes fauvages qui étaient venus par l'air d'une île inconnue nous prendre Gibraltar venaient affiéger notre belle ville de Barcelone, nous commençâmes par faire des neuvaines à la fainte Vierge de Manrèze ; ce qui eft affurément la meilleure manière de fe défendre.

Ce peuple, qui venait nous attaquer de fi loin, s'appelle d'un nom qu'il eft difficile de prononcer, car c'eft *English*. Notre révérend père inquifiteur don *Jeronimo Bueno Caracucarador* prêcha contre ces brigands. Il lança contre eux une excommunication majeure dans Notre-Dame d'Elpino. Il nous affura que les English avaient des queues de finges, des pattes d'ours et des têtes de perroquets ; qu'à la vérité ils parlaient quelquefois comme les hommes, mais qu'ils fifflaient

prefque toujours ; que de plus ils étaient notoirement
hérétiques ; que la fainte Vierge, qui eft très-favorable
aux autres pécheurs et pécherefíes, ne pardonnait
jamais aux hérétiques, et que par conféquent ils
feraient tous infailliblement exterminés, fur-tout s'ils
fe préfentaient devant le Mont-Joui. A peine avait-il
fini fon fermon que nous apprîmes que le Mont-Joui
était pris d'affaut.

Le foir on nous conta qu'à cet affaut nous avions
bleffé un jeune english, et qu'il était entre nos mains.
On cria dans toute la ville, *vittoria, vittoria*, et on fit
des illuminations.

La *dona Boca Vermeja*, qui avait l'honneur d'être
maîtreffe du révérend père inquifiteur, eut une extrême
envie de voir comment un animal english et hérétique
était fait. C'était mon intime amie : j'étais auffi curieufe
qu'elle. Mais il fallut attendre qu'il fût guéri de fa
bleffure ; ce qui ne tarda pas.

Nous fûmes bientôt après qu'il devait prendre les
bains chez mon coufin-germain *Elvob*, le baigneur,
qui eft, comme on fait, le meilleur chirurgien de la
ville. L'impatience de voir ce monftre redoubla dans
mon amie *Boca Vermeja*. Nous n'eûmes point de
ceffe, point de repos, nous n'en donnâmes point à
mon coufin le baigneur, jufqu'à ce qu'il nous eût
cachées dans une petite garde-robe, derrière une
jaloufie par laquelle on voyait la baignoire. Nous y
entrâmes fur la pointe du pied, fans faire aucun bruit,
fans parler, fans ofer refpirer, précifément dans le
temps que l'english fortait de l'eau. Son vifage n'était
pas tourné vers nous, il ôta un petit bonnet fous lequel
étaient renoués fes cheveux blonds qui defcendirent

en groffes boucles, fur la plus belle chute de reins
que j'aie vue de ma vie ; fes bras, fes cuiffes, fes
jambes me parurent d'un charnu, d'un fini, d'une
élégance qui approche, à mon gré, l'*Apollon* du Bel-
vedère de Rome, dont la copie eft chez mon oncle
le fculpteur.

Dona Boca Vermeja était extafiée de furprife et d'enchantement. J'étais faifie comme elle ; je ne pus
m'empêcher de dire, *oh che hermofo muchacho !* Ces
paroles qui m'échappèrent firent tourner le jeune
homme. Ce fut bien pis alors ; nous vîmes le vifage
d'*Adonis* fur le corps d'un jeune *Hercule*. Il s'en fallut
peu que *dona Boca Vermeja* ne tombât à la renverfe
et moi auffi. Ses yeux s'allumèrent et fe couvrirent
d'une légère rofée, à travers laquelle on entrevoyait
des traits de flamme. Je ne fais ce qui arriva aux
miens.

Quand elle fut revenue à elle : St *Jacques*, me dit-
elle, et fainte *Vierge !* eft-ce ainfi que font faits les
hérétiques ? eh qu'on nous a trompées !

Nous fortîmes le plus tard que nous pûmes. *Boca
Vermeja* fut bientôt éprife du plus violent amour pour
le monftre hérétique. Elle eft plus belle que moi, je
l'avoue ; et j'avoue auffi que je me fentis doublement
jaloufe. Je lui repréfentai qu'elle fe damnait en tra-
hiffant le révérend père inquifiteur don *Jeronimo
Bueno Caracucarador* pour un english. Ah ! ma chère
las Nalgas, me dit-elle, (car *las Nalgas* eft mon nom)
je trahirais *Melchifédech* pour ce beau jeune homme.
Elle n'y manqua pas ; et puifqu'il faut tout dire, je
donnai fecrètement plus de la dixme des offrandes.

Un des familiers de l'inquifition, qui entendait

quatre meſſes par jour pour obtenir de Notre-Dame
de Manrèze la deſtruction des English, fut inſtruit
de nos actes de dévotion. Le révérend père don
Caracucarador nous donna le fouet à toutes deux. Il fit
ſaiſir notre cher english par vingt-quatre alguazils de
la ſainte hermandad. *Jenni* en tua cinq, et fut pris
par les dix-neuf qui reſtaient. On le fit repoſer dans
un caveau bien frais. Il fut deſtiné à être brûlé le
dimanche ſuivant en cérémonie, orné d'un grand
ſan-benito et d'un bonnet en pain de ſucre, en l'honneur
de notre Sauveur et de la Vierge *Marie* ſa mère. Don
Caracucarador prépara un beau ſermon ; mais il ne put
le prononcer, car le dimanche même la ville fut priſe
à quatre heures du matin.

Ici finit le récit de *dona las Nalgas*. C'était une
femme qui ne manquait pas d'un certain eſprit que
les eſpagnols appellent *agudezza*.

CHAPITRE II.

Suite des aventures du jeune anglais Jenni et de celles
de monſieur ſon père, docteur en théologie,
membre du parlement et de la ſociété royale.

Vous ſavez quelle admirable conduite tint le comte
de *Peterboroug* dès qu'il fut maître de Barcelone ; comme
il empêcha le pillage ; avec quelle ſagacité prompte il
mit ordre à tout ; comme il arracha la ducheſſe de
Popoli des mains de quelques ſoldats allemands ivres,

qui la volaient et qui la violaient. Mais vous pein-
drez-vous bien la furprife, la douleur, l'anéantiffement,
la colère, les larmes, les tranfports de notre ami
Freind, quand il apprit que *Jenni* était dans les cachots
du faint-office, et que fon bûcher était préparé ? Vous
favez que les têtes les plus froides font les plus animées dans les grandes occafions. Vous euffiez vu ce
père, que vous avez connu fi grave et fi imperturbable,
voler à l'antre de l'inquifition plus vîte que nos chevaux de race ne courent à Neumarket. Cinquante
foldats qui le fuivaient hors d'haleine étaient toujours
à deux cents pas de lui. Il arrive, il entre dans la
caverne. Quel moment ! que de pleurs et que de joie !
vingt victimes deftinées à la même cérémonie que
Jenni font délivrées. Tous ces prifonniers s'arment ;
tous fe joignent à nos foldats ; ils démoliffent le faint-
office en dix minutes, et déjeûnent fur fes ruines
avec le vin et les jambons des inquifiteurs.

Au milieu de ce fracas, et des fanfares, et des tambours, et du retentiffement de quatre cents canons qui
annonçaient notre victoire à la Catalogne, notre ami
Freind avait repris la tranquillité que vous lui connaiffez. Il était calme comme l'air dans un beau jour après
un orage. Il élevait à DIEU un cœur auffi ferein que
fon vifage, lorfqu'il vit fortir du foupirail d'une cave
un fpectre noir en furplis, qui fe jeta à fes pieds, et
qui lui criait miféricorde. Qui es-tu ? lui dit notre
ami, viens-tu de l'enfer ? A peu-près, répondit l'autre ;
je fuis don *Jeronimo Bueno Caracucarador*, inquifiteur
pour la foi ; je vous demande très-humblement pardon
d'avoir voulu cuire M. votre fils en place publique ;
je le prenais pour un juif.

Eh, quand il ferait juif, répondit notre ami avec
fon fang froid ordinaire, vous fied-il bien, M. *Caracucarador*, de cuire des gens, parce qu'ils font defcendus
d'une race qui habitait autrefois un petit canton pierreux tout près du défert de Syrie? Que vous importe
qu'un homme ait un prépuce ou qu'il n'en ait pas, et
qu'il faffe fa pâque dans la pleine lune rouffe, ou le
dimanche d'après? Cet homme eft juif, donc il faut
que je le brûle; et tout fon bien m'appartient. Voilà
un très-mauvais argument; on ne raifonne point ainfi
dans la fociété royale de Londres.

Savez-vous bien, M. *Caracucarador*, que JESUS-
CHRIST était juif, qu'il naquit, vécut et mourut juif,
qu'il fit fa pâque en juif dans la pleine lune; que tous
fes apôtres étaient juifs, qu'ils allèrent dans le temple
juif après fon malheur, comme il eft dit expreffément;
que les quinze premiers évêques fecrets de Jérufalem
étaient juifs? mon fils ne l'eft pas, il eft anglican:
quelle idée vous a paffé par la tête de le brûler?

L'inquifiteur *Caracucarador*, épouvanté de la fcience
de M. *Freind*, et toujours profterné à fes pieds, lui
dit: Hélas! nous ne favions rien de tout cela dans
l'univerfité de Salamanque. Pardon, encore une fois;
mais la véritable raifon eft que M. votre fils m'a pris
ma maîtreffe *Boca Vermeja*. Ah! s'il vous a pris votre
maîtreffe, repartit *Freind*, c'eft autre chofe; il ne faut
jamais prendre le bien d'autrui. Il n'y a pourtant pas
là une raifon fuffifante, comme dit *Leibnitz*, pour
brûler un jeune homme: il faut proportionner les
peines aux délits. Vous autres chrétiens de-delà la
mer Britannique en tirant vers le Sud, vous avez
plus tôt fait cuire un de vos frères, foit le confeiller

Anne Dubourg, foit *Michel Servet*, foit tous ceux qui furent ards fous *Philippe II*, furnommé *le difcret*, que nous ne fefons rôtir un roft-bif à Londres. Mais qu'on m'aille chercher Mlle *Boca Vermeja*, et que je fache d'elle la vérité.

Boca Vermeja fut amenée pleurante et embellie par fes larmes, comme c'eft l'ufage. Eft-il vrai, Mademoifelle, que vous aimiez tendrement don *Caracucarador*, et que mon fils *Jenni* vous ait prife à force? — A force! M. l'Anglais! c'était affurément du meilleur de mon cœur. Je n'ai jamais rien vu de fi beau et de fi aimable que M. votre fils; et je vous trouve bienheureux d'être fon père. C'eft moi qui lui ai fait toutes les avances; il les mérite bien: je le fuivrai jufqu'au bout du monde, fi le monde a un bout. J'ai toujours dans le fond de mon ame détefté ce vilain inquifiteur; il m'a fouettée prefque jufqu'au fang, moi et Mlle *las Nalgas*. Si vous voulez me rendre la vie douce, vous ferez pendre ce fcélérat de moine à ma fenêtre, tandis que je jurerai à M. votre fils un amour éternel; heureufe fi je pouvais jamais lui donner un fils qui vous reffemble!

En effet, pendant que *Boca Vermeja* prononçait ces paroles naïves, milord *Peterboroug* envoyait chercher l'inquifiteur *Caracucarador* pour le faire pendre. Vous ne ferez pas furpris quand je vous dirai que M. *Freind* s'y oppofa fortement. Que votre jufte colère, dit-il, refpecte votre générofité; il ne faut jamais faire mourir un homme que quand la chofe eft abfolument néceffaire pour le falut du prochain. Les Efpagnols diraient que les Anglais font des barbares qui tuent tous les prêtres qu'ils rencontrent. Cela pourrait faire grand tort à M. l'Archiduc pour lequel vous venez de prendre Barcelone. Je fuis affez content que mon fils foit fauvé, et que ce coquin de moine foit hors d'état d'exercer fes fonctions inquifitoriales. Enfin le fage et charitable *Freind* en dit tant que milord fe contenta de faire fouetter *Caracucarador*, comme ce miférable avait fouetté mifs *Boca Vermeja* et mifs *las Nalgas*.

Tant de clémence toucha le cœur des Catalans. Ceux qui avaient été délivrés des cachots de l'inquifi- tion conçurent que notre religion valait infiniment mieux que la leur. Ils demandèrent prefque tous à être reçus dans l'Eglife anglicane; et même quelques bacheliers de l'univerfité de Salamanque, qui fe trou- vaient dans Barcelone, voulurent être éclairés. La plupart le furent bientôt. Il n'y en eut qu'un feul, nommé don *Inigo y Medrofo, y Comodios, y Papala- miendo*, qui fut un peu rétif.

Voici le précis de la difpute honnête que notre cher ami *Freind* et le bachelier don *Papalamiendo* eurent enfemble en préfence de milord *Peterboroug*. On appela cette converfation familière le dialogue des *Mais*. Vous verrez aifément pourquoi en le lifant.

CHAPITRE III.

Précis de la controverse des Mais entre M. Freind et don Inigo y Medroso y Papalamiendo , bachelier de Salamanque.

LE BACHELIER.

MAIS, Monsieur, malgré toutes les belles chofes que vous venez de me dire , vous m'avouerez que votre Eglife anglicane , fi refpectable , n'exiftait pas avant don *Luther* et avant don *Oecolampade:* Vous êtes tout nouveaux : donc vous n'êtes pas de la maifon.

FREIND.

C'eft comme fi on me difait que je ne fuis pas le petit-fils de mon grand-père, parce qu'un collatéral, demeurant en Italie, s'était emparé de fon teftament et de mes titres. Je les ai heureufement retrouvés, et il eft clair que je fuis le petit-fils de mon grand-père. Nous fommes vous et moi de la même famille, à cela près que nous autres Anglais nous lifons le teftament de notre grand-père dans notre propre langue , et qu'il vous eft défendu de le lire dans la vôtre. Vous êtes efclaves d'un étranger, et nous ne fommes foumis qu'à notre raifon.

LE BACHELIER.

Mais fi votre raifon vous égare ?..... car enfin vous

ne croyez point à notre univerſité de Salamanque, laquelle a déclaré l'infaillibilité du pape, et ſon droit inconteſtable ſur le paſſé, le préſent, le futur et le paulò-poſt-futur.

Hélas ! les apôtres n'y croyaient pas non plus. Il eſt écrit que ce *Pierre*, qui renia ſon maître JESUS, fut févèrement tancé par *Paul*. Je n'examine point ici lequel des deux avait tort ; ils l'avaient peut-être tous deux, comme il arrive dans preſque toutes les querelles : mais enfin il n'y a pas un ſeul endroit dans les Actes des apôtres, où *Pierre* ſoit regardé comme le maître de ſes compagnons et du paulò-poſt-futur.

Mais certainement St *Pierre* fut archevêque de Rome ; car *Sanchez* nous enſeigne que ce grand homme y arriva du temps de *Néron*, et qu'il y occupa le trône archiépiſcopal pendant vingt-cinq ans ſous ce même *Néron* qui n'en régna que treize. De plus, il eſt de foi, et c'eſt don *Grillandus*, le prototype de l'inquiſition, qui l'affirme ; (car nous ne liſons jamais la ſainte Bible) il eſt de foi, dis-je, que St *Pierre* était à Rome une certaine année ; car il date une de ſes lettres de Babylone : car, puiſque Babylone eſt viſiblement l'anagramme de Rome, il eſt clair que le pape eſt de droit divin le maître de toute la terre : car de plus, tous les licenciés de Salamanque ont démontré que *Simon Vertu-de-Dieu*, premier ſorcier, conſeiller d'Etat de l'empereur *Néron*, envoya faire des complimens par ſon chien à St *Simon Barjone*, autrement dit

St *Pierre*, dès qu'il fut à Rome; que St *Pierre*, n'étant pas moins poli, envoya auffi fon chien complimenter *Simon Vertu-Dieu;* qu'enfuite ils jouèrent à qui reffuf-citerait le plus tôt un coufin-germain de *Néron;* que *Simon Vertu-Dieu* ne reffufcita fon mort qu'à moitié, et que *Simon Barjone* gagna la partie en reffufcitant le coufin tout à fait; que *Vertu-Dieu* voulut avoir fa revanche en volant dans les airs comme St *Dédale*, et que St *Pierre* lui caffa les deux jambes en le fefant tomber. C'eft pourquoi St *Pierre* reçut la couronne du martyre, la tête en bas et les jambes en haut: (*a*) donc il eft démontré *à pofteriori* que notre faint père le pape doit régner fur tous ceux qui ont des couronnes fur la tête, et qu'il eft le maître du paffé, du préfent et de tous les futurs du monde.

F R E I N D.

Il eft clair que toutes ces chofes arrivèrent dans le temps où *Hercule* d'un tour de main fépara les deux montagnes, Calpe et Abila, et paffa le détroit de Gibraltar dans fon gobelet; mais ce n'eft pas fur ces hiftoires, tout authentiques qu'elles font, que nous fondons notre religion; c'eft fur l'évangile.

L E　B A C H E L I E R.

Mais, Monfieur, fur quels endroits de l'évangile? car j'ai lu une partie de cet évangile dans nos cahiers de théologie. Eft-ce fur l'ange defcendu des nuées pour annoncer à *Marie* qu'elle fera engroffée par le SAINT-ESPRIT? eft-ce fur le voyage des trois rois et

---

(*a*) Toute cette hiftoire eft racontée par *Abdias*, *Marcel* et *Egéfippe*; *Eusèbe* en rapporte une partie.

d'une étoile ? fur le maffacre de tous les enfans du
pays ? fur la peine que prit le diable d'emporter DIEU
dans le défert, au faîte du temple et à la cime d'une
montagne dont on découvrait tous les royaumes de la
terre ? fur le miracle de l'eau changée en vin à une
noce de village ? fur le miracle de deux mille cochons
que le diable noya dans un lac par ordre de JESUS ?
fur . . .

F R E I N D.

Monfieur, nous refpectons toutes ces chofes, parce
qu'elles font dans l'évangile ; et nous n'en parlons
jamais, parce qu'elles font trop au-deffus de la faible
raifon humaine.

L E   B A C H E L I E R.

Mais on dit que vous n'appelez jamais la fainte
Vierge mère de DIEU ?

F R E I N D.

Nous la révérons, nous la chériffons ; mais nous
croyons qu'elle fe foucie peu des titres qu'on lui donne
ici-bas. Elle n'eft jamais nommée mère de DIEU dans
l'évangile. Il y eut une grande difpute, en 431, à un
concile d'Ephèfe, pour favoir fi *Marie* était *Théotocos*,
et fi JESUS-CHRIST étant DIEU à la fois et fils de
Marie, il fe pouvait que *Marie* fût à la fois fille de
DIEU le père, et mère de DIEU le fils, qui ne font
qu'un DIEU. Nous n'entrons point dans ces querelles
d'Ephèfe ; et la fociété royale de Londres ne s'en mêle
pas.

L E   B A C H E L I E R.

Mais, Monfieur, vous me donnez là du *théotocos !*
qu'eft-ce que *théotocos*, s'il vous plaît ?

F R E I N D.

Cela fignifie mère de DIEU. Quoi! vous êtes bachelier de Salamanque, et vous ne favez pas le grec?

L E   B A C H E L I E R.

Mais le grec, le grec! de quoi cela peut-il fervir à
un Efpagnol? Mais, Monfieur, croyez-vous que JESUS
ait une nature, une perfonne et une volonté? ou deux
natures, deux perfonnes et deux volontés? ou une
volonté, une nature et deux perfonnes? ou deux
volontés, deux perfonnes et une nature? ou . . . .

F R E I N D.

Ce font encore les affaires d'Ephèfe; cela ne nous
importe en rien.

L E   B A C H E L I E R.

Mais qu'eft-ce donc qui vous importe? Penfez-
vous qu'il n'y ait que trois perfonnes en DIEU, ou
qu'il y ait trois dieux en une perfonne? la feconde
perfonne procède-t-elle de la première perfonne, et la
troifième procède-t-elle des deux autres, ou de la
feconde *intrinfecùs*, ou de la première feulement? le
fils a-t-il tous les attributs du père, excepté la paternité? et cette troifième perfonne vient-elle par infufion,
ou par identification, ou par fpiration?

F R E I N D.

L'évangile n'agite pas cette queftion, et jamais
St *Paul* n'écrit le nom de Trinité.

LE BACHELIER.

Mais vous me parlez toujours de l'évangile, et jamais de St *Bonaventure*, ni d'*Albert le grand*, ni de *Tambourini*, ni de *Grillandus*, ni d'*Escobar*.

FREIND.

C'est que je ne suis ni dominicain, ni cordelier, ni jésuite ; je me contente d'être chrétien.

LE BACHELIER.

Mais si vous êtes chrétien, dites-moi, en conscience croyez-vous que le reste des hommes soit damné éternellement ?

FREIND.

Ce n'est point à moi à mesurer la justice de DIEU et sa miséricorde.

LE BACHELIER.

Mais enfin, si vous êtes chrétien, que croyez-vous donc ?

FREIND.

Je crois avec JESUS-CHRIST qu'il faut aimer DIEU et son prochain, pardonner les injures et réparer ses torts. Croyez-moi, adorez DIEU, soyez juste et bienfesant ; voilà tout l'homme. Ce sont-là les maximes de JESUS. Elles sont si vraies qu'aucun législateur, aucun philosophe n'a jamais eu d'autres principes avant lui, et qu'il est impossible qu'il y en ait d'autres. Ces vérités n'ont jamais eu et ne peuvent avoir pour adversaires que nos passions.

LE BACHELIER.

Mais . . . . ah, ah ! à propos de paſſions, eſt-il vrai que vos évêques, vos prêtres et vos diacres, vous êtes tous mariés ?

FREIND.

Cela eſt très-vrai. Sᵗ *Joſeph*, qui paſſa pour être père de JESUS, était marié. Il eut pour fils *Jacques le mineur*, ſurnommé *Oblia*, frère de Notre-Seigneur, lequel, après la mort de JESUS, paſſa ſa vie dans le temple. Sᵗ *Paul*, le grand Sᵗ *Paul*, était marié.

LE BACHELIER.

Mais *Grillandus* et *Molina* diſent le contraire.

FREIND.

Molina et *Grillandus* diront tout ce qu'ils voudront, j'aime mieux croire Sᵗ *Paul* lui-même ; car il dit dans ſa première aux Corinthiens : (*b*) *N'avons-nous pas le droit de boire et de manger à vos dépens ; n'avons-nous pas le droit de mener avec nous nos femmes, notre ſœur, comme font les autres apôtres et les frères de Notre-Seigneur et Céphas ? Va-t-on jamais à la guerre à ſes dépens ? Quand on a planté une vigne, n'en mange-t-on pas le fruit ?* &c.

LE BACHELIER.

Mais, Monſieur, eſt-il bien vrai que Sᵗ *Paul* ait dit cela ?

FREIND.

Oui, il a dit cela, et il en a dit bien d'autres.

(*b*) Chap. IX.

LE BACHELIER.

Mais quoi ! ce prodige, cet exemple de la grâce efficace !....

FREIND.

Il est vrai, Monsieur, que sa conversion était un grand prodige. J'avoue que, suivant les Actes des apôtres, il avait été le plus cruel satellite des ennemis de JESUS. Les actes disent qu'il servit à lapider saint *Etienne* ; il dit lui-même que, quand les juifs fesaient mourir un suivant de JESUS, c'était lui qui portait la sentence, *detuli sententiam.* (*c*) J'avoue qu'*Abdias* son disciple, et *Jules* africain son traducteur, l'accusent aussi d'avoir fait mourir *Jacques Oblia*, frère de Notre-Seigneur ; (*d*) mais ses fureurs rendent sa conversion plus admirable, et ne l'ont pas empêché de trouver une femme. Il était marié, vous dis-je, comme saint *Clément* d'Alexandrie le déclare expressément.

LE BACHELIER.

Mais c'était donc un digne homme, un brave homme que St *Paul !* je suis fâché qu'il ait assassiné St *Jacques* et St *Etienne*, et fort surpris qu'il ait voyagé au troisième ciel : mais poursuivez, je vous prie.

FREIND.

St *Pierre*, au rapport de St *Clément* d'Alexandrie, eut des enfans, et même on compte parmi eux une Ste *Pétronille. Eusèbe*, dans son histoire de l'Eglise, dit

(*c*) Actes, chap. XXVI.

(*d*) Histoire apostolique d'*Abdias*. Traduction de *Jules* africain, liv. VI, pages 595 et suivantes.

que Sᵗ *Nicolas*, l'un des premiers difciples, avait une très-belle femme, et que les apôtres lui reprochèrent d'en être trop occupé, et d'en paraître jaloux...... Meffieurs, leur dit-il, la prenne qui voudra; je vous la cède. (*e*)

Dans l'économie juive, qui devait durer éternellement, et à laquelle cependant a fuccédé l'économie chrétienne, le mariage était non-feulement permis, mais expreffément ordonné aux prêtres, puifqu'ils devaient être de la même race; et le célibat était une efpèce d'infamie.

Il faut bien que le célibat ne fût pas regardé comme un état bien pur et bien honorable par les premiers chrétiens, puifque parmi les hérétiques anathématifés dans les premiers conciles, on trouve principalement ceux qui s'élevaient contre le mariage des prêtres, comme faturniens, bafilidiens, montaniftes, encratiftes, et autres *ens* et *iftes*. Voilà pourquoi la femme d'un Sᵗ *Grégoire de Nazianze* accoucha d'un autre Sᵗ *Grégoire de Nazianze*, et qu'elle eut le bonheur ineftimable d'être femme et mère d'un canonifé, ce qui n'eft pas même arrivé à Sᵗᵉ *Monique*, mère de Sᵗ *Auguftin*.

Voilà pourquoi je pourrais vous nommer autant et plus d'anciens évêques mariés, que vous n'avez autrefois eu d'évêques et de papes concubinaires, adultères, ou pédéraftes, ce qu'on ne trouve plus aujourd'hui en aucun pays. Voilà pourquoi l'Eglife grecque, mère de l'Eglife latine, veut encore que les curés foient mariés. Voilà enfin pourquoi, moi qui vous parle, je fuis marié, et j'ai le plus bel enfant du monde.

(*e*) *Eusèbe*, liv. III, chap. XXX.

Et dites-moi, mon cher bachelier, n'avez-vous pas
dans votre Eglife fept facremens de compte fait, qui
font tous des fignes vifibles d'une chofe invifible? Or
un bachelier de Salamanque jouit des agrémens du
baptême dès qu'il eft né; de la confirmation dès qu'il a
des culottes; de la confeffion dès qu'il a fait quelques
fredaines; de la communion, quoiqu'un peu différente
de la nôtre, dès qu'il a treize ou quatorze ans; de
l'ordre quand il eft tondu fur le haut de la tête, et
qu'on lui donne un bénéfice de vingt, ou trente, ou
quarante mille piaftres de rente; enfin, de l'extrême-
onction quand il eft malade. Faut-il le priver du facre-
ment de mariage quand il fe porte bien? fur-tout
après que DIEU lui-même a marié *Adam* et *Eve*; *Adam*
le premier des bacheliers du monde, puifqu'il avait
la fcience infufe, felon votre école; *Eve* la première
bachelière, puifqu'elle tâta de l'arbre de la fcience
avant fon mari.

LE BACHELIER.

Mais, s'il eft ainfi, je ne dirai plus *mais*. Voilà qui
eft fait, je fuis de votre religion; je me fais anglican;
je veux me marier à une femme honnête qui fera toujours femblant de m'aimer, tant que je ferai jeune;
qui aura foin de moi dans ma vieilleffe, et que j'enter-
rerai proprement fi je lui furvis; cela vaut mieux que
de cuire des hommes, et de déshonorer des filles,
comme a fait mon coufin don *Caracucarador*, inquifiteur pour la foi.

Tel eft le précis fidèle de la converfation qu'eurent
enfemble le docteur *Freind* et le bachelier don *Papalamiendo*, nommé depuis par nous *Papa Dexando*. Cet

S 2

entretien curieux fut rédigé par *Jacob Hulf*, l'un des
fecrétaires de milord.

Après cet entretien, le bachelier me tira à part et
me dit : Il faut que cet anglais , que j'avais cru
d'abord anthropophage, foit un bien bon homme ,
car il eft théologien, et il ne m'a point dit d'injures.
Je lui appris que M. *Freind* était tolérant , et qu'il
defcendait de la fille de *Guillaume Pen*, le premier des
tolérans, et le fondateur de Philadelphie. Tolérant
et Philadelphie! s'écria-t-il ; je n'avais jamais entendu
parler de ces fectes-là. Je le mis au fait, il ne pouvait
me croire, il penfait être dans un autre univers , et
il avait raifon.

C H A P I T R E   I V.

Retour à Londres ; Jenni commence à fe corrompre.

TANDIS que notre digne philofophe *Freind* éclairait
ainfi les Barcelonais, et que fon fils *Jenni* enchantait
les Barcelonaifes, milord *Peterboroug* fut perdu dans
l'efprit de la reine *Anne*, et dans celui de l'archiduc ,
pour leur avoir donné Barcelone. Les courtifans lui
reprochèrent d'avoir pris cette ville contre toutes les
règles, avec une armée moins forte de moitié que la
garnifon. L'archiduc en fut d'abord très-piqué, et l'ami
Freind fut obligé d'imprimer l'apologie du général.
Cependant cet archiduc , qui était venu conquérir le
royaume d'Efpagne , n'avait pas de quoi payer fon
chocolat. Tout ce que la reine *Anne* lui avait donné

était diffipé. *Montecuculi* dit dans fes mémoires qu'il faut trois chofes pour faire la guerre : 1°. de l'argent, 2°. de l'argent, 3°. de l'argent. L'archiduc écrivit de Guadalaxara où il était, le 11 auguſte 1706, à milord *Peterboroug*, une grande lettre fignée *yo el rey*, par laquelle il le conjurait d'aller fur le champ à Gènes lui chercher fur fon crédit cent mille livres ſterling pour régner. (ƒ) Voilà donc notre *Sertorius* devenu banquier génois de général d'armée. Il confia fa détreffe à l'ami *Freind;* tous deux allèrent à Gènes ; je les fuivis, car vous favez que mon cœur me mène. J'admirai l'habileté et l'efprit de conciliation de mon ami dans cette affaire délicate. Je vis qu'un bon efprit peut fuffire à tout ; notre grand *Locke* était médecin : il fut le feul métaphyſicien de l'Europe, et il rétablit les monnaies d'Angleterre.

Freind en trois jours trouva les cent mille livres ſterling que la cour de *Charles VI* mangea en moins de trois femaines. Après quoi il fallut que le général, accompagné de fon théologien, allât fe juſtifier à Londres en plein parlement d'avoir conquis la Cata-logne contre les règles, et de s'être ruiné pour le fervice de la caufe commune. L'affaire traîna en longueur et en aigreur, comme toutes les affaires de parti.

Vous favez que M. *Freind* avait été député en par-lement avant d'être prêtre, et qu'il eſt le feul à qui l'on ait permis d'exercer ces deux fonctions incompa-tibles. Or, un jour que *Freind* méditait un difcours qu'il devait prononcer dans la chambre des communes, dont il était un digne membre, on lui annonça une

---

(ƒ) Elle eſt imprimée dans l'apologie du comte de *Peterboroug*, par le docteur *Freind*, page 143, chez *Jonas Bourer*.

dame efpagnole qui demandait à lui parler pour
affaire preffante. C'était dona *Boca Vermeja* elle-même.
Elle était toute en pleurs ; notre bon ami lui fit fervir
à déjeûner. Elle effuya fes larmes, déjeûna et lui
parla ainfi :

Il vous fouvient, mon cher Monfieur, qu'en allant
à Gènes vous ordonnâtes à M. votre fils *Jenni* de
partir de Barcelone pour Londres, et d'aller s'inftaller
dans l'emploi de clerc de l'échiquier que votre crédit
lui a fait obtenir. Il s'embarqua fur le *Triton* avec le
jeune bachelier don *Papa Dexando*, et quelques autres
que vous aviez convertis. Vous jugez bien que je fus
du voyage avec ma bonne amie *las Nalgas*. Vous favez
que vous m'avez permis d'aimer monfieur votre fils,
et que je l'adore.....

Moi, Mademoifelle ! je ne vous ai point permis ce
petit commerce, je l'ai toléré ; cela eft bien différent.
Un bon père ne doit être ni le tyran de fon fils, ni
fon mercure. La fornication entre deux perfonnes
libres a été peut-être autrefois une efpèce de droit
naturel dont *Jenni* peut jouir avec difcrétion fans que
je m'en mêle ; je ne le gêne pas plus fur fes maîtreffes
que fur fon dîner et fur fon fouper ; s'il s'agiffait d'un
adultère, j'avoue que je ferais plus difficile, parce
que l'adultère eft un larcin ; mais pour vous, Mademoifelle, qui ne faites tort à perfonne, je n'ai rien à
vous dire.

Hé bien, Monfieur, c'eft d'adultère qu'il s'agit. Le
beau *Jenni* m'abandonne pour une jeune mariée qui
n'eft pas fi belle que moi. Vous fentez bien que c'eft
une injure atroce. Il a tort, dit alors M. *Freind*.
Boca Vermeja, en verfant quelques larmes, lui conta

comment *Jenni* avait été jaloux, ou fait femblant d'être jaloux du bachelier ; comment madame *Clive-Hart*, jeune mariée, très - effrontée, très - emportée, très - mafculine, très - méchante, s'était emparée de fon efprit ; comment il vivait avec des libertins non craignans D.I.E.U ; comment enfin il méprifait fa fidelle *Boca Vermeja* pour la coquine de *Clive-Hart*, parce que la *Clive-Hart* avait une nuance ou deux de blancheur et d'incarnat au-deffus de la pauvre *Boca-Vermeja*.

J'examinerai cette affaire-là à loifir, dit le bon *Freind* ; il faut que j'aille en parlement pour celle de milord *Peterboroug*. Il alla donc en parlement ; je l'y entendis prononcer un difcours ferme et ferré, fans aucun lieu commun, fans épithète, fans ce que nous appelons des phrafes ; il n'*invoquait* point un témoignage, une loi, il les atteftait, il les citait, il les réclamait ; il ne difait point qu'on avait *furpris la religion* de la cour en accufant milord *Peterboroug* d'avoir hafardé les troupes de la reine *Anne*, parce que ce n'était pas une affaire de religion : il ne prodiguait pas à une conjecture le nom de démonftration ; il ne manquait pas de refpect à l'augufte affemblée du parlement par de fades plaifanteries bourgeoifes : il n'appelait pas milord *Peterboroug* fon client, parce que le mot de client fignifie un homme de la bourgeoifie protégé par un fénateur. *Freind* parlait avec autant de modeftie que de fermeté : on l'écoutait en filence ; on ne l'interrompait qu'en difant : *Hear him*, *hear him*, écoutez-le, écoutez-le. La chambre des communes vota qu'on remercierait le comte de *Peterboroug*, au lieu de le condamner. Milord obtint la même juftice de la cour des pairs, et fe prépara à repartir avec fon cher *Freind* pour aller donner le royaume d'Espagne à l'archiduc; ce qui n'arriva pourtant pas , par la raison que rien n'arrive dans ce monde précisément comme on le veut.

Au sortir du parlement nous n'eûmes rien de plus pressé que d'aller nous informer de la conduite de *Jenni*. Nous apprîmes en effet qu'il menait une vie débordée et crapuleuse avec Mme *Clive-Hart*, et une troupe de jeunes athées, d'ailleurs gens d'esprit, à qui leurs débauches avaient persuadé ,, que l'homme n'a ,, rien au-dessus de la bête; qu'il naît et meurt comme ,, la bête ; qu'ils sont également formés de terre ; ,, qu'ils retournent également à la terre ; et qu'il n'y ,, a rien de bon et de sage que de se réjouir dans ses ,, œuvres , et de vivre avec celle que l'on aime , ,, comme le conclut *Salomon* à la fin de son chapitre ,, troisième du *Coheleth*, que nous nommons *Ecclé-* ,, *siaste.* ,,

Ces idées leur étaient principalement insinuées par un nommé *Wirburton*, méchant garnement très-impudent. J'ai lu quelque chose des manuscrits de ce fou : DIEU nous préserve de les voir imprimés un jour! *Wirburton* prétend que *Moïse* ne croyait pas à l'immortalité de l'ame ; et comme en effet *Moïse* n'en parla jamais , il en conclut que c'est la seule preuve que sa mission était divine. Cette conclusion absurde fait malheureusement conclure que la secte juive était fausse ; les impies en concluent par conséquent que la nôtre fondée sur la juive est fausse aussi, et que cette nôtre, qui est la meilleure de toutes , étant fausse , toutes les autres sont encore plus fausses ; qu'ainsi il n'y a point de religion. De-là quelques gens viennent à conclure qu'il n'y a point de DIEU ; ajoutez à ces conclufions que ce petit *Wirburton* eft un intrigant et un calomniateur. Voyez quel danger !

Un autre fou nommé *Néedham*, qui eft en fecret jéfuite, va bien plus loin. Cet animal, comme vous le favez d'ailleurs, et comme on vous l'a tant dit, s'imagine qu'il a créé des anguilles avec de la farine de feigle et du jus de mouton ; que fur le champ ces anguilles en ont produit d'autres fans accouplement. Auffitôt nos philofophes décident qu'on peut faire des hommes avec de la farine de froment et du jus de perdrix ; parce qu'ils doivent avoir une origine plus noble que celle des anguilles : ils prétendent que ces hommes en produiront d'autres incontinent ; qu'ainfi ce n'eft point DIEU qui a fait l'homme ; que tout s'eft fait de foi-même, qu'on peut très-bien fe paffer de DIEU ; qu'il n'y a point de DIEU. Jugez quels ravages le *Coheleth* mal entendu, et *Wirburton* (1) et *Néedham* bien entendus peuvent faire dans de jeunes cœurs tout pétris de paffions, et qui ne raifonnent que d'après elles.

Mais ce qu'il y avait de pis, c'eft que *Jenni* avait des dettes par deffus les oreilles ; il les payait d'une étrange façon. Un de fes créanciers était venu le jour même lui demander cent guinées pendant que nous étions en parlement. Le beau *Jenni*, qui jufque-là paraiffait très-doux et très-poli, s'était battu avec lui, et lui avait donné pour tout payement un bon coup

---

(1) *Warburton*, évêque de Gloceftre, auteur d'un livre intitulé *la Légation de Moïfe* ; il en eft beaucoup queftion dans plufieurs ouvrages de M. de *Voltaire*, contre qui *Warburton* a écrit avec ce ton de fupériorité que les érudits, qui ne favent que ce qu'ont penfé les autres, ne manquent jamais de prendre avec les hommes de génie.

d'épée. On craignait que le bleffé n'en mourût : *Jenni*
allait être mis en prifon et rifquait d'être pendu,
malgré la protection de milord *Peterboroug*.

CHAPITRE V.

On veut marier Jenni.

IL vous fouvient, mon cher ami, de la douleur et
de l'indignation qu'avait reffentie le vénérable *Freind*,
quand il apprit que fon cher *Jenni* était à Barcelone
dans les prifons du faint-office ; croyez qu'il fut faifi
d'un plus violent tranfport en apprenant les déporte-
mens de ce malheureux enfant, fes débauches, fes
diffipations, fa manière de payer fes créanciers et fon
danger d'être pendu. Mais *Freind* fe contint. C'eft
une chofe étonnante que l'empire de cet excellent
homme fur lui-même. Sa raifon commande à fon
cœur, comme un bon maître à un bon domeftique.
Il fait tout à propos et agit prudemment avec autant
de célérité que les imprudens fe déterminent. Il n'eft
pas temps, dit-il, de prêcher *Jenni*, il faut le tirer
du précipice.

Vous faurez que notre ami avait touché la veille
une très-groffe fomme de la fucceffion de *George Hubert*
fon oncle. Il va chercher lui-même notre grand chirurgien *Chefelden*. Nous le trouvons heureufement,
nous allons enfemble chez le créancier bleffé. M. *Freind*
fait vifiter fa plaie, elle n'était pas mortelle. Il donne
au patient les cent guinées pour premier appareil,

et cinquante autres en forme de réparation ; il lui demande pardon pour son fils , il lui exprime sa douleur avec tant de tendresse , avec tant de vérité , que ce pauvre homme, qui était dans son lit , l'embrasse en versant des larmes et veut lui rendre son argent. Ce spectacle étonnait et attendrissait le jeune M. *Chesselden*, qui commence à se faire une grande réputation , et dont le cœur est aussi bon que son coup d'œil et sa main sont habiles. J'étais ému, j'étais hors de moi; je n'avais jamais tant révéré, tant aimé notre ami.

Je lui demandai, en retournant à sa maison, s'il ne ferait pas venir son fils chez lui , s'il ne lui représenterait pas ses fautes ? Non, dit-il , je veux qu'il les sente avant que je lui en parle. Soupons ce soir tous deux , nous verrons ensemble ce que l'honnêteté m'oblige de faire. Les exemples corrigent bien mieux que les réprimandes.

J'allai, en attendant le souper , chez *Jenni*; je le trouvai comme je pense que tout homme est après son premier crime , pâle , l'œil égaré, la voix rauque et entrecoupée, l'esprit agité , répondant de travers à tout ce qu'on lui disait. Enfin je lui appris ce que son père venait de faire. Il resta immobile , me regarda fixement , puis se détourna un moment pour verser quelques larmes. J'en augurai bien ; je conçus une grande espérance que *Jenni* pourrait être un jour très-honnête homme. J'allais me jeter à son cou lorsque Mme *Clive-Hart* entra avec un jeune étourdi de ses amis , nommé *Birton*.

Hé bien, dit la dame en riant , est-il vrai que tu as tué un homme aujourd'hui ? C'était apparemment quelque ennuyeux ; il est bon de délivrer le monde de

ces gens-là. Quand il te prendra envie d'en tuer quelqu'autre , je te prie de donner la préférence à mon
mari ; car il m'ennuie furieufement.

Je regardais cette femme des pieds jufqu'à la tête.
Elle était belle ; mais elle me parut avoir quelque
chofe de finiftre dans la phyfionomie. *Jenni* n'ofait
répondre, et baiffait les yeux , parce que j'étais là.
Qu'as-tu donc , mon ami, lui dit *Birton* ? il femble
que tu aies fait quelque mal ; je viens te remettre ton
péché. Tiens , voici un petit livre que je viens
d'acheter chez *Lintot ;* il prouve, comme deux et
deux font quatre, qu'il n'y a ni Dieu , ni vice, ni
vertu : cela eft confolant. Buvons enfemble.

A cet étrange difcours je me retirai au plus vîte.
Je fis fentir difcrétement à M. *Freind* combien fon fils
avait befoin de fa préfence et de fes confeils. Je le
conçois comme vous, dit fon père ; mais commen-
çons par payer fes dettes. Toutes furent acquittées
dès le lendemain matin. *Jenni* vint fe jeter à fes
pieds. Croiriez-vous bien que le père ne lui fit aucun
reproche ? il l'abandonna à fa confcience , et lui dit
feulement : Mon fils , fouvenez-vous qu'il n'y a point
de bonheur fans la vertu.

Enfuite il maria *Boca Vermeja* avec le bachelier de
Catalogne , pour qui elle avait un penchant fecret,
malgré les larmes qu'elle avait répandues pour *Jenni ;*
car tout cela s'accorde merveilleufement chez les
femmes. On dit que c'eft dans leurs cœurs que toutes
les contradictions fe raffemblent. C'eft , fans doute ,
parce qu'elles ont été pétries originairement d'une de
nos côtes.

Le généreux *Freind* paya la dot des deux mariés ;

il plaça bien tous ses nouveaux convertis, par la protection de milord *Peterboroug*; car ce n'est pas assez d'assurer le salut des gens, il faut les faire vivre.

Ayant dépêché toutes ces bonnes actions avec ce sang froid actif qui m'étonnait toujours, il conclut qu'il n'y avait d'autre parti à prendre pour remettre son fils dans le chemin des honnêtes gens, que de le marier avec une personne bien née qui eût de la beauté, des mœurs, de l'esprit, et même un peu de richesse; que c'était le seul moyen de détacher *Jenni* de cette détestable *Clive-Hart*, et des gens perdus qu'il fréquentait.

J'avais entendu parler de Mlle *Primerose*, jeune héritière, élevée par miladi *Hervey*, sa parente. Milord *Peterboroug* m'introduisit chez miladi *Hervey*. Je vis miss *Primerose*, et je jugeai qu'elle était bien capable de remplir toutes les vues de mon ami *Freind*. *Jenni*, dans sa vie débordée, avait un profond respect pour son père, et même de la tendresse. Il était touché principalement de ce que son père ne lui fesait aucun reproche de sa conduite passée. Ses dettes payées sans l'en avertir, des conseils sages donnés à propos et sans réprimandes, des marques d'amitié échappées de temps en temps sans aucune familiarité qui eût pu les avilir, tout cela pénétrait *Jenni* né sensible et avec beaucoup d'esprit. J'avais toutes les raisons de croire que la fureur de ses désordres céderait aux charmes de *Primerose* et aux étonnantes vertus de mon ami.

Milord *Peterboroug* lui-même présenta d'abord le père, et ensuite *Jenni* chez miladi *Hervey*. Je remarquai que l'extrême beauté de *Jenni* fit d'abord une impression profonde sur le cœur de *Primerose*; car je la vis baiffer les yeux , les relever et rougir. *Jenni* ne parut que poli , et *Primerofe* avoua à miladi *Hervey* qu'elle eût bien fouhaité que cette politeffe fût de l'amour.

Peu à peu notre beau jeune homme démêla tout le mérite de cette incomparable fille , quoiqu'il fût fubjugué par l'infame *Clive-Hart*. Il était comme cet indien invité par un ange à cueillir un fruit célefte , et retenu par les griffes d'un dragon. Ici le fouvenir de ce que j'ai vu me fuffoque. Mes pleurs mouillent mon papier. Quand j'aurai repris mes fens, je reprendrai le fil de mon hiftoire.

CHAPITRE VI.

Aventure épouvantable.

L'ON était prêt à conclure le mariage de la belle *Primerofe* avec le beau *Jenni*. Notre ami *Freind* n'avait jamais goûté une joie plus pure ; je la partageais. Voici comme elle fut changée en un défaftre que je puis à peine comprendre.

La *Clive-Hart* aimait *Jenni* en lui fefant continuellement des infidélités. C'eft le fort, dit-on, de toutes les femmes qui, en méprifant trop la pudeur, ont renoncé à la probité. Elle trahiffait fur-tout fon cher *Jenni* pour fon cher *Birton* et pour un autre débauché de la même trempe. Ils vivaient enfemble dans la crapule. Et, ce qui ne fe voit peut-être que dans notre nation, c'eft qu'ils avaient tous de l'efprit et de la valeur. Malheureufement ils n'avaient jamais plus d'efprit que contre DIEU. La maifon de madame *Clive-Hart* était le rendez-vous des athées. Encore s'ils avaient été des athées gens de bien, comme *Epicure* et *Leontium*, comme *Lucréce* et *Memmius*, comme *Spinofa* qu'on dit avoir été un des plus honnêtes hommes de la Hollande, comme *Hobbes* fi fidèle à fon infortuné monarque *Charles I* . . . . Mais ! . . . .

Quoi qu'il en foit, *Clive-Hart*, jaloufe avec fureur de la tendre et innocente *Primerofe*, fans être fidelle à *Jenni*, ne put fouffrir cet heureux mariage. Elle médite une vengeance dont je ne crois pas qu'il y ait d'exemple dans notre ville de Londres, où nos pères cependant ont vu tant de crimes de tant d'efpèces.

Elle fut que *Primerofe* devait paffer devant fa porte en revenant de la cité, où cette jeune perfonne était allée faire des emplettes avec fa femme de chambre. Elle prend ce temps pour faire travailler à un petit canal fouterrain qui conduifait l'eau dans fes offices.

Le carroffe de *Primerofe* fut obligé, en revenant, de s'arrêter vis-à-vis cet embarras. La *Clive-Hart* fe préfente à elle, la prie de defcendre, de fe repofer, d'accepter quelques rafraîchiffemens, en attendant que le chemin foit libre. La belle *Primerofe* tremblait à cette propofition ; mais *Jenni* était dans le veftibule. Un mouvement involontaire, plus fort que la réflexion, la fit defcendre. *Jenni* courait au-devant d'elle, et lui donnait déjà la main. Elle entre ; le mari de la *Clive-Hart* était un ivrogne imbécille, odieux à fa femme autant que foumis, à charge même par fes complaifances. Il préfente d'abord, en balbutiant, des rafraîchiffemens à la demoifelle qui honore fa maifon, il en boit après elle. La dame *Clive-Hart* les emporte fur le champ, et en fait préfenter d'autres. Pendant ce temps la rue eft débarraffée. *Primerofe* remonte en carroffe et rentre chez fa mère.

Au bout d'un quart d'heure elle fe plaint d'un mal de cœur et d'un étourdiffement. On croit que ce petit dérangement n'eft que l'effet du mouvement du carroffe : mais le mal augmente de moment en moment ; et le lendemian elle était à la mort. Nous courûmes chez elle, M. *Freind* et moi. Nous trouvâmes cette charmante créature pâle, livide, agitée de convulfions, les lèvres retirées, les yeux tantôt éteints, tantôt étincelans et toujours fixes. Des taches noires défiguraient fa belle gorge et fon beau vifage. Sa mère était évanouie à côté de fon lit. Le fecourable *Chefelden* prodiguait en vain toutes les reffources de fon art. Je ne vous peindrai point le défefpoir de *Freind ;* il était inexprimable. Je vole au logis de la *Clive-Hart*. J'apprends que fon mari vient de mourir, et que la femme a déferté la maifon. Je cherche *Jenni*, on ne le trouve pas. Une fervante me dit que fa maîtreffe s'eft jetée aux pieds de *Jenni*, et l'a conjuré de ne la pas abandonner dans fon malheur, qu'elle eft partie avec *Jenni* et *Birton*, et qu'on ne fait où elle eft allée.

Ecrafé de tant de coups fi rapides et fi multipliés, l'efprit bouleverfé par des foupçons horribles que je chaffais et qui revenaient, je me traîne dans la maifon de la mourante. Cependant, me difais-je à moi-même, fi cette abominable femme s'eft jetée aux genoux de *Jenni*, fi elle l'a prié d'avoir pitié d'elle, il n'eft donc point complice. *Jenni* eft incapable d'un crime fi lâche, fi affreux, qu'il n'a eu nul intérêt, nul motif de commettre, qui le priverait d'une femme adorable et

de

de fa fortune, qui le rendrait exécrable au genre
humain : faible, il fe fera laiffé fubjuguer par une
malheureufe dont il n'aura pas connu les noirceurs.
Il n'a point vu comme moi *Primerofe* expirante ; il
n'aurait pas quitté le chevet de fon lit pour fuivre
l'empoifonneufe de fa femme. Dévoré de ces penfées
j'entre en friffonnant chez celle que je craignais de
ne plus trouver en vie : elle refpirait ; le vieux *Clive-
Hart* avait fuccombé en un moment, parce que fon
corps était ufé par les débauches ; mais la jeune
Primerofe était foutenue par un tempérament auffi
robufte que fon ame était pure. Elle m'aperçut, et
d'une voix tendre elle me demanda où était *Jenni*.
A ce mot, j'avoue qu'un torrent de larmes coula de
mes yeux. Je ne pus lui répondre ; je ne pus parler
au père. Il fallut la laiffer enfin entre les mains fidelles
qui la fervaient.

Nous allâmes inftruire milord de ce défaftre. Vous
connaiffez fon cœur ; il eft auffi tendre pour fes amis
que terrible pour fes ennemis. Jamais homme ne fut
plus compatiffant avec une phyfionomie plus dure.
Il fe donna autant de peine pour fecourir la mourante, pour découvrir l'afile de *Jenni* et de fa fcélérate,
qu'il en avait pris pour donner l'Efpagne à l'archiduc.
Toutes nos recherches furent inutiles. Je crus que
Freind en mourrait. Nous volions tantôt chez *Primerofe*
dont l'agonie était longue, tantôt à Rochefter, à
Douvres, à Portfmouth ; on envoyait des courriers par-
tout, on était par-tout, on errait à l'aventure, comme
des chiens de chaffe qui ont perdu la voie ; et cependant la mère infortunée de l'infortunée *Primerofe*
voyait d'heure en heure mourir fa fille.

Romans. Tome II.   T

Enfin nous apprenons qu'une femme affez jeune
et affez belle, accompagnée de trois jeunes gens et
de quelques valets, s'eft embarquée à Neuport dans
le comté de Pembroke, fur un petit vaiffeau qui était
à la rade, plein de contrebandiers ; et que ce bâtiment
eft parti pour l'Amérique feptentrionale.

Freind à cette nouvelle pouffa un profond foupir,
puis tout à coup fe recueillant et me ferrant la main :
Il faut, dit-il, que j'aille én Amérique. Je lui répondis
en l'admirant et en pleurant : Je ne vous quitterai
pas ; mais que pourrez-vous faire ? Ramener mon fils
unique, dit-il, à fa patrie et à la vertu, ou m'enfe-
velir auprès de lui. Nous ne pouvions douter en effet,
aux indices qu'on nous donna, que ce ne fût *Jenni*
qui s'était embarqué avec cette horrible femme et
Birton, et les garnemens de fon cortége.

Le bon père ayant pris fon parti, dit adieu à milord
Peterboroug qui retourna bientôt en Catalogne, et
nous allâmes fréter à Briftol un vaiffeau pour la
rivière de Laware et pour la baye de Mariland. *Freind*
concluait que ces parages étant au milieu des poffeffions anglaifes ; il fallait y diriger fa navigation, foit
que fon fils fût vers le Sud, foit qu'il eût marché vers
le Septentrion. Il fe munit d'argent, de lettres de
change et de vivres, laiffant à Londres un domeftique
affidé, chargé de lui donner des nouvelles par les
vaiffeaux qui allaient toutes les femaines dans le
Mariland ou dans la Penfilvanie.

Nous partîmes ; les gens de l'équipage, en voyant
la férénité fur le vifage de *Freind*, croyaient que nous
fefions un voyage de plaifir ; mais quand il n'avait
que moi pour témoin, fes foupirs m'expliquaient

affez fa douleur profonde. Je m'applaudiffais quelquefois en fecret de l'honneur de confoler une fi
belle ame. Un vent d'oueft nous retint long-temps à
la hauteur des Sorlingues. Nous fûmes obligés de
diriger notre route vers la nouvelle Angleterre. Que
d'informations nous fîmes fur toute la côte! que de
temps et de foins perdus! Enfin un vent de nord-eft
s'étant levé, nous tournâmes vers Mariland. C'eft là
qu'on nous dépeignit *Jenni*, la *Clive-Hart* et leurs
compagnons.

Ils avaient féjourné fur la côte pendant plus d'un
mois, et avaient étonné toute la colonie par des
débauches et des magnificences inconnues jufqu'alors
dans cette partie du globe; après quoi ils étaient dif-
parus, et perfonne ne favait de leurs nouvelles.

Nous avançâmes dans la baye avec le deffein
d'aller jufqu'à Baltimore prendre de nouvelles
informations.

CHAPITRE VII.

Ce qui arriva en Amérique.

Nous trouvâmes dans la route fur la droite une
habitation très-bien entendue. C'était une maifon
baffe, commode et propre, entre une grange fpacieufe
et une vafte étable, le tout entouré d'un jardin où
croiffaient tous les fruits du pays. Cet enclos appartenait à un vieillard qui nous invita à defcendre dans
fa retraite. Il n'avait pas l'air d'un anglais, et nous
jugeâmes bientôt à fon accent qu'il était étranger.

T 2

Nous encrâmes ; nous defcendîmes ; ce bon homme nous reçut avec cordialité, et nous donna le meilleur repas qu'on puiffe faire dans le nouveau monde.

Nous lui infinuâmes difcrétement notre défir de favoir à qui nous avions l'obligation d'être fi bien reçus. Je fuis, dit-il, un de ceux que vous appelez fauvages : je naquis fur une des Montagnes bleues qui bordent cette contrée, et que vous voyez à l'Occident. Un gros vilain ferpent à fonnette m'avait mordu dans mon enfance fur une de ces montagnes ; j'étais abandonné, j'allais mourir. Le père de milord *Baltimore* d'aujourd'hui me rencontra, me mit entre les mains de fon médecin, et je lui dus la vie. Je lui rendis bientôt ce que je lui devais ; car je lui fauvai la fienne dans un combat contre une horde voifine. Il me donna pour récompenfe cette habitation où je vis heureux.

M. *Freind* lui demanda s'il était de la religion du lord *Baltimore*? Moi? dit-il, je fuis de la mienne ; pourquoi voudriez-vous que je fuffe de la religion d'un autre homme? Cette réponfe courte et énergique nous fit rentrer un peu en nous-mêmes. Vous avez donc, lui dis-je, votre Dieu et votre loi? Oui, nous répondit-il avec une affurance qui n'avait rien de la fierté ; mon Dieu eft là, et il montra le ciel ; ma loi eft là-dedans, et il mit la main fur fon cœur.

M. *Freind* fut faifi d'admiration, et me ferrant la main : Cette pure nature, me dit-il, en fait plus que tous les bacheliers qui ont raifonné avec nous dans Barcelone.

Il était preffé d'apprendre, s'il fe pouvait, quelque nouvelle certaine de fon fils *Jenni*. C'était un poids

qui l'oppreſſait. Il demanda ſi on n'avait pas entendu
parler de cette bande de jeunes gens qui avaient fait
tant de fracas dans les environs? Comment! dit le
vieillard, ſi on m'en a parlé! je les ai vus, je les ai
reçus chez moi; et ils ont été ſi contens de ma réception qu'ils ſont partis avec une de mes filles.

Jugez quel fut le frémiſſement et l'effroi de mon
ami à ce diſcours. Il ne put s'empêcher de s'écrier dans
ſon premier mouvement: Quoi! votre fille a été enlevée
par mon fils! Bon anglais, lui repartit le vieillard, ne
te fâches point; je ſuis très-aiſe que celui qui eſt parti
de chez moi avec ma fille ſoit ton fils; car il eſt beau,
bien fait et paraît courageux. Il ne m'a point enlevé
ma chère *Parouba;* car il faut que tu ſaches que *Parouba*
eſt ſon nom, parce que *Parouba* eſt le mien. S'il m'avait
pris ma *Parouba*, ce ſerait un vol; et mes cinq enfans
mâles, qui ſont à préſent à la chaſſe dans le voiſinage
à quarante ou cinquante milles d'ici, n'auraient pas
ſouffert cet affront. C'eſt un grand péché de voler
le bien d'autrui. Ma fille s'en eſt allée de ſon plein
gré avec ces jeunes gens; elle a voulu voir le pays;
c'eſt une petite ſatisfaction qu'on ne doit pas refuſer
à une perſonne de ſon âge. Ces voyageurs me la rendront avant qu'il ſoit un mois, j'en ſuis ſûr; car ils me
l'ont promis. Ces paroles m'auraient fait rire ſi la
douleur où je voyais mon ami plongé n'avait pas
pénétré mon ame qui en était toute occupée.

Le ſoir, tandis que nous étions prêts à partir et à
profiter du vent, arrive un des fils de *Parouba* tout
eſſoufflé, la pâleur, l'horreur et le déſeſpoir ſur le
viſage. Qu'as-tu donc, mon fils? d'où viens-tu? je te
croyais à la chaſſe; que t'eſt-il arrivé? es-tu bleſſé par

quelque bête fauvage? — Non, mon père, je ne fuis point bleffé, mais je me meurs. — Mais d'où viens-tu, encore une fois, mon cher fils? — De quarante milles d'ici fans m'arrêter; mais je fuis mort.

Le père tout tremblant le fait repofer. On lui donne des reſtaurans; nous nous empreſſons autour de lui, ſes petits frères, ſes petites ſœurs, M. *Freind* et moi, et nos domeſtiques. Quand il eut repris ſes ſens, il ſe jeta au cou du bon vieillard *Parouba*. Ah! dit-il en ſanglottant, ma ſœur *Parouba* eſt priſonnière de guerre, et probablement va être mangée.

Le bon homme *Parouba* tomba par terre à ces paroles. M. *Freind*, qui était père auſſi, ſentit ſes entrailles s'émouvoir. Enfin *Parouba* le fils nous apprit qu'une troupe de jeunes anglais fort étourdis avaient attaqué par paſſe-temps des gens de la Montagne bleue. Ils avaient, dit-il, avec eux une très-belle femme et ſa ſuivante; et je ne ſais comment ma ſœur ſe trouvait dans cette compagnie. La belle anglaiſe a été tuée et mangée, ma ſœur a été priſe et ſera mangée tout de même. Je viens ici chercher du ſecours contre les gens de la Montagne bleue; je veux les tuer, les manger à mon tour, reprendre ma chère ſœur ou mourir.

Ce fut alors à M. *Freind* de s'évanouir; mais l'habitude de ſe commander à lui-même le ſoutint. DIEU m'a donné un fils, me dit-il; il reprendra le fils et le père quand le moment d'exécuter ſes décrets éternels ſera venu. Mon ami, je ferais tenté de croire que DIEU agit quelquefois par une providence particulière, ſou-miſe à ſes lois générales, puiſqu'il punit en Amérique des crimes commis en Europe, et que la ſcélérate

Clive-Hart eſt morte comme elle devait mourir. Peut-être le ſouverain fabricateur de tant de mondes, aura-t-il arrangé les choſes de façon que les grands forfaits commis dans un globe ſont expiés quelquefois dans ce globe même. Je n'oſe le croire, mais je le ſouhaite ; et je le croirais ſi cette idée n'était pas contre toutes les règles de la bonne métaphyſique.

Après des réflexions ſi triſtes ſur de ſi fatales aventures, fort ordinaires en Amérique, *Freind* prit ſon parti incontinent ſelon ſa coutume. J'ai un bon vaiſſeau, dit-il à ſon hôte, il eſt bien approviſionné ; remontons le golfe avec la marée le plus près que nous pourrons des Montagnes bleues. Mon affaire la plus preſſée eſt à préſent de ſauver votre fille. Allons vers vos anciens compatriotes ; vous leur direz que je viens leur apporter le calumet de la paix, et que je ſuis le petit-fils de *Pen* : ce nom ſeul ſuffira.

A ce nom de *Pen* ſi révéré dans toute l'Amérique boréale, le bon *Parouba* et ſon fils ſentirent les mouvemens du plus profond reſpect et de la plus chère eſpérance. Nous nous embarquons, nous mettons à la voile, nous abordons en trente-ſix heures auprès de Baltimore.

A peine étions-nous à la vue de cette petite place, alors preſque déſerte, que nous découvrîmes de loin une troupe nombreuſe d'habitans des Montagnes bleues qui deſcendaient dans la plaine, armés de caſſetêtes, de haches et de ces mouſquets que les Européans leur ont ſi ſottement vendus pour avoir des pelleteries. On entendait déjà leurs hurlemens effroyables. D'un autre côté s'avançaient quatre cavaliers ſuivis de quelques hommes de pied. Cette petite troupe nous prit

pour des gens de Baltimore qui venaient les combattre.
Les cavaliers courent fur nous à bride abattue, le fabre
à la main. Nos compagnons fe préparaient à les recevoir. M. *Freind*, ayant regardé fixement les cavaliers,
friffonna un moment; mais reprenant tout à coup fon
fangfroid ordinaire : Ne bougez, mes amis, nous dit-
il d'une voix attendrie ; laiffez - moi agir feul. Il
s'avance en effet feul, fans armes, à pas lents, vers la
troupe. Nous voyons en un moment le chef abandonner la bride de fon cheval, fe jeter à terre, et tomber
profterné. Nous pouffons un cri d'étonnement, nous
approchons; c'était *Jenni* lui-même qui baignait de
larmes les pieds de fon père, qu'il embraffait de fes
mains tremblantes. Ni l'un ni l'autre ne pouvait parler.
Birton et les deux jeunes cavaliers qui l'accompagnaient defcendirent de cheval. Mais *Birton*, confervant
fon caractère, lui dit : Pardieu, notre cher *Freind*, je
ne t'attendais pas ici. Toi et moi nous fommes faits
pour les aventures; pardieu, je fuis bien aife de te voir.

　　Freind, fans daigner lui répondre, fe tourna vers
l'armée des Montagnes bleues qui s'avançait. Il marche
à elle avec le feul *Parouba* qui lui fervait d'interprète.
Compatriotes, leur dit *Parouba*, voici le defcendant
de *Pen* qui vous apporte le calumet de la paix.

　　A ces mots, le plus ancien du peuple répondit, en
élevant les mains et les yeux au ciel : Un fils de *Pen* !
que je baife fes pieds et fes mains, et fes parties facrées
de la génération. Qu'il puiffe faire une longue race de
Pen ! que les *Pen* vivent à jamais ! le grand *Pen* eft
notre *Manitou*, notre dieu. Ce fut prefque le feul des
gens d'Europe qui ne nous trompa point, qui ne
s'empara point de nos terres par la force. Il acheta le

pays que nous lui cédâmes; il le paya libéralement;
il entretint chez nous la concorde; il apporta des
remèdes pour le peu de maladies que notre commerce
avec les gens d'Europe nous communiquait; il nous
enseigna des arts que nous ignorions. Jamais nous ne
fumâmes contre lui ni contre ses enfans le calumet de
la guerre; nous n'avons avec les *Pen* que le calumet
de l'adoration.

Ayant parlé ainsi au nom de son peuple, il courut
en effet baiser les pieds et les mains de M. *Freind;*
mais il s'abstint de parvenir aux parties sacrées, dès
qu'on lui dit que ce n'était pas l'usage en Angleterre,
et que chaque pays a ses cérémonies.

Freind fit apporter sur le champ une trentaine de
jambons, autant de grands pâtés et de poulardes à la
daube, deux cents gros flacons de vin de Pontac qu'on
tira du vaisseau; il plaça à côté de lui le commandant
des Montagnes bleues. *Jenni* et ses compagnons furent
du festin; mais *Jenni* aurait voulu être cent pieds
sous terre. Son père ne lui disait mot; et ce silence
augmentait encore sa honte.

Birton, à qui tout était égal, montrait une gaieté
évaporée. *Freind*, avant qu'on se mît à manger, dit au
bon *Parouba :* Il nous manque ici une personne bien
chère, c'est votre fille. Le commandant des Montagnes
bleues la fit venir sur le champ; on ne lui avait fait
aucun outrage; elle embrassa son père et son frère,
comme si elle fût revenue de la promenade.

Je profitai de la liberté du repas pour demander
par quelle raison les guerriers des Montagnes bleues
avaient tué et mangé madame *Clive-Hart*, et n'avaient
rien fait à la fille de *Parouba*? C'est parce que nous

fommes juftes, répondit le commandant. Cette fière
anglaife était de la troupe qui nous attaqua ; elle tua
un des nôtres d'un coup de piftolet par derrière. Nous
n'avons rien fait à la *Parouba*, dès que nous avons
fu qu'elle était la fille d'un de nos anciens camarades,
et qu'elle n'était venue ici que pour s'amufer ; il faut
rendre à chacun felon fes œuvres.

Freind fut touché de cette maxime, mais il repréfenta que la coutume de manger des femmes était
indigne de fi braves gens, et qu'avec tant de vertu on
ne devait pas être anthropophage.

Le chef des Montagnes nous demanda alors ce que
nous fefions de nos ennemis, lorfque nous les avions
tués. Nous les enterrons, lui répondis-je. J'entends,
dit-il, vous les faites manger par les vers. Nous
voulons avoir la préférence ; nos eftomacs font une
fépulture plus honorable.

Birton prit plaifir à foutenir l'opinion des Montagnes
bleues. Il dit que la coutume de mettre fon prochain
au pot ou à la broche était la plus ancienne et la plus
naturelle, puifqu'on l'avait trouvée établie dans les
deux hémifphères ; qu'il était par conféquent démontré que c'était-là une idée innée ; qu'on avait été à la
chaffe aux hommes avant d'aller à la chaffe aux bêtes,
par la raifon qu'il était bien plus aifé de tuer un homme
que de tuer un loup ; que fi les Juifs, dans leurs livres
fi long-temps ignorés, ont imaginé qu'un nommé *Caïn*
tua un nommé *Abel*, ce ne put être que pour le manger ;
que ces Juifs eux-mêmes avouent nettement s'être
nourris plufieurs fois de chair humaine ; que, felon les
meilleurs hiftoriens, les Juifs dévorèrent les chairs
fanglantes des romains affaffinés par eux en Egypte,

en Chypre, en Afie, dans leurs révoltes contre les
empereurs *Trajan* et *Adrien*.

Nous lui laiſſâmes débiter ces dures plaiſanteries,
dont le fond pouvait malheureuſement être vrai, mais
qui n'avaient rien de l'atticiſme grec et de l'urbanité
romaine.

Le bon *Freind*, ſans lui répondre, adreſſa la parole
aux gens du pays. *Parouba* l'interprétait phraſe à
phraſe. Jamais le grave *Tillotſon* ne parla avec tant
d'énergie ; jamais l'inſinuant *Smaldrige* n'eut des grâces
ſi touchantes. Le grand ſecret eſt de démontrer avec
éloquence. Il leur démontra donc que ces feſtins où
l'on ſe nourrit de la chair de ſes ſemblables ſont des
repas de vautours, et non pas d'hommes ; que cette
exécrable coutume inſpire une férocité deſtructive du
genre humain ; que c'était la raiſon pour laquelle ils ne
connaiſſaient ni les conſolations de la ſociété, ni la culture de la terre. Enfin ils jurèrent par leur grand *Manitou*
qu'ils ne mangeraient plus ni hommes ni femmes.

Freind, dans une ſeule converſation, fut leur
légiſlateur ; c'était *Orphée* qui apprivoiſait les tigres. Les
jéſuites ont beau s'attribuer des miracles dans leurs
lettres curieuſes et édifiantes, qui ſont rarement l'un
et l'autre, ils n'égaleront jamais notre ami *Freind*.

Après avoir comblé de préſens les ſeigneurs des
Montagnes bleues, il ramena dans ſon vaiſſeau le bon
homme *Parouba* vers ſa demeure. Le jeune *Parouba* fut
du voyage avec ſa ſœur ; les autres frères avaient pour-
ſuivi leur chaſſe du côté de la Caroline. *Jenni, Birton*
et leurs camarades s'embarquèrent dans le vaiſſeau ;
le ſage *Freind* perſiſtait toujours dans ſa méthode de
ne faire aucun reproche à ſon fils, quand ce garnement

avait fait quelque mauvaife action ; il le laiffait s'examiner lui-même , et dévorer fon cœur , comme dit
Pythagore. Cependant il reprit trois fois la lettre qu'on
lui avait apportée d'Angleterre , et en la relifant il
regardait fon fils qui baiffait toujours les yeux , et on
lifait fur le vifage de ce jeune homme le refpect et le
repentir.

Pour *Birton* , il était auffi gai et auffi définvolte que
s'il était revenu de la comédie ; c'était un caractère à
peu-près dans le goût du feu comte de *Rochefter*, extrême
dans la débauche , dans la bravoure , dans fes idées ,
dans fes expreffions , dans fa philofophie épicurienne ,
n'étant attaché à rien finon aux chofes extraordinaires
dont il fe dégoûtait bien vîte ; ayant cette forte d'efprit
qui tient les vraifemblances pour des démonftrations ;
plus favant , plus éloquent qu'aucun jeune homme
de fon âge , mais ne s'étant jamais donné la peine de
rien approfondir.

Il échappa à M. *Freind* , en dînant avec nous dans
le vaiffeau , de me dire : En vérité , mon ami , j'efpère
que D I E U infpirera des mœurs plus honnêtes à ces
jeunes gens , et que l'exemple terrible de la *Clive-Hart*
les corrigera.

Birton ayant entendu ces paroles lui dit d'un ton
un peu dédaigneux : J'étais depuis long-temps très-
mécontent de cette méchante *Clive-Hart* , je ne me
foucie pas plus d'elle que d'une poularde graffe qu'on
aurait mife à la broche : mais , en bonne foi , penfez-
vous qu'il exifte , je ne fais où , un être continuellement
occupé à faire punir toutes les méchantes femmes , et
tous les hommes pervers qui peuplent et dépeuplent
les quatre parties de notre petit monde ? Oubliez-vous

que notre déteftable *Marie*, fille de *Henri VIII*, fut
heureufe jufqu'à fa mort ? et cependant elle avait fait
périr dans les flammes plus de huit cents citoyens et
citoyennes, fur le feul prétexte qu'ils ne croyaient ni
à la tranffubftantiation ni au pape. Son père pref-
qu'auffi barbare qu'elle, et fon mari plus profondément méchant, vécurent dans les plaifirs. Le pape
Alexandre VI, plus criminel qu'eux tous, fut auffi le
plus fortuné ; tous fes crimes lui réuffirent, et il mourut
à foixante et douze ans puiffant, riche, courtifé de
tous les rois. Où eft donc le Dieu jufte et vengeur ?
non, pardieu, il n'y a point de Dieu.

M. *Freind*, d'un air auftère, mais tranquille, lui
dit : Monfieur, vous ne devriez pas, ce me femble,
jurer par DIEU même que ce DIEU n'exifte pas. Songez
que *Newton* et *Locke* n'ont prononcé jamais ce nom
facré fans un air de recueillement et d'adoration fecrète
qui a été remarqué de tout le monde.

Pox, repartit *Birton*, je me foucie bien de la mine
que deux hommes ont faite. Quelle mine avait donc
Newton quand il commentait l'Apocalypfe ? et quelle
grimace fefait *Locke* lorfqu'il racontait la longue converfation d'un perroquet avec le prince *Maurice* ? Alors
Freind prononça ces belles paroles d'or qui fe gravèrent
dans mon cœur : *Oublions les rêves des grands hommes,
et fouvenons-nous des vérités qu'ils nous ont enfeignées*.
Cette réponfe engagea une difpute réglée, plus intéreffante que la converfation avec le bachelier de
Salamanque ; je me mis dans un coin, j'écrivis en notes
tout ce qui fut dit : on fe rangea autour des deux
combattans ; le bon homme *Parouba*, fon fils et fur-tout
fa fille, les compagnons des débauches de *Jenni*,

écoutaient, le cou tendu, les yeux fixés ; et *Jenni*, la tête baissée, les deux coudes fur fes genoux, les mains fur fes yeux, femblait plongé dans la plus profonde méditation.

Voici mot à mot la difpute.

CHAPITRE VIII.

Dialogue de Freind et de Birton fur l'athéifme.

FREIND.

JE ne vous répéterai pas, Monfieur, les argumens métaphyfiques de notre célèbre *Clarke*. Je vous exhorte feulement à les relire ; ils font plus faits pour vous éclairer que pour vous toucher : je ne veux vous apporter que des raifons qui peut-être parleront plus à votre cœur.

BIRTON.

Vous me ferez plaifir ; je veux qu'on m'amufe et qu'on m'intéreffe ; je hais les fophifmes : les difputes métaphyfiques reffemblent à des ballons remplis de vent que les combattans fe renvoient. Les veffies crèvent, l'air en fort, il ne refte rien.

FREIND.

Peut-être, dans les profondeurs du refpectable arien *Clarke*, y a-t-il quelques obfcurités, quelques veffies ; peut-être s'eft-il trompé fur la réalité de l'infini actuel et de l'efpace &c.; peut-être, en fe fefant

commentateur de DIEU, a-t-il imité quelquefois les
commentateurs d'*Homère*, qui lui fuppofent des idées
auxquelles *Homère* ne penfa jamais.

(A ces mots d'infini, d'efpace, d'*Homère*, de
commentateurs, le bon homme *Parouba* et fa fille, et
quelques anglais même voulurent aller prendre l'air
fur le tillac ; mais *Freind* ayant promis d'être intelli-
gible, ils demeurèrent ; et moi j'expliquais tout bas à
Parouba quelques mots un peu fcientifiques, que des
gens nés fur les Montagnes bleues ne pouvaient
entendre auffi commodément que des docteurs d'Ox-
ford et de Cambridge.)

L'ami *Freind* continua donc ainfi : Il ferait trifte
que, pour être fûr de l'exiftence de DIEU, il fût
néceffaire d'être un profond métaphyficien : il n'y
aurait tout au plus en Angleterre qu'une centaine d'efprits bien verfés ou renverfés dans cette fcience ardue
du pour et du contre, qui fuffent capables de fonder
cet abyme ; et le refte de la terre entière croupirait
dans une ignorance invincible, abandonné en proie
à fes paffions brutales, gouverné par le feul inftinct,
et ne raifonnant paffablement que fur les groffières
notions de fes intérêts charnels. Pour favoir s'il eft un
Dieu, je ne vous demande qu'une chofe, c'eft d'ouvrir
les yeux.

B I R T O N.

Ah! je vous vois venir ; vous recourez à ce vieil
argument tant rebattu, que le foleil tourne fur fon
axe en vingt-cinq jours et demi, en dépit de l'abfurde
inquifition de Rome ; que la lumière nous arrive

réfléchie de Saturne en quatorze minutes , malgré les
suppositions absurdes de *Descartes*; que chaque étoile
fixe est un soleil comme le nôtre, environné de planètes ; que tousces astres innombrables , placés dans les
profondeurs de l'espace obéissent aux lois mathématiques découvertes et démontrées par le grand *Newton*;
qu'un catéchiste annonce D I E U aux enfans , et que
Newton le prouve aux sages, comme le dit un philosophe *frenchman* , persécuté dans son drôle de pays
pour l'avoir dit. (*)

Ne vous tourmentez pas à m'étaler cet ordre constant qui règne dans toutes les parties de l'univers ; il
faut bien que tout ce qui existe soit dans un ordre
quelconque ; il faut bien que la matière plus rare
s'élève sur la plus massive , que le plus fort en tout sens
presse le plus faible, que ce qui est poussé avec plus de
mouvement coure plus vîte ; tout s'arrange ainsi de
soi-même. Vous auriez beau , après avoir bu une pinte
de vin comme *Esdras* , me parler comme lui neuf
cents soixante heures de suite sans fermer la bouche ,
je ne vous en croirais pas davantage. Voudriez-vous
que j'adoptasse un Etre éternel , infini et immuable ,
qui s'est plu, dans je ne sais quel temps , à créer de rien
des choses qui changent à tout moment , et à faire des
araignées pour éventrer des mouches ? voudriez-vous
que je disse, avec ce bavard impertinent de *Nieuventyd*
que D I E U *nous a donné des oreilles pour avoir la foi ,
parce que la foi vient par ouï-dire ?* Non , non , je ne
croirai point à des charlatans qui ont vendu cher leurs
drogues à des imbécilles ; je m'en tiens au petit livre

(*) M. de *Voltaire.* C'est un anachronisme.

d'un

d'un *frenchman*, qui dit que rien n'exifte et ne peut exifter, finon la nature; que la nature fait tout, que la nature eft tout, qu'il eft impoffible et contradictoire qu'il exifte quelque chofe au-delà du tout; en un mot, je ne crois qu'à la nature. (*)

FREIND.

Et fi je vous difais qu'il n'y a point de nature, et que dans nous, autour de nous, et à cent mille millions de lieues, tout eft art fans aucune exception.

BIRTON.

Comment tout eft art! en voici bien d'une autre!

FREIND.

Prefque perfonne n'y prend garde; cependant rien n'eft plus vrai. Je vous dirai toujours: Servez-vous de vos yeux, et vous reconnaîtrez, vous adorerez un DIEU. Songez comment ces globes immenfes, que vous voyez rouler dans leur immenfe carrière, obfervent les lois d'une profonde mathématique; il y a donc un grand mathématicien que *Platon* appelait l'éternel géomètre. Vous admirez ces machines d'une nouvelle invention qu'on appelle *oréri*, parce que milord *Oréri* les a mifes à la mode en protégeant l'ouvrier par fes libéralités; c'eft une très-faible copie de notre monde planétaire et de fes révolutions. La période même du changement des folftices et des équinoxes, qui nous amène de jour en jour une nouvelle étoile polaire,

(*) Il s'agit du *Syftême de la nature* fort poftérieur au fiége de Barcelone et aux aventures de *Jenni*.

cette période, cette courſe ſi lente d'environ vingt-ſix mille ans, n'a pu être exécutée par des mains humaines dans nos oréri. Cette machine eſt très-imparfaite ; il faut la faire tourner avec une manivelle ; cependant c'eſt un chef-d'œuvre de l'habileté de nos artiſans. Jugez donc quelle eſt la puiſſance, quel eſt le génie de l'éternel architecte, ſi l'on peut ſe ſervir de ces termes impropres ſi mal aſſortis à l'Etre ſuprême.

(Je donnai une légère idée d'un oréri à *Parouba*.) Il dit : S'il y a du génie dans cette copie, il faut bien qu'il y en ait dans l'original : je voudrais voir un oréri ; mais le ciel eſt plus beau. Tous les aſſiſtans anglais et américains, entendant ces mots, furent également frappés de la vérité, et levèrent les mains au ciel. *Birton* demeura tout penſif, puis il s'écria : ,, Quoi ! tout ſerait art, et la nature ne ſerait que ,, l'ouvrage d'un ſuprême artiſan ! ſerait-il poſſible ? ,, Le ſage *Freind* continua ainſi :

Portez à préſent vos yeux ſur vous-même ; exami-nez avec quel art étonnant et jamais aſſez connu, tout y eſt conſtruit en dedans et en dehors pour tous vos uſages et pour tous vos déſirs ; je ne prétends pas faire ici une leçon d'anatomie ; vous ſavez aſſez qu'il n'y a pas un viſcère qui ne ſoit néceſſaire, et qui ne ſoit ſecouru dans ſes dangers par le jeu continuel des viſcères voiſins. Les ſecours dans le corps ſont ſi arti-ficieuſement préparés de tous côtés, qu'il n'y a pas une ſeule veine qui n'ait ſes valvules, ſes écluſes pour ouvrir au ſang des paſſages. Depuis la racine des che-veux juſqu'aux orteils des pieds, tout eſt art, tout eſt préparation, moyen et fin. Et, en vérité, on ne peut que se sentir de l'indignation contre ceux qui osent nier les véritables causes finales, et qui ont assez de mauvaise foi ou de fureur pour dire que la bouche n'est pas faite pour parler et pour manger; que ni les yeux ne sont merveilleusement disposés pour voir, ni les oreilles pour entendre, ni les parties de la génération pour engendrer : cette audace est si folle que j'ai peine à la comprendre.

Avouons que chaque animal rend le témoignage au suprême fabricateur.

La plus petite herbe suffit pour confondre l'intelligence humaine; et cela est si vrai qu'il est impossible aux efforts de tous les hommes réunis de produire un brin de paille, si le germe n'est pas dans la terre: et il ne faut pas dire que les germes pourrissent pour produire; car ces bêtises ne se disent plus.

(L'assemblée sentit la vérité de ces preuves plus vivement que tout le reste, parce qu'elles étaient plus palpables. *Birton* disait entre ses dents: Faudra-t-il se soumettre à reconnaître un DIEU? nous verrons cela, pardieu; c'est une affaire à examiner. *Jenni* rêvait toujours profondément, et était touché; et notre *Freind* acheva sa phrase.)

Non, mes amis, nous ne fesons rien, nous ne pouvons rien faire; il nous est donné d'arranger, d'unir, de désunir, de nombrer, de peser, de mesurer; mais faire! quel mot! il n'y a que l'Etre nécessaire, l'Etre existant éternellement par lui-même qui fasse; voilà pourquoi les charlatans qui travaillent à la pierre philosophale sont de si grands imbécilles ou de si grands fripons. Ils se vantent de créer de l'or, et ils ne peuvent créer de la crotte.

V 2

Avouons donc, mes amis, qu'il est un Etre suprême, nécessaire, incompréhensible qui nous a faits.

BIRTON.

Et où est-il cet Etre? s'il y en a un, pourquoi se cache-t-il? Quelqu'un l'a-t-il jamais vu? doit-on se cacher quand on a fait du bien?

FREIND.

Avez-vous jamais vu *Christophe Wren* qui a bâti Saint-Paul de Londres? cependant il est démontré que cet édifice est l'ouvrage d'un architecte très-habile.

BIRTON.

Tout le monde conçoit aisément que *Wren* a bâti avec beaucoup d'argent ce vaste édifice où *Burgess* nous endort quand il prêche. Nous savons bien pourquoi et comment nos pères ont élevé ce bâtiment: mais pourquoi et comment un Dieu aurait-il créé de rien cet univers? Vous savez l'ancienne maxime de toute l'antiquité, *Rien ne peut rien créer, rien ne retourne à rien*. C'est une vérité dont personne n'a jamais douté. Votre Bible même dit expressément que votre Dieu fit le ciel et la terre, quoique le ciel, c'est-à-dire l'assemblage de tous les astres, soit beaucoup plus supérieur à la terre que cette terre ne l'est au plus petit des grains de sable: mais votre Bible n'a jamais dit que DIEU fit le ciel et la terre avec rien du tout: elle ne prétend point que le seigneur ait fait la femme de rien. Il la pétrit fort singulièrement d'une côte qu'il arracha à son mari. Le chaos existait, selon la Bible, même avant la terre: donc la matière était aussi éternelle que votre Dieu.

(Il s'éleva alors un petit murmure dans l'affemblée ; on difait : *Birton* pourrait bien avoir raifon ; mais *Freind* répondit :)

Je vous ai , je penfe , prouvé qu'il exifte une intelligence fuprême , une puiffance éternelle à qui nous devons une vie paffagère : je ne vous ai point promis de vous expliquer le pourquoi et le comment. DIEU m'a donné affez de raifon pour comprendre qu'il exifte ; mais non affez pour favoir au jufte fi la matière lui a été éternellement foumife, ou s'il l'a fait naître dans le temps. Que vous importe l'éternité ou la création de la matière , pourvu que vous reconnaiffiez un DIEU, un maître de la matière et de vous ? Vous me demandez où D I E U eft ; je n'en fais rien , et je ne le dois pas favoir. Je fais qu'il eft ; je fais qu'il eft notre maître, qu'il fait tout, que nous devons tout attendre de fa bonté.

B I R T O N.

De fa bonté ! vous vous moquez de moi. Vous m'avez dit : Servez-vous de vos yeux ; et moi je vous dis : Servez-vous des vôtres. Jetez feulement un coup d'œil fur la terre entière, et jugez fi votre Dieu ferait bon.

(M. *Freind* fentit bien que c'était-là le fort de la difpute, et que *Birton* lui préparait un rude affaut ; il s'aperçut que les auditeurs, et fur-tout les américains, avaient befoin de prendre haleine pour écouter et lui pour parler. Il fe recommanda à DIEU ; on alla fe promener fur le tillac : on prit enfuite du thé dans le yacht , et la difpute réglée recommença.)

V 3

CHAPITRE IX.

Sur l'athéifme.

BIRTON.

PARDIEU, Monfieur, vous n'aurez pas fi beau jeu
fur l'article de la bonté que vous l'avez eu fur la puiffance et fur l'induftrie: je vous parlerai d'abord des
énormes défauts de ce globe qui font précifément
l'oppofé de cette induftrie tant vantée ; enfuite je
mettrai fous vos yeux les crimes et les malheurs per-
pétuels des habitans, et vous jugerez de l'affection
paternelle que, felon vous, le maître a pour eux.

Je commence par vous dire que les gens de Glo-
ceftershire, mon pays, quand ils ont fait naître des
chevaux dans leurs haras, les élèvent dans de beaux
pâturages, leur donnent enfuite une bonne écurie et
de l'avoine et de la paille à foifon. Mais, s'il vous
plaît, quelle nourriture et quel abri avaient tous ces
pauvres Américains du Nord quand nous les avons
découverts après tant de fiècles ? Il fallait qu'ils cou-
ruffent trente et quarante milles pour avoir de quoi
manger. Toute la côte boréale de notre ancien monde
languit à peu-près fous la même néceffité; et, depuis
la Laponie fuédoife jufqu'aux mers feptentrionales
du Japon, cent peuples traînent leur vie auffi courte
qu'infupportable dans une difette affreufe au milieu
de leurs neiges éternelles.

Les plus beaux climats font expofés fans ceffe à
des fléaux deftructeurs. Nous y marchons fur des
précipices enflammés, recouverts de terrains fertiles
qui font des piéges de mort. Il n'y a point d'autres
enfers, fans doute ; et ces enfers fe font ouverts mille
fois fous nos pas.

On nous parle d'un déluge univerfel phyfiquement
impoffible, et dont tous les gens fenfés rient ; mais
du moins on nous confole en nous difant qu'il n'a
duré que dix mois : il devait éteindre ces feux qui
depuis ont détruit tant de villes floriffantes. Votre
St *Auguftin* nous apprend qu'il y eut cent villes
entières d'embrafées et d'abymées en Lybie par un
feul tremblement de terre ; ces volcans ont bouleverfé
toute la belle Italie. Pour comble de maux, les triftes
habitans de la zone glaciale ne font pas exempts de
ces gouffres fouterrains ; les Iflandais toujours mena-
cés voient la faim devant eux, cent pieds de glace et
cent pieds de flamme à droite et à gauche fur leur
mont Hécla : car tous les grands volcans font placés
fur ces montagnes hideufes.

On a beau nous dire que ces montagnes de deux
mille toifes de hauteur ne font rien par rapport à la
terre qui a trois mille lieues de diamètre ; que c'eft un
grain de la peau d'une orange fur la rondeur de ce
fruit, que ce n'eft pas un pied fur trois mille. Hélas !
qui fommes-nous donc, fi les hautes montagnes ne
font fur la terre que la figure d'un pied fur trois mille
pieds, et de quatre pouces fur mille pieds ? Nous
fommes donc des animaux abfolument imperceptibles ;
et cependant nous fommes écrafés par tout ce qui
nous environne, quoique notre infinie petiteffe, fi

voifine du néant., femblât devoir nous mettre à l'abri
de tous les accidens. Après cette innombrable quantité
de villes détruites, rebâties et détruites encore comme
des fourmillières, que dirons-nous de ces mers de
fable qui traverfent le milieu de l'Afrique, et dont
les vagues brûlantes, amoncelées par les vents, ont
englouti des armées entières? A quoi fervent ces vaftes
déferts à côté de la belle Syrie ! déferts fi affreux, fi
inhabitables que ces animaux féroces, appelés Juifs,
fe crurent dans le paradis terreftre, quand ils pafsèrent de ces lieux d'horreur dans un coin de terre
dont on pouvait cultiver quelques arpens.

Ce n'eft pas encore affez que l'homme, cette noble
créature, ait été fi mal logé, fi mal vêtu, fi mal nourri
pendant tant de fiècles : il naît entre de l'urine et de
la matière fécale pour refpirer deux jours; et, pendant
ces deux jours compofés d'efpérances trompeufes et
de chagrins réels, fon corps formé avec un art inutile
eft en proie à tous les maux qui réfultent de cet art
même; il vit entre la pefte et la vérole ; la fource de
fon être eft empoifonnée; il n'y a perfonne qui puiffe
mettre dans fa mémoire la lifte de toutes les maladies
qui nous pourfuivent ; et le médecin des urines en
Suiffe prétend les guérir toutes !

(Pendant que *Birton* parlait ainfi, la compagnie
était toute attentive et toute émue ; le bon homme
Parouba difait: Voyons comme notre docteur fe tirera
de là ; *Jenni* même laiffa échapper ces paroles à voix
baffe : Ma foi il a raifon ; j'étais bien fot de m'être
laiffé toucher des difcours de mon père. M. *Freind*
laiffa paffer cette première bordée qui frappait toutes
les imaginations ; puis il dit :

Un jeune théologien répondrait par des sophifmes à ce torrent de triftes vérités, et vous citerait St *Bafile* et St *Cyrille* qui n'ont que faire ici ; pour moi, Meffieurs, je vous avouerai fans détour qu'il y a beaucoup de mal phyfique fur la terre ; je n'en diminue pas l'exiftence ; mais M. *Birton* l'a trop exagérée. Je m'en rapporte à vous, mon cher *Parouba ;* votre climat eft fait pour vous, et il n'eft pas fi mauvais, puifque ni vous ni vos compatriotes n'avez jamais voulu le quitter. Les Efquimaux, les Iflandais, les Lapons, les Oftiaks, les Samoièdes n'ont jamais voulu fortir du leur. Les rangifères, ou rennes que DIEU leur a données pour les nourrir, les vêtir et les traîner, meurent quand on les tranfporte dans une autre zone. Les Lapons même auffi meurent dans les climats un peu méridionaux ; le climat de la Sibérie eft trop chaud pour eux : ils fe trouveraient brûlés dans le parage où nous fommes.

Il eft clair que DIEU a fait chaque efpèce d'animaux et de végétaux pour la place dans laquelle ils fe perpétuent. Les Nègres, cette efpèce d'hommes fi différente de la nôtre, font tellement nés pour leur patrie, que des milliers de ces animaux noirs fe font donné la mort quand notre barbare avarice les a tranfportés ailleurs. Le chameau et l'autruche vivent commodément dans les fables de l'Afrique ; le taureau et fes compagnes bondiffent dans les pays gras où l'herbe fe renouvelle continuellement pour leur nourriture ; la cannelle et le girofle ne croiffent qu'aux Indes ; le froment n'eft bon que dans le peu de pays où DIEU le fait croître. On a d'autres nourritures dans toute votre Amérique, depuis la Californie

jufqu'au détroit de Lemaire : nous ne pouvons
cultiver la vigne dans notre fertile Angleterre, non
plus qu'en Suède et en Canada. Voilà pourquoi ceux
qui fondent dans quelques pays l'effence de leurs
rites religieux fur du pain et du vin, n'ont confulté
que leur climat ; ils font très-bien, eux, de remercier
DIEU de l'aliment et de la boiffon qu'ils tiennent de
fa bonté ; et vous ferez très-bien, vous, Américains,
de lui rendre grâce de votre maïs, de votre manioc
et de votre caffave. DIEU, dans toute la terre, a pro-
portionné les organes et les facultés des animaux,
depuis l'homme jufqu'au limaçon, au lieu où il leur
a donné la vie : n'accufons donc pas toujours la
Providence, quand nous lui devons fouvent des
actions de grâces.

Venons aux fléaux, aux inondations, aux volcans,
aux tremblemens de terre. Si vous ne confidérez que
ces calamités, fi vous ne ramaffez qu'un affemblage
affreux de tous les accidens qui ont attaqué quelques
roues de la machine de cet univers, DIEU eft un
tyran à vos yeux ; fi vous faites attention à fes innombrables bienfaits, DIEU eft un père. Vous me citez
St *Auguflin* le rhéteur, qui, dans fon livre des
miracles, parle de cent villes englouties à la fois en
Lybie ; mais fongez que cet africain, qui paffa fa vie
à fe contredire, prodiguait dans fes écrits la figure de
l'exagération : il traitait les tremblemens de terre
comme la grâce efficace, et la damnation éternelle de
tous les petits enfans morts fans baptême. N'a-t-il
pas dit, dans fon trente-feptième fermon, avoir vu
en Ethiopie des races d'hommes pourvues d'un grand

œil au milieu du front, comme les cyclopes, et des peuples entiers fans tête?

Nous qui ne fommes pas pères de l'Eglife, nous ne devons aller ni au-delà, ni en deçà de la vérité: cette vérité eft que fur cent mille habitations on en peut compter tout au plus une détruite chaque fiècle par les feux néceffaires à la formation de ce globe.

Le feu eft tellement néceffaire à l'univers entier, que fans lui il n'y aurait fur la terre ni animaux, ni végétaux, ni minéraux: il n'y aurait ni foleil ni étoiles dans l'efpace. Ce feu, répandu fous la première écorce de la terre, obéit aux lois générales établies par DIEU même: il eft impoffible qu'il n'en réfulte quelques défaftres particuliers: or on ne peut pas dire qu'un artifan foit un mauvais ouvrier, quand une machine immenfe, formée par lui feul, fubfifte depuis tant de fiècles fans fe déranger. Si un homme avait inventé une machine hydraulique qui arrofât toute une province et la rendît fertile, lui reproche-riez-vous que l'eau qu'il vous donnerait noyât quelques infectes?

Je vous ai prouvé que la machine du monde eft l'ouvrage d'un être fouverainement intelligent et puiffant: vous qui êtes intelligens, vous devez l'ad-mirer; vous qui êtes comblés de fes bienfaits, vous devez l'aimer.

Mais les malheureux, dites-vous, condamnés à fouffrir toute leur vie, accablés de maladies incu-rables, peuvent-ils l'admirer et l'aimer? Je vous dirai, mes amis, que ces maladies fi cruelles viennent prefque toutes de notre faute, ou de celle de nos pères qui ont abufé de leurs corps; et non de la faute du grand fabricateur. On ne connaiſſait guère de maladies que celle de la décrépitude dans toute l'Amérique ſepten-trionale, avant que nous vous y euſſions apporté cette eau de mort que nous appelons eau-de-vie, et qui donne mille maux divers à quiconque en a trop bu. La contagion ſecrète des Caraïbes, que vous autres jeunes gens appelez *pox*, n'était qu'une indiſpoſition légère dont nous ignorons la ſource et qu'on guérif-fait en deux jours, ſoit avec du gayac, ſoit avec du bouillon de tortue ; l'incontinence des Européans tranſplanta dans le reſte du monde cette incommodité qui prit parmi nous un caractère ſi funeſte, et qui eſt devenue un fléau ſi abominable. Nous liſons que le pape *Léon X*, un archevêque de Maïence, nommé *Henneberg*, le roi de France *François I* en moururent.

La petite vérole, née dans l'Arabie heureuſe, n'était qu'une faible éruption, une ébullition paſſagère ſans danger, une ſimple dépuration du ſang : elle eſt deve-nue mortelle en Angleterre comme dans tant d'autres climats ; notre avarice l'a portée dans ce nouveau monde ; elle l'a dépeuplé.

Souvenons-nous que dans le poëme de *Milton*, ce benêt d'*Adam* demande à l'ange *Gabriel* s'il vivra long-temps. Oui, lui répond l'ange, ſi tu obſerves la grande règle *rien de trop*. Obſervez tous cette règle, mes amis ; oſeriez-vous exiger que DIEU vous fît vivre ſans douleur des ſiècles entiers pour prix de votre gourmandiſe, de votre ivrognerie, de votre inconti-nence, de votre abandonnement à d'infames paſſions qui corrompent le ſang et qui abrègent néceſſairement a vie ?

(J'approuvai cette réponfe ; *Parouba* en fut affez
content ; mais *Birton* ne fut pas ébranlé ; et je remarquai dans les yeux de *Jenni* qu'il était encore très-
indécis. *Birton* répliqua en ces termes :)

Puifque vous vous êtes fervi de lieux-communs ,
mêlés avec quelques réflexions nouvelles, j'emploierai
auffi un lieu-commun auquel on n'a jamais pu répondre
que par des fables et du verbiage. S'il exiftait un Dieu
fi puiffant, fi bon , il n'aurait pas mis le mal fur la
terre ; il n'aurait pas dévoué fes créatures à la douleur et au crime. S'il n'a pu empêcher le mal, il
eft impuiffant ; s'il l'a pu et ne l'a pas voulu , il eft
barbare.

Nous n'avons des annales que d'environ huit mille
années , confervées chez les brachmanes ; nous n'en
avons que d'environ cinq mille ans chez les Chinois ;
nous ne connaiffons rien que d'hier ; mais dans cet
hier tout eft horreur. On s'eft égorgé d'un bout de
la terre à l'autre , et on a été affez imbécille pour
donner le nom de grands hommes , de héros , de
demi-dieux , de dieux même à ceux qui ont fait
affaffiner le plus grand nombre des hommes leurs
femblables.

Il reftait dans l'Amérique deux grandes nations
civilifées qui commençaient à jouir des douceurs de
la paix : les Efpagnols arrivent et en maffacrent douze
millions ; ils vont à la chaffe aux hommes avec des
chiens ; et *Ferdinand*, roi de Caftille, affigne une penfion
à ces chiens pour l'avoir fi bien fervi. Les héros vainqueurs du nouveau monde , qui maffacrent tant
d'innocens défarmés et nus, font fervir fur leur table

des gigots d'hommes et de femmes , des feſſes , des
avant-bras, des mollets en ragoût ; ils font rôtir ſur
des braſiers le roi *Gatimozin* au Mexique ; ils courent au
Pérou convertir le roi *Atabalipa*. Un nommé *Almagro*,
prêtre , fils de prêtre , condamné à être pendu en
Eſpagne pour avoir été voleur de grand chemin ,
vient avec un nommé *Pizarro* ſignifier au roi , par la
voix d'un autre prêtre , qu'un troiſième prêtre nommé
Alexandre VI, fouillé d'inceſtes , d'aſſaſſinats et d'ho-
micides , a donné de ſon plein gré , *proprio motu* , et
de ſa pleine puiſſance, non-ſeulement le Pérou , mais
la moitié du nouveau monde au roi d'Eſpagne ;
qu'*Atabalipa* doit ſur le champ ſe ſoumettre , ſous
peine d'encourir l'indignation des apôtres Sᵗ *Pierre*
et Sᵗ *Paul*. Et, comme ce roi n'entendait pas la
langue latine plus que le prêtre qui liſait la bulle , il
fut déclaré ſur le champ incrédule et hérétique : on
fit pendre *Atabalipa* , comme on avait brûlé *Gatimozin :*
on maſſacra ſa nation , et tout cela pour ravir de la
boue jaune endurcie , qui n'a ſervi qu'à dépeupler
l'Eſpagne et à l'appauvrir ; car elle lui a fait négliger
la véritable boue qui nourrit les hommes quand elle
eſt cultivée.

Çà , mon cher M. *Freind* , ſi l'être fantaſtique et
ridicule qu'on appelle le diable, avait voulu faire des
hommes à ſon image , les aurait - il formés autrement ? Ceſſez donc d'attribuer à un Dieu un ouvrage
ſi abominable.

(Cette tirade fit revenir toute l'aſſemblée au ſentiment de *Birton*. Je voyais *Jenni* en triompher en
ſecret ; il n'y eut pas juſqu'à la jeune *Parouba* qui ne

fût faifie d'horreur contre le prêtre *Almagro*, contre le
prêtre qui avait lu la bulle en latin, contre le prêtre
Alexandre VI, contre tous les chrétiens qui avaient
commis tant de crimes inconcevables par dévotion,
et pour voler de l'or. J'avoue que je tremblai pour
l'ami *Freind* ; je défefpérais de fa caufe : voici pourtant
comme il répondit fans s'étonner :)

Mes amis, fouvenez-vous toujours qu'il exifte un
Etre fuprême ; je vous l'ai prouvé, vous en êtes convenus ; et, après avoir été forcés d'avouer qu'il eft,
vous vous efforcez de lui chercher des imperfections,
des vices, des méchancetés.

Je fuis bien loin de vous dire, comme certains rai-
fonneurs, que les maux particuliers forment le bien
général. Cette extravagance eft trop ridicule. Je conviens avec douleur qu'il y a beaucoup de mal moral et
de mal phyfique ; mais puifque l'exiftence de DIEU eft
certaine, il eft auffi très-certain que tous ces maux ne
peuvent empêcher que DIEU exifte. Il ne peut être
méchant, car quel intérêt aurait-il à l'Etre ? Il y a des
maux horribles, mès amis ; hé bien, n'en augmentons
pas le nombre. Il eft impoffible qu'un DIEU ne foit
pas bon ; mais les hommes font pervers : ils font un
déteftable ufage de la liberté que ce grand Etre leur a
donnée et dû leur donner, c'eft-à-dire, de la puiffance
d'exécuter leurs volontés, fans quoi ils ne feraient que
de pures machines formées par un être méchant, pour
être brifées par lui.

Tous les efpagnols éclairés conviennent qu'un petit
nombre de leurs ancêtres abufa de cette liberté jufqu'à
commettre des crimes qui font frémir la nature.

Don *Carlos*, fecond du nom (de qui M. l'archiduc puiffe être le fucceffeur) a réparé, autant qu'il a pu, les atrocités auxquelles les Efpagnols s'abandonnèrent fous *Ferdinand* et fous *Charles-Quint*.

Mes amis, fi le crime eft fur la terre, la vertu y eft auffi.

BIRTON.

Ha, ha, ha, la vertu! voilà une plaifante idée ; pardieu je voudrais bien favoir comment la vertu eft faite, et où l'on peut la trouver.

(A ces paroles je ne me contins pas, j'interrompis *Birton* à mon tour. Vous la trouverez chez M. *Freind*, lui dis-je, chez le bon *Parouba*, chez vous-même, quand vous aurez netoyé votre cœur des vices qui le couvrent. Il rougit, *Jenni* auffi : puis *Jenni* baiffa les yeux, et parut fentir des remords. Son père le regarda avec quelque compaffion, et pourfuivit ainfi fon difcours.)

FREIND.

Oui, mes chers amis, il y eut toujours des vertus, s'il y eut des crimes. Athènes vit des *Socrate*, fi elle vit des *Anitus;* Rome eut des *Caton*, fi elle eut des *Sylla ;* *Caligula*, *Néron* effrayèrent la terre par leurs atrocités, mais *Titus*, *Trajan*, *Antonin le pieux*, *Marc-Aurèle* la confolèrent par leur bienfefance : mon ami *Sherloc* dira en peu de mots au bon *Parouba* ce qu'étaient les gens dont je parle. J'ai heureufement mon *Epictète* dans ma poche : cet *Epictète* n'était qu'un efclave, mais égal à *Marc-Aurèle* par fes fentimens. Ecoutez, et puiffent tous ceux qui fe mêlent d'enfeigner les hommes, écou-ter ce qu'*Epictète* fe dit à lui-même : *C'eft* DIEU *qui m'a créé, je le porte dans moi ; oferais-je le déshonorer par*

des

des penſées infames, par des actions criminelles, par d'indignes déſirs? Sa vie fut conforme à ſes diſcours. *Marc-Aurèle*, ſur le trône de l'Europe et de deux autres parties de notre hémiſphère, ne penſa pas autrement que l'eſclave *Epictète;* l'un ne fut jamais humilié de ſa baſſeſſe, l'autre ne fut jamais ébloui de ſa grandeur; et, quand ils écrivirent leurs penſées, ce fut pour eux-mêmes et pour leurs diſciples, et non pour être loués dans des journaux. Et, à votre avis, *Locke, Newton*, *Tillotſon*, *Pen*, *Clarke*, le bon homme qu'on appelle *The wan of Roſs*, tant d'autres dans notre île et hors de notre île, que je pourrais vous citer, n'ont-ils pas été des modèles de vertu?

Vous m'avez parlé, M. *Birton*, des guerres auſſi cruelles qu'injuſtes, dont tant de nations ſe ſont rendues coupables; vous avez peint les abominations dés chrétiens au Mexique et au Pérou, vous pouvez y ajouter la Saint-Barthelemi de France, et les maſſacres d'Irlande; mais n'eſt-il pas des peuples entiers qui ont toujours eu l'effuſion du ſang en horreur? les brachmanes n'ont-ils pas donné de tout temps cet exemple au monde? et, ſans ſortir du pays où nous ſommes, n'avons-nous pas auprès de nous la Penſilvanie où nos primitifs, qu'on défigure en vain par le nom de quakres, ont toujours déteſté la guerre? n'avons-nous pas la Caroline où le grand *Locke* a dicté ſes lois? Dans ces deux parties de la vertu, tous les citoyens ſont égaux, toutes les conſciences ſont libres, toutes les religions ſont bonnes, pourvu qu'on adore un DIEU; tous les hommes y ſont frères. Vous avez vu, M. *Birton*, comme au ſeul nom d'un deſcendant de *Pen*, les habitans des Montagnes bleues, qui pouvaient vous exterminer, ont mis bas les armes. Ils ont fenti ce que c'eft que la vertu , et vous vous obftinez à l'ignorer ! Si la terre produit des poifons comme des alimens falutaires , voudrez-vous ne vous nourrir que de poifons ?

B I R T O N.

Ah ! Monfieur, pourquoi tant de poifons ? fi DIEU a tout fait , ils font fon ouvrage ; il eft le maître de tout , il fait tout ; il dirige la main de *Cromwell* qui figne la mort de *Charles premier ;* il conduit le bras du bourreau qui lui tranche la tête : non , je ne puis admettre un Dieu homicide.

F R E I N D.

Ni moi non plus. Ecoutez , je vous prie , vous conviendrez avec moi que D I E U gouverne le monde par des lois générales. Selon ces lois, *Cromwell*, monftre de fanatifme et d'hypocrifie, réfolut la mort de *Charles premier* pour fon intérêt, que tous les hommes aiment néceffairement , et qu'ils n'entendent pas tous également. Selon les lois du mouvement établies par DIEU même , le bourreau coupa la tête de ce roi ; mais certainement DIEU n'affaffina pas *Charles premier* par un acte particulier de fa volonté. DIEU ne fut ni *Cromwell*, ni *Jeffreis*, ni *Ravaillac* , ni *Balthazar Gérard* , ni le frère prêcheur *Jacques Clément.* DIEU ne commet, ni n'ordonne , ni ne permet le crime ; mais il a fait l'homme, et il a fait les lois du mouvement ; ces lois éternelles du mouvement font également exécutées par la main de l'homme charitable qui fecourt le pauvre , et par la main du fcélérat qui égorge fon frère. De même que DIEU n'éteignit point fon foleil et n'engloutit point l'Efpagne fous la mer, pour punir *Cortez ,*

Almagro et *Pizarro* qui avaient inondé de fang humain la moitié d'un hémifphère, de même auffi il n'envoie point une troupe d'anges à Londres, et ne fait point defcendre du ciel cent mille tonneaux de vin de Bourgogne, pour faire plaifir à fes chers Anglais, quand ils ont fait une bonne action. Sa providence générale ferait ridicule, fi elle defcendait dans chaque moment à chaque individu; et cette vérité eft fi palpable, que jamais DIEU ne punìt fur le champ un criminel par un coup éclatant de fa toute-puiffance : il laiffe luire fon foleil fur les bons et fur les méchans. Si quelques fcélérats font morts immédiatement après leurs crimes, ils font morts par les lois générales qui préfident au monde. J'ai lu dans le gros livre d'un frenchman, nommé *Mézerai*, que DIEU avait fait mourir notre grand *Henri V* de la fiftule à l'anus, parce qu'il avait ofé s'affeoir fur le trône du roi très-chrétien ; non, il mourut parce que les lois générales, émanées de la toute-puiffance, avaient tellement arrangé la matière, que la fiftule à l'anus devait terminer la vie de ce héros. Tout le phyfique d'une mauvaife action eft l'effet des lois générales imprimées par la main de DIEU à la matière : tout le mal moral de l'action criminelle eft l'effet de la liberté dont l'homme abufe.

Enfin, fans nous plonger dans les brouillards de la métaphyfique, fouvenons-nous que l'exiftence de DIEU eft démontrée; il n'y a plus à difputer fur fon exiftence. Otez DIEU au monde, l'affaffinat de *Charles premier* en devient-il plus légitime? fon bourreau vous en fera-t-il plus cher? DIEU exifte, il fuffit : s'il exifte, il eft jufte : foyez donc jufte.

B I R T O N.

Votre petit argument fur le concours de DIEU a de la fineffe et de la force , quoiqu'il ne difculpe pas DIEU entièrement d'être l'auteur du mal phyfique et du mal moral. Je vois que la manière dont vous excufez DIEU fait quelque impreffion fur l'affemblée ; mais ne pouvait-il pas faire en forte que fes lois générales n'entraînaffent pas tant de malheurs particuliers? Vous m'avez prouvé un Etre éternel et puiffant; et, DIEU me pardonne ! j'ai craint un moment que vous ne me fiffiez croire en DIEU ; mais j'ai de terribles objections à vous faire : allons, *Jenni*, prenons courage; ne nous laiffons point abattre.

Et vous, Monfieur *Freind*, qui parlez fi bien, avez-vous lu le livre intitulé *Le bon fens* ? (*)

F R E I N D.

Oui , je l'ai lu , et je ne fuis point de ceux qui condamnent tout dans leurs adverfaires. Il y a dans ce livre des vérités bien expofées ; mais elles font gâtées par un grand défaut. L'auteur veut continuelle-ment détruire le dieu de *Scot*, d'*Albert*, de *Bonaventure*, le dieu des ridicules fcolaftiques et des moines. Remar-quez qu'il n'ofe pas dire un mot contre le Dieu de *Socrate* , de *Platon* , d'*Epictète* , de *Marc-Aurèle* , contre

_____

(*) Ouvrage qui parut en même temps que le *Syfiême de la nature*. M. de *Voltaire* a grande raifon. L'auteur de cet ouvrage prouve très-bien que la plupart des philofophes, en voulant pénétrer la nature de DIEU , en ont donné des idées abfurdes ; mais cela ne détruit point les preuves de fon exiftence , qui peuvent être tirées de l'ordre de l'univers.

le Dieu de *Newton* et de *Locke*, j'ofe dire contre le
mien. Il perd fon temps à déclamer contre des fuperftitions abfurdes et abominables dont tous les honnêtes
gens fentent aujourd'hui le ridicule et l'horreur. C'eft
comme fi on écrivait contre la nature, parce que les
tourbillons de *Defcartes* l'ont défigurée ; c'eft comme
fi on difait que le bon goût n'exifte pas, parce que
la plupart des auteurs n'ont point de goût. Celui qui
a fait le livre du *Bon fens*, croit avoir attaqué DIEU,
et en cela il manque tout à fait de bon fens ; il n'a
écrit que contre certains prêtres anciens et modernes.
Croit-il avoir anéanti le maître pour avoir redit qu'il
a été fouvent fervi par des fripons ?

B I R T O N.

Ecoutez, nous pourrions nous rapprocher. Je
pourrais refpecter le maître, fi vous m'abandonniez
les valets. J'aime la vérité ; faites-la moi voir, et je
l'embraffe.

C H A P I T R E   X.

Sur l'athéifme.

LA nuit était venue, elle était belle, l'atmofphère
était une voûte d'azur tranfparent, femée d'étoiles
d'or ; ce fpectacle touche toujours les hommes, et
leur infpire une douce rêverie : le bon *Parouba* admirait le ciel, comme un allemand admire Saint-Pierre
de Rome, ou l'opéra de Naples, quand il le voit pour
la première fois. Cette voûte eft bien hardie, difait

Parouba à *Freind ;* et *Freind* lui difait : Mon cher
Parouba , il n'y a point de voûte; ce cintre bleu n'eſt
autre choſe qu'une étendue de vapeurs, de nuages
légers que DIEU a tellement difpoſés et combinés
avec la mécanique de vos yeux , qu'en quelque
endroit que vous ſoyez, vous êtes toujours au centre
de votre promenade, et vous voyez ce qu'on nomme
le ciel, et qui n'eſt point le ciel, arrondi ſur votre
tête. Et ces étoiles, M. *Freind ?* Ce ſont, comme je
vous l'ai déjà dit, autant de ſoleils autour deſquels
tournent d'autres mondes ; loin d'être attachées à
cette voûte bleue , ſouvenez-vous qu'elles en ſont à
des diſtances différentes et prodigieuſes : cette étoile
que vous voyez eſt à douze cents millions de mille pas
de notre ſoleil. Alors il lui montra le téleſcope qu'il
avait apporté : il lui fit voir nos planètes, Jupiter
avec ſes quatre lunes , Saturne avec ſes cinq lunes et
ſon inconcevable anneau lumineux ; c'eſt la même
lumière , lui difait-il , qui part de tous ces globes ,
et qui arrive à nos yeux ; de cette planète-ci en un
quart-d'heure, de cette étoile-ci en ſix mois. *Parouba*
ſe mit à genoux et dit : Les cieux annoncent DIEU.
Tout l'équipage était autour du vénérable *Freind* ,
regardait et admirait. Le coriace *Birton* avança ſans
rien regarder , et parla ainſi.

B I R T O N.

Hé bien ſoit, il y a un DIEU , je vous l'accorde;
mais qu'importe à vous et à moi ? qu'y a-t-il entre
l'Etre infini et nous autres vers de terre ? quel rapport
peut-il exiſter de ſon eſſence à la nôtre ? *Epicure* , en
admettant des dieux dans les planètes , avait bien

raifon d'enfeigner qu'ils ne fe mêlaient nullement de nos fottifes et de nos horreurs ; que nous ne pouvions ni les offenfer , ni leur plaire ; qu'ils n'avaient nul befoin de nous , ni nous d'eux : vous admettez un Dieu plus digne de l'efprit humain que les dieux d'*Epicure* , et que tous ceux des Orientaux et des Occidentaux. Mais fi vous difiez , comme tant d'autres, que ce Dieu a formé le monde et nous pour fa gloire ; qu'il exigea autrefois des facrifices de bœufs pour fa gloire ; qu'il apparut, pour fa gloire, fous notre forme de bipèdes, &c. vous diriez , ce me femble , une chofe abfurde qui ferait rire tous les gens qui penfent. L'amour de la gloire n'eft autre chofe que de l'orgueil , et l'orgueil n'eft que de la vanité : un orgueilleux eft un fat que *Shakefpeare* jouait fur fon théâtre : cette épithète ne peut pas plus convenir à DIEU que celle d'injufte , de cruel , d'inconftant. Si DIEU à daigné faire , ou plutôt arranger l'univers , ce ne doit être que dans la vue de faire des heureux. Je vous laiffe à penfer s'il eft venu à bout de ce deffein , le feul pourtant qui pût convenir à la nature divine.

F R E I N D.

Oui , fans doute, il y a réuffi avec toutes les ames honnêtes ; elles feront heureufes un jour, fi elles ne le font pas aujourd'hui.

B I R T O N.

Heureufes ! quel rêve ! quel conte de peau d'âne ! où ? quand ? comment ? qui vous l'a dit ?

F R E I N D.

Sa juftice.

X 4

B I R T O N.

N'allez-vous pas me dire, après tant de déclama-
teurs, que nous vivrons éternellement quand nous ne
ferons plus, que nous pofsédons une ame immortelle,
ou plutôt qu'elle nous pofsède, après nous avoir
avoué que les Juifs eux-mêmes, les Juifs auxquels
vous vous vantez d'avoir été fubrogés, n'ont jamais
foupçonné feulement cette immortalité de l'ame jufqu'au temps d'*Hérode.* Cette idée d'une ame immortelle avait été inventée par les brachmanes, adoptée
par les Perfes, les Chaldéens, les Grecs, ignorée très-
long-temps de la malheureufe petite horde judaïque,
mère des plus infames fuperſtitions. Hélas, Monſieur!
favons - nous feulement fi nous avons une ame?
favons-nous fi les animaux, dont le fang fait la vie,
comme il fait la nôtre, qui ont comme nous des
volontés, des appétits, des paffions, des idées, de la
mémoire, de l'induſtrie; favez-vous, dis-je, fi ces
êtres, auffi incompréhenfibles que nous, ont une ame,
comme on prétend que nous en avons une?

J'avais cru jufqu'à préfent qu'il eſt dans la nature
une force active dont nous tenons le don de vivre
dans tout notre corps, de marcher par nos pieds,
de prendre par nos mains, de voir par nos yeux,
d'entendre par nos oreilles, de fentir par nos nerfs,
de penfer par notre tête, et que tout cela était ce
que nous appelons l'ame; mot vague qui ne fignifie
au fond que le principe inconnu de nos facultés.
J'appellerai DIEU, avec vous, ce principe intelligent et
puiffant qui anime la nature entière; mais a-t-il daigné
fe faire connaître à nous?

FREIND.

Oui, par fes œuvres.

BIRTON.

Nous a-t-il dicté fes lois ? nous a-t-il parlé ?

FREIND.

Oui, par la voix de votre confcience. N'eft-il pas vrai que fi vous aviez tué votre père et votre mère, cette confcience vous déchirerait par des remords auffi affreux qu'involontaires ? Cette vérité n'eft-elle pas fentie et avouée par l'univers entier ? Defcendons maintenant à de moindres crimes. Y en a-t-il un feul qui ne vous effraie au premier coup d'œil, qui ne vous faffe pâlir la première fois que vous le commettez, et qui ne laiffe dans votre cœur l'aiguillon du repentir ?

BIRTON.

Il faut que je l'avoue.

FREIND.

DIEU vous a donc expreffément ordonné, en parlant à votre cœur, de ne vous fouiller jamais d'un crime évident. Et quant à toutes ces actions équivoques, que les uns condamnent et que les autres juftifient, qu'avons-nous de mieux à faire que de fuivre cette grande loi du premier des *Zoroaftres*, tant remarquée de nos jours par un auteur français ? *Quand tu ne fais fi l'action que tu médites eft bonne ou mauvaife, abftiens-toi.*

BIRTON.

Cette maxime eft admirable ; c'eft, fans doute, ce qu'on a jamais dit de plus beau, c'eft-à-dire, de plus

utile en morale ; et cela me ferait prefque penfer que
DIEU a fufcité de temps en temps des fages qui ont
enfeigné la vertu aux hommes égarés. Je vous demande
pardon d'avoir raillé la vertu.

F R E I N D.

Demandez-en pardon à l'Etre éternel qui peut la
récompenfer éternellement, et punir les tranfgref-
feurs.

B I R T O N.

Quoi ! DIEU me punirait éternellement de m'être
livré à des paffions qu'il m'a données ?

F R E I N D.

Il vous a donné des paffions avec lefquelles on
peut faire du bien et du mal. Je ne vous dis pas qu'il
vous punira à jamais, ni comment il vous punira ;
car perfonne n'en peut rien favoir : je vous dis qu'il
le peut. Les brachmanes furent les premiers qui imaginèrent une prifon éternelle pour les fubftances
céleftes qui s'étaient révoltées contre DIEU dans
fon propre palais ; il les enferma dans une efpèce
d'enfer qu'ils appelaient *ondera ;* mais au bout de
quelques milliers de fiècles, il adoucit leurs peines, les
mit fur la terre et les fit hommes ; c'eft de là que vint
notre mélange de vices et de vertus, de plaifirs et
de calamités. Cette imagination eft ingénieufe ; la fable
de *Pandore* et de *Prométhée* l'eft encore davantage.
Des nations groffières ont imité groffièrement la belle
fable de *Pandore ;* ces inventions font des rêves de
la philofophie orientale ; tout ce que je puis vous dire,
c'eft que fi vous avez commis des crimes en abufant

de votre liberté, il vous eſt impoſſible de prouver que DIEU ſoit incapable de vous en punir : je vous en défie.

BIRTON.

Attendez ; vous penſez que je ne peux pas vous démontrer qu'il eſt impoſſible au grand Etre de me punir : par ma foi , vous avez raiſon ; j'ai fait ce que j'ai pu, pour me prouver que cela était impoſſible , et je n'en ſuis jamais venu à bout. J'avoue que j'ai abuſé de ma liberté, et que DIEU peut m'en châtier ; mais pardieu, je ne ſerai pas puni quand je ne ſerai plus.

FREIND.

Le meilleur parti que vous ayez à prendre eſt d'être honnête homme tandis que vous exiſtez.

BIRTON.

D'être honnête homme pendant que j'exiſte ? . . . . oui , je l'avoue ; oui , vous avez raiſon ; c'eſt le parti qu'il faut prendre.

(Je voudrais, mon cher ami, que vous euſſiez été témoin de l'effet que firent les diſcours de *Freind* ſur tous les anglais , et ſur tous les américains. *Birton* ſi évaporé et ſi audacieux prit tout à coup un air recueilli et modeſte ; *Jenni* , les yeux mouillés de larmes, ſe jeta aux genoux de ſon père, et ſon père l'embraſſa : voici enfin la dernière ſcène de cette diſpute ſi épineuſe et ſi intéreſſante.)

CHAPITRE XI.

De l'athéifme.

BIRTON.

JE conçois bien que le grand Etre, le maître de la nature, eft éternel ; mais nous qui n'étions pas hier, pouvons-nous avoir la folle hardieffe de prétendre à une éternité future ? Tout périt fans retour autour de nous, depuis l'infecte dévoré par l'hirondelle jufqu'à l'éléphant mangé des vers.

FREIND.

Non, rien ne périt, tout change ; les germes impalpables des animaux et des végétaux fubfiftent, fe développent et perpétuent les efpèces. Pourquoi ne voudriez-vous pas que DIEU confervât le principe qui vous fait agir et penfer, de quelque nature qu'il puiffe être ? DIEU me garde de faire un fyftême, mais certainement il y a dans nous quelque chofe qui penfe et qui veut : ce quelque chofe que l'on appelait autrefois une monade, ce quelque chofe eft imperceptible. DIEU nous l'a donnée, ou peut-être, pour parler plus jufte, DIEU nous a donnés à elle. Etes-vous bien fûr qu'il ne peut la conferver ? fongez, examinez, pouvez-vous m'en fournir quelque démonftration.

BIRTON.

Non ; j'en ai cherché dans mon entendement, dans

tous les livres des athées, et fur-tout dans le troifième chant de *Lucréce* ; j'avoue que je n'ai jamais trouvé que des vraifemblances.

F R E I N D.

Et fur ces fimples vraifemblances, nous nous abandonnerions à toutes nos paffions funeftes ! nous vivrions en brutes ! n'ayant pour règle que nos appétits, et pour frein que la crainte des autres hommes rendus éternellement ennemis les uns des autres par cette crainte mutuelle ; car on veut toujours détruire ce qu'on craint : penfez-y bien, M. *Birton*, réfléchiffez-y férieufement, mon fils *Jenni* : n'attendre de D I E U ni châtiment, ni récompenfe, c'eft être véritablement athée. A quoi fervirait l'idée d'un Dieu qui n'aurait fur vous aucun pouvoir ? c'eft comme fi l'on difait, il y a un roi de la Chine qui eft très-puiffant : je réponds, grand bien lui faffe ; qu'il refte dans fon manoir, et moi dans le mien : je ne me foucie pas plus de lui qu'il ne fe foucie de moi ; il n'a pas plus de juridiction fur ma perfonne qu'un chanoine de Windfor n'en a fur un membre de notre parlement : alors je fuis mon Dieu à moi-même ; je facrifie le monde entier à mes fantaifies, fi j'en trouve l'occafion ; je fuis fans loi, je ne regarde que moi. Si les autres êtres font moutons, je me fais loup ; s'ils font poules, je me fais renard.

Je fuppofe, ce qu'à D I E U ne plaife, que toute notre Angleterre foit athée par principes ; je conviens qu'il pourra fe trouver plufieurs citoyens qui, nés tranquilles et doux, affez riches pour n'avoir pas befoin d'être injuftes, gouvernés par l'honneur, et par conféquent attentifs à leur conduite, pourront vivre enfemble en société ; ils cultiveront les beaux arts par qui les mœurs s'adouciffent ; ils pourront vivre dans la paix , dans l'innocente gaieté des honnêtes gens ; mais l'athée pauvre et violent , sûr de l'impunité, fera un fot s'il ne vous affaffine pas pour voler votre argent. Dès-lors tous les liens de la fociété font rompus , tous les crimes fecrets inondent la terre, comme les fauterelles à peine d'abord aperçues viennent ravager les campagnes : le bas peuple ne fera qu'une horde de brigands, comme nos voleurs, dont on ne pend pas la dixième partie à nos feffions ; ils paffent leurs miférables vies dans des tavernes avec des filles perdues, ils les battent , ils fe battent entre eux ; ils tombent ivres au milieu de leurs pintes de plomb dont ils fe font caffé la tête ; ils fe réveillent pour voler et pour affaffiner ; ils recommencent chaque jour ce cercle abominable de brutalités.

Qui retiendra les grands et les rois dans leurs vengeances , dans leur ambition à laquelle ils veulent tout immoler ? Un roi athée eft plus dangereux qu'un *Ravaillac* fanatique.

Les athées fourmillaient en Italie au quinzième fiècle ; qu'en arriva-t-il ? il fut auffi commun d'empoifonner que de donner à fouper, et d'enfoncer un ftylet dans le cœur de fon ami que de l'embraffer ; il y eut des profeffeurs du crime, comme il y a aujourd'hui des maîtres de mufique et de mathématique. On choififfait exprès les temples pour y affaffiner les princes aux pieds des autels. Le pape *Sixte IV*, et un archevêque de Florence firent affaffiner ainfi les deux princes les plus accomplis de l'Europe. (Mon cher *Sherloc*, dites, je vous prie, à *Parouba* et à fes enfans ce que c'eft qu'un pape et un archevêque, et dites-leur fur-tout

qu'il n'eft plus de pareils monftres.) Mais continuons.
Un duc de Milan fut affaffiné de même au milieu
d'une églife. On ne connaît que trop les étonnantes
horreurs d'*Alexandre VI*. Si de telles mœurs avaient
fubfifté, l'Italie aurait été plus déferte que ne l'a été
le Pérou après fon invafion.

La croyance d'un DIEU rémunérateur des bonnes
actions, puniffeur des méchantes, pardonneur des
fautes légères, eft donc la croyance la plus utile au
genre humain; c'eft le feul frein des hommes puiffans
qui commettent infolemment les crimes publics; c'eft
le feul frein des hommes qui commettent adroitement
les crimes fecrets. Je ne vous dis pas, mes amis, de
mêler à cette croyance néceffaire des fuperftitions qui
la déshonoreraient, et qui même pourraient la rendre
funefte : l'athée eft un monftre qui ne dévorera que
pour apaifer fa faim; le fuperftitieux eft un autre
monftre qui déchirera les hommes par devoir. J'ai
toujours remarqué qu'on peut guérir un athée, mais
on ne guérit jamais le fuperftitieux radicalement :
l'athée eft un homme d'efprit qui fe trompe, mais qui
penfe par lui-même; le fuperftitieux eft un fot brutal
qui n'a jamais eu que les idées des autres. L'athée
violera *Iphigénie* près d'époufer *Achille;* mais le fanatique
l'égorgera pieufement fur l'autel, et croira que *Jupiter*
lui en aura beaucoup d'obligation : l'athée dérobera
un vafe d'or dans une églife, pour donner à fouper à
des filles de joie; mais le fanatique célébrera un auto-
da-fé dans cette églife, et chantera un cantique juif à
plein gofier, en fefant brûler des juifs. Oui, mes amis,
l'athéifme et le fanatifme font les deux pôles d'un
univers de confufion et d'horreur. La petite zone de

la vertu eſt entre ces deux pôles ; marchez d'un pas
ferme dans ce ſentier ; croyez un Dieu bon, et ſoyez
bons. c'eſt tout ce que les grands légiſlateurs *Locke* et
Pen demandent à leurs peuples.

Répondez-moi, M. *Birton*, vous et vos amis :
Quel mal peut vous faire l'adoration d'un Dieu jointe
au bonheur d'être honnête homme ? Nous pouvons
tous être attaqués d'une maladie mortelle au moment
où je vous parle ; qui de nous alors ne voudrait pas
avoir vécu dans l'innocence ? Voyez comme notre
méchant *Richard III* meurt dans *Shakeſpeare ;* comme les
ſpectres de tous ceux qu'il a tués viennent épouvanter
ſon imagination. Voyez comme expire *Charles IX* de
France après la Saint-Barthelemi. Son chapelain a beau
lui dire qu'il a bien fait, ſon crime le déchire, ſon
ſang jaillit par ſes pores, et tout le ſang qu'il fit couler,
crie contre lui. Soyez ſûr que de tous ces monſtres, il
n'en eſt aucun qui n'ait vécu dans les tourmens du
remords, et qui n'ait fini dans la rage du déſeſpoir.

C H A P I T R E   X I I.

Retour en Angleterre. Mariage de Jenni.

B I R T O N et ſes amis ne purent tenir davantage ; ils
ſe jetèrent aux genoux de *Freind.* Oui, dit *Birton,* je
crois en D I E U et en vous.

On était déjà près de la maiſon de *Parouba,* on y
ſoupa ; mais *Jenni* ne put ſouper : il ſe tenait à l'écart,
il fondait en larmes ; ſon père alla le chercher pour le
conſoler. Ah ! lui dit *Jenni,* je ne méritais pas d'avoir

un

un père tel que vous; je mourrai de douleur d'avoir été séduit par cette abominable *Clive-Hart* : je suis la cause quoiqu'innocente de la mort de *Primerose;* et tout à l'heure quand vous nous avez parlé d'empoisonnement , un frisson m'a saisi, j'ai cru voir *Clive-Hart* présentant le breuvage horrible à *Primerose.* O ciel ! ô Dieu ! comment ai-je pu avoir l'esprit assez aliéné pour suivre une créature si coupable ! mais elle me trompa; j'étais aveugle; je ne fus détrompé que peu de temps avant qu'elle fût prise par les sauvages : elle me fit presque l'aveu de son crime dans un mouvement de colère; depuis ce moment je l'eus en horreur; et, pour mon supplice, l'image de *Primerose* est sans cesse devant mes yeux; je la vois, je l'entends : elle me dit : Je suis morte parce que je t'aimais.

M. *Freind* se mit à sourire, d'un sourire de bonté dont *Jenni* ne put comprendre le motif; son père lui dit qu'une vie irréprochable pouvait seule réparer les fautes passées : il le ramena à table comme un homme qu'on vient de retirer des flots où il se noyait; je l'embrassai , je le flattai, je lui donnai du courage; nous étions tous attendris; nous appareillâmes le lendemain pour retourner en Angleterre, après avoir fait des présens à toute la famille de *Parouba* : nos adieux furent mêlés de larmes sincères; *Birton* et ses camarades, qui n'avaient jamais été qu'évaporés, semblaient déjà raisonnables.

Nous étions en pleine mer quand *Freind* dit à *Jenni* en ma présence : Hé bien, mon fils, le souvenir de la belle, de la vertueuse et tendre *Primerose* vous est donc toujours cher ! *Jenni* se désespéra à ces paroles; les traits d'un repentir inutile et éternel perçaient fon cœur, et je craignis qu'il ne fe précipitât dans la mer. Hé bien, lui dit *Freind*, confolez-vous, *Primerofe* eft vivante, et elle vous aime.

Freind en effet en avait reçu des nouvelles sûres de ce domeftique affidé qui lui écrivait par tous les vaiffeaux qui partaient pour le Mariland. M. *Mead*, qui a depuis acquis une fi grande réputation pour la connaiffance de tous les poifons, avait été affez heureux pour tirer *Primerofe* des bras de la mort. M. *Freind* fit voir à fon fils cette lettre qu'il avait relue tant de fois, et avec tant d'attendriffement.

Jenni paffa en un moment de l'excès du défefpoir à celui de la félicité; je ne vous peindrai point les effets de ce changement fi fubit : plus j'en fuis faifi, moins je puis les exprimer; ce fut le plus beau moment de la vie de *Jenni*. *Birton* et fes camarades partagèrent une joie fi pure. Que vous dirai-je enfin ? l'excellent *Freind* leur a fervi de père à tous; les noces du beau *Jenni* et de la belle *Primerofe* fe font faites chez le docteur *Mead*; nous avons marié auffi *Birton* qui était tout changé. *Jenni* et lui font aujourd'hui les plus honnêtes gens de l'Angleterre. Vous conviendrez qu'un fage peut guérir des fous.

Fin de l'hiftoire de Jenni.

LES OREILLES

DU COMTE

DE CHESTERFIELD,

ET LE

CHAPELAIN GOUDMAN.

LES OREILLES

DU COMTE

DE CHESTERFIELD,

ET LE

CHAPELAIN GOUDMAN.

CHAPITRE PREMIER.

A H ! la fatalité gouverne irrémiffiblement toutes les chofes de ce monde. J'en juge, comme de raifon, par mon aventure.

Milord *Chefterfield*, qui m'aimait fort, m'avait promis de me faire du bien. Il vaquait un bon *préferment* (a) à fa nomination. Je cours du fond de ma province à Londres ; je me préfente à milord ; je le fais fouvenir de fes promeffes ; il me ferre la main avec amitié, et me dit qu'en effet j'ai bien mauvais vifage. Je lui réponds que mon plus grand mal eft la pauvreté. Il me réplique qu'il veut me faire guérir, et me donne fur le champ une lettre pour M. *Sidrac* près de Guid'hall.

(a) *Préferment* fignifie *bénéfice* en anglais.

Je ne doute pas que M. *Sidrac* ne foit celui qui doit m'expédier les provifions de ma cure. Je vole chez lui. M. *Sidrac*, qui était le chirurgien de milord, fe met incontinent en devoir de me fonder, et m'affure que, fi j'ai la pierre, il me taillera très-heureufement.

Il faut favoir que milord avait entendu que j'avais un grand mal à la veffie, et qu'il avait voulu, felon fa générofité ordinaire, me faire tailler à fes dépens. Il était fourd, auffi-bien que monfieur fon frère, et je n'en étais pas encore inftruit.

Pendant le temps que je perdis à défendre ma veffie contre M. *Sidrac*, qui voulait me fonder à toute force, un des cinquante-deux compétiteurs qui prétendaient au même bénéfice, arriva chez milord, demanda ma cure, et l'emporta.

J'étais amoureux de mifs *Fidler*, que je devais époufer dès que je ferais curé; mon rival eut ma place et ma maîtreffe.

Le comte ayant appris mon défaftre et fa méprife, me promit de tout réparer: mais il mourut deux jours après.

M. *Sidrac* me fit voir clair comme le jour, que mon bon protecteur ne pouvait pas vivre une minute de plus, vu la conftitution préfente de fes organes, et me prouva que fa furdité ne venait que de l'extrême féchereffe de la corde et du tambour de fon oreille. Il m'offrit même d'endurcir mes deux oreilles avec de l'efprit-de-vin, de façon à me rendre plus fourd qu'aucun pair du royaume.

Je compris que M. *Sidrac* était un très-favant homme. Il m'infpira du goût pour la fcience de la nature. Je voyais d'ailleurs que c'était un homme charitable qui me taillerait gratis dans l'occasion, et qui me soulagerait dans tous les accidens qui pourraient m'arriver vers le col de la vessie.

Je me mis donc à étudier la nature sous sa direction pour me consoler de la perte de ma cure et de ma maîtresse.

CHAPITRE II.

APRÈS bien des observations sur la nature, faites avec mes cinq sens, des lunettes, des microscopes, je dis un jour à M. *Sidrac* : On se moque de nous; il n'y a point de nature, tout est art. C'est par un art admirable que toutes les planètes dansent régulièrement autour du soleil, tandis que le soleil fait la roue sur lui-même. Il faut assurément que quelqu'un d'aussi savant que la société royale de Londres ait arrangé les choses de manière que le quarré des révolutions de chaque planète soit toujours proportionnel à la racine du cube de leur distance à leur centre ; et il faut être sorcier pour le deviner.

Le flux et le reflux de notre Tamise me paraît l'effet constant d'un art non moins profond et non moins difficile à connaître.

Animaux, végétaux, minéraux, tout me paraît arrangé avec poids, mesure, nombre, mouvement. Tout est ressort, levier, poulie, machine hydraulique, laboratoire de chimie, depuis l'herbe jusqu'au chêne, depuis la puce jusqu'à l'homme, depuis un grain de sable jusqu'à nos nuées.

Certainement il n'y a que de l'art, et la nature est une chimère. Vous avez raison, me répondit M. *Sidrac*, mais vous n'en avez pas les gants ; cela a déjà été dit par un rêveur delà la Manche, (*b*) mais on n'y a pas fait attention. Ce qui m'étonne, et ce qui me plaît le plus, c'eſt que par cet art incompréhenſible deux machines en produiſent toujours une troiſième ; et je ſuis bien fâché de n'en avoir pas fait une avec miſs *Fidler* ; mais je vois bien qu'il était arrangé de toute éternité que miſs *Fidler* emploierait une autre machine que moi.

Ce que vous me dites, me répliqua M. *Sidrac*, a été encore dit, et tant mieux ; c'eſt une probabilité que vous penſez juſte. Oui, il eſt fort plaiſant que deux êtres en produiſent un troiſième ; mais cela n'eſt pas vrai de tous les êtres. Deux roſes ne produiſent point une troiſième roſe en ſe baiſant ; deux cailloux, deux métaux n'en produiſent pas un troiſième ; et cependant un métal, une pierre ſont des choſes que toute l'induſtrie humaine ne ſaurait faire. Le grand, le beau miracle continuel eſt qu'un garçon et une fille faſſent un enfant enſemble, qu'un roſſignol faſſe un roſſignolet à ſa roſſignole, et non pas à une fauvette. Il faudrait paſſer la moitié de ſa vie à les imiter, et l'autre moitié à bénir celui qui inventa cette méthode. Il y a dans la génération mille ſecrets tout à fait curieux. *Newton* dit que la nature ſe reſſemble par-tout : *Natura eſt ubique ſibi conſona*. Cela eſt faux en amour ; les poiſſons, les reptiles, les oiſeaux ne font point l'amour comme nous ; c'eſt une variété infinie. La fabrique des êtres ſentans et agiſſans me ravit. Les végétaux ont auſſi leur prix. Je m'étonne toujours qu'un grain de blé jeté en terre en produiſe pluſieurs autres.

(*b*) *Dictionnaire philoſophique*, article NATURE.

Ah ! lui dis-je, comme un fot que j'étais encore, c'eft que le blé doit mourir pour naître, comme on l'a dit dans l'école.

M. *Sidrac* me reprit en riant avec beaucoup de circonfpection. Cela était vrai du temps de l'école, dit-il ; mais le moindre laboureur fait bien aujourd'hui que la chofe eft abfurde. Ah ! M. *Sidrac*, je vous demande pardon ; mais j'ai été théologien, et on ne fe défait pas tout d'un coup de fes habitudes.

CHAPITRE III.

QUELQUE temps après ces converfations entre le pauvre prêtre *Goudman* et l'excellent anatomifte *Sidrac*, ce chirurgien le rencontra dans le parc Saint-James tout penfif, tout rêveur, et l'air plus embarraffé qu'un algébrifte qui vient de faire un faux calcul. Qu'avez-vous, lui dit *Sidrac*? eft-ce la veffie ou le colon qui vous tourmente ? Non, dit *Goudman*, c'eft la véficule du fiel. Je viens de voir paffer dans un bon carroffe l'évêque de Glocefter (*) qui eft un pédant bavard et infolent ; j'étais à pied, et cela m'a irrité. J'ai fongé que fi je voulais avoir un évêché dans ce royaume, il y a dix mille à parier contre un que je ne l'aurais pas, attendu que nous fommes dix mille prêtres en Angleterre. Je fuis fans aucune protection depuis la mort de milord *Chefterfield* qui était fourd. Pofons que les dix mille prêtres anglicans aient chacun deux protecteurs, il y aurait en ce cas vingt mille à parier contre un que

(*) *Warburton.*

je n'aurais pas l'évêché. Cela fâche quand on y fait attention.

Je me fuis fouvenu qu'on m'avait propofé autrefois d'aller aux grandes Indes en qualité de mouffe ; on m'affurait que j'y ferais une grande fortune, mais je ne me fentis pas propre à devenir un jour amiral. Et après avoir examiné toutes les profeffions, je fuis refté prêtre fans être bon à rien.

Ne foyez plus prêtre, lui dit *Sidrac*, et faites-vous philofophe. Ce métier n'exige ni ne donne des richeffes. Quel eft votre revenu ? — Je n'ai que trente guinées de rente, et après la mort de ma vieille tante j'en aurai cinquante. — Allons, mon cher *Goudman*, c'eft affez pour vivre libre et pour penfer. Trente guinées font fix cents trente fchellings, c'eft près de deux fchellings par jour. *Philips* n'en voulait qu'un feul. On peut, avec ce revenu affuré, dire tout ce qu'on penfe de la compagnie des Indes, du parlement, de nos colonies, du roi, de l'être en général, de l'homme et de DIEU, ce qui eft un grand amufement. Venez dîner avec moi, cela vous épargnera de l'argent ; nous cauferons, et votre faculté penfante aura le plaifir de fe communiquer à la mienne par le moyen de la parole, ce qui eft une chofe merveilleufe que les hommes n'admirent pas affez.

CHAPITRE IV.

Converſation du docteur Goudman et de l'anatomiſte Sidrac ſur l'ame et ſur quelqu'autre choſe.

GOUDMAN.

Mais, mon chèr *Sidrac*, pourquoi dites-vous toujours *ma faculté penſante* ? que ne dites-vous mon ame, tout court ? cela ſerait plus tôt fait, et je vous entendrais tout auſſi bien.

SIDRAC.

Et moi, je ne m'entendrais pas. Je ſens bien, je ſais bien que DIEU m'a donné la faculté de penſer et de parler ; mais je ne ſens ni ne ſais s'il m'a donné un être qu'on appelle ame.

GOUDMAN.

Vraiment quand j'y réfléchis, je vois que je n'en fais rien non plus, et que j'ai été long-temps aſſez hardi pour croire le ſavoir. J'ai remarqué que les peuples orientaux appelèrent l'ame d'un nom qui ſignifiait la vie. A leur exemple, les Latins entendirent d'abord par *anima* la vie de l'animal. Chez les Grecs on diſait la reſpiration de l'ame. Cette reſpiration eſt un ſouffle. Les Latins traduiſirent le mot *ſouffle* par *ſpiritus* : de-là le mot qui répond à *eſprit* chez preſque toutes les nations modernes. Comme perſonne n'a jamais vu ce ſouffle, cet eſprit, on en a fait un être

que perfonne ne peut voir ni toucher. On a dit qu'il
logeait dans notre corps fans y tenir de place, qu'il
remuait nos organes fans les atteindre. Que n'a-t-on
pas dit ? Tous nos difcours , à ce qu'il me femble,
ont été fondés fur des équivoques. Je vois que le fage
Locke a bien fenti dans quel chaos ces équivoques de
toutes les langues avaient plongé la raifon humaine.
Il n'a fait aucun chapitre fur l'ame dans le feul livre
de métaphyfique raifonnable qu'on ait jamais écrit.
Et fi par hafard il prononce ce mot en quelques
endroits , ce mot ne fignifie chez lui que notre
intelligence.

En effet tout le monde fent bien qu'il a une intelligence , qu'il reçoit des idées , qu'il en affemble,
qu'il en décompofe ; mais perfonne ne fent qu'il ait
dans lui un autre être qui lui donne du mouvement,
des fenfations et des penfées. Il eft au fond ridicule
de prononcer des mots qu'on n'entend pas , et d'admettre des êtres dont on ne peut avoir la plus légère
connaiffance.

SIDRAC.

Nous voilà donc déjà d'accord fur une chofe qui a
été un objet de difpute pendant tant de fiècles.

GOUDMAN.

Et j'admire que nous foyons d'accord.

SIDRAC.

Cela n'eft pas étonnant, nous cherchons le vrai de
bonne foi. Si nous étions fur les bancs de l'école, nous
argumenterions comme les perfonnages de *Rabelais*.
Si nous vivions dans les fiècles de ténèbres affreufes
qui enveloppèrent fi long-temps l'Angleterre , l'un

de nous deux ferait peut-être brûler l'autre. Nous
sommes dans un siècle de raison ; nous trouvons
aisément ce qui nous paraît la vérité, et nous osons
la dire.

GOUDMAN.

Oui, mais j'ai peur que cette vérité ne soit bien
peu de chose. Nous avons fait en mathématique des
prodiges qui étonneraient *Apollonius* et *Archimède*, et
qui les rendraient nos écoliers : mais en métaphysique
qu'avons-nous trouvé ? notre ignorance.

SIDRAC.

Et n'est-ce rien ? Vous convenez que le grand Etre
vous a donné une faculté de sentir et de penser, comme
il a donné à vos pieds la faculté de marcher, à vos
mains le pouvoir de faire mille ouvrages, à vos viscères
le pouvoir de digérer, à votre cœur le pouvoir de
pousser votre sang dans vos artères. Nous tenons tout
de lui ; nous n'avons rien pu nous donner : et nous
ignorerons toujours la manière dont le maître de
l'univers s'y prend pour nous conduire. Pour moi, je
lui rends grâce de m'avoir appris que je ne sais rien
des premiers principes.

On a toujours recherché comment l'ame agit sur le
corps. Il fallait d'abord savoir si nous en avions une.
Ou DIEU nous a fait ce présent, ou il nous a communi-
qué quelque chose qui en est l'équivalent. De
quelque manière qu'il s'y soit pris, nous sommes sous
sa main. Il est notre maître ; voilà tout ce que je sais.

GOUDMAN.

Mais au moins, dites-moi ce que vous en soupçonnez.

Vous avez difféqué des cerveaux, vous avez vu des
embryons et des fœtus, y avez-vous découvert quelque
apparence d'ame ?

S I D R A C.

Pas la moindre, et je n'ai jamais pu comprendre
comment un être immatériel, immortel, logeait
pendant neuf mois; inutilement caché dans une
membrane puante entre de l'urine et des excrémens.
Il m'a paru difficile de concevoir que cette prétendue
ame fimple exiftât avant la formation de fon corps;
car à quoi aurait-elle fervi pendant des fiècles fans
être ame humaine ? Et puis, comment imaginer un
être fimple, un être métaphyfique qui attend pendant
une éternité le moment d'animer de la matière pendant
quelques minutes ? Que devient cet être inconnu fi
le fœtus qu'il doit animer meurt dans le ventre de fa
mère ?

Il m'a paru encore plus ridicule que DIEU créât
une ame au moment qu'un homme couche avec une
femme. Il m'a femblé blafphématoire que DIEU attendît
la confommation d'un adultère, d'un incefte, pour
récompenfer ces turpitudes en créant des ames en leur
faveur. C'eft encore pis quand on me dit que DIEU
tire du néant des ames immortelles pour leur faire
fouffrir éternellement des tourmens incroyables. Quoi!
brûler des êtres fimples, des êtres qui n'ont rien de
brûlable. Comment nous y prendrions-nous pour
brûler un fon de voix, un vent qui vient de paffer ?
encore ce fon, ce vent étaient matériels dans le petit
moment de leur paffage; mais un efprit pur, une
penfée, un doute! je m'y perds. De quelque côté que

je me tourne, je ne trouve qu'obfcurité, contradiction, impoffibilité, ridicule, rêverie, impertinence, chimère, abfurdité, bêtife, charlatanerie.

Mais je fuis à mon aife quand je me dis : DIEU eft le maître. Celui qui fait graviter des aftres innombrables les uns vers les autres ; celui qui fit la lumière eft bien affez puiffant pour nous donner des fentimens et des idées, fans que nous ayons befoin d'un petit atome étranger, invifible, appelé *ame*.

DIEU a donné certainement du fentiment, de la mémoire, de l'induftrie à tous les animaux. Il leur a donné la vie, et il eft bien auffi beau de faire préfent de la vie que de faire préfent d'une ame. Il eft affez reçu que les animaux vivent ; il eft démontré qu'ils ont du fentiment, puifqu'ils ont les organes du fentiment. Or, s'ils ont tout cela fans ame, pourquoi voulons-nous à toute force en avoir une ?

GOUDMAN.

Peut-être c'eft par vanité. Je fuis perfuadé que fi un paon pouvait parler, il fe vanterait d'avoir une ame, et il dirait que fon ame eft dans fa queue. Je me fens très-enclin à foupçonner avec vous que DIEU nous a faits mangeans, buvans, marchans, dormans, fentans, penfans, pleins de paffions, d'orgueil et de misère, fans nous dire un mot de fon fecret. Nous n'en favons pas plus fur cet article que ce paon dont je parle ; et celui qui a dit que nous naiffons, vivons et mourons fans favoir comment, a dit une grande vérité.

Celui qui nous appelle les marionnettes de la Providence me paraît nous avoir bien définis ; car enfin,

pour que nous exiftions il faut une infinité de mouvemens. Or , nous n'avons pas fait le mouvement ;
ce n'eft pas nous qui en avons établi les lois. Il y a
quelqu'un qui, ayant fait la lumière, la fait mouvoir
du foleil à nos yeux, et y arriver en fept minutes. Ce
n'eft que par le mouvement que mes cinq fens font
remués : ce n'eft que par ces cinq fens que j'ai des
idées ; donc c'eft l'auteur du mouvement qui me
donne mes idées. Et quand il me dira de quelle
manière il me les donne, je lui rendrai de très-humbles
actions de grâces. Je lui en rends déjà beaucoup de
m'avoir permis de contempler pendant quelques années
le magnifique fpectacle de ce monde, comme difait
Epictète. Il eft vrai qu'il pouvait me rendre plus
heureux , et me faire avoir un bon bénéfice et ma
maîtreffe mifs *Fidler* ; mais enfin, tel que je fuis avec
mes fix cents trente fchellings de rente , je lui ai encore
bien de l'obligation.

SIDRAC.

Vous dites que DIEU pouvait vous donner un bon
bénéfice , et qu'il pouvait vous rendre plus heureux
que vous n'êtes. Il y a des gens qui ne vous pafferaient
pas cette propofition. Hé ne vous fouvenez-vous pas
que vous-même vous vous êtes plaint de la fatalité ?
il n'eft pas permis à un homme qui a voulu être curé
de fe contredire. Ne voyez-vous pas que fi vous aviez
eu la cure et la femme que vous demandiez, ce ferait
vous qui auriez fait un enfant à mifs *Fidler* et non
pas votre rival ? l'enfant dont elle aurait accouché
aurait pu être mouffe , devenir amiral , gagner une
bataille navale à l'embouchure du Gange , et achever

de

de détrôner le grand mogol. Cela feul aurait changé la conftitution de l'univers. Il aurait fallu un monde tout différent du nôtre pour que votre compétiteur n'eût pas la cure, pour qu'il n'épousât pas mifs *Fidler*, pour que vous ne fuffiez pas réduit à fix cents trente fchellings, en attendant la mort de votre tante. Tout eft enchaîné ; et DIEU n'ira pas rompre la chaîne éternelle pour mon ami *Goudman*.

GOUDMAN.

Je ne m'attendais pas à ce raifonnement, quand je parlais de fatalité ; mais enfin, fi cela eft ainfi, DIEU eft donc efclave tout comme moi.

SIDRAC.

Il eft efclave de fa volonté, de fa fageffe, des propres lois qu'il a faites, de fa nature néceffaire. Il ne peut les enfreindre, parce qu'il ne peut être faible, inconftant, volage comme nous, et que l'Etre néceffairement éternel ne peut être une girouette.

GOUDMAN.

Monfieur *Sidrac*, cela pourrait mener tout droit à l'irréligion ; car, fi DIEU ne peut rien changer aux affaires de ce monde, à quoi bon chanter fes louanges, à quoi bon lui adreffer des prières ?

SIDRAC.

Hé ! qui vous dit de prier DIEU et de le louer ? Il a vraiment bien affaire de vos louanges et de vos placets ! on loue un homme parce qu'on le croit vain ; on le prie quand on le croit faible, et qu'on efpère le faire changer d'avis. Fefons notre devoir envers DIEU, adorons-le, foyons juftes; voilà nos vraies louanges, nos vraies prières.

GOUDMAN.

Monfieur *Sidrac*, nous avons embraffé bien du terrain; car, fans compter mifs *Fidler*, nous examinons fi nous avons une ame, s'il y a un Dieu, s'il peut changer, fi nous fommes deftinés à deux vies, fi... ce font-là de profondes études, et peut-être je n'y aurais jamais penfé fi j'avais été curé. Il faut que j'approfondiffe ces chofes néceffaires et fublimes, puifque je n'ai rien à faire.

SIDRAC.

Hé bien, demain le docteur *Grou* vient dîner chez moi; c'eft un médecin fort inftruit; il a fait le tour du monde avec MM. *Banks* et *Solander;* il doit certainement connaître DIEU et l'ame, le vrai et le faux, le jufte et l'injufte, bien mieux que ceux qui ne font jamais fortis de Covent-garden. De plus, le docteur *Grou* a vu prefque toute l'Europe dans fa jeuneffe; il a été témoin de cinq ou fix révolutions en Ruffie; il a fréquenté le bachá comte de *Bonneval*, qui était devenu, comme on fait, un parfait mufulman à Conftantinople. Il a été lié avec le prêtre papifte *Makarti*, irlandais, qui fe fit couper le prépuce à l'honneur de *Mahomet*, et avec notre presbytérien écoffais, *Ramfay*, qui en fit autant, et qui enfuite fervit en Ruffie, et fut tué dans une bataille contre les Suédois en Finlande; enfin il a converfé avec le révérend père *Malagrida* qui a été brûlé depuis à Lisbonne, parce que la fainte Vierge lui avait révélé tout ce qu'elle avait fait lorfqu'elle était dans le ventre de fa mère Ste *Anne*.

Vous fentez bien qu'un homme comme M. *Grou*, qui a vu tant de chofes, doit être le plus grand métaphyficien du monde. A demain donc chez moi à dîner.

GOUDMAN.

Et après demain encore, mon cher *Sidrac*; car il faut plus d'un dîner pour s'inftruire.

CHAPITRE V.

Le lendemain, les trois penfeurs dînèrent enfemble; et comme ils devenaient un peu plus gais fur la fin du repas, felon la coutume des philofophes qui dînent, on fe divertit à parler de toutes les mifères, de toutes les fottifes, de toutes les horreurs qui affligent le genre animal, depuis les terres auftrales jufqu'auprès du pôle arctique, et depuis Lima jufqu'à Méaco. Cette diverfité d'abominations ne laiffe pas d'être fort amufante. C'eft un plaifir que n'ont point les bourgeois cafaniers et les vicaires de paroiffe, qui ne connaiffent que leur clocher, et qui croient que tout le refte de l'univers eft fait comme ex-change-alley à Londres, ou comme la rue de la huchette à Paris.

Je remarque, dit le docteur *Grou*, que, malgré la variété infinie répandue fur ce globe, cependant tous les hommes que j'ai vus, foit noirs à laine, foit noirs à cheveux, foit bronzés, foit rouges, foit bis qui s'appellent blancs, ont également deux jambes, deux yeux et une tête fur leurs épaules, quoi qu'en ait dit St *Auguftin* qui, dans fon trente-feptième fermon,

Z 2

affure qu'il a vu des acéphales, c'eft-à-dire des hommes
fans tête, des monocules qui n'ont qu'un œil, et des
monopèdes qui n'ont qu'une jambe. Pour des anthropophages, j'avoue qu'on en regorge, et que tout le
monde l'a été.

On m'a fouvent demandé fi les habitans de ce pays
immenfe nommé la nouvelle Zélande, qui font aujour-
d'hui les plus barbares de tous les barbares, étaient
baptifés. J'ai répondu que je n'en favais rien, que cela
pouvait être; que les Juifs, qui étaient plus barbares
qu'eux, avaient eu deux baptêmes au lieu d'un, le
baptême de juftice et le baptême de domicile.

Vraiment, je les connais, dit M. *Goudman*, et j'ai
eu fur cela de grandes difputes avec ceux qui croient
que nous avons inventé le baptême. Non, Meffieurs,
nous n'avons rien inventé; nous n'avons fait que rape-
taffer. Mais dites-moi, je vous prie, M. *Grou*, de
quatre-vingts ou cent religions que vous avez vues en
chemin, laquelle vous a paru la plus agréable? eft-ce
celle des Zélandais ou celle des Hottentots?

M. GROU.

C'eft celle de l'île d'Otaïti, fans aucune comparaifon.
J'ai parcouru les deux hémifphères; je n'ai rien vu
comme Otaïti et fa religieufe reine. C'eft dans Otaïti
que la nature habite; je n'ai vu ailleurs que des
mafques; je n'ai vu que des fripons qui trompent des
fots, des charlatans qui efcamotent l'argent des autres
pour avoir de l'autorité, et qui efcamotent de l'autorité
pour avoir de l'argent impunément, qui vous vendent
des toiles d'araignées pour manger vos perdrix, qui
vous promettent richeffes et plaifirs quand il n'y aura

plus personne, afin que vous tourniez la broche pendant qu'ils exiftent.

Pardieu, il n'en eft pas de même dans l'île d'Aïti, ou d'Otaïti. Cette île eft bien plus civilifée que celle de Zélande et que le pays des Caffres, et j'ofe dire que notre Angleterre, parce que la nature l'a favorifée d'un fol plus fertile; elle lui a donné l'arbre à pain, préfent auffi utile qu'admirable qu'elle n'a fait qu'à quelques îles de la mer du Sud. Otaïti poffède d'ailleurs beaucoup de volailles, de légumes et de fruits. On n'a pas befoin dans un tel pays de manger fon femblable; mais il y a un befoin plus naturel, plus doux, plus univerfel, que la religion d'Otaïti ordonne de fatisfaire en public. C'eft de toutes les cérémonies religieufes la plus refpectable, fans doute; j'en ai été témoin auffi bien que tout l'équipage de notre vaiffeau. Ce ne font point ici des fables de miffionnaires, telles qu'on en trouve quelquefois dans les lettres édifiantes et curieufes des révérends pères jéfuites. Le docteur *Jean Hakerovorht* achève actuellement de faire imprimer nos découvertes dans l'hémifphère méridional. J'ai toujours accompagné M. *Banks*, ce jeune homme fi eftimable, qui a confacré fon temps et fon bien à obferver la nature vers le pôle antarctique, tandis que MM. *Dakins* et *Vood* revenaient des ruines de Palmyre et de Balbek, où ils avaient fouillé les plus anciens monumens des arts, et que M. *Hamilton* apprenait aux Napolitains étonnés l'hiftoire naturelle de leur mont Véfuve. Enfin j'ai vu avec MM. *Banks*, *Solander*, *Cook* et cent autres, ce que je vais vous raconter.

La princeffe *Obéira*, reine de l'île Otaïti . . . .

Alors on apporta le café, et dès qu'on l'eut pris, M. *Grou* continua ainsi son récit.

CHAPITRE VI.

LA princesse *Obéira*, dis-je, après nous avoir comblés de présens, avec une politesse digne d'une reine d'Angleterre, fut curieuse d'assister un matin à nôtre service anglican : nous le célébrâmes aussi pompeusement que nous pûmes. Elle nous invita au sien l'après-dîner ; c'était le 14 mai 1769. Nous la trouvâmes entourée d'environ mille personnes des deux sexes, rangées en demi-cercle et dans un silence respectueux. Une jeune fille très-jolie, simplement parée d'un déshabillé galant, était couchée sur une estrade qui servait d'autel. La reine *Obéira* ordonna à un beau garçon d'environ vingt ans d'aller sacrifier. Il prononça une espèce de prière et monta sur l'autel. Les deux sacrificateurs étaient à demi-nus. La reine, d'un air majestueux, enseignait à la jeune victime la manière la plus convenable de consommer le sacrifice. Tous les Otaïtiens étaient si attentifs et si respectueux, qu'aucun de nos matelots n'osa troubler la cérémonie par un rire indécent. Voilà ce que j'ai vu, vous dis-je ; voilà tout ce que notre équipage a vu : c'est à vous d'en tirer les conséquences.

Cette fête sacrée ne m'étonne pas, dit le docteur *Goudman*. Je suis persuadé que c'est la première fête que les hommes aient jamais célébrée ; et je ne vois pas pourquoi on ne prierait pas DIEU lorsqu'on va faire un être à son image, comme nous le prions avant les repas qui servent à soutenir notre corps. Travailler à faire naître une créature raifonnable eft l'action la plus noble et la plus fainte. C'eft ainfi que penfaient les premiers Indiens qui révérèrent le Lingam, fymbole de la génération, les anciens Egyptiens qui portaient en proceffion le Phallus, les Grecs qui érigèrent des temples à *Priape*. S'il eft permis de citer la miférable petite nation juive, groffière imitatrice de tous fes voifins, il eft dit dans fes livres que ce peuple adora *Priape*, et que la reine-mère du roi juif *Afa* fut fa grande prêtreffe. (c)

Quoi qu'il en foit, il eft très-vraifemblable que jamais aucun peuple n'établit, ni ne put établir un culte par libertinage. La débauche s'y gliffe quelque-fois dans la fuite des temps; mais l'inftitution en eft toujours innocente et pure. Nos premières agapes, dans lefquelles les garçons et les filles fe baifaient modef-tement fur la bouche, ne dégénérèrent qu'affez tard en rendez-vous et en infidélités; et plût à DIEU que je puffe facrifier avec mifs *Fidler* devant la reine *Obéira* en tout bien et en tout honneur! ce ferait affurément le plus beau jour et la plus belle action de ma vie.

M. *Sidrac*, qui avait jufque-là gardé le filence, parce que MM. *Goudman* et *Grou* avaient toujours parlé, fortit enfin de fa taciturnité et dit : Tout ce que je viens d'entendre me ravit en admiration. La reine *Obéira* me paraît la première reine de l'hémifphère méridional, je n'ofe dire des deux hémifphères; mais parmi tant de gloire et tant de félicité, il y a un article qui me fait frémir, et dont M. *Goudman* vous a dit un mot auquel vous n'avez pas répondu. Eft-il vrai,

(c) Troifième des rois, chap. XIII, et Paralipomènes, chap. XV.

Z 4

M. *Grou*, que le capitaine *Wallis*, qui mouilla dans cette île fortunée avant vous, y porta les deux plus horribles fléaux de la terre, les deux véroles ? Hélas ! reprit M. *Grou*, ce font les Français qui nous en accufent, et nous en accufons les Français. M. *Bougainville* dit que ce font ces maudits Anglais qui ont donné la vérole à la reine *Obéira*; et M. *Cook* prétend que cette reine ne l'a acquife que de M. *Bougainville* lui-même. Quoi qu'il en foit, la vérole reffemble aux beaux arts, on ne fait point qui en fut l'inventeur; mais à la longue ils font le tour de l'Europe, de l'Afie, de l'Afrique et de l'Amérique.

Il y a long-temps que j'exerce la chirurgie, dit *Sidrac*, et j'avoue que je dois à cette vérole la plus grande partie de ma fortune; mais je ne la détefte pas moins. Madame *Sidrac* me la communiqua dès la première nuit de fes noces; et, comme c'eft une femme exceffivement délicate fur ce qui peut entamer fon honneur, elle publia dans tous les papiers publics de Londres qu'elle était, à la vérité, attaquée du mal immonde; mais qu'elle l'avait apporté du ventre de madame fa mère, et que c'était une ancienne habitude de famille.

A quoi penfa ce qu'on appelle *la nature*, quand elle verfa ce poifon dans les fources de la vie? On l'a dit, et je le répète, c'eft la plus énorme et la plus déteftable de toutes les contradictions. Quoi ! l'homme a été fait, dit-on, à l'image de DIEU, *finxit in effigiem moderantum cuncta deorum*; et c'eft dans les vaiffeaux fpermatiques de cette image qu'on a mis la douleur, l'infection et la mort ! Que deviendra ce beau vers de milord *Rochefter* : *L'amour ferait adorer DIEU dans un pays d'athées ?*

Hélas ! dit alors le bon *Goudman*, j'ai peut-être à remercier la Providence de n'avoir pas époufé ma chère mifs *Fidler ;* car fait-on ce qui ferait arrivé ? on n'eft jamais fûr de rien dans ce monde. En tout cas, M. *Sidrac*, vous m'avez promis votre aide dans tout ce qui concernait ma veffie. Je fuis à votre fervice, répondit *Sidrac ;* mais il faut chaffer ces mauvaifes penfées. *Goudman*, en parlant ainfi, femblait prévoir fa deftinée.

CHAPITRE VII.

Le lendemain, les trois philofophes agitèrent la grande queftion, quel eft le premier mobile de toutes les actions des hommes. *Goudman*, qui avait toujours fur le cœur la perte de fon bénéfice et de fa bien-aimée, dit que le principe de tout était l'amour et l'ambition. *Grou*, qui avait vu plus de pays, dit que c'était l'argent, et le grand anatomifte *Sidrac* affura que c'était la chaife percée. Les deux convives demeurèrent tout étonnés ; et voici comme le favant *Sidrac* prouva fa thèfe.

J'ai toujours obfervé que toutes les affaires de ce monde dépendaient de l'opinion et de la volonté d'un principal perfonnage, foit roi, foit premier miniftre, foit premier commis : or cette opinion et cette volonté font l'effet immédiat de la manière dont les efprits animaux fe filtrent dans le cervelet et de là dans la moëlle alongée : ces efprits animaux dépendent de la

circulation du fang; ce fang dépend de la formation
du chyle; ce chyle s'élabore dans le réfeau du méfentère; ce méfentère eft attaché aux inteftins par des
filets très-déliés ; ces inteftins, s'il eft permis de le
dire, font remplis de merde : or , malgré les trois
fortes tuniques dont chaque inteftin eft vêtu, il eft
percé comme un crible; car tout eft à jour dans la
nature, et il n'y a grain de fable fi imperceptible qui
n'ait plus de cinq cents pores. On ferait paffer mille
aiguilles à travers un boulet de canon, fi on en trouvait
d'affez fines et d'affez fortes. Qu'arrive-t-il donc à un
homme conftipé ? les élémens les plus ténus, les plus
délicats de fa merde, fe mêlent au chyle dans les
veines d'*Azellius*, vont à la veine-porte et dans le réfer-
voir de *Pecquet*; elles paffent dans la fous - clavière;
elles paffent dans le cœur de l'homme le plus galant,
de la femme la plus coquette. C'eft une rofée d'étron
defféché qui court dans tout fon corps. Si cette rofée
inonde les parenchymes, les vaiffeaux et les glandes
d'un atrabilaire, fa mauvaife humeur devient férocité;
le blanc de fes yeux eft d'un fombre ardent; fes lèvres
font collées l'une fur l'autre ; la couleur de fon vifage
a des teintes brouillées ; il femble qu'il vous menace :
ne l'approchez pas ; et, fi c'eft un miniftre d'Etat ,
gardez-vous de lui préfenter une requête; il ne regarde
tout papier que comme un fecours dont il voudrait
bien fe fervir felon l'ancien et abominable ufage des
gens d'Europe. Informez-vous adroitement de fon
valet de chambre favori fi monfeigneur a pouffé fa
felle le matin.

Ceci eft plus important qu'on ne penfe. La confti-
pation a produit quelquefois les fcènes les plus

fanglantes. Mon grand-père, qui eft mort centenaire, était apothicaire de *Cromwell* ; il m'a conté fouvent que *Cromwell* n'avait pas été à la garde-robe depuis huit jours lorfqu'il fit couper la tête à fon roi.

Tous les gens un peu inftruits des affaires du Conti-nent favent que l'on avertit fouvent le duc de *Guife* le balafré de ne pas fâcher *Henri III* en hiver pendant un vent de nord-eft. Ce monarque n'allait alors à la garde-robe qu'avec une difficulté extrême. Ses matières lui montaient à la tête ; il était capable, dans ces temps-là, de toutes les violences. Le duc de *Guife* ne crut pas un fi fage confeil : que lui en arriva-t-il ? fon frère et lui furent affaffinés.

Charles IX, fon prédéceffeur, était l'homme le plus conftipé de fon royaume. Les conduits de fon colon et de fon rectum étaient fi bouchés, qu'à la fin fon fang jaillit par fes pores. On ne fait que trop que ce tempérament adufte fut une des principales caufes de la Saint-Barthelemi.

Au contraire, les perfonnes qui ont de l'embon-point, les entrailles veloutées, le coledoque coulant, le mouvement périftaltique aifé et régulier, qui s'ac-quittent tous les matins, dès qu'elles ont déjeûné, d'une bonne felle auffi aifément qu'on crache ; ces perfonnes favorites de la nature font douces, affables, gracieufes, prévenantes, compatiffantes, officieufes. Un *non* dans leur bouche a plus de grâce qu'un *oui* dans la bouche d'un conftipé.

La garde-robe a tant d'empire, qu'un dévoiement rend fouvent un homme pufillanime. La dyffenterie ôte le courage. Ne propofez pas à un homme affaibli par l'infomnie, par une fièvre lente et par cinquante

déjections putrides , d'aller attaquer une demi-lune
en plein jour. C'eſt pourquoi je ne puis croire que
toute notre armée eut la dyſſenterie à la bataille
d'Azincourt, comme on le dit, et qu'elle remporta la
victoire, culottes bas. Quelques ſoldats auront eu le
dévoiement pour s'être gorgés de mauvais raiſins dans
la route, et les hiſtoriens auront dit que toute l'armée
malade ſe battit à cul nu, et que, pour ne pas le montrer aux petits-maîtres français, elle les battit à plate
couture , ſelon l'expreſſion du jéſuite *Daniel :*

    Et voilà juſtement comme on écrit l'hiſtoire.

C'eſt ainſi que les Français ont tous répété, les uns
après les autres, que notre grand *Edouard III* ſe fit
livrer ſix bourgeois de Calais, la corde au cou , pour
les faire pendre, parce qu'ils avaient oſé ſoutenir le
ſiége avec courage, et que ſa femme obtint enfin leur
pardon par ſes larmes. Ces romanciers ne ſavent pas
que c'était la coutume dans ces temps barbares que les
bourgeois ſe préſentaſſent devant leurs vainqueurs, la
corde au cou, quand ils l'avaient arrêté trop long-
temps devant une bicoque. Mais certainement le
généreux *Edouard* n'avait nulle envie de ſerrer le cou
de ces ſix otages, qu'il combla de préſens et d'honneurs.
Je ſuis las de toutes les fadaiſes dont tant d'hiſtoriens
prétendus ont farci leurs chroniques, et de toutes les
batailles qu'ils ont ſi mal décrites. J'aime autant croire
que *Gédéon* remporta une victoire ſignalée avec trois
cents cruches. Je ne lis plus, Dieu merci, que l'hiſtoire
naturelle ; pourvu qu'un *Burnet* , et un *Wiſton*, et un
Voodward ne m'ennuient plus de leurs maudits ſyſtêmes;
qu'un *Maillet* ne me diſe plus que la mer d'Irlande a

produit le mont Caucafe, et que notre globe eft de verre; pourvu qu'on ne me donne pas de petits joncs aquatiques pour des animaux voraces, et le corail pour des infectes; (*) pourvu que des charlatans ne me donnent pas infolemment leurs rêveries pour des vérités. Je fais plus de cas d'un bon régime qui entretient mes humeurs en équilibre, et qui me procure une digeftion louable et un fommeil plein. Buvez chaud quand il gêle, buvez frais dans la canicule, rien de trop ni de trop peu en tout genre; digérez, dormez, ayez du plaifir; et moquez-vous du refte.

CHAPITRE VIII.

COMME M. *Sidrac* proférait ces fages paroles, on vint avertir M. *Goudman* que l'intendant du feu comte de *Chefterfield* était à la porte dans fon carroffe, et demandait à lui parler pour une affaire très-preffante. *Goudman* court pour recevoir les ordres de M. l'intendant qui, l'ayant prié de monter, lui dit:

Monfieur, vous favez, fans doute, ce qui arriva à M. et à Mme *Sidrac* la première nuit de leurs noces?

Oui, Monfieur; il me contait tout à l'heure cette petite aventure.

Hé bien, il en eft arrivé tout autant à la belle mademoifelle *Fidler* et à M. le curé, fon mari. Le lendemain ils fe font battus; le furlendemain ils fe font féparés, et on a ôté à M. le curé fon bénéfice. J'aime la *Fidler*, je fais qu'elle vous aime; elle ne me

(*) Voyez les notes des *Singularités de la nature*, volume de *Phyfique.*

hait pas. Je fuis au-deffus de la petite difgrâce qui eft
caufe de fon divorce ; je fuis amoureux et intrépide.
Cédez-moi mifs *Fidler*, et je vous fais avoir la cure
qui vaut cent cinquante guinées de revenu. Je ne
vous donne que dix minutes pour y rêver.

Monfieur, la propofition eft délicate : je vais confulter mes philofophes *Sidrac* et *Grou ;* je fuis à vous
fans tarder.

Il revole à fes deux confeillers. Je vois, dit-il, que
la digeftion ne décide pas feule des affaires de ce
monde, et que l'amour, l'ambition et l'argent y ont
beaucoup de part. Il leur expofe le cas , les prie de
le déterminer fur le champ. Tous deux conclurent
qu'avec cent cinquante guinées il aurait toutes les
filles de fa paroiffe , et encore mifs *Fidler* par-deffus
le marché.

Goudman fentit la fageffe de cette décifion ; il eut
la cure, il eut mifs *Fidler* en fecret; ce qui était bien
plus doux que de l'avoir pour femme. M. *Sidrac* lui
prodigua fes bons offices dans l'occafion : il eft devenu
un des plus terribles prêtres de l'Angleterre , et il eft
plus perfuadé que jamais de la fatalité qui gouverne
toutes les chofes de ce monde.

Fin des Oreilles du comte de Chefterfield , &c.

LE

TAUREAU BLANC,

TRADUIT DU SYRIAQUE,

Par M. MAMAKI, *interprète du roi d'Angleterre*
pour les langues orientales.

LE

LE
TAUREAU BLANC,

TRADUIT DU SYRIAQUE,

Par M. Mamaki, interprète du roi d'Angleterre pour les langues orientales.

CHAPITRE PREMIER.

Comment la princesse Amaside rencontre un bœuf.

LA jeune princesse *Amaside*, fille d'*Amasis*, roi de Tanis en Egypte, se promenait sur le chemin de Péluse avec les dames de sa suite. Elle était plongée dans une tristesse profonde; les larmes coulaient de ses beaux yeux. On sait quel était le sujet de sa douleur, et combien elle craignait de déplaire au roi son père par sa douleur même. Le vieillard *Mambrès*, ancien mage et eunuque des pharaons, était auprès d'elle, et ne la quittait presque jamais. Il la vit naître, il l'éleva, il lui enseigna tout ce qu'il est permis à une belle princesse de savoir des sciences de l'Egypte. L'esprit d'*Amaside* égalait sa beauté; elle était aussi sensible, aussi tendre que charmante; et c'était cette sensibilité qui lui coûtait tant de pleurs.

La princesse était âgée de vingt-quatre ans. Le mage *Mambrès* en avait environ treize cents. C'était lui, comme on sait, qui avait eu avec le grand *Moïse* cette dispute fameuse dans laquelle la victoire fut long-temps balancée entre ces deux profonds philosophes.

Si *Mambrès* fuccomba, ce ne fut que par la protection
vifible des puiffances céleftes qui favorifèrent fon rival;
il fallut des dieux pour vaincre *Mambrès*.

Amafis le fit furintendant de la maifon de fa fille ;
et il s'acquittait de cette charge avec fa fageffe ordinaire : la belle *Amafide* l'attendriffait par fes foupirs.
,, O mon amant, mon jeune et cher amant ! s'écriait-
,, elle quelquefois, ô le plus grand des vainqueurs, le
,, plus accompli, le plus beau des hommes ! quoi,
,, depuis près de fept ans tu as difparu de la terre !
,, quel dieu t'a enlevé à ta tendre *Amafide* ? tu n'es
,, point mort, les favans prophètes de l'Egypte en
,, conviennent ; mais tu es mort pour moi, je fuis
,, feule fur la terre, elle eft déferte. Par quel étrange
,, prodige as-tu abandonné ton trône et ta maîtreffe?
,, Ton trône! il était le premier du monde, et c'eft
,, peu de chofe ; mais moi qui t'adore, ô mon cher
,, *Na* . . . . . . ,, Elle allait achever. Tremblez de
prononcer ce nom fatal, lui dit le fage *Mambrès*,
ancien eunuque et mage des pharaons. Vous feriez
peut-être décelée par quelqu'une de vos dames du
palais. Elles vous font toutes dévouées, et toutes les
belles dames fe font fans doute un mérite de fervir les
nobles páffions des belles princeffes ; mais enfin il peut
fe trouver une indifcrète, et même à toute force une
perfide. Vous favez que le roi votre père, qui d'ailleurs
vous aime, a juré de vous faire couper le cou fi vous
prononciez ce nom terrible toujours prêt à vous échapper. Pleurez, mais taifez-vous. Cette loi eft bien dure,
mais vous n'avez pas été élevée dans la fageffe égyptienne
pour ne favoir pas commander à votre langue. Songez
qu'*Harpocrate*, l'un de nos plus grands dieux, a toujours

le doigt fur fa bouche. La belle *Amafide* pleura et ne parla plus.

Comme elle avançait en filence vers les bords du Nil, elle aperçut de loin, fous un bocage baigné par le fleuve, une vieille femme couverte de lambeaux gris affife fur un tertre. Elle avait auprès d'elle une âneffe, un chien, un bouc. Vis-à-vis d'elle était un ferpent qui n'était pas comme les ferpens ordinaires, car fes yeux étaient auffi tendres qu'animés ; fa phyfionomie était noble et intéreffante ; fa peau brillait des couleurs les plus vives et les plus douces. Un énorme poiffon, à moitié plongé dans le fleuve, n'était pas la moins étonnante perfonne de la compagnie. Il y avait fur une branche un corbeau et un pigeon. Toutes ces créatures femblaient avoir enfemble une converfation affez animée.

Hélas ! dit la princeffe tout bas, ces gens-là parlent fans doute de leurs amours, et il ne m'eft pas permis de prononcer le nom de ce que j'aime !

La vieille tenait à la main une chaîne légère d'acier longue de cent braffes, à laquelle était attaché un taureau qui paiffait dans la prairie. Ce taureau était blanc, fait au tour, potelé, léger même, ce qui eft bien rare. Ses cornes étaient d'ivoire. C'était ce qu'on vit jamais de plus beau dans fon efpèce. Celui de *Pafiphaë*, celui dont *Jupiter* prit la figure pour enlever *Europe*, n'approchaient pas de ce fuperbe animal. La charmante geniffe en laquelle *Ifis* fut changée aurait à peine été digne de lui.

Dès qu'il vit la princeffe, il courut vers elle avec la rapidité d'un jeune cheval arabe qui franchit les vaftes plaines et les fleuves de l'antique Saana pour

s'approcher de la brillante cavale qui règne dans fon
cœur , et qui fait dreffer fes oreilles. La vieille fefait
fes efforts pour le retenir; le ferpent femblait l'épouvanter par fes fifflemens; le chien le fuivait et lui mor-
dait fes belles jambes; l'âneffe traverfait fon chemin,
et lui détachait des ruades pour le faire retourner. Le
gros poiffon remontait le Nil, et s'élançant hors de
l'eau , menaçait de le dévorer ; le bouc reftait immobile
et faifi de crainte ; le corbeau voltigeait autour de la
tête du taureau, comme s'il eût voulu s'efforcer de
lui crever les yeux. La colombe feule l'accompagnait
par curiofité, et lui applaudiffait par un doux murmure.

Un fpectacle fi extraordinaire rejeta *Mambrès* dans
fes férieufes penfées. Cependant le taureau blanc, tirant
après lui fa chaîne et la vieille, était déjà parvenu
auprès de la princeffe qui était faifie d'étonnement et
de peur. Il fe jette à fes pieds, il les baife, il verfe des
larmes, il la regarde avec des yeux où régnait un
mélange inoui de douleur et de joie. Il n'ofait mugir,
de peur d'effaroucher la belle *Amafide*. Il ne pouvait
parler. Un faible ufage de la voix accordé par le ciel à
quelques animaux lui était interdit , mais toutes fes
actions étaient éloquentes. Il plut beaucoup à la princeffe. Elle fentit qu'un léger amufement pouvait fufpendre pour quelques momens les chagrins les plus
douloureux. Voilà , difait-elle, un animal bien aimable;
je voudrais l'avoir dans mon écurie.

A ces mots , le taureau plia les quatre genoux , et
baifa la terre. Il m'entend , s'écria la princeffe , il me
témoigne qu'il veut m'appartenir. Ah ! divin mage,
divin eunuque , donnez-moi cette confolation, achetez

ce beau chérubin ; (a) faites le prix avec la vieille à laquelle il appartient, fans doute. Je veux que cet animal foit à moi; ne me refufez pas cette confolation innocente. Toutes les dames du palais joignirent leurs inftances aux prières de la princeffe. *Mambrès* fe laiffa toucher, et alla parler à la vieille.

C H A P I T R E I I.

Comment le fage Mambrès, ci-devant forcier de Pharaon, reconnut une vieille, et comme il fut reconnu par elle.

M ADAME, lui dit-il, vous favez que les filles, et fur-tout les princeffes ont befoin de fe divertir. La fille du roi eft folle de votre taureau; je vous prie de nous le vendre, vous ferez payée argent comptant.

Seigneur, lui répondit la vieille, ce précieux animal n'eft point à moi. Je fuis chargée, moi et toutes les bêtes que vous avez vues, de le garder avec foin, d'obferver toutes fes démarches et d'en rendre compte. DIEU me préferve de vouloir jamais vendre cet animal impayable !

Mambrès à ce difcours fe fentit éclairé de quelques traits d'une lumière confufe qu'il ne démêlait pas encore. Il regarda la vieille au manteau gris avec plus d'attention : Refpectable dame, lui dit-il, ou je me trompe, ou je vous ai vue autrefois. Je ne me trompe pas, répondit la vieille, je vous ai vu, Seigneur,

(a) *Chérub* en chaldéen et en fyriaque fignifie un *bœuf*.

il y a sept cents ans dans un voyage que je fis de Syrie
en Egypte, quelques mois après la destruction de
Troye, lorsqu'*Hiram* régnait à Tyr, et *Nephel Keres*
sur l'antique Egypte.

Ah! Madame, s'écria le vieillard, vous êtes l'auguste
pythonisse d'Endor. Et vous, Seigneur, lui dit la
pythonisse en l'embrassant, vous êtes le grand *Mambrès*
d'Egypte.

O rencontre imprévue ! jour mémorable ! décrets
éternels ! dit *Mambrès*; ce n'est pas, sans doute, sans
un ordre de la Providence universelle que nous nous
retrouvons dans cette prairie sur les rivages du Nil,
près de la superbe ville de Tanis. Quoi! c'est vous,
Madame, qui êtes si fameuse sur les bords de votre
petit Jourdain, et la première personne du monde
pour faire venir des ombres! — Quoi! c'est vous,
Seigneur, qui êtes si fameux pour changer les baguettes
en serpens, le jour en ténèbres, et les rivières en sang!
— Oui, Madame; mais mon grand âge affaiblit une
partie de mes lumières et de ma puissance. J'ignore
d'où vous vient ce beau taureau blanc, et qui sont ces
animaux qui veillent avec vous autour de lui. La
vieille se recueillit, leva les yeux au ciel, puis répondit
en ces termes :

Mon cher *Mambrès*, nous sommes de la même
profession; mais il m'est expressément défendu de vous
dire quel est ce taureau. Je puis vous satisfaire sur les
autres animaux. Vous les reconnaîtrez aisément aux
marques qui les caractérisent. Le serpent est celui
qui persuada *Eve* de manger une pomme, et d'en faire
manger à son mari. L'ânesse est celle qui parla dans
un chemin creux à *Balaam*, votre contemporain. Le

poiſſon qui a toujours ſa tête hors de l'eau eſt celui
qui avala *Jonas* il y a quelques années. Ce chien eſt
celui qui ſuivit l'ange *Raphaël* et le jeune *Tobie* dans le
voyage qu'ils firent à Ragès en Médie, du temps du
grand *Salmanazar*. Ce bouc eſt celui qui expie tous
les péchés d'une nation ; ce corbeau et ce pigeon ſont
ceux qui étaient dans l'arche de *Noë :* grand événement,
cataſtrophe univerſelle que preſque toute la terre ignore
encore. Vous voilà au fait. Mais pour le taureau,
vous n'en ſaurez rien.

Mambrès écoutait avec reſpect. Puis il dit : l'Eternel
révèle ce qu'il veut et à qui il veut, illuſtre pythoniſſe.
Toutes ces bêtes, qui ſont commiſes avec vous à
la garde du taureau blanc, ne ſont connues que de
votre généreuſe et agréable nation, qui eſt elle-même
inconnue à preſque tout le monde. Les merveilles
que vous et les vôtres, et moi et les miens nous avons
opérées feront un jour un grand ſujet de doute et de
ſcandale pour les faux ſages. Heureuſement elles
trouveront croyance chez les ſages véritables qui
feront ſoumis aux voyans dans une petite partie du
monde, et c'eſt tout ce qu'il faut.

Comme il prononçait ces paroles la princeſſe le
tira par la manche, et lui dit : *Mambrès,* eſt-ce que
vous ne m'achèterez pas mon taureau ? Le mage,
plongé dans une rêverie profonde, ne répondit rien,
et *Amaſide* verſa des larmes.

Elle s'adreſſa alors elle-même à la vieille, et lui dit :
Ma bonne, je vous conjure par tout ce que vous avez
de plus cher au monde, par votre père, par votre
mère, par votre nourrice qui ſans doute vivent encore,
de me vendre non-ſeulement votre taureau, mais

Aa 4

auffi votre pigeon qui lui paraît fort affectionné. Pour vos autres bêtes, je n'en veux point ; mais je fuis fille à tomber malade de vapeurs, fi vous ne me vendez ce charmant taureau blanc qui fera toute la douceur de ma vie.

La vieille lui baifa refpectueufement les franges de fa robe de gaze , et lui dit : Princeffe , mon taureau n'eft point à vendre, votre illuftre mage en eft inftruit. Tout ce que je pourrais faire pour votre fervice, ce ferait de le mener paître tous les jours près de votre palais ; vous pourriez le careffer, lui donner des bifcuits, le faire danfer à votre aife. Mais il faut qu'il foit continuellement fous les yeux de toutes les bêtes qui m'accompagnent et qui font chargées de fa garde. S'il ne veut point s'échapper, elles ne lui feront point de mal ; mais s'il effaie encore de rompre fa chaîne comme il a fait dès qu'il vous a vue, malheur à lui ! je ne répondrais pas de fa vie. Ce gros poiffon que vous voyez l'avalerait infailliblement, et le garderait plus de trois jours dans fon ventre ; ou bien ce ferpent, qui vous a paru peut-être affez doux et affez aimable, lui pourrait faire une piqûre mortelle.

Le taureau blanc, qui entendait à merveille tout ce que difait la vieille, mais qui ne pouvait parler, accepta toutes fes propofitions d'un air foumis. Il fe coucha à fes pieds, mugit doucement ; et regardant *Amafide* avec tendreffe, il femblait lui dire : Venez me voir quelquefois fur l'herbe. Le ferpent prit alors la parole et lui dit : Princeffe, je vous confeille de faire aveuglément tout ce que mademoifelle d'*Endor* vient de vous dire. L'âneffe dit auffi fon mot et fut de l'avis du ferpent. *Amafide* était affligée que ce ferpent et cette âneſſe parlaſſent ſi bien, et qu'un beau taureau qui avait les ſentimens ſi nobles et ſi tendres ne pût les exprimer. Hélas! rien n'eſt plus commun à la cour, diſait-elle tout bas; on y voit tous les jours de beaux ſeigneurs qui n'ont point de converſation, et des malotrus qui parlent avec aſſurance.

Ce ſerpent n'eſt point un malotru, dit *Mambrès*; ne vous y trompez pas : c'eſt peut-être la perſonne de la plus grande conſidération.

Le jour baiſſait; la princeſſe fut obligée de s'en retourner, après avoir bien promis de revenir le lendemain à la même heure. Ses dames du palais étaient émerveillées, et ne comprenaient rien à ce qu'elles avaient vu et entendu. *Mambrès* feſait ſes réflexions. La princeſſe, ſongeant que le ſerpent avait appelé la vieille *Mademoiſelle*, conclut au haſard qu'elle était pucelle, et ſentit quelque affliction de l'être encore; affliction reſpectable qu'elle cachait avec autant de ſcrupule que le nom de ſon amant.

C H A P I T R E   I I I.

Comment la belle Amaſide eut un ſecret entretien avec un beau ſerpent.

La belle princeſſe recommanda le ſecret à ſes dames ſur ce qu'elles avaient vu. Elles le promirent toutes, et en effet le gardèrent un jour entier. On peut croire qu'*Amaſide* dormit peu cette nuit. Un charme inexplicable lui rappelait ſans ceſſe l'idée de ſon beau

taureau. Dès qu'elle put être en liberté avec son
sage *Mambrès*, elle lui dit : O sage, cet animal me
tourne la tête. Il occupe beaucoup la mienne, dit
Mambrès. Je vois clairement que ce chérubin est fort
au-dessus de son espèce. Je vois qu'il y a-là un grand
mystère, mais je crains un événement funeste. Votre
père *Amasis* est violent et soupçonneux ; toute cette
affaire exige que vous vous conduisiez avec la plus
grande prudence.

Ah! dit la princesse, j'ai trop de curiosité pour
être prudente; c'est la seule passion qui puisse se
joindre dans mon cœur à celle qui me dévore pour
l'amant que j'ai perdu. Quoi! ne pourrais-je savoir
ce que c'est que ce taureau blanc qui excite dans moi
un trouble si inoui ?

Madame, lui répondit *Mambrès*, je vous ai avoué
déjà que ma science baisse à mesure que mon âge
avance : mais je me trompe fort, ou le serpent est
instruit de ce que vous avez tant envie de savoir.
Il a de l'esprit, il s'explique en bons termes, il est
accoutumé depuis long-temps à se mêler des affaires
des dames. Ah ! sans doute, dit *Amaside*, c'est ce
beau serpent de l'Egypte qui en se mettant la queue
dans la bouche est le symbole de l'éternité, qui éclaire
le monde dès qu'il ouvre les yeux, et qui l'obscurcit
dès qu'il les ferme. — Non, Madame. — C'est donc
le serpent d'*Esculape* ? — Encore moins. — C'est peut-
être *Jupiter* sous la forme d'un serpent? — Point du
tout. — Ah! je vois, c'est votre baguette que vous
changeâtes autrefois en serpent? — Non, vous dis-je,
Madame ; mais tous ces serpens-là sont de la même
famille. Celui-là a beaucoup de réputation dans son

pays; il y paffe pour le plus habile ferpent qu'on ait jamais vu. Adreffez-vous à lui. Toutefois je vous avertis que c'eft une entreprife fort dangereufe. Si j'étais à votre place, je laifferais-là le taureau, l'âneffe, le ferpent, le poiffon, le chien, le bouc, le corbeau et la colombe. Mais la paffion vous emporte; tout ce que je puis faire eft d'en avoir pitié et de trembler.

La princeffe le conjura de lui procurer un tête-à-tête avec le ferpent. *Mambrès*, qui était bon, y confentit; et en réfléchiffant toujours profondément, il alla trouver fa pythoniffe. Il lui expofa la fantafie de fa princeffe avec tant d'infinuation qu'il la perfuada.

La vieille lui dit donc qu'*Amafide* était la maîtreffe; que le ferpent favait très-bien vivre; qu'il était fort poli avec les dames; qu'il ne demandait pas mieux que de les obliger, et qu'il fe trouverait au rendez-vous.

Le vieux mage revint apporter à la princeffe cette bonne nouvelle; mais il craignait encore quelque malheur, et fefait toujours fes réflexions. Vous voulez parler au ferpent, Madame; ce fera quand il plaira à votre alteffe. Souvenez-vous qu'il faut beaucoup le flatter; car tout animal eft pétri d'amour propre, et fur-tout lui. On dit même qu'il fut chaffé autrefois d'un beau lieu pour fon excès d'orgueil. Je ne l'ai jamais ouï dire, repartit la princeffe. Je le crois bien, reprit le vieillard. Alors il lui apprit tous les bruits qui avaient couru fur ce ferpent fi fameux. Mais, Madame, quelque aventure fingulière qui lui foit arrivée, vous ne pouvez arracher fon fecret qu'en le flattant. Il paffe dans un pays voifin pour avoir joué autrefois un tour pendable aux femmes;

il eſt juſte qu'à ſon tour une femme le ſéduiſe. J'y ferai mon poſſible, dit la princeſſe.

Elle partit donc avec ſes dames du palais et le bon mage eunuque. La vieille alors feſait paître le taureau blanc aſſez loin. *Mambrès* laiſſa *Amaſide* en liberté, et alla entretenir ſa pythoniſſe. La dame d'honneur cauſa avec l'âneſſe; les dames de compagnie s'amuſèrent avec le bouc, le chien, le corbeau et la colombe. Pour le gros poiſſon qui feſait peur à tout le monde, il ſe replongea dans le Nil par ordre de la vieille.

Le ſerpent alla auſſitôt au-devant de la belle *Amaſide* dans le bocage, et ils eurent enſemble cette converſation.

LE SERPENT.

Vous ne ſauriez croire combien je ſuis flatté, Madame, de l'honneur que votre alteſſe daigne me faire.

LA PRINCESSE.

Monſieur, votre grande réputation, la fineſſe de votre phyſionomie, et le brillant de vos yeux, m'ont aiſément déterminée à rechercher ce tête-à-tête. Je ſais par la voix publique (ſi elle n'eſt point trompeuſe) que vous avez été un grand ſeigneur dans le ciel empyrée.

LE SERPENT.

Il eſt vrai, Madame, que j'y avais une place aſſez diſtinguée. On prétend que je ſuis un favori diſgracié : c'eſt un bruit qui a couru d'abord dans l'Inde. (*b*)

(*b*) Les brachmanes furent en effet les premiers qui imaginèrent une révolte dans le ciel, et cette fable ſervit long-temps après de canevas à l'hiſtoire de la guerre des géans contre les dieux, et à quelques autres hiſtoires.

Les brachmanes font les premiers qui ont donné une longue hiftoire de mes aventures. Je ne doute pas que des poëtes du Nord n'en faffent un jour un poëme épique bien bizarre ; car, en vérité, c'eft tout ce qu'on en peut faire. Mais je ne fuis pas tellement déchu que je n'aie encore dans ce globe-ci un domaine très-confidérable. J'oferais prefque dire que toute la terre m'appartient.

LA PRINCESSE.

Je le crois, Monfieur, car on dit que vous avez le talent de perfuader tout ce que vous voulez ; et c'eft régner que de plaire.

LE SERPENT.

J'éprouve, Madame, en vous voyant et en vous écoutant, que vous avez fur moi cet empire qu'on m'attribue fur tant d'autres ames.

LA PRINCESSE.

Vous êtes, je le crois, un animal vainqueur. On prétend que vous avez fubjugué bien des dames, et que vous commençâtes par notre mère commune dont j'ai oublié le nom.

LE SERPENT.

On me fait tort : je lui donnai le meilleur confeil du monde. Elle m'honorait de fa confiance. Mon avis fut qu'elle et fon mari devaient fe gorger du fruit de l'arbre de la fcience. Je crus plaire en cela au maître des chofes. Un arbre fi néceffaire au genre humain ne me paraiffait pas planté pour être inutile. Le maître aurait-il voulu être fervi par des ignorans et des idiots ?

L'efprit n'eft-il pas fait pour s'éclairer, pour fe perfectionner? Ne faut-il pas connaître le bien et le mal
pour faire l'un et pour éviter l'autre? Certainement
on me devait des remercîmens.

LA PRINCESSE.

Cependant on dit qu'il vous en arriva du mal. C'eft
apparemment depuis ce temps-là que tant de miniftres
ont été punis d'avoir donné de bons confeils, et que
tant de vrais favans et de grands génies ont été per-
fécutés pour avoir écrit des chofes utiles au genre
humain.

LE SERPENT.

Ce font apparemment mes ennemis, Madame, qui
vous ont fait ces contes. Ils vont criant que je fuis
mal en cour. Une preuve que j'y ai un très-grand
crédit, c'eft qu'eux-mêmes avouent que j'entrai dans
le confeil quand il fut queftion d'éprouver le bon
homme *Job*; et que j'y fus encore appelé quand on y
prit la réfolution de tromper un certain roitelet nommé
Achab; (*c*) ce fut moi feul qu'on chargea de cette
commiffion.

LA PRINCESSE.

Ah! Monfieur, je ne crois pas que vous foyez fait
pour tromper. Mais puifque vous êtes toujours dans le

(*c*) Troifième livre des *Rois*, chap. XXII, v. 21 et 22. Le feigneur
dit qu'il trompera *Achab*, roi d'Ifraël, afin qu'il marche en Ramoth de
Galaad, et qu'il y tombe. Et un efprit s'avança et fe préfenta devant le
Seigneur, et lui dit : C'eft moi qui le tromperai. Et le feigneur lui
dit : Comment ? Oui, tu le tromperas, et tu prévaudras. Va, et fais
ainfi.

miniftère, puis-je vous demander une grâce? j'efpère qu'un feigneur fi aimable ne me refufera pas.

LE SERPENT.

Madame, vos prières font des lois. Qu'ordonnez-vous?

LA PRINCESSE.

Je vous conjure de me dire ce que c'eft que ce beau taureau blanc pour qui j'éprouve dans moi des fenti-mens incompréhenfibles qui m'attendriffent et qui m'épouvantent. On m'a dit que vous daigneriez m'en inftruire.

LE SERPENT.

Madame, la curiofité eft néceffaire à la nature humaine, et fur-tout à votre aimable fexe; fans elle on croupirait dans la plus honteufe ignorance. J'ai toujours fatisfait, autant que je l'ai pu, la curiofité des dames. On m'accufe de n'avoir eu cette complai-fance que pour faire dépit au maître des chofes. Je vous jure que mon feul but ferait de vous obliger; mais la vieille a dû vous avertir qu'il y a quelque danger pour vous dans la révélation de ce fecret.

LA PRINCESSE.

Ah! c'eft ce qui me rend encore plus curieufe.

LE SERPENT.

Je reconnais-là toutes les belles dames à qui j'ai rendu fervice.

LA PRINCESSE.

Si vous êtes fenfible, fi tous les êtres fe doivent des

fecours mutuels, fi vous avez pitié d'une infortunée,
ne me refufez pas.

LE SERPENT.

Vous me fendez le cœur: il faut vous fatisfaire;
mais ne m'interrompez pas.

LA PRINCESSE.

Je vous le promets.

LE SERPENT.

Il y avait un jeune roi, beau, fait à peindre,
amoureux, aimé. . . . .

LA PRINCESSE.

Un jeune roi! beau, fait à peindre, amoureux,
aimé! et de qui? et quel était ce roi? quel âge avait-
il? qu'eft-il devenu? où eft-il? où eft fon royaume?
quel eft fon nom?

LE SERPENT.

Ne voilà-t-il pas que vous m'interrompez, quand
j'ai commencé à peine. Prenez garde; fi vous n'avez
pas plus de pouvoir fur vous-même, vous êtes perdue.

LA PRINCESSE.

Ah! pardon, Monfieur, cette indifcrétion ne m'arrivera plus; continuez de grâce.

LE SERPENT.

Ce grand roi, le plus aimable et le plus valeureux
des hommes, victorieux par tout où il avait porté fes
armes, rêvait fouvent en dormant; et quand il oubliait

fes

fes rêves, il voulait que fes mages s'en reffouvinffent, et qu'ils lui appriffent ce qu'il avait rêvé, fans quoi il les fefait tous pendre, car rien n'eft plus jufte. Or il y a bientôt fept ans qu'il fongea un beau fonge dont il perdit la mémoire en fe réveillant; et un jeune juif, plein d'expérience, lui ayant expliqué fon rêve, cet aimable roi fut foudain changé en bœuf; (*d*) car...

LA PRINCESSE.

Ah! c'eft mon cher *Nabu* . . . elle ne put achever; elle tomba évanouie. *Mambrès*, qui écoutait de loin, la vit tomber, et la crut morte.

CHAPITRE IV.

Comment on voulut facrifier le bœuf et exorcifer la princeffe.

MAMBRÈS court à elle en pleurant. Le ferpent eft attendri; il ne peut pleurer, mais il fiffle d'un ton lugubre; il crie, elle eft morte. L'âneffe répète, elle eft morte; le corbeau le redit; tous les autres animaux paraiffaient faifis de douleur, excepté le poiffon de *Jonas*, qui a toujours été impitoyable. La dame d'honneur, les dames du palais arrivent, et s'arrachent les cheveux. Le taureau blanc qui paiffait au loin, et qui entend leurs clameurs, court au bofquet, et entraîne

(*d*) Toute l'antiquité employait indifféremment les termes de bœuf et de taureau.

Romans. Tome II. B b

la vieille avec lui en pouffant des mugiffemens dont
les échos retentiffent. En vain toutes les dames verfaient
fur *Amafide* expirante leurs flacons d'eau de rofe ,
d'œillet , de myrte , de benjoin , de baume de la
Mecque , de cannelle , d'amomum , de girofle , de
mufcade , d'ambre gris; elle n'avait donné aucun figne
de vie ; mais dès qu'elle fentit le beau taureau blanc
à fes côtés , elle revint à elle plus fraîche , plus belle ,
plus animée que jamais. Elle donna cent baifers à cet
animal charmant qui penchait languiffamment fa tête
fur fon fein d'albâtre. Elle l'appelle mon maître , mon
roi , mon cœur , ma vie. Elle paffe fes bras d'ivoire
autour de ce cou plus blanc que la neige. La paille
légère s'attache moins fortement à l'ambre , la vigne à
l'ormeau , le lierre au chêne. On entendait le doux
murmure de fes foupirs ; on voyait fes yeux tantôt
étincelans d'une tendre flamme , tantôt offufqués par
ces larmes précieufes que l'amour fait répandre.

On peut juger dans quelle furprife la dame d'honneur d'*Amafide* et les dames de compagnie étaient
plongées. Dès qu'elles furent rentrées au palais , elles
racontèrent toutes à leurs amans cette aventure étrange,
et chacune avec des circonftances différentes qui en
augmentaient la fingularité , et qui contribuent toujours à la variété de toutes les hiftoires.

Dès qu'*Amafis* , roi de Tanis , en fut informé , fon
cœur royal fut faifi d'une jufte colère. Tel fut le
courroux de *Minos* , quand il fut que fa fille *Pafiphaë*
prodiguait fes tendres faveurs au père du minotaure.
Ainfi frémit *Junon* , lorfqu'elle vit *Jupiter* fon époux
careffer la belle vache *Io* , fille du fleuve Inachus.
Amafis fit enfermer la belle *Amafide* dans fa chambre,

et mit une garde d'eunuques noirs à fa porte ; puis il affembla fon confeil fecret

Le grand mage *Mambrès* y préfidait, mais il n'avait plus le même crédit qu'autrefois. Tous les miniftres d'Etat conclurent que le taureau blanc était un forcier. C'était tout le contraire, il était enforcelé ; mais on fe trompe toujours à la cour dans ces affaires délicates.

On conclut à la pluralité des voix qu'il fallait exorcifer la princeffe , et facrifier le taureau blanc et la vieille.

Le fage *Mambrès* ne voulut point choquer l'opinion du roi et du confeil. C'était à lui qu'appartenait le droit de faire les exorcifmes. Il pouvait les différer fous un prétexte très-plaufible. Le dieu *Apis* venait de mourir à Memphis. Un dieu bœuf meurt comme un autre. Il n'était permis d'exorcifer perfonne en Egypte jufqu'à ce qu'on eût trouvé un autre bœuf qui pût remplacer le défunt.

Il fut donc arrêté dans le confeil qu'on attendrait la nomination qu'on devait faire du nouveau dieu à Memphis.

Le bon vieillard *Mambrès* fentait à quel péril fa chère princeffe était expofée : il voyait quel était fon amant. Les fyllabes *Nabu* qui lui étaient échappées, avaient décelé tout le myftère aux yeux de ce fage.

La dynaftie (*e*) de Memphis appartenait alors aux Babyloniens ; ils confervaient ce refte de leurs conquêtes paffées, qu'ils avaient faites fous le plus grand

---

(*e*) *Dynaftie* fignifie proprement puiffance. Ainfi on péut fe fervir de ce mot , malgré les cavillations de *Larcher*. Dynaftie vient du phénicien *dunaft* ; et *Larcher* eft un ignorant qui ne fait ni le phénicien , ni le fyriaque , ni le cophte.

roi du monde, dont *Amafis* était l'ennemi mortel. *Mambrès* avait befoin de toute fa fageffe pour fe bien conduire parmi tant de difficultés. Si le roi *Amafis* découvrait l'amant de fa fille, elle était morte, il l'avait juré. Le grand, le jeune, le beau roi dont elle était éprife, avait détrôné fon père, qui n'avait repris fon royaume de Tanis que depuis près de fept ans qu'on ne favait ce qu'était devenu l'adorable monarque, le vainqueur et l'idole des nations, le tendre et généreux amant de la charmante *Amafide*. Mais auffi, en facrifiant le taureau, on fefait mourir infailliblement la belle *Amafide* de douleur.

Que pouvait faire *Mambrès* dans des circonftances fi épineufes ? Il va trouver fa chère nourriffonne au fortir du confeil, et lui dit : Ma belle enfant, je vous fervirai ; mais je vous le répète, on vous coupera le cou fi vous prononcez jamais le nom de votre amant.

Ah ! que m'importe mon cou, dit la belle *Amafide*, fi je ne puis embraffer celui de *Nabuco*. . . .! mon père eft un bien méchant homme ! non-feulement il refufa de me donner un beau prince que j'idolâtre, mais il lui déclara la guerre; et, quand il a été vaincu par mon amant, il a trouvé le fecret de le changer en bœuf. A-t-on jamais vu une malice plus effroyable? fi mon père n'était pas mon père, je ne fais pas ce que je lui ferais.

Ce n'eft pas votre père qui lui a joué ce cruel tour, dit le fage *Mambrès*, c'eft un paleftin, un de nos anciens ennemis, un habitant d'un petit pays compris dans la foule des Etats que votre augufte amant a domptés pour les policer. Ces métamorphofes ne

doivent point vous furprendre ; vous favez que j'en
fefais autrefois de plus belles : rien n'était plus commun
alors que ces changemens qui étonnent aujourd'hui
les fages. L'hiftoire véritable que nous avons lue
enfemble nous a enfeigné que *Lycaon*, roi d'Arcadie,
fut changé en loup. La belle *Callifto* fa fille fut changée
en ourfe ; *Io* fille d'*Inachus*, notre vénérable *Ifis*, en
vache ; *Daphné* en laurier , *Syrinx* en flûte. La belle
Edith, femme de *Loth*, le meilleur , le plus tendre père
qu'on ait jamais vu, n'eft-elle pas devenue dans notre
voifinage une grande ftatue de fel très - belle et très-
piquante , qui a confervé toutes les marques de fon
fexe, et qui a régulièrement fes ordinaires (*f*) chaque
mois, comme l'atteftent les grands hommes qui l'ont
vue ? J'ai été témoin de ce changement dans ma
jeuneffe. J'ai vu cinq puiffantes villes , dans le féjour
du monde le plus fec et le plus aride , transformées
tout à coup en un beau lac. On ne marchait dans
mon jeune temps que fur des métamorphofes.

Enfin , Madame , fi les exemples peuvent adoucir
votre peine , fouvenez - vous que *Vénus* a changé les
Cérafles en bœufs. Je le fais, dit la malheureufe princeffe, mais les exemples confolent-ils ? Si mon amant
était mort, me confolerais-je par l'idée que tous les
hommes meurent ? Votre peine peut finir , dit le
fage ; et puifque votre tendre amant eft devenu bœuf,

(*f*) *Tertullien* dans fon poëme de Sodôme dit :

   Dicitur et vivens alio fub corpore fexûs
   Munificos folito difpungere fanguine menfes.

 Saint Irénée , liv. IV, dit : *Per naturalia ea quæ funt confuetudinis*
feminæ oftendens.

vous voyez bien que de bœuf il peut devenir homme.
Pour moi, il faudrait que je fuſſe changé en tigre ou
en crocodile, ſi je n'employais pas le peu de pouvoir
qui me reſte pour le ſervice d'une princeſſe digne des
adorations de la terre, pour la belle *Amaſide* que j'ai
élevée ſur mes genoux, et que ſa fatale deſtinée met
à des épreuves ſi cruelles.

CHAPITRE V.

Comment le ſage Mambrès ſe conduiſit ſagement.

LE divin *Mambrès* ayant dit à la princeſſe tout ce
qu'il fallait pour la conſoler, et ne l'ayant point
conſolée, courut auſſitôt à la vieille. Ma camarade,
lui dit-il, notre métier eſt beau, mais il eſt bien dangereux; vous courez riſque d'être pendue, et votre bœuf
d'être brûlé ou noyé, ou mangé. Je ne ſais point ce
qu'on ſera de vos autres bêtes, car, tout prophète que
je ſuis, je ſais bien peu de choſes; mais cachez ſoi-
gneuſement le ſerpent et le poiſſon; que l'un ne mette
pas ſa tête hors de l'eau, et que l'autre ne ſorte pas de
ſon trou. Je placerai le bœuf dans une de mes écuries
à la campagne; vous y ſerez avec lui, puiſque vous
dites qu'il ne vous eſt pas permis de l'abandonner. Le
bouc émiſſaire pourra dans l'occaſion ſervir d'expia-
toire; nous l'enverrons dans le déſert chargé des
péchés de la troupe; il eſt accoutumé à cette cérémonie
qui ne lui fait aucun mal, et l'on ſait que tout s'expie
avec un bouc qui ſe promène. Je vous prie ſeulement

de me prêter tout à l'heure le chien de *Tobie* qui eft un levrier fort agile , l'âneffe de *Balaam* qui court mieux qu'un dromadaire, le corbeau et le pigeon de l'arche , qui volent très-rapidement. Je veux les envoyer en ambaffade à Memphis pour une affaire de la dernière conféquence.

La vieille repartit au mage : Seigneur, vous pouvez difpofer à votre gré du chien de *Tobie*, de l'âneffe de *Balaam* , du corbeau et du pigeon de l'arche , et du bouc émiffaire ; mais mon bœuf ne peut coucher dans une écurie. Il eft dit qu'il doit être attaché à une chaîne d'acier , *être toujours mouillé de la rofée , et brouter l'herbe fur la terre*, (g) *et que fa portion fera avec les bêtes fauvages*. Il m'eft confié , je dois obéir. Que penferaient de moi *Daniel* , *Ezéchiel* et *Jérémie* , fi je confiais mon bœuf à d'autres qu'à moi-même ? Je vois que vous favez le fecret de cet étrange animal : je n'ai pas à me reprocher de vous l'avoir révélé. Je vais le conduire loin de cette terre impure , vers le lac Sirbon , loin des cruautés du roi de Tanis. Mon poiffon et mon ferpent me défendront : je ne crains perfonne quand je fers mon maître.

Le fage *Mambrès* repartit ainfi : Ma bonne, la volonté de DIEU foit faite ! pourvu que je retrouve notre taureau blanc, il ne m'importe ni du lac de Sirbon , ni du lac de Mœris, ni du lac de Sodôme ; je ne veux que lui faire du bien et à vous auffi. Mais pourquoi m'avez-vous parlé de *Daniel* , d'*Ezéchiel* et de *Jérémie* ? Ah ! Seigneur , reprit la vieille , vous favez auffi bien que moi l'intérêt qu'ils ont eu dans cette grande affaire : mais je n'ai point de temps à perdre ; je ne

(g) *Daniel* , chap. V.

veux point être pendue ; je ne veux point que mon taureau soit brûlé, ou noyé, ou mangé. Je m'en vais auprès du lac de Sirbon par Canope, avec mon ferpent et mon poiffon. Adieu.

Le taureau la fuivit tout penfif, après avoir témoigné au bienfefant *Mambrès* la reconnaiffance qu'il lui devait.

Le fage *Mambrès* était dans une cruelle inquiétude. Il voyait bien qu'*Amafis*, roi de Tanis, défefpéré de la folle paffion de fa fille pour cet animal, et la croyant enforcelée, ferait pourfuivre par-tout le malheureux taureau, et qu'il ferait infailliblement brûlé en qualité de forcier dans la place publique de Tanis, ou livré au poiffon de *Jonas*, ou rôti, ou fervi fur table. Il voulait à quelque prix que ce fût épargner ce défagrément à la princeffe.

Il écrivit une lettre au grand prêtre de Memphis, fon ami, en caractères facrés, fur du papier d'Egypte qui n'était pas encore en ufage. Voici les propres mots de fa lettre.

,, Lumière du monde, lieutenant d'*Ifis*, d'*Ofiris* et
,, d'*Horus*, chef des circoncis, vous dont l'autel eft
,, élevé, comme de raifon, au-deffus de tous les trônes ;
,, j'apprends que votre dieu le bœuf *Apis* eft mort.
,, J'en ai un autre à votre fervice. Venez vîte avec vos
,, prêtres le reconnaître, l'adorer et le conduire dans
,, l'écurie de votre temple. Qu'*Ifis*, *Ofiris* et *Horus* vous
,, aient en leur fainte et digne garde ; et vous,
,, meffieurs les prêtres de Memphis, en leur fainte
,, garde !

,, Votre affectionné ami,

M A M B R È S.

Il fit quatre duplicata de cette lettre, de crainte d'accident, et les enferma dans des étuis de bois d'ébène le plus dur. Puis appelant à lui quatre courriers qu'il deftinait à ce meffage, (c'était l'âneffe, le chien, le corbeau et le pigeon) il dit à l'âneffe : Je fais avec quelle fidélité vous avez fervi *Balaam*, mon confrère, fervez-moi de même. Il n'y a point d'onocrotal qui vous égale à la courfe ; allez, ma chère amie, rendez ma lettre en main propre, et revenez. L'âneffe lui répondit : Comme j'ai fervi *Balaam*, je fervirai monfeigneur ; j'irai et je reviendrai. Le fage lui mit le bâton d'ébène dans la bouche, et elle partit comme un trait.

Puis il fit venir le chien de *Tobie*, et lui dit : Chien fidèle, et plus prompt à la courfe qu'*Achille* aux pieds légers, je fais ce que vous avez fait pour *Tobie* fils de *Tobie*, lorfque vous et l'ange *Raphaël* vous l'accompagnâtes de Ninive à Ragès en Médie, et de Ragès à Ninive, et qu'il rapporta à fon père dix talens (*h*) que l'efclave *Tobie* père avait prêtés à l'efclave *Gabelus* ; car ces efclaves étaient fort riches. Portez à fon adreffe cette lettre qui eft plus précieufe que dix talens d'argent. Le chien lui répondit : Seigneur, fi j'ai fuivi autrefois le meffager *Raphaël*, je puis tout auffi bien faire votre commiffion. *Mambrés* lui mit la lettre dans la gueule : il en dit autant à la colombe. Elle lui répondit : Seigneur, fi j'ai rapporté un rameau dans l'arche, je vous apporterai de même votre réponfe. Elle prit la lettre dans fon bec. On les perdit tous trois de vue en un inftant.

(*h*) Vingt mille écus argent de France, au cours de ce jour.

Puis il dit au corbeau : Je fais que vous avez
nourri le grand prophète *Elie* (*i*) lorfqu'il était caché
auprès du torrent Carith fi fameux dans toute la
terre. Vous lui apportiez tous les jours de bon pain
et des poulardes graffes ; je ne vous demande que de
porter cette lettre à Memphis.

Le corbeau répondit en ces mots : Il eft vrai,
Seigneur, que je portais tous les jours à dîner au
grand prophète *Elie*, le thesbite, que j'ai vu monter
dans l'atmofphère fur un char de feu traîné par
quatre chevaux de feu, quoique ce ne foit pas la
coutume ; mais je prenais toujours la moitié du dîner
pour moi. Je veux bien porter votre lettre, pourvu
que vous m'affuriez de deux bons repas chaque jour,
et que je fois payé d'avance en argent comptant pour
ma commiffion.

Mambrés en colère dit à cet animal : Gourmand et
malin, je ne fuis pas étonné qu'*Apollon*, de blanc que
tu étais comme un cygne, t'ait rendu noir comme une
taupe, lorfque dans les plaines de Theffalie tu trahis
la belle *Coronis*, malheureufe mère d'*Efculape*. Eh !
dis-moi donc, mangeais-tu tous les jours des aloyaux
et des poulardes quand tu fus dix mois dans l'arche ?
Monfieur, nous y fefions très-bonne chère, repartit
le corbeau. On fervait du rôti deux fois par jour à
toutes les volatiles de mon efpèce qui ne vivent que
de chair, comme à vautours, milans, aigles, bufes,
éperviers, ducs, émouchets, faucons, hibous, et à la
foule innombrable des oifeaux de proie. On garniffait,
avec une profufion bien plus grande, les tables des

(*i*) IIIe Livre des Rois, chap. XVII.

lions, des léopards, des tigres, des panthères, des onces, des hyènes, des loups, des ours, des renards, des fouines et de tous les quadrupèdes carnivores. Il y avait dans l'arche huit perfonnes de marque, et les feules qui fuffent au monde, continuellement occupées du foin de notre table et de notre garderobe ; favoir *Noé* et fa femme qui n'avaient guère plus de fix cents ans, leurs trois fils et leurs trois époufes. C'était un plaifir de voir avec quel foin, quelle propreté nos huit domeftiques fervaient plus de quatre mille convives du plus grand appétit, fans compter les peines prodigieufes qu'exigeaient dix à douze mille autres perfonnes, depuis l'éléphant et la girafe jufqu'aux vers à foie et aux mouches. Tout ce qui m'étonne, c'eft que notre pourvoyeur *Noé* foit inconnu à toutes les nations dont il eft la tige ; mais je ne m'en foucie guère. Je m'étais déjà trouvé à une pareille fête (*k*) chez le roi de Thrace *Xiffutre*. Ces chofes-là arrivent de temps en temps pour l'inftruction des corbeaux. En un mot, je veux faire bonne chère, et être bien payé en argent comptant.

Le fage *Mambrès* fe garda bien de donner fa lettre à une bête fi difficile et fi bavarde. Ils fe féparèrent fort mécontens l'un de l'autre.

Il fallait cependant favoir ce que deviendrait le beau taureau, et ne pas perdre la pifte de la vieille et du ferpent. *Mambrès* ordonna à des domeftiques intelligens et affidés de les fuivre ; et pour lui il s'avança

---

(*k*) *Bérofe*, auteur chaldéen, rapporte en effet que la même aventure advint au roi de Thrace *Xiffutre* : elle était même encore plus merveilleufe ; car fon arche avait cinq ftades de long fur deux de large. Il s'eft élevé une grande difpute entre les favans pour démêler lequel eft le plus ancien du roi *Xiffutre* ou de *Noé*.

en litière fur le bord du Nil, toujours fefant des réflexions.

Comment fe peut-il, difait-il en lui-même, que ce ferpent foit le maître de prefque toute la terre, comme il s'en vante, et comme tant de doctes l'avouent, et que cependant il obéiffe à une vieille ? Comment eft-il quelquefois appelé au confeil de là-haut, tandis qu'il rampe fur la terre ? Pourquoi entre-t-il tous les jours dans le corps des gens par fa feule vertu, et que tant de fages prétendent l'en déloger avec des paroles ? Enfin comment paffe-t-il chez un petit peuple du voifinage pour avoir perdu le genre humain, et comment le genre humain n'en fait-il rien ? Je fuis bien vieux, j'ai étudié toute ma vie ; mais je vois là une foule d'incompatibilités que je ne puis concilier. Je ne faurais expliquer ce qui m'eft arrivé à moi-même, ni les grandes chofes que j'ai faites autrefois, ni celles dont j'ai été témoin. Tout bien pefé, je commence à foupçonner que ce monde-ci fubfifte de contradictions : *Rerum concordia difcors*, comme difait autrefois mon maître *Zoroaftre* en fa langue.

Tandis qu'il était plongé dans cette métaphyfique obfcure, comme l'eft toute métaphyfique, un batelier, en chantant une chanfon à boire, amarra un petit bateau près de la rive. On en vit fortir trois graves perfonnages à demi-vêtus de lambeaux craffeux et déchirés ; mais confervant fous ces livrées de la pauvreté l'air le plus majeftueux et le plus augufte. C'étaient *Daniel*, *Ezéchiel* et *Jérémie*.

CHAPITRE VI.

Comment Mambrès rencontra trois prophètes, et leur donna un bon dîner.

CES trois grands hommes, qui avaient la lumière prophétique fur le vifage, reconnurent le fage *Mambrès* pour un de leurs confrères à quelques traits de cette même lumière qui lui reftaient encore, et fe profternèrent devant fon palanquin. *Mambrès* les reconnut auffi pour prophètes encore plus à leurs habits qu'aux traits de feu qui partaient de leurs têtes auguftes. Il fe douta bien qu'ils venaient favoir des nouvelles du taureau blanc ; et, ufant de fa prudence ordinaire, il defcendit de fa voiture et avança quelques pas au-devant d'eux avec une politeffe mêlée de dignité. Il les releva, fit dreffer des tentes et apprêter un dîner dont il jugea que les trois prophètes avaient grand befoin.

Il fit inviter la vieille, qui n'était encore qu'à cinq cents pas. Elle fe rendit à l'invitation, et arriva menant toujours le taureau blanc en leffe.

On fervit deux potages, l'un de bifque, l'autre à la reine ; les entrées furent une tourte de langue de carpes, des foies de lottes et de brochets, des poulets aux piftaches, des innocens aux truffes et aux olives, deux dindonneaux au coulis d'écreviffes, de moufferons et de morilles, et un chipolata. Le rôti fut compofé de faifandeaux, de perdreaux, de gelinotes, de cailles et d'ortolans, avec quatre falades. Au milieu était un furtout dans le dernier goût. Rien ne fut plus délicat que l'entremets; rien de plus magnifique, de plus brillant et de plus ingénieux que le deffert.

Au refte, le difcret *Mambrès* avait eu grand foin que dans ce repas il n'y eût ni pièce de bouilli, ni aloyau, ni langue, ni palais de bœuf, ni tetines de vache, de peur que l'infortuné monarque, affiftant de loin au dîner, ne crût qu'on lui infultât.

Ce grand et malheureux prince broutait l'herbe auprès de la tente. Jamais il ne fentit plus cruellement la fatale révolution qui l'avait privé du trône pour fept années entières. Hélas! difait-il en lui-même, ce *Daniel* qui m'a changé en taureau, et cette forcière de pythoniffe qui me garde, font la meilleure chère du monde; et moi, le fouverain de l'Afie, je fuis réduit à manger du foin et à boire de l'eau!

On but beaucoup de vin d'Engaddi, de Tadmor et de Shiras. Quand les prophètes et la pythoniffe furent un peu en pointe de vin, on fe parla avec plus de confiance qu'aux premiers fervices. J'avoue, dit *Daniel*, que je ne fefais pas fi bonne chère quand j'étais dans la foffe aux lions. Quoi! Monfieur, on vous a mis dans la foffe aux lions? dit *Mambrès*; et comment n'avez-vous pas été mangé? Monfieur, dit *Daniel*, vous favez que les lions ne mangent jamais de prophètes. Pour moi, dit *Jérémie*, j'ai paffé toute ma vie à mourir de faim; je n'ai jamais fait un bon repas qu'aujourd'hui. Si j'avais à renaître, et fi je pouvais choifir mon état, j'avoue que j'aimerais cent fois mieux être contrôleur général, ou évêque à Babylone, que prophète à Jérufalem.

Ezéchiel dit : Il me fut ordonné une fois de dormir trois cents quatre-vingt-dix jours de fuite fur le côté gauche, et de manger pendant tout ce temps-là du pain d'orge, de millet, de vefces, de fêves et de froment, couvert de (*l*)... je n'ofe pas dire. Tout ce que je pus obtenir, ce fut de ne le couvrir que de boufe de vache. J'avoue que la cuifine du feigneur *Mambrès* eft plus délicate. Cependant le métier de prophète a du bon ; et la preuve en eft que mille gens s'en mêlent.

A propos, dit *Mambrès*, expliquez-moi ce que vous entendez par votre *Oolla* et par votre *Ooliba*, qui fefaient tant de cas des chevaux et des ânes ? Ah ! répondit *Ezéchiel*, ce font des fleurs de rhétorique.

Après ces ouvertures de cœur, *Mambrès* parla d'affaires. Il demanda aux trois pélerins pourquoi ils étaient venus dans les Etats du roi de Tanis. *Daniel* prit la parole ; il dit que le royaume de Babylone avait été en combuftion depuis que *Nabuchodonofor* avait difparu ; qu'on avait perfécuté tous les prophètes felon l'ufage de la cour ; qu'ils paffaient leur vie, tantôt à voir des rois à leurs pieds, tantôt à recevoir cent coups d'étrivières ; qu'enfin ils avaient été obligés de fe réfugier en Egypte, de peur d'être lapidés. *Ezéchiel* et *Jérémie* parlèrent auffi très-long-temps dans un fort beau ftyle qu'on pouvait à peine comprendre. Pour la pythoniffe elle avait toujours l'œil fur fon animal. Le poiffon de *Jonas* fe tenait dans le Nil vis-à-vis de la tente, et le ferpent fe jouait fur l'herbe.

Après le café, on alla fe promener fur le bord du

(*l*) *Ezéchiel*, chap. IV,

Nil. Alors le taureau blanc, apercevant les trois prophètes ses ennemis, poussa des mugissemens épouvantables ; il se jeta impétueusement sur eux, il les frappa de ses cornes : et, comme les prophètes n'ont jamais que la peau sur les os, il les aurait percés d'outre en outre, et leur aurait ôté la vie : mais le maître des choses, qui voit tout et qui remédie à tout, les changea sur le champ en pies ; et ils continuèrent à parler comme auparavant. La même chose arriva depuis aux *Piérides*, tant la fable a imité l'histoire.

Ce nouvel incident produisait de nouvelles réflexions dans l'esprit du sage *Mambrès*. Voilà, disait-il, trois grands prophètes changés en pies ; cela doit nous apprendre à ne pas trop parler, et à garder toujours une discrétion convenable. Il concluait que sagesse vaut mieux qu'éloquence, et pensait profondément selon sa coutume, lorsqu'un grand et terrible spectacle vint frapper ses regards.

CHAPITRE VII.

Le roi de Tanis arrive. Sa fille et le taureau vont être sacrifiés.

Des tourbillons de poussière s'élevaient du midi au nord. On entendait le bruit des tambours, des trompettes, des fifres, des psaltérions, des cythares, des sambuques : plusieurs escadrons avec plusieurs bataillons s'avançaient, et *Amasis* roi de Tanis était à leur tête sur un cheval caparaçonné d'une housse

écarlate

écarlate brochée d'or , et les hérauts criaient : Qu'on
prenne le taureau blanc ; qu'on le lie ; qu'on le jette
dans le Nil , et qu'on le donne à manger au poiffon
de *Jonas ;* car le roi mon feigneur, qui eft jufte ,
veut fe venger du taureau blanc qui a enforcelé fa
fille.

Le bon viellard *Mambrès* fit plus de réflexions que
jamais. Il vit bien que le malin corbeau était allé tout
dire au roi , et que la princeffe courait grand rifque
d'avoir le cou coupé. Il dit au ferpent : Mon cher ami,
allez vîte confoler la belle *Amafide* , ma nourriffonne ;
dites-lui qu'elle ne craigne rien , quelque chofe qui
arrive ; et faites-lui des contes pour charmer fon
inquiétude ; car les contes amufent toujours les filles ,
et ce n'eft que par des contes qu'on réuffit dans le
monde.

Puis il fe profterna devant *Amafis* , roi de Tanis , et
lui dit : O roi ! vivez à jamais. Le taureau blanc doit
être facrifié ; car votre majefté a toujours raifon ; mais
le maître des chofes a dit : *Ce taureau ne doit être mangé
par le poiffon de Jonas , qu'après que Memphis aura trouvé
un dieu pour mettre à la place de fon dieu qui eft mort.*
Alors vous ferez vengé, et votre fille fera exorcifée ;
car elle eft poffédée. Vous avez trop de piété pour ne
pas obéir aux ordres du maître des chofes.

Amafis, roi de Tanis, refta tout penfif ; puis il dit :
Le bœuf *Apis* eft mort ; DIEU veuille avoir fon ame !
Quand croyez-vous qu'on aura trouvé un autre bœuf
pour régner fur la féconde Egypte ? Sire , dit
Mambrès , je ne vous demande que huit jours. Le roi
qui était très-dévot dit : Je les accorde, et je veux refter
ici huit jours ; après quoi, je facrifierai le féducteur

de ma fille. Et il fit venir ſes tentes, ſes cuiſiniers, ſes muſiciens, et reſta huit jours en ce lieu, comme il eſt dit dans Manéthon.

La vieille était au déſeſpoir de voir que le taureau qu'elle avait en garde n'avait plus que huit jours à vivre. *Elie* feſait apparaître toutes les nuits des ombres au roi, pour le détourner de ſa cruelle réſolution ; mais le roi ne ſe ſouvenait plus le matin des ombres qu'il avait vues la nuit, de même que *Nabuchodonoſor* avait oublié ſes ſonges.

CHAPITRE VIII.

Comment le ſerpent fit des contes à la princeſſe pour la conſoler.

C EPENDANT le ſerpent contait des hiſtoires à la belle *Amaſide* pour calmer ſes douleurs. Il lui diſait comment il avait guéri autrefois tout un peuple de la morſure de certains petits ſerpens, en ſe montrant ſeulement au bout d'un bâton. Il lui apprenait les conquêtes d'un héros qui fit un ſi beau contraſte avec *Amphion*, architecte de Thèbes en Béotie. Cet *Amphion* feſait venir les pierres de taille au ſon du violon : un rigodon et un menuet lui ſuffiſaient pour bâtir une ville ; mais l'autre les détruiſait au ſon du cornet à bouquin ; il fit pendre trente et un rois très-puiſſans dans un canton de quatre lieues de long et de large ; il fit pleuvoir de groſſes pierres du haut du ciel ſur un bataillon d'ennemis fuyant devant lui, et les ayant ainfi exterminés, il arrêta le foleil et la lune en plein midi, pour les exterminer encore entre Gabaon et Aïaron fur le chemin de Bethoron , à l'exemple de *Bacchus* qui avait arrêté le foleil et la lune dans fon voyage aux Indes.

La prudence que tout ferpent doit avoir , ne lui permit pas de parler à la belle *Amafide* du puiffant bâtard *Jephté* qui coupa le cou à fa fille , parce qu'il avait gagné une bataille ; il aurait jeté trop de terreur dans le cœur de la belle princeffe ; mais il lui conta les aventures du grand *Samfon* , qui tuait mille phi-liftins avec une mâchoire d'âne , qui attachait enfemble trois cents renards par la queue , et qui tomba dans les filets d'une fille moins belle , moins tendre et moins fidelle que la charmante *Amafide*.

Il lui raconta les amours malheureux de *Sichem* et de l'agréable *Dina*, âgée de fix ans, et les amours plus fortunés de *Booz* et de *Ruth* , ceux de *Juda* avec fa bru *Thamar* , ceux de *Loth* avec fes deux filles qui ne voulaient pas que le monde finît, ceux d'*Abraham* et de *Jacob* avec leurs fervantes , ceux de *Ruben* avec fa mère, ceux de *David* et de *Bethfabée* , ceux du grand roi *Salomon* , enfin tout ce qui pouvait diffiper la douleur d'une belle princeffe.

CHAPITRE IX.

Comment le serpent ne la consola point.

Tous ces contes-là m'ennuient, répondit la belle *Amafide*, qui avait de l'efprit et du goût. Ils ne font bons que pour être commentés chez les Irlandais par ce fou d'*Abadie*, ou chez les Welches par ce phrafier d'*Houteville*. Les contes qu'on pouvait faire à la quadrifaïeule de la quadrifaïeule de ma grand'mère, ne font plus bons pour moi qui ai été élevée par le fage *Mambrès*, et qui ai lu l'*Entendement humain* du philofophe égyptien nommé *Locke*, et *la matrone d'Ephéfe*. Je veux qu'un conte foit fondé fur la vraifemblance, et qu'il ne reffemble pas toujours à un rêve. Je défire qu'il n'ait rien de trivial ni d'extravagant. Je voudrais fur-tout que, fous le voile de la fable, il laifsât entrevoir aux yeux exercés quelque vérité fine qui échappe au vulgaire. Je fuis laffe du foleil et de la lune dont une vieille difpofe à fon gré, des montagnes qui danfent, des fleuves qui remontent à leur fource, et des morts qui reffufcitent ; mais fur-tout quand ces fadaifes font écrites d'un ftyle ampoulé et inintelligible, cela me dégoûte horriblement. Vous fentez qu'une fille qui craint de voir avaler fon amant par un gros poiffon, et d'avoir elle-même le cou coupé par fon propre père, a befoin d'être amufée ; mais tâchez de m'amufer felon mon goût.

Vous m'impofez-là une tâche bien difficile, répondit le ferpent. J'aurais pu autrefois vous faire paffer quelques quarts-d'heure affez agréables ; mais j'ai perdu depuis quelque temps l'imagination et la mémoire. Hélas! où eft le temps où j'amufais les filles ! Voyons cependant fi je pourrai me fouvenir de quelque conte moral pour vous plaire.

Il y a vingt-cinq mille ans que le roi *Gnaof* et la reine *Patra* étaient fur le trône de Thèbes aux cent portes. Le roi *Gnaof* était fort beau, et la reine *Patra* encore plus belle ; mais ils ne pouvaient avoir d'enfans. Le roi *Gnaof* propofa un prix pour celui qui enfeignerait la meilleure méthode de perpétuer la race royale.

La faculté de médecine et l'académie de chirurgie firent d'excellens traités fur cette queftion importante : pas un ne réuffit. On envoya la reine aux eaux ; elle fit des neuvaines ; elle donna beaucoup d'argent au temple de *Jupiter Ammon* dont vient le fel ammoniac : tout fut inutile. Enfin un jeune prêtre de vingt-cinq ans fe préfenta au roi, et lui dit : Sire, je crois favoir faire la conjuration qui opère ce que votre majefté défire avec tant d'ardeur. Il faut que je parle en fecret à l'oreille de madame votre femme ; et fi elle ne devient féconde, je confens d'être pendu. J'accepte votre propofition, dit le roi *Gnaof*. On ne laiffa la reine et le prêtre qu'un quart-d'heure enfemble. La reine devint groffe, et le roi voulut faire pendre le prêtre.

Mon Dieu! dit la princeffe, je vois où cela mène : ce conte eft trop commun ; je vous dirai même qu'il alarme ma pudeur. Contez-moi quelque fable bien vraie, bien avérée et bien morale dont je n'aie jamais

C c 3

entendu parler, pour achever *de me former l'esprit et le cœur*, comme dit le profeſſeur Egyptien *Linro*.

En voici une, Madame, dit le beau ſerpent, qui eſt des plus authentiques.

Il y avait trois prophètes, tous trois également ambitieux et dégoûtés de leur état. Leur folie était de vouloir être rois ; car il n'y a qu'un pas du rang de prophète à celui de monarque, et l'homme aſpire toujours à monter tous les degrés de l'échelle de la fortune. D'ailleurs, leurs goûts, leurs plaiſirs étaient abſolument différens. Le premier prêchait admirablement ſes frères aſſemblés qui lui battaient des mains : le fecond était fou de la muſique, et le troiſième aimait paſſionnément les filles. L'ange *Ithuriel* vint ſe préſenter à eux un jour qu'ils étaient à table, et qu'ils s'entretenaient des douceurs de la royauté.

Le maître des choſes, leur dit l'ange, m'envoie vers vous pour récompenſer votre vertu. Non-ſeulement vous ſerez rois, mais vous ſatisferez continuellement vos paſſions dominantes. Vous, premier prophète, je vous fais roi d'Egypte, et vous tiendrez toujours votre conſeil qui applaudira à votre éloquence et à votre ſageſſe : vous, fecond prophète, vous régnerez ſur la Perſe, et vous entendrez continuellement une muſique divine ; et vous, troiſième prophète, je vous fais roi de l'Inde, et je vous donne une maîtreſſe charmante qui ne vous quittera jamais.

Celui qui eut l'Egypte en partage commença par aſſembler ſon conſeil privé qui n'était compoſé que de deux cents ſages. Il leur fit, ſelon l'étiquette, un long difcours qui fut très-applaudi, et le monarque goûta la douce fatisfaction de s'enivrer des louanges qui n'étaient corrompues par aucune flatterie.

Le confeil des affaires étrangères fuccéda au confeil privé. Il fut beaucoup plus nombreux, et un nouveau difcours reçut encore plus d'éloges. Il en fut de même des autres confeils. Il n'y eut pas un moment de relâche aux plaifirs et à la gloire du prophète roi d'Egypte. Le bruit de fon éloquence remplit toute la terre.

Le prophète roi de Perfe commença par fe faire donner un opéra italien dont les chœurs étaient chantés par quinze cents châtrés. Leurs voix lui remuaient l'ame jufqu'à la moëlle des os, où elle réfide. A cet opéra en fuccédait un autre, et à ce fecond un troifième, fans interruption.

Le roi de l'Inde s'enferma avec fa maîtreffe, et goûta une volupté parfaite avec elle. Il regardait comme le fouverain bonheur la néceffité de la careffer toujours, et il plaignait le trifte fort de fes deux confrères, dont l'un était réduit à tenir toujours fon confeil, et l'autre à être toujours à l'opéra.

Chacun d'eux, au bout de quelques jours, entendit par la fenêtre des bucherons qui fortaient d'un cabaret pour aller couper du bois dans la forêt voifine, et qui tenaient fous le bras leurs douces amies dont ils pouvaient changer à volonté. Nos rois prièrent *Ithuriel* de vouloir bien intercéder pour eux auprès du maître des chofes, et de les faire bucherons.

Je ne fais pas, interrompit la tendre *Amafidè*, fi le maître des chofes leur accorda leur requête, et je ne m'en foucie guère; mais je fais bien que je ne

demanderais rien à perſonne, ſi j'étais enfermée
tête-à-tête avec mon amant, avec mon cher *Nabu-*
chodonoſor.

Les voûtes du palais retentirent de ce grand nom.
D'abord *Amaſide* n'avait prononcé que *Na*, enſuite
Nabu, puis *Nabucho*; mais à la fin la paſſion l'emporta;
elle prononça le nom fatal tout entier, malgré le ſer-
ment qu'elle avait fait au roi ſon père. Toutes les dames
du palais répétèrent *Nabuchodonoſor*, et le malin corbeau
ne manqua pas d'en aller avertir le roi. Le viſage
d'*Amaſis*, roi de Tanis, fut troublé, parce que ſon cœur
était plein de trouble. Et voilà comment le ſerpent, qui
était le plus prudent et le plus ſubtil des animaux,
feſait toujours du mal aux femmes, en croyant bien
faire.

Or *Amaſis* en couroux envoya ſur le champ chercher ſa fille *Amaſide* par douze de ſes alguazils qui ſont
toujours prêts à exécuter toutes les barbaries que le
roi commande, et qui diſent pour raiſon, nous ſommes
payés pour cela.

CHAPITRE X.

Comment on voulut couper le cou à la princesse, et comment on ne le lui coupa point.

Dès que la princesse fut arrivée toute tremblante au camp du roi son père, il lui dit : Ma fille, vous savez qu'on fait mourir toutes les princesses qui désobéissent au roi leur père, sans quoi un royaume ne pourrait être bien gouverné. Je vous avais défendu de proférer le nom de votre amant *Nabuchodonosor*, mon ennemi mortel ; qui m'avait détrôné, il y a bientôt sept ans, et qui a disparu de la terre. Vous avez choisi à sa place un taureau blanc, et vous avez crié *Nabuchodonosor* ; il est juste que je vous coupe le cou.

La princesse lui répondit : Mon père, soit fait selon votre volonté ; mais donnez-moi du temps pour pleurer ma virginité. Cela est juste, dit le roi *Amasis* ; c'est une loi établie chez tous les princes éclairés et prudens. Je vous donne toute la journée pour pleurer votre virginité, puisque vous dites que vous l'avez. Demain, qui est le huitième jour de mon campement, je ferai avaler le taureau blanc par le poisson, et je vous couperai le cou à neuf heures du matin.

La belle *Amaside* alla donc pleurer le long du Nil, avec ses dames du palais, tout ce qui lui restait de virginité. Le sage *Mambrès* réfléchissait à côté d'elle, et comptait les heures et les momens. Hé bien, mon cher *Mambrès*, lui dit-elle, vous avez changé les eaux du Nil en fang, felon la coutume, et vous ne pouvez changer le cœur d'*Amafis* mon père, roi de Tanis ! Vous fouffrirez qu'il me coupe le cou demain à neuf heures du matin ? Cela dépendra, répondit le fléchiffant *Mambrès*, de la diligence de mes courriers.

Le lendemain, dès que les ombres des obélifques et des pyramides marquèrent fur la terre la neuvième heure du jour, on lia le taureau blanc pour le jeter au poiffon de *Jonas*, et on apporta au roi fon grand fabre. Hélas ! hélas ! difait *Nabuchodonofor* dans le fond de fon cœur, moi, le roi, je fuis bœuf depuis près de fept ans, et à peine jai retrouvé ma maîtreffe, qu'on me fait manger par un poiffon.

Jamais le fage *Mambrès* n'avait fait des réflexions fi profondes. Il était abforbé dans fes triftes penfées, lorfqu'il voit de loin tout ce qu'il attendait. Une foule innombrable approchait. Les trois figures d'*Ifis*, d'*Ofiris* et d'*Horus* unies enfemble, avançaient portées fur un brancard d'or et de pierreries, par cent fénateurs de Memphis, et précédées de cent filles jouant du fiftre facré. Quatre mille prêtres, la tête rafée et couronnée de fleurs, étaient montés chacun fur un hippopotame. Plus loin paraiffaient dans la même pompe la brebis de Thèbes, le chien de Bubafte, le chat de Phœbé, le crocodile d'Arfinoé, le bouc de Mendès, et tous les dieux inférieurs de l'Egypte qui venaient rendre hommage au grand bœuf, au grand dieu *Apis*, auffi puiffant qu'*Ifis*, *Ofiris* et *Horus* réunis enfemble.

Au milieu de tous ces demi-dieux, quarante prêtres portaient une enorme corbeille remplie d'oignons facrés qui n'étaient pas tout à fait des dieux, mais qui leur ressemblaient beaucoup.

Aux deux côtés de cette file de dieux suivis d'un peuple innombrable, marchaient quarante mille guerriers, le casque en tête, le cimeterre sur la cuisse gauche, le carquois sur l'épaule, l'arc à la main.

Tous les prêtres chantaient en chœur, avec une harmonie qui élevait l'ame et qui l'attendrissait :

> Notre bœuf est au tombeau,
> Nous en aurons un plus beau.

Et à chaque pause on entendait résonner les sistres, les castagnettes, les tambours de basque, les psalterions, les cornemuses, les harpes et les sambuques.

CHAPITRE XI.

Comment la princesse épousa son bœuf.

AMASIS, roi de Tanis, surpris de ce spectacle, ne coupa point le cou à sa fille : il remit son cimeterre dans son fourreau. *Mambrès* lui dit : Grand roi, l'ordre des choses est changé ; il faut que votre majesté donne l'exemple. O roi ! déliez vous-même promptement le taureau blanc, et soyez le premier à l'adorer. *Amasis* obéit et se prosterna avec tout son peuple. Le grand prêtre de Memphis présenta au nouveau bœuf *Apis* la première poignée de foin. La princesse *Amaside* attachait à ses belles cornes des festons de roses, d'anémones ; de renoncules, de tulipes, d'œillets et d'hyacinthes. Elle prenait la liberté de le baiser, mais avec un profond respect. Les prêtres jonchaient de palmes et de

fleurs le chemin par lequel on le conduifait à Memphis;
et le fage *Mambrès*, fefant toujours fes réflexions,
difait tout bas à fon ami le ferpent: *Daniel* a changé
cet homme en bœuf, et j'ai changé ce bœuf en dieu.

On s'en retournait à Memphis dans le même
ordre. Le roi de Tanis, tout confus, fuivait la marche.
Mambrès, l'air ferein et recueilli, était à fon côté. La
vieille fuivait toute émerveillée; elle était accompagnée
du ferpent, du chien, de l'âneffe, du corbeau, de la
colombe et du bouc émiffaire. Le grand poiffon
remontait le Nil. *Daniel*, *Ezéchiel* et *Jérémie*, tranf-
formés en pies, fermaient la marche.

Quand on fut arrivé aux frontières du royaume,
qui n'étaient pas fort loin, le roi *Amafis* prit congé du
bœuf *Apis*, et dit à fa fille: Ma fille, retournons dans
nos Etats, afin que je vous y coupe le cou, ainfi qu'il
a été réfolu dans mon cœur royal, parce que vous avez
prononcé le nom de *Nabuchodonofor*, mon ennemi,
qui m'avait détrôné il y a fept ans. Lorfqu'un père a
juré de couper le cou à fa fille, il faut qu'il accompliffe
fon ferment, fans quoi il eft précipité pour jamais dans
les enfers, et je ne veux pas me damner pour l'amour
de vous. La belle princeffe répondit en ces mots au roi
Amafis: Mon cher père, allez couper le cou à qui vous
voudrez; mais ce ne fera pas à moi. Je fuis fur les terres
d'*Ifis*, d'*Ofiris*, d'*Horus* et d'*Apis*; je ne quitterai point
mon beau taureau blanc; je le baiferai tout le long du
chemin, jufqu'à ce que j'aie vu fon apothéofe dans la
grande écurie de la fainte ville de Memphis: c'eft une
faibleffe pardonnable à une fille bien née.

A peine eut-elle prononcé ces paroles que le bœuf
Apis s'écria: Ma chère *Amafide*, je t'aimerai toute ma

vie. C'était pour la première fois qu'on avait entendu parler *Apis* en Egypte depuis quarante mille ans qu'on l'adorait. Le serpent et l'ânesse s'écrièrent : Les sept années sont accomplies ; et les trois pies répétèrent : Les sept années sont accomplies. Tous les prêtres d'Egypte levèrent les mains au ciel. On vit tout d'un coup le dieu perdre ses deux jambes de devant : ses deux jambes de derrière se changèrent en deux jambes humaines : deux beaux bras charnus, musculeux et blancs sortirent de ses épaules , son mufle de taureau fit place au visage d'un héros charmant ; il redevint le plus bel homme de la terre , et dit : J'aime mieux être l'amant d'*Amaside* que dieu. Je suis *Nabuchodonosor* , roi des rois.

Cette nouvelle métamorphose étonna tout le monde, hors le réfléchissant *Mambrès* : mais, ce qui ne surprit personne , c'est que *Nabuchodonosor* épousa sur le champ la belle *Amaside*, en présence de cette grande assemblée.

Il conserva le royaume de Tanis à son beau-père, et fit de belles fondations pour l'ânesse, le serpent, le chien, la colombe, et même pour le corbeau, les trois pies et le gros poisson ; montrant à tout l'univers qu'il savait pardonner comme triompher. La vieille eut une grosse pension. Le bouc émissaire fut envoyé pour un jour dans le désert, afin que tous les péchés passés fussent expiés ; après quoi on lui donna douze chèvres pour sa récompense. Le sage *Mambrès* retourna dans son palais faire des réflexions. *Nabuchodonosor* , après l'avoir embrassé , gouverna tranquillement le royaume de Memphis , celui de Babylone , de Damas , de Balbec, de Tyr , la Syrie , l'Asie mineure , la Scythie ,

les contrées de Schiras, de Mofok, du Tubal, de
Madaï, de Gog, de Magog, de Javan, la Sogdiane,
la Bactriane, les Indes et les Iles.

Les peuples de cette vafte monarchie criaient tous
les matins : Vive le grand *Nabuchodonofor*, roi des
rois, qui n'eft plus bœuf ! Et depuis ce fut une
coutume dans Babylone que toutes les fois que le
fouverain, ayant été groffièrement trompé par fes
fatrapes, ou par fes mages, ou par fes tréforiers,
ou par fes femmes, reconnaiffait enfin fes erreurs,
et corrigeait fa mauvaife conduite, tout le peuple
criait à fa porte : Vive notre grand roi, qui n'eft plus
bœuf !

Fin de l'hiftoire du taureau blanc.

LE

CROCHETEUR

BORGNE.

LE

LE
CROCHETEUR
BORGNE.

Nos deux yeux ne rendent pas notre condition meilleure ; l'un nous fert à voir les biens , et l'autre les maux de la vie ; bien des gens ont la mauvaife habitude de fermer le premier, et bien peu ferment le fecond : voilà pourquoi il y a tant de gens qui aimeraient mieux être aveugles que de voir tout ce qu'ils voient. Heureux les borgnes qui ne font privés que de ce mauvais œil qui gâte tout ce qu'on regarde ! *Mefrour* en eft un exemple.

Il aurait fallu être aveugle pour ne pas voir que *Mefrour* était borgne. Il l'était de naiffance ; mais c'était un borgne fi content de fon état, qu'il ne s'était jamais avifé de défirer un autre œil ; ce n'étaient point les dons de la fortune qui le confolaient des torts de la nature, car il était fimple crocheteur , et n'avait d'autre tréfor que fes épaules ; mais il était heureux, et il montrait qu'un œil de plus et de la peine de moins contribuent bien peu au bonheur : l'argent et l'appétit lui venaient toujours en proportion de l'exercice qu'il fefait ; il travaillait le matin, mangeait et buvait le foir , dormait la nuit , et regardait tous les jours comme autant de vies féparées, en forte que le foin de l'avenir ne le troublait jamais dans la jouiffance du préfent. Il était, comme vous

le voyez, tout à la fois borgne, crocheteur et philofophe.

Il vit par hafard paſſer dans un char brillant une
grande princeſſe qui avait un œil de plus que lui,
ce qui ne l'empêcha pas de la trouver fort belle ; et,
comme les borgnes ne diffèrent des autres hommes
qu'en ce qu'ils ont un œil de moins, il en devint
éperdument amoureux. On dira peut-être que quand
on eſt crocheteur et borgne il ne faut point être
amoureux, fur-tout d'une grande princeſſe, et, qui plus
eſt, d'une princeſſe qui a deux yeux ; je conviens
qu'on a bien à craindre de ne pas plaire; cependant,
comme il n'y a point d'amour fans efpérance, et que
notre crocheteur aimait, il efpéra. Comme il avait
plus de jambes que d'yeux, et qu'elles étaient bonnes,
il fuivit l'efpace de quatre lieues le char de fa déeſſe
que fix grands chevaux blancs traînaient avec une
grande rapidité. La mode dans ce temps-là parmi les
dames était de voyager fans laquais et fans cocher, et
de fe mener elles-mêmes ; les maris voulaient qu'elles
fuſſent toujours toutes feules, afin d'être plus fûrs de
leur vertu, ce qui eſt directement oppofé au fentiment des moraliſtes qui difent qu'il n'y a point de
vertu dans la folitude. *Meſrour* courait toujours à
côté des roues du char, tournant fon bon œil du
côté de la dame, qui était étonnée de voir un borgne
de cette agilité. Pendant qu'il prouvait ainfi qu'on
eſt infatigable pour ce qu'on aime, une bête fauve,
pourfuivie par des chaſſeurs, traverfa le grand chemin
et effraya les chevaux qui, ayant pris le mors aux
dents, entraînaient la belle dans un précipice ; fon
nouvel amant plus effrayé encore qu'elle, quoiqu'elle

le fût beaucoup, coupa les traits avec une adreffe
merveilleufe, les fix chevaux blancs firent feuls le
faut périlleux, et la dame, qui n'était pas moins
blanche qu'eux, en fut quitte pour la peur. Qui que
vous foyez, lui dit-elle, je n'oublierai jamais que je
vous dois la vie; demandez-moi tout ce que vous
voudrez, tout ce que j'ai eft à vous. Ah! je puis avec
bien plus de raifon, répondit *Mefrour*, vous en offrir
autant; mais en vous l'offrant, je vous en offrirai
toujours moins; car je n'ai qu'un œil, et vous en avez
deux: mais un œil qui vous regarde vaut mieux que
deux yeux qui ne voient point les vôtres. La dame
fourit, car les galanteries d'un borgne font toujours
des galanteries, et les galanteries font toujours fourire.
Je voudrais bien pouvoir vous donner un autre œil,
lui dit-elle, mais votre mère pouvait feule vous faire
ce préfent-là: fuivez-moi toujours. A ces mots elle
defcend de fon char et continue fa route à pied; fon
petit chien defcendit auffi et marchait à pied à côté
d'elle, aboyant après l'étrangère figure de fon écuyer;
j'ai tort de lui donner le titre d'écuyer; car il eut
beau offrir fon bras, la dame ne voulut jamais
l'accepter, fous prétexte qu'il était trop fale; et
vous allez voir qu'elle fut la dupe de fa propreté:
elle avait de fort petits pieds, et des fouliers encore
plus petits que fes pieds, en forte qu'elle n'était ni
faite ni chauffée de manière à foutenir une longue
marche. De jolis pieds confolent d'avoir de mauvaifes
jambes, lorfqu'on paffe fa vie fur fa chaife longue
au milieu d'une foule de petits-maîtres; mais à quoi
fervent des fouliers brodés en paillettes dans un chemin
pierreux, où ils ne peuvent être vus que par un

crocheteur, et encore par un crocheteur qui n'a qu'un
œil? *Mélinade* (c'est le nom de la dame, que j'ai eu
mes raisons pour ne pas dire jusqu'ici, parce qu'il
n'était pas encore fait) avançait comme elle pouvait,
maudiffant fon cordonnier, déchirant fes fouliers,
écorchant fes pieds, et fe donnant des entorfes à
chaque pas. Il y avait environ une heure et demie
qu'elle marchait du train des grandes dames, c'eft-
à-dire qu'elle avait déjà fait près d'un quart de lieue
lorfqu'elle tomba de fatigue fur la place. Le *Mefrour*,
dont elle avait refufé les fecours pendant qu'elle était
debout, balançait à les lui offrir, dans la crainte de
la falir en la touchant; car il favait bien qu'il n'était
pas propre, la dame le lui avait affez clairement fait
entendre, et la comparaifon qu'il avait faite en chemin
entre lui et fa maîtreffe le lui avait fait voir encore
plus clairement. Elle avait une robe d'une légère
étoffe d'argent, femée de guirlandes de fleurs, qui
laiffait briller la beauté de fa taille; et lui avait un
farrau brun taché en mille endroits, troué et rapiécé,
en forte que les pièces étaient à côté des trous, et
point deffus où elles auraient pourtant été plus à leur
place; il avait comparé fes mains nerveufes et conver-
ties en durillons avec deux petites mains plus blanches
et plus délicates que les lis; enfin il avait vu les beaux
cheveux blonds de *Mélinade*, qui paraiffaient à travers
un léger voile de gaze; relevés les uns en treffe et les
autres en boucles, et il n'avait à mettre à côté de cela
que des crins noirs, hériffés, crépus, et n'ayant pour
tout ornement qu'un turban déchiré.

Cependant *Mélinade* effaie de fe relever, mais elle
retombe bientôt, et fi malheureufement que ce qu'elle

laiſſa voir à *Meſrour* lui ôta le peu de raiſon que la
vue du viſage de la princeſſe avait pu lui laiſſer. Il
oublia qu'il était crocheteur, qu'il était borgne, et
il ne ſongea plus à la diſtance que la fortune avait
miſe entre *Mélinade* et lui ; à peine ſe ſouvint-il qu'il
était amant, car il manqua à la délicateſſe qu'on dit
inſéparable d'un véritable amour, et qui en fait
quelquefois le charme et plus ſouvent l'ennui ; il ſe
ſervit des droits que ſon état de crocheteur lui donnait
à la brutalité, il fut brutal et heureux. La princeſſe
alors était, ſans doute, évanouie, ou bien elle gémiſſait
ſur ſon ſort ; mais, comme elle était juſte, elle béniſſait
ſûrement le deſtin de ce que toute infortune porte
avec elle ſa conſolation.

La nuit avait étendu ſes voiles ſur l'horizon, et
elle cachait de ſon ombre le véritable bonheur dé
Meſrour et les prétendus malheurs de *Mélinade* ; *Meſrour*
goûtait les plaiſirs des parfaits amans, et il les goûtait
en crocheteur, c'eſt-à-dire (à la honte de l'humanité) de la manière la plus parfaite ; les faibleſſes de
Mélinade lui reprenaient à chaque inſtant, et à chaque
inſtant ſon amant reprenait des forces. Puiſſant
Mahomet, dit-il une fois en homme tranſporté, mais
en mauvais catholique, il ne manque à ma félicité
que d'être ſentie par celle qui la cauſe ; pendant que
je ſuis dans ton paradis, divin prophète, accorde-moi
encore une faveur, c'eſt d'être aux yeux de *Mélinade*
ce qu'elle ſerait à mon œil, s'il feſait jour ; il finit de
prier et continua de jouir. L'aurore, toujours trop
diligente pour les amans, ſurprit *Meſrour* et *Mélinade*
dans l'attitude où elle aurait pu être ſurpriſe elle-même
un moment auparavant avec *Tithon*. Mais quel fut

l'étonnement de *Mélinade* quand, ouvrant les yeux aux premiers rayons du jour, elle se vit dans un lieu enchanté avec un jeune homme d'une taille noble, dont le visage ressemblait à l'astre dont la terre attendait le retour; il avait des joues de roses, des lèvres de corail; ses grands yeux tendres et vifs tout à la fois exprimaient et inspiraient la volupté; son carquois d'or orné de pierreries était suspendu à ses épaules, et le plaisir fesait seul sonner ses flèches; sa longue chevelure, retenue par une attache de diamans, flottait librement sur ses reins, et une étoffe transparente brodée de perles lui servait d'habillement, et ne cachait rien de la beauté de son corps. Où suis-je, et qui êtesvous, s'écria *Mélinade* dans l'excès de sa surprise? Vous êtes, répondit-il, avec le misérable qui a eu le bonheur de vous sauver la vie, et qui s'est si bien payé de ses peines. *Mélinade*, aussi aise qu'étonnée, regretta que la métamorphose de *Mesrour* n'eût pas commencé plus tôt; elle s'approche d'un palais brillant qui frappait sa vue, et lit cette inscription sur la porte: Eloignezvous, profanes, ces portes ne s'ouvriront que pour le maître de l'anneau. *Mesrour* s'approche à son tour pour lire la même inscription; mais il vit d'autres caractères, et lut ces mots: Frappe sans crainte; il frappa, et aussitôt les portes s'ouvrirent d'elles-mêmes avec un grand bruit. Les deux amans entrèrent au son de mille voix et de mille instrumens dans un vestibule de marbre de Paros; de là ils passèrent dans une salle superbe où un festin délicieux les attendait depuis douze cents cinquante ans, sans qu'aucun des plats fût encore refroidi: ils se mirent à table et furent servis chacun par mille esclaves de la plus grande beauté; le repas fut entremêlé de concerts et de danses ; et, quand il fut fini , tous les génies vinrent dans le plus grand ordre, partagés en différentes troupes avec des habits auffi magnifiques que finguliers , prêter ferment de fidélité au maître de l'anneau, et baifer le doigt facré auquel il le portait.

Cependant il y avait à Bagdad un mufulman fort dévot qui, ne pouvant aller fe laver dans la mofquée, fefait venir l'eau de la mofquée chez lui , moyennant une légère rétribution qu'il payait au prêtre. Il venait de faire la cinquième ablution , pour fe difpofer à la cinquième prière , et fa fervante, jeune étourdie très-peu dévote, fe débarraffa de l'eau facrée en la jetant par la fenêtre. Elle tomba fur un malheureux endormi profondément au coin d'une borne qui lui fervait de chevet. Il fut inondé et s'éveilla. C'était le pauvre *Mefrour* qui, revenant de fon féjour enchanté , avait perdu dans fon voyage l'anneau de *Salomon.* Il avait quitté fes fuperbes vêtemens, et repris fon farrau ; fon beau carquois d'or était changé en crochet de bois, et il avait, pour comble de malheurs, laiffé un de fes yeux en chemin. Il fe reffouvint alors qu'il avait bu la veille une grande quantité d'eau-de-vie qui avait affoupi fes fens, et échauffé fon imagination. Il avait jufque-là aimé cette liqueur par goût, il commença à l'aimer par reconnaiffance, et il retourna avec gaieté à fon travail, bien réfolu d'en employer le falaire à acheter les moyens de retrouver fa chère *Mélinade.* Un autre fe ferait défolé d'être un vilain borgne après avoir eu deux beaux yeux, d'éprouver les refus des balayeufes du palais après avoir joui des faveurs d'une princeffe plus belle que les maîtreffes du calife, et d'être au

fervice de tous les bourgeois de Bagdad, après avoir
régné fur tous les génies ; mais *Mefrour* n'avait point
l'œil qui voit le mauvais côté des chofes. (*)

(*) Ce conte, ainfi que le fuivant, n'a jamais été imprimé. M. de *Voltaire*
attachait peu de prix à ces amufemens de fociété. Il fentait très-bien que
le plus joli roman ne pourrait jamais être ni auffi curieux, ni auffi inftructif
pour les hommes éclairés que le texte même de la *Cité de Dieu* d'où il avait
tiré *Cofi-Sancta*. Quant au crocheteur borgne, c'eft le même fujet que celui
du conte intitulé *le Blanc et le Noir*. L'idée eft prife des contes orientaux,
où l'on voit fouvent ainfi tantôt un rêve pris pour la réalité, tantôt des
aventures réelles, mais arrangées d'une manière bizarre, prife pour un
rêve par celui qui les éprouve. Le but de ces contes eft de montrer que
la vie ne diffère point d'un fonge un peu fuivi ; ils conviennent à des
peuples dont le repos eft le plus grand des biens, et qui cherchent dans
la philofophie des motifs de ne point agir, et de s'abandonner aux évé-
nemens. Ces deux petits romans font de la jeuneffe de M. de *Voltaire*, et
fort antérieurs à ce qu'il a fait depuis dans ce genre.

Fin de l'hiftoire du Crocheteur borgne.

COSI-SANCTA;

UN PETIT MAL

POUR UN GRAND BIEN.

NOUVELLE AFRICAINE.

AVERTISSEMENT.

MADAME la ducheffe du *Maine* avait imaginé une loterie de titres de différens genres
d'ouvrages en vers et en profe ; chacune des
perfonnes qui tiraient ces billets était obligée
de faire l'ouvrage qui s'y trouvait porté. Madame
de *Montauban* ayant tiré pour fon lot une nouvelle, elle pria M. de *Voltaire* d'en faire une
pour elle, et il lui donna le conte fuivant.

COSI-SANCTA.

C'EST une maxime fauſſement établie, qu'il n'eſt
pas permis de faire un petit mal dont un plus grand
bien pourrait réſulter. St *Auguſtin* a été entièrement de
cet avis, comme il eſt aiſé de le voir dans le récit de
cette petite aventure arrivée dans ſon diocèſe, ſous le
proconſulat de *Septimius Acindinus*, et rapportée dans
le livre de la *Cité de Dieu*. (*)

Il y avait à Hippone un vieux curé grand inventeur
de confréries, confeſſeur de toutes les jeunes filles du
quartier, et qui paſſait pour un homme inſpiré de
DIEU, parce qu'il ſe mêlait de dire la bonne aventure,
métier dont il ſe tirait aſſez paſſablement.

On lui amena un jour une jeune fille nommée
Coſi-Sancta : c'était la plus belle perſonne de la province.
Elle avait un père et une mère janſéniſtes, qui l'avaient
élevée dans les principes de la vertu la plus rigide ; et
de tous les amans qu'elle avait eus, aucun n'avait pu
ſeulement lui cauſer dans ſes oraiſons un moment de
diſtraction. Elle était accordée depuis quelques jours
à un petit vieillard ratatiné, nommé *Capito*, conſeiller
au préſidial d'Hippone. C'était un petit homme bourru
et chagrin, qui ne manquait pas d'eſprit, mais qui
était pincé dans la converſation, ricaneur et aſſez
mauvais plaiſant ; jaloux d'ailleurs comme un vénitien,
et qui pour rien au monde ne ſe ferait accommodé
d'être l'ami des galans de ſa femme. La jeune créature
feſait tout ce qu'elle pouvait pour l'aimer, parce qu'il
devait être ſon mari ; elle y allait de la meilleure foi
du monde, et cependant n'y réuſſiſſait guère.

(*) Voyez *Bayle*, art. *Acindinus*.

Elle alla confulter fon curé, pour favoir fi fon mariage ferait heureux. Le bon homme lui dit d'un ton de prophète : *Ma fille, ta vertu caufera bien des malheurs, mais tu feras un jour canonifée pour avoir fait trois infidélités à ton mari.*

Cet oracle étonna et embarraffa cruellement l'innocence de cette belle fille. Elle pleura : elle en demanda l'explication, croyant que ces paroles cachaient quelque fens myftique ; mais toute l'explication qu'on lui donna fut que les trois fois ne devaient point s'entendre de trois rendez-vous avec le même amant, mais de trois aventures différentes.

Alors *Cofi-Sancta* jeta les hauts cris ; elle dit même quelques injures au curé, et jura qu'elle ne ferait jamais canonifée. Elle le fut pourtant, comme vous l'allez voir.

Elle fe maria bientôt après : la noce fut très-galante ; elle foutint affez bien tous les mauvais difcours qu'elle eut à effuyer, toutes les équivoques fades, toutes les groffièretés affez mal enveloppées dont on embarraffe ordinairement la pudeur des jeunes mariées. (1) Elle danfa de fort bonne grâce avec quelques jeunes gens fort bien faits et très-jolis, à qui fon mari trouvait le plus mauvais air du monde.

Elle fe mit au lit auprès du petit *Capito*, avec un peu de répugnance. Elle paffa une fort bonne partie de la nuit à dormir, et fe réveilla toute rêveufe. Son mari était pourtant moins le fujet de fa rêverie qu'un jeune

---

(1) C'était encoré l'ufage dans la jeuneffe de M. de *Voltaire*, même dans la bonne compagnie ; mais ce ton n'eft plus à la mode, parce que, fuivant la remarque de *J. J. Rouffeau* et de plufieurs auteurs graves, nous avons dégénéré de la pureté de nos anciennes mœurs.

homme nommé *Ribaldos*, qui lui avait donné dans la tête fans qu'elle en fût rien. Ce jeune homme femblait formé par les mains de l'Amour : il en avait les grâces, la hardieffe et la friponnerie ; il était un peu indifcret, mais il ne l'était qu'avec celles qui le voulaient bien : c'était la coqueluche d'Hippone. Il avait brouillé toutes les femmes de la ville les unes contre les autres, et il l'était avec tous les maris et toutes les mères. Il aimait d'ordinaire par étourderie, un peu par vanité ; mais il aima *Cofi-Sancta* par goût, et l'aima d'autant plus éperdument que la conquête en était plus difficile.

Il s'attacha d'abord en homme d'efprit à plaire au mari. Il lui fefait mille avances, le louait fur fa bonne mine et fur fon efprit aifé et galant. Il perdait contre lui de l'argent au jeu, et avait tous les jours quelque confidence de rien à lui faire. *Cofi-Sancta* le trouvait le plus aimable du monde ; elle l'aimait déjà plus qu'elle ne croyait ; elle ne s'en doutait point, mais fon mari s'en douta pour elle. Quoiqu'il eût tout l'amour propre qu'un petit homme peut avoir, il ne laiffa pas de fe douter que les vifites de *Ribaldos* n'étaient pas pour lui feul. Il rompit avec lui fur quelque mauvais prétexte, et lui défendit fa maifon.

Cofi-Sancta en fut très-fâchée, et n'ofa le dire ; et *Ribaldos*, devenu plus amoureux par les difficultés, paffa tout fon temps à épier les momens de la voir. Il fe déguifa en moine, en revendeufe à la toilette, en joueur de marionnettes ; mais il n'en fit point affez pour triompher de fa maîtreffe, et il en fit trop pour n'être pas reconnu par le mari. Si *Cofi-Sancta* avait été d'accord avec fon amant, ils auraient fi bien pris leurs mefures, que le mari n'aurait rien pu foupçonner ;

mais comme elle combattait fon goût, et qu'elle n'avait rien à fe reprocher, elle fauvait tout, hors les apparences, et fon mari la croyait très-coupable.

Le petit bon homme, qui était très-colère, et qui s'imaginait que fon honneur dépendait de la fidélité de fa femme, l'outragea cruellement, et la punit de ce qu'on la trouvait belle. Elle fe trouva dans la plus horrible fituation où une femme puiffe être : accufée injuftement, et maltraitée par un mari à qui elle était fidelle, et déchirée par une paffion violente qu'elle cherchait à furmonter.

Elle crut que fi fon amant ceffait fes pourfuites, fon mari pourrait ceffer fes injuftices, et qu'elle ferait affez heureufe pour fe guérir d'un amour que rien ne nourrirait plus. Dans cette vue, elle fe hafarda d'écrire cette lettre à *Ribaldos*.

„ Si vous avez de la vertu, ceffez de me rendre malheureufe : vous m'aimez, et votre amour m'expofe aux foupçons et aux violences d'un maître que je me fuis donné pour le refte de ma vie. Plût au ciel que ce fût encore le feul rifque que j'euffe à courir ! Par pitié pour moi, ceffez vos pourfuites. Je vous en conjure par cet amour même qui fait votre malheur et le mien, et qui ne peut jamais vous rendre heureux. „

La pauvre *Cofi-Sancta* n'avait pas prévu qu'une lettre fi tendre, quoique fi vertueufe, ferait un effet tout contraire à celui qu'elle efpérait. Elle enflamma plus que jamais le cœur de fon amant, qui réfolut d'expofer fa vie pour voir fa maîtreffe.

Capito, qui était affez fot pour vouloir être averti de tout, et qui avait de bons efpions, fut averti que *Ribaldos* s'était déguifé en frère carme quêteur pour demander la charité à fa femme. Il fe crut perdu : il imagina que l'habit d'un carme était bien plus dangereux qu'un autre pour l'honneur d'un mari. Il apofta des gens pour étriller frère *Ribaldos* : il ne fut que trop bien fervi. Le jeune homme, en entrant dans la maifon, eft reçu par ces meffieurs; il a beau crier qu'il eft un très-honnête carme, et qu'on ne traite point ainfi de pauvres religieux, il fut affommé, et mourut à quinze jours de-là d'un coup qu'il avait reçu fur la tête. Toutes les femmes de la ville le pleurèrent. *Cofi-Sancta* en fut inconfolable; *Capito* même en fut fâché, mais par une autre raifon; car il fe trouvait une très-méchante affaire fur les bras.

Ribaldos était parent du proconful *Acindinus*. Ce romain voulut faire une punition exemplaire de cet affaffinat; et comme il avait eu quelques querelles autrefois avec le préfidial d'Hippone, il ne fut pas fâché d'avoir de quoi faire pendre un confeiller; et il fut fort aife que le fort tombât fur *Capito*, qui était bien le plus vain et le plus infupportable petit robin du pays.

Cofi-Sancta avait donc vu affaffiner fon amant, et était près de voir pendre fon mari; et tout cela pour avoir été vertueufe; car, comme je l'ai déjà dit, fi elle avait donné fes faveurs à *Ribaldos*, le mari en eût été bien mieux trompé.

Voilà comme la moitié de la prédiction du curé fut accomplie. *Cofi-Sancta* fe reffouvint alors de l'oracle, elle craignit fort d'en accomplir le refte; mais ayant bien fait réflexion qu'on ne peut vaincre fa deftinée, elle s'abandonna à la Providence qui la mena au but par les chemins du monde les plus honnêtes.

Le proconful *Acindinus* était un homme plus débauché que voluptueux, s'amufant très-peu aux préliminaires, brutal, familier, vrai héros de garnifon, très-craint dans la province, et avec qui toutes les femmes d'Hippone avaient eu affaire uniquement pour ne fe pas brouiller avec lui.

Il fit venir chez lui madame *Cofi-Sancta;* elle arriva en pleurs : mais elle n'en avait que plus de charmes. Votre mari, Madame, lui dit-il, va être pendu, et il ne tient qu'à vous de le fauver. Je donnerais ma vie pour la fienne, lui dit la dame. Ce n'eft pas cela qu'on vous demande, répliqua le proconful. Et que faut-il donc faire ? dit-elle. Je ne veux qu'une de vos nuits, reprit le proconful. Elles ne m'appartiennent pas, dit *Cofi-Sancta :* c'eft un bien qui eft à mon mari. Je donnerai mon fang pour le fauver, mais je ne puis donner mon honneur. Mais fi votre mari y confent, dit le proconful. Il eft le maître, répondit la dame : chacun fait de fon bien ce qu'il veut. Mais je connais mon mari, il n'en fera rien ; c'eft un petit homme têtu, tout propre à fe laiffer pendre plutôt que de permettre qu'on me touche du bout du doigt. Nous allons voir cela, dit le juge en colère.

Sur le champ il fait venir devant lui le criminel ; il lui propofe, ou d'être pendu, ou d'être cocu : il n'y avait point à balancer. Le petit bon homme fe fit pourtant tirer l'oreille. Il fit enfin ce que tout autre aurait fait à fa place. Sa femme, par charité, lui fauva la vie; et ce fut la première des trois fois.

Le même jour fon fils tomba malade d'une maladie

fort

fort extraordinaire, inconnue à tous les médecins d'Hippone. Il n'y en avait qu'un qui eût des secrets pour cette maladie ; encore demeurait-il à Aquila, à quelques lieues d'Hippone. Il était défendu alors à un médecin établi dans une ville d'en sortir pour aller exercer sa profession dans une autre. *Cosi-Sancta* fut obligée elle-même d'aller à sa porte à Aquila, avec un frère qu'elle avait, et qu'elle aimait tendrement. Dans les chemins elle fut arrêtée par des brigands. Le chef de ces messieurs la trouva très-jolie ; et comme on était près de tuer son frère, il s'approcha d'elle, et lui dit que, si elle voulait avoir un peu de complaisance, on ne tuerait point son frère, et qu'il ne lui en coûterait rien. La chose était pressante : elle venait de sauver la vie à son mari qu'elle n'aimait guère ; elle allait perdre un frère qu'elle aimait beaucoup ; d'ailleurs le danger de son fils l'alarmait ; il n'y avait pas de moment à perdre. Elle se recommanda à DIEU, fit tout ce qu'on voulut ; et ce fut la seconde des trois fois.

Elle arriva le même jour à Aquila, et descendit chez le médecin. C'était un de ces médecins à la mode que les femmes envoient chercher quand elles ont des vapeurs, ou quand elles n'ont rien du tout. Il était le confident des unes, l'amant des autres ; homme poli, complaisant, un peu brouillé d'ailleurs avec la faculté dont il avait fait de fort bonnes plaisanteries dans l'occasion.

Cosi-Sancta lui exposa la maladie de son fils, et lui offrit un gros sesterce. (Vous remarquerez qu'un gros sesterce fait en monnaie de France mille écus, et plus.) Ce n'est pas de cette monnaie, Madame, que je

prétends être payé, lui dit le galant médecin. Je vous
offrirais moi-même tout mon bien, fi vous étiez dans
le goût de vous faire payer des cures que vous pouvez
faire : guériffez-moi feulement du mal que vous me
faites , et je rendrai la fanté à votre fils.

La propofition parut extravagante à la dame ; mais
le deftin l'avait accoutumée aux chofes bizarres. Le
médecin était un opiniâtre qui ne voulait point d'autre
prix de fon remède. *Cofi-Sancta* n'avait point de mari
à confulter : et le moyen de laiffer mourir un fils
qu'elle adorait , faute du plus petit fecours du monde
qu'elle pouvait lui donner ! Elle était auffi bonne mère
que bonne fœur. Elle acheta le remède au prix qu'on
voulut ; et ce fut la dernière des trois fois.

Elle revint à Hippone avec fon frère qui ne ceffait
de la remercier , durant le chemin , du courage avec
lequel elle lui avait fauvé la vie.

Ainfi *Cofi-Sancta* , pour avoir été trop fage , fit périr
fon amant , et condamner à mort fon mari ; et pour
avoir été complaifante , conferva les jours de fon frère ,
de fon fils et de fon mari. On trouva qu'une pareille
femme était fort néceffaire dans une famille ; on la
canonifa après fa mort, pour avoir fait tant de bien à
fes parens en fe mortifiant , et l'on grava fur fon
tombeau :

Un petit mal pour un grand bien.

Fin de l'hiftoire de Cofi - Sancta.

SONGE

DE PLATON.

Platon rêvait beaucoup, et on n'a pas moins rêvé depuis. Il avait songé que la nature humaine était autrefois double, et qu'en punition de ſes fautes elle fut diviſée en mâle et femelle.

Il avait prouvé qu'il ne peut y avoir que cinq mondes parfaits, parce qu'il n'y a que cinq corps réguliers en mathématiques. Sa *République* fut un de ſes grands rêves. Il avait rêvé encore que le dormir naît de la veille, et la veille du dormir, et qu'on perd ſurement la vue en regardant une éclipſe ailleurs que dans un baſſin d'eau. Les rêves alors donnaient une grande réputation. (1)

(1) M. de *Voltaire* s'eſt égayé quelquefois ſur *Platon*, dont le galimatias, regardé autrefois comme ſublime, a fait plus de mal au genre humain qu'on ne le croit communément.

Il eſt difficile de comprendre comment un philoſophe qui écrivit ſur la porte de ſon école : *Que celui qui ignore la géométrie n'entre point ici ;* qui fit lui-même des découvertes dans cette ſcience, dont les premiers diſciples inventèrent les ſections coniques, dont l'école produiſit preſque tous les géomètres et les aſtronomes de la Gréce, qui enfin fut le fondateur d'une ſecte de ſceptiques ; comment *Platon*, en un mot, put débiter ſi ſérieuſement tant de rêveries dans ſes dialogues écrits d'ailleurs avec tant d'éloquence, et où l'on trouve ſouvent tant d'eſprit, de bon ſens et de fineſſe.

On peut croire qu'effrayé par l'exemple de *Socrate*, il ne voulut révéler dans ſes dialogues que la demi-philoſophie qu'il croyait à la portée du vulgaire. Il eſperait qu'à la faveur de ſes ſyſtêmes, des tableaux par leſquels il amuſait l'imagination, des détours agréables par leſquels il conduiſait ſes lecteurs, il pourrait faire paſſer un petit nombre de vérités utiles, ſans s'expoſer aux perſécutions des prêtres et des areopagites. Mais, par une fatalité ſingulière, le ſage eſprit de doute, ce goût pour l'aſtronomie et les mathématiques, conſervé dans l'école de *Platon*, tombèrent avec cette école ;

Voici un de fes fonges, qui n'eft pas un des moins
intéreſſans. Il lui ſembla que le grand *Demiourgos*,
l'éternel géomètre , ayant peuplé l'eſpace infini de
globes innombrables, voulut éprouver la ſcience des
génies qui avaient été témoins de ſes ouvrages. Il
donna à chacun d'entre eux un petit morceau de
matière à arranger, à peu-près comme *Phidias* et *Zeuxis*
auraient donné des ſtatues et des tableaux à faire à

ſes rêveries ſeules ſubſiſtèrent, devinrent des myſtères ſacrés , et règnent
encore ſur des eſprits auxquels le nom de *Platon* n'eſt pas même parvenu.

Ariſtote , ſon diſciple et ſon rival , prit une autre route ; il ſe bornait
à expoſer avec ſimplicité ce qu'il croyait vrai. Son hiſtoire des animaux
et même ſa phyſique pouvaient apprendre aux Grecs à connaitre la nature
et à l'étudier. L'idée de réduire le raiſonnement à des formes techniques
eſt une des choſes les plus ingénieuſes que jamais l'eſprit humain ait découvertes. Sa morale eſt le premier ouvrage où l'on ait eſſayé d'appuyer les
idées de vice , de vertu , de bien et de mal ſur l'obſervation et ſur la nature.
Ses ouvrages ſur l'éloquence et la poëſie renferment des règles puiſées dans
la raiſon et dans la connaiſſance du cœur humain.

Mais, comme *Pythagore* , il fut trop au-deſſus de ſon ſiècle. On ſait que
ce philoſophe avait enſeigné à ſes diſciples le vrai ſyſtême du monde, et
que peu de temps après lui cette doctrine fut oubliée par les Grecs qui ne
paraiſſaient s'en ſouvenir dans leurs écoles que pour la combattre. Mais
les rêveries attribuées à *Pythagore* eurent des partiſans juſqu'à la chute du
paganiſme. *Ariſtote* eut un ſort ſemblable. Sa méthode de philoſopher ne
paſſa point à ſes diſciples ; on ne chercha point à étudier la nature à ſon
exemple dans les phénomènes qu'elle préſente. Quelques ſubtilités méta-
phyſiques bonnes ou mauvaiſes, extraites de ſes ouvrages , des principes
vagues de phyſique, tribut qu'il avait payé à l'ignorance de ſon ſiècle ,
devinrent le fondement d'une ſecte qui , s'étendant des Arabes aux chrétiens,
régna ſouverainement pendant quelques ſiècles dans les écoles de l'Europe ,
n'ayant plus rien de commun avec *Ariſtote* que ſon nom.

Ainſi *Platon* et *Ariſtote* , après avoir été long-temps l'objet d'une eſpèce
de culte, durent devenir preſque ridicules aux premières lueurs de la vraie
philoſophie. On ne les connaiſſait plus que par leurs erreurs et par quelques
rêveries qui ſervaient de baſe à des ſottiſes ſans nombre. C'eſt contre ces
rêveries ſeules que M. de *Voltaire* s'eſt permis de s'élever quelquefois , et
aux dépens deſquelles il ne croyait pas que le reſpect qu'on doit au génie
de *Platon* ou d'*Ariſtote* dût l'empêcher de faire rire ſes lecteurs.

leurs difciples, s'il eft permis de comparer les petites chofes aux grandes.

Démogorgon eut en partage le morceau de boue qu'on appelle *la terre;* et, l'ayant arrangé de la manière qu'on le voit aujourd'hui, il prétendait avoir fait un chef-d'œuvre. Il penfait avoir fubjugué l'envie, et attendait des éloges, même de fes confrères; il fut bien furpris d'être reçu d'eux avec des huées.

L'un d'eux, qui était un fort mauvais plaifant, lui dit : „ Vraiment vous avez fort bien opéré; vous avez „ féparé votre monde en deux, et vous avez mis un „ grand efpace d'eau entre les deux hémifphères, afin „ qu'il n'y eût point de communication de l'un à „ l'autre. On gèlera de froid fous vos deux pôles, on „ mourra de chaud fous votre ligne équinoxiale. Vous „ avez prudemment établi de grands déferts de fable, „ pour que les paffans y mouruffent de faim et de foif. „ Je fuis affez content de vos moutons, de vos vaches „ et de vos poules; mais franchement je ne le fuis pas „ trop de vos ferpens et de vos araignées. Vos oignons „ et vos artichauts font de très-bonnes chofes; mais je „ ne vois pas quelle a été votre idée en couvrant la „ terre de tant de plantes venimeufes, à moins que „ vous n'ayez eu le deffein d'empoifonner fes habitans. „ Il me paraît d'ailleurs que vous avez formé une tren- „ taine d'efpèces de finges, beaucoup plus d'efpèces „ de chiens, et feulement quatre ou cinq efpèces „ d'hommes : il eft vrai que vous avez donné à ce „ dernier animal ce que vous appelez *la raifon;* mais „ en confcience cette raifon-là eft trop ridicule, et „ approche trop de la folie; il me paraît d'ailleurs que „ vous ne faites pas grand cas de cet animal à deux

,, pieds, puifque vous lui avez donné tant d'ennemis
,, et fi peu de défenfe, tant de maladies et fi peu de
,, remèdes, tant de paffions et fi peu de fageffe. Vous
,, ne voulez pas apparemment qu'il refte beaucoup de
,, ces animaux-là fur terre ; car, fans compter les dan-
,, gers auxquels vous les expofez, vous avez fi bien fait
,, votre compte, qu'un jour la petite vérole emportera
,, tous les ans régulièrement la dixième partie de cette
,, efpèce, et que la fœur de cette petite vérole empoi-
,, fonnera la fource de la vie dans les neuf parties qui
,, refteront : et, comme fi ce n'était pas encore affez,
,, vous avez tellement difpofé les chofes, que la moitié
,, des furvivans fera occupée à plaider, et l'autre à fe
,, tuer ; ils vous auront, fans doute, beaucoup d'obli-
,, gation, et vous avez fait là un beau chef-d'œuvre. ,,

Démogorgon rougit ; il fentit bien qu'il y avait du
mal moral et du mal phyfique dans fon affaire ; mais il
foutenait qu'il y avait plus de bien que de mal. ,, Il
,, eft aifé de critiquer, dit-il ; mais penfez-vous qu'il
,, foit fi facile de faire un animal qui foit toujours
,, raifonnable, qui foit libre, et qui n'abufe jamais
,, de fa liberté ? Penfez-vous que, quand on a neuf
,, à dix mille plantes à faire provigner, on puiffe fi
,, aifément empêcher que quelques-unes de ces
,, plantes n'aient des qualités nuifibles ? Vous imagi-
,, nez-vous qu'avec une certaine quantité d'eau, de
,, fable, de fange et de feu, on puiffe n'avoir ni mer
,, ni défert ? Vous venez, monfieur le rieur, d'arran-
,, ger la planète de Mars ; nous verrons comment
,, vous vous en êtes tiré, avec vos deux grandes ban-
,, des, et quel bel effet font vos nuits fans lune ; nous
,, verrons s'il n'y a chez vos gens ni folie ni maladie. ,,

En effet les génies examinèrent Mars, et on tomba rudement fur le railleur. Le férieux génie qui avait pétri Saturne ne fut pas épargné : fes confrères, les fabricateurs de Jupiter, de Mercure, de Vénus, eurent chacun des reproches à effuyer.

On écrivit de gros volumes et des brochures; on dit des bons mots, on fit des chanfons, on fe donna des ridicules, les partis s'aigrirent; enfin l'éternel *Demiourgos* leur impofa filence à tous : ,, Vous avez ,, fait, leur dit-il, du bon et du mauvais, parcé ,, que vous avez beaucoup d'intelligence, et que vous ,, êtes imparfaits, vos œuvres dureront feulement ,, quelques centaines de millions d'années ; après ,, quoi, étant plus inftruits, vous ferez mieux : il ,, n'appartient qu'à moi de faire des chofes parfaites ,, et immortelles.,,

Voilà ce que *Platon* enfeignait à fes difciples. Quand il eut ceffé de parler, l'un d'eux lui dit : *Et puis vous vous réveillâtes.*

Fin du fonge de Platon.

BABABEC

ET LES FAKIRS. (*)

Lorsque j'étais dans la ville de Bénarès fur le rivage du Gange, ancienne patrie des brachmanes, je tâchai de m'inftruire. J'entendais paffablement l'indien ; j'écoutais beaucoup, et remarquais tout. J'étais logé chez mon correfpondant *Omri* ; c'était le plus digne homme que j'aie jamais connu. Il était de la religion des bramins, j'ai l'honneur d'être mufulman : jamais nous n'avons eu une parole plus haute que l'autre au fujet de *Mahomet* et de *Brama*. Nous fefions nos ablutions chacun de notre côté ; nous buvions de la même limonade, nous mangions du même riz comme deux frères.

Un jour nous allâmes enfemble à la pagode de *Gavani*. Nous y vîmes plufieurs bandes de fakirs, dont les uns étaient des janguis, c'eft-à-dire, des fakirs contemplatifs, et les autres des difciples des anciens gymnofophiftes qui menaient une vie active. Ils ont, comme on fait, une langue favante, qui eft celle des plus anciens brachmanes, et dans cette langue un livre qu'ils appellent le *Véidam*. C'eft affurément le plus ancien livre de toute l'Afie, fans en excepter le *Zenda-Vefta*.

Je paffai devant un fakir qui lifait ce livre. Ah malheureux infidèle ! s'écria-t-il, tu m'as fait perdre le nombre des voyelles que je comptais ; et de cette affaire-là, mon ame paffera dans le corps d'un lièvre,

au lieu d'aller dans celui d'un perroquet, comme
j'avais tout lieu de m'en flatter. Je lui donnai une
roupie pour le confoler. A quelques pas de là, ayant
eu le malheur d'éternuer, le bruit que je fis réveilla
un fakir qui était en extafe. Où fuis-je ? dit-il, quelle
horrible chute ! je ne vois plus le bout de mon nez :
la lumière célefte eft difparue. (a) Si je fuis caufe,
lui dis-je, que vous voyez enfin plus loin que le bout
de votre nez, voilà une roupie pour réparer le mal
que j'ai fait ; reprenez votre lumière célefte.

M'étant ainfi tiré d'affaire difcrétement, je paffai
aux autres gymnofophiftes ; il y en eut plufieurs qui
m'apportèrent de petits clous fort jolis, pour m'enfoncer dans les bras et dans les cuïffes en l'honneur
de *Brama*. J'achetai leurs clous dont j'ai fait clouer
mes tapis. D'autres danfaient fur les mains ; d'autres
voltigeaient fur la corde lâche ; d'autres allaient toujours à cloche-pied. Il y en avait qui portaient des
chaînes, d'autres un bât ; quelques-uns avaient leur
tête dans un boiffeau ; au demeurant les meilleures
gens du monde. Mon ami *Omri* me mena dans la
cellule d'un des plus fameux ; il s'appelait *Bababec* :
il était nu comme un finge, et avait au cou une
groffe chaîne qui pefait plus de foixante livres. Il était
affis fur une chaife de bois, proprement garnie de
petites pointes de clous qui lui entraient dans les
feffes, et on aurait cru qu'il était fur un lit de fatin.
Beaucoup de femmes venaient le confulter ; il était
l'oracle des familles ; et on peut dire qu'il jouiffait

(a) Quand les fakirs veulent voir la lumière célefte, ce qui eft très-
commun parmi eux, ils tournent les yeux vers le bout de leur nez.

d'une très-grande réputation. Je fus témoin du long
entretien qu'*Omri* eut avec lui. Croyez-vous, lui dit-
il, mon père, qu'après avoir paffé par l'épreuve des
fept métempfycofes, je puiffe parvenir à la demeure
de *Brama*? C'eft felon, dit le fakir; comment vivez-
vous? Je tâche, dit *Omri*, d'être bon citoyen, bon
mari, bon père, bon ami; je prête de l'argent fans
intérêt aux riches dans l'occafion, j'en donne aux
pauvres; j'entretiens la paix parmi mes voifins. Vous
mettez-vous quelquefois des clous dans le cul?
demanda le bramin. — Jamais, mon révérend père.
J'en fuis fâché, répliqua le fakir, vous n'irez certainement que dans le dix-neuvième ciel; et c'eft
dommage. Comment? dit *Omri*; cela eft fort honnête;
je fuis très-content de mon lot; que m'importe du dix-
neuvième ou du vingtième, pourvu que je faffe mon
devoir dans mon pelerinage, et que je fois bien reçu
au dernier gîte? N'eft-ce pas affez d'être honnête
homme dans ce pays-ci, et d'être enfuite heureux au
pays de *Brama*? Dans quel ciel prétendez-vous donc
aller, vous M. *Bababec*, avec vos clous et vos chaînes?
Dans le trente-cinquième, dit *Bababec*. Je vous trouve
plaifant, répliqua *Omri*, de prétendre être logé plus
haut que moi : ce ne peut être affurément que l'effet
d'une exceffive ambition. Vous condamnez ceux qui
recherchent les honneurs dans cette vie, pourquoi
en voulez-vous de fi grands dans l'autre? et fur quoi
d'ailleurs prétendez-vous être mieux traité que moi?
Sachez que je donne plus en aumônes en dix jours,
que ne vous coûtent en dix ans tous les clous que
vous vous enfoncez dans le derrière. *Brama* a bien
affaire que vous paffiez la journée tout nu, avec une

chaîne au cou; vous rendez-là un beau fervice à la patrie. Je fais cent fois plus de cas d'un homme qui sème des légumes, ou qui plante des arbres, que de tous vos camarades qui regardent le bout de leur nez, ou qui portent un bât par excès de nobleffe d'ame. Ayant parlé ainfi, *Omri* fe radoucit, le careffa, le perfuada, l'engagea enfin à laiffer là fes clous et fa chaîne, et à venir chez lui mener une vie honnête. On le décraffa, on le frotta d'effences parfumées, on l'habilla décemment; il vécut quinze jours d'une manière fort fage, et avoua qu'il était cent fois plus heureux qu'auparavant. Mais il perdait fon crédit dans le peuple; les femmes ne venaient plus le confulter; il quitta *Omri*, et reprit fes clous pour avoir de la confidération.

Fin de l'hiftoire de Bababec et des fakirs.

AVENTURE

DE LA MEMOIRE.

Le genre humain penfant, c'eft-à-dire, la cent-millième partie du genre humain, tout au plus, avait cru long-temps, ou du moins avait fouvent répété que nous n'avions d'idées que par nos fens, et que la mémoire eft le feul inftrument par lequel nous puiffions joindre deux idées et deux mots enfemble.

C'eft pourquoi *Jupiter*, repréfentant la nature, fut amoureux de *Mnémofyne*, déeffe de la mémoire, dès le premier moment qu'il la vit ; et de ce mariage naquirent les neuf Mufes qui furent les inventrices de tous les arts.

Ce dogme, fur lequel font fondées toutes nos connaiffances, fut reçu univerfellement, et même la *Nonfobre* l'embraffa dès qu'elle fut née, quoique ce fût une vérité.

Quelque temps après vint un argumenteur, moitié géomètre, moitié chimérique, lequel argumenta contre les cinq fens et contre la mémoire ; et il dit au petit nombre du genre humain penfant : Vous vous êtes trompés jufqu'à préfent, car vos fens font inutiles, car les idées font innées chez vous avant qu'aucun de vos fens pût agir, car vous aviez toutes les notions néceffaires lorfque vous vîntes au monde ; vous faviez tout fans avoir jamais rien fenti : toutes vos idées nées avec vous étaient préfentes à votre intelligence, nommée *ame*, fans le fecours de la mémoire. Cette mémoire n'eft bonne à rien.

La *Nonfobre* condamna cette propofition , non parce qu'elle était ridicule , mais parce qu'elle était nouvelle : cependant, lorfqu'enfuite un anglais fe fut mis à prouver, et même longuement, qu'il n'y avait point d'idées innées, que rien n'était plus néceffaire que les cinq fens, que la mémoire fervait beaucoup à retenir les chofes reçues par les cinq fens , elle condamna fes propres fentimens , parce qu'ils étaient devenus ceux d'un anglais. En conféquence elle ordonna au genre humain de croire déformais aux idées innées , et de ne plus croire aux cinq fens et à la mémoire. Le genre humain, au lieu d'obéir, fe moqua de la *Nonfobre*, laquelle fe mit en telle colère, qu'elle voulut faire brûler un philofophe. Car ce philofophe avait dit qu'il eft impoffible d'avoir une idée complète d'un fromage à moins d'en avoir vu et d'en avoir mangé ; et même le fcélérat ofa avancer que les hommes et les femmes n'auraient jamais pu travailler en tapifferie , s'ils n'avaient pas eu des aiguilles et des doigts pour les enfiler.

Les liolifteois fe joignirent à la *Nonfobre* pour la première fois de leur vie ; et les féjaniftes , ennemis mortels des liolifteois, fe réunirent pour un moment à eux ; ils appelèrent à leur fecours les anciens dicaftériques qui étaient de grands philofophes , et tous enfemble , avant de mourir , profcrivirent la mémoire et les cinq fens , et l'auteur qui avait dit du bien de ces fix chofes.

Un cheval fe trouva préfent au jugement que prononcèrent ces meffieurs , quoiqu'il ne fût pas de la même espèce, et qu'il y eût entre lui et eux plufieurs différences, comme celle de la taille, de la voix, de l'égalité des crins et des oreilles; ce cheval, dis-je, qui avait du fens aufli-bien que des fens, en parla un jour à *Pégafe* dans mon écurie; et *Pégafe* alla raconter aux Mufes cette hiftoire avec fa vivacité ordinaire.

Les Mufes, qui depuis cent ans avaient fingulière-ment favorifé le pays long-temps barbare où cette fcène fe paffait, furent extrêmement fcandalifées; elles aimaient tendrement *Mémoire* ou *Mnémofyne*, leur mère, à laquelle ces neuf filles font redevables de tout ce qu'elles favent. L'ingratitude des hommes les irrita. Elles ne firent point de fatire contre les anciens dicaftériques, les liolifteois, les féjaniftes et la *Nonfobre*, parce que les fatires ne corrigent per-fonne, irritent les fots et les rendent encore plus méchans. Elles imaginèrent un moyen de les éclairer en les puniffant. Les hommes avaient blafphémé la Mémoire; les Mufes leur ôtèrent ce don des dieux, afin qu'ils appriffent une bonne fois ce qu'on eft fans fon fecours.

Il arriva donc qu'au milieu d'une belle nuit tous les cerveaux s'appefantirent, de façon que le lende-main matin tout le monde fe réveilla fans avoir le moindre fouvenir du paffé. Quelques dicaftériques, couchés avec leurs femmes, voulurent s'approcher d'elles par un refte d'inftinct indépendant de la mémoire. Les femmes, qui n'ont eu que très-rarement l'inftinct d'embraffer leurs maris, rejetèrent leurs careffes dégoûtantes avec aigreur. Les maris fe fâchèrent, les femmes crièrent, et la plupart des ménages en vinrent aux coups.

Messieurs trouvant un bonnet quarré s'en servirent pour certains besoins que ni la mémoire ni le bon sens ne soulagent ; mesdames employèrent les pots de leur toilette aux mêmes usages ; les domestiques, ne se souvenant plus du marché qu'ils avaient fait avec leurs maîtres, entrèrent dans leurs chambres sans savoir où ils étaient ; mais comme l'homme est né curieux, ils ouvrirent tous les tiroirs ; et, comme l'homme aime naturellement l'éclat de l'argent et de l'or, sans avoir pour cela besoin de mémoire, ils prirent tout ce qu'ils en trouvèrent sous la main. Les maîtres voulurent crier au voleur, mais l'idée de voleur étant sortie de leur cerveau, le mot ne put arriver sur leur langue. Chacun ayant oublié son idiome articulait des sons informes. C'était bien pis qu'à Babel où chacun inventait sur le champ une langue nouvelle. Le sentiment inné dans le sens des jeunes valets pour les jolies femmes agit si puissamment, que ces insolens se jetèrent étourdiment sur les premières femmes ou filles qu'ils trouvèrent, soit cabaretières, soit présidentes : et celles-ci, ne se souvenant plus des leçons de pudeur, les laissèrent faire en toute liberté.

Il fallut dîner, personne ne savait plus comment il fallait s'y prendre. Personne n'avait été au marché ni pour vendre ni pour acheter. Les domestiques avaient pris les habits des maîtres, et les maîtres ceux des domestiques. Tout le monde se regardait avec des yeux hébétés. Ceux qui avaient le plus de génie pour se procurer le nécessaire (et c'étaient les gens du peuple) trouvèrent un peu à vivre : les autres manquèrent de tout. Le premier président, l'archevêque allaient tout nus, et leurs palefreniers étaient les uns en robes rouges, les autres en dalmatiques; tout était confondu, tout allait périr de misère et de faim, faute de s'entendre.

Au bout de quelques jours les Mufes eurent pitié de cette pauvre race : elles font bonnes, quoiqu'elles faffent fentir quelquefois leur colère aux méchans : elles fupplièrent donc leur mère de rendre à ces blafphémateurs la mémoire qu'elle leur avait ôtée. *Mnémofyne* defcendit au féjour des contraires dans lequel on l'avait infultée avec tant de témérité, et leur parla en ces mots :

„ Imbécilles, je vous pardonne; mais reffouvenez-
„ vous que fans les fens il n'y a point de mémoire,
„ et que fans la mémoire il n'y a point d'efprit.„

Les dicaftériques la remercièrent affez sèchement, et arrêtèrent qu'on lui ferait des remontrances. Les féjaniftes mirent toute cette aventure dans leur gazette; on s'aperçut qu'ils n'étaient pas encore guéris. Les liolifteois en firent une intrigue de cour. Maître *Cogé*, tout ébahi de l'aventure, et n'y entendant rien, dit à fes écoliers de cinquième ce bel axiome : *Non magis Mufis quàm hominibus infenfa eft ifta quæ vocatur memoria.* (1)

(1) Ce conte eft une allufion aux arrêts du parlement, aux cenfures de la forbonne, aux libelles des janféniftes, aux intrigues des jéfuites en faveur des idées innées que tous avaient combattues dans leur nouveauté; on fait qu'il eft de la nature des théologiens de perfécuter les opinions philofophiques de leur fiècle, et d'arranger leur religion fur les opinions philofophiques du fiècle précédent.

Quand à l'axiome de *Cogé*, voyez dans les *Œuvres philofophiques* le *Difcours de M. Bellequier.*

Fin de l'aventure de la Mémoire.

LES

LES AVEUGLES

JUGES DES COULEURS.

Dans les commencemens de la fondation des Quinze-Vingts, on fait qu'ils étaient tous égaux, et que leurs petites affaires fe décidaient à la pluralité des voix. Ils diftinguaient parfaitement au toucher la monnaie de cuivre de celle d'argent ; aucun d'eux ne prit jamais du vin de Brie pour du vin de Bourgogne. Leur odorat était plus fin que celui de leurs voifins qui avaient deux yeux. Ils raifonnèrent parfaitement fur les quatre fens, c'eft-à-dire qu'ils en connurent tout ce qu'il eft permis d'en favoir ; et ils vécurent paifibles et fortunés autant que des Quinze-Vingts peuvent l'être. Malheureufement un de leurs profeffeurs prétendit avoir des notions claires fur le fens de la vue ; il fe fit écouter, il intrigua, il forma des enthoufiaftes : enfin on le reconnut pour le chef de la communauté. Il fe mit à juger fouverainement des couleurs, et tout fut perdu.

Ce premier dictateur des Quinze-Vingts fe forma d'abord un petit confeil, avec lequel il fe rendit le maître de toutes les aumônes. Par ce moyen perfonne n'ofa lui réfifter. Il décida que tous les habits des Quinze-Vingts étaient blancs ; les aveugles le crurent ; ils ne parlaient que de leurs beaux habits blancs, quoiqu'il n'y en eût pas un feul de cette couleur. Tout le monde fe moqua d'eux ; ils allèrent fe plaindre au dictateur qui les reçut fort mal ; il les traita de novateurs, d'efprits forts, de rebelles, qui fe laiffaient féduire par les opinions erronées de ceux qui avaient des yeux, et qui ofaient douter de l'infaillibilité de leur maître. Cette querelle forma deux partis.

Le dictateur, pour les apaifer, rendit un arrêt par lequel tous leurs habits étaient rouges. Il n'y avait pas un habit rouge aux Quinze-Vingts. On fe moqua d'eux plus que jamais : nouvelles plaintes de la part de la communauté. Le dictateur entra en fureur, les autres aveugles auffi ; on fe battit long-temps, et la concorde ne fut rétablie que lorfqu'il fut permis à tous les Quinze-Vingts de fufpendre leur jugement fur la couleur de leurs habits.

Un fourd, en lifant cette petite hiftoire, avoua que les aveugles avaient eu tort de juger des couleurs ; mais il refta ferme dans l'opinion qu'il n'appartient qu'aux fourds de juger de la mufique.

Fin de l'hiftoire des aveugles juges des couleurs.

AVENTURE

INDIENNE.

P YTHAGORE , dans fon féjour aux Indes, apprit ,
comme tout le monde fait ; à l'école des gymnofophiftes , le langage des bêtes et celui des plantes.
Se promenant un jour dans une prairie affez près du
rivage de la mer , il entendit ces paroles : Que je
fuis malheureufe d'être née herbe ! à peine fuis-je
parvenue à deux pouces de hauteur que voilà un
monftre dévorant , un animal horrible qui me foule
fous fes larges pieds ; fa gueule eft armée d'une rangée
de faulx tranchantes , avec laquelle il me coupe , me
déchire et m'engloutit. Les hommes nomment ce
monftre un *mouton.* Je ne crois pas qu'il y ait au
monde une plus abominable créature.

Pythagore avança quelques pas ; il trouva une
huître qui bâillait fur un petit rocher ; il n'avait point
encore embraffé cette admirable loi par laquelle il eft
défendu de manger les animaux nos femblables. Il
allait avaler l'huître , lorfqu'elle prononça ces mots
attendriffans: O nature ! que l'herbe , qui eft comme
moi ton ouvrage , eft heureufe ! Quand on l'a coupée ,
elle renaît , elle eft immortelle ; et nous , pauvres
huîtres , en vain fommes-nous défendues par une
double cuiraffe ; des fcélérats nous mangent par douzaines à leur déjeûner , et c'en eft fait pour jamais.
Quelle épouvantable deftinée que celle d'une huître ,
et que les hommes font barbares !

Pythagore treffaillit ; il fentit l'énormité du crime qu'il allait commettre : il demanda pardon à l'huître en pleurant , et la remit bien proprement fur fon rocher.

Comme il rêvait profondément à cette aventure en retournant à la ville , il vit des araignées qui mangeaient des mouches , des hirondelles qui mangeaient des araignées, des éperviers qui mangeaient des hirondelles ; tous ces gens-là , dit-il , ne font pas philofophes.

Pythagore en entrant fut heurté , froiffé , renverfé par une multitude de gredins et de gredines qui couraient en criant : C'eft bien fait, c'eft bien fait , ils l'ont bien mérité. Qui ? quoi ? dit *Pythagore* en fe relevant ; et les gens couraient toujours en difant : Ah ! que nous aurons de plaifir à les voir cuire.

Pythagore crut qu'on parlait de lentilles , ou de quelques autres légumes ; point du tout , c'était de deux pauvres indiens. Ah! fans doute , dit *Pythagore*, ce font deux grands philofophes qui font las de la vie ; ils font bien aifes de renaître fous une autre forme ; il y a du plaifir à changer de maifon , quoiqu'on foit toujours mal logé : il ne faut pas difputer des goûts.

Il avança vers la foule jufqu'à la place publique, et ce fut là qu'il vit un grand bûcher allumé, et vis-à-vis de ce bûcher un banc qu'on appelait un *tribunal*, et fur ce banc des juges , et ces juges tenaient tous une queue de vache à la main , et ils avaient fur la tête un bonnet reffemblant parfaitement aux deux oreilles de l'animal qui porta *Silène* quand il vint autrefois au pays avec *Bacchus*, après avoir traverfé la mer Erytrée à pied fec, et avoir arrêté le foleil et la lune, comme on le raconte fidèlement dans les Orphiques.

Il y avait parmi ces juges un honnête homme fort connu de *Pythagore*. Le fage de l'Inde expliqua au fage de Samos de quoi il était queftion dans la fête qu'on allait donner au peuple indou.

Les deux indiens, dit-il, n'ont nulle envie d'être brûlés; mes graves confrères les ont condamnés à ce fupplice, l'un pour avoir dit que la fubftance de *Xaca* n'eft pas la fubftance de *Brama*; et l'autre, pour avoir foupçonné qu'on pouvait plaire à l'Etre fuprême par la vertu, fans tenir en mourant une vache par la queue, parce que, difait-il, on peut être vertueux en tout temps, et qu'on ne trouve pas toujours une vache à point nommé. Les bonnes femmes de la ville ont été fi effrayées de ces deux propofitions fi hérétiques qu'elles n'ont point donné de repos aux juges, jufqu'à ce qu'ils aient ordonné le fupplice de ces deux infortunés.

Pythagore jugea que depuis l'herbe jufqu'à l'homme il y avait bien des fujets de chagrin. Il fit pourtant entendre raifon aux juges, et même aux dévotes; et c'eft ce qui n'eft arrivé que cette feule fois.

Enfuite il alla prêcher la tolérance à Crotone; mais un intolérant mit le feu à fa maifon; il fut brûlé, lui qui avait tiré deux indous des flammes. *Sauve qui peut.*

Fin de l'aventure indienne.

VOYAGE

DE LA RAISON.

Discours prononcé dans une académie de province.

ERASME fit au seizième siècle l'éloge de la Folie. Vous m'ordonnez de vous faire l'éloge de la Raison. Cette raison n'est fêtée en effet tout au plus que deux cents ans après son ennemie, souvent beaucoup plus tard ; et il y a des nations chez lesquelles on ne l'a point encore vue.

Elle était si inconnue chez nous du temps de nos druides, qu'elle n'avait pas même de nom dans notre langue. *César* ne l'apporta ni en Suisse, ni à Autun, ni à Paris qui n'était alors qu'un hameau de pêcheurs, et lui-même ne la connut guère.

Il avait tant de grandes qualités, que la Raison ne put trouver de place dans la foule. Ce magnanime insensé sortit de notre pays dévasté pour aller dévaster le sien, et pour se faire donner vingt-trois coups de poignard par vingt-trois autres illustres enragés qui ne le valaient pas, à beaucoup près.

Le sicambre *Clodvich* ou *Clovis* vint environ cinq cents années après exterminer une partie de notre nation, et subjuguer l'autre. On n'entendit parler de raison ni dans son armée, ni dans nos malheureux petits villages, si ce n'est de la raison du plus fort.

Nous croupîmes long-temps dans cette horrible et avilissante barbarie. Les croisades ne nous en tirèrent pas. Ce fut à la fois la folie la plus univerfelle , la plus atroce , la plus ridicule et la plus malheureufe. L'abominable folie de la guerre civile et facrée , qui extermina tant de gens de la langue de *oc* et de la langue de *oueil*, fuccéda à ces croifades lointaines. La Raifon n'avait garde de fe trouver là. Alors la Politique regnait à Rome ; elle avait pour miniftres fes deux fœurs , la Fourberie et l'Avarice. On voyait l'Ignorance , le Fanatifme , la Fureur courir fous fes ordres dans l'Europe ; la Pauvreté les fuivait par-tout ; la Raifon fe cachait dans un puits avec la Vérité fa fille. Perfonne ne favait où était ce puits ; et fi l'on s'en était douté , on y ferait defcendu pour égorger la fille et la mère.

Après que les Turcs eurent pris Conftantinople , et redoublé les malheurs épouvantables de l'Europe, deux ou trois grecs , en s'enfuyant , tombèrent dans ce puits , ou plutôt dans cette caverne, demi-morts de fatigue , de faim et de peur.

La Raifon les reçut avec humanité , leur donna à manger fans diftinction de viandes ; chofes qu'ils n'avaient jamais connue à Conftantinople. Ils reçurent d'elle quelques inftructions en petit nombre ; car la Raifon n'eft pas prolixe. Elle leur fit jurer qu'ils ne découvriraient pas le lieu de fa retraite. Ils partirent, et arrivèrent , après bien des courfes , à la cour de *Charles-Quint* et de *François premier*.

On les y reçut comme des jongleurs qui venaient faire des tours de foupleffe pour amufer l'oifiveté des courtifans et des dames , dans les intervalles de leurs rendez-vous. Les miniftres daignèrent les regarder dans les momens de relâche qu'ils pouvaient donner au torrent des affaires. Ils furent même accueillis par l'empereur et par le roi 'de France, qui jetèrent sur eux un coup d'œil en paffant, lorfqu'ils allaient chez leurs maîtreffes. Mais ils firent plus de fruit dans de petites villes où ils trouvèrent de bons bourgeois qui avaient encore, je ne fais comment, quelque lueur de fens commun.

Ces faibles lueurs s'éteignirent dans toute l'Europe, parmi les guerres civiles qui la défolèrent. Deux ou trois étincelles de raifon ne pouvaient pas éclairer le monde au milieu des torches ardentes et des bûchers que le fanatifme alluma pendant tant d'années. La Raifon et fa fille fe cachèrent plus que jamais.

Les difciples de leurs premiers apôtres fe turent, excepté quelques-uns qui furent affez inconfidérés pour prêcher la Raifon déraifonnablement et à contre-temps : il leur en coûta la vie comme à *Socrate*, mais perfonne n'y fit attention. Rien n'eft fi défagréable que d'être pendu obfcurément. On fut occupé fi long-temps des Saint-Barthelemi , des maffacres d'Irlande , des échafauds de la Hongrie, des affaffinats des rois , qu'on n'avait ni affez de temps , ni affez de liberté d'efprit pour penfer aux menus crimes et aux calamités fecrètes qui inondaient le monde d'un bout à l'autre.

La Raifon , informée de ce qui fe paffait par quelques exilés qui fe réfugièrent dans fa retraite, fut touchée de pitié, quoiqu'elle ne paffe pas pour être fort tendre. Sa fille , qui eft plus hardie qu'elle , l'encouragea à voir le monde, et à tâcher de le guérir. Elles parurent, elles parlèrent ; mais elles trouvèrent tant de méchans intéreſſés à les contredire, tant d'imbécilles aux gages de ces méchans, tant d'indifférens uniquement occupés d'eux-mêmes et du moment préſent, qui ne s'embarraſſaient ni d'elles ni de leurs ennemis, qu'elles regagnèrent ſagement leur aſile.

Cependant quelques ſemences des fruits qu'elles portent toujours avec elles, et qu'elles avaient répandues, germèrent ſur la terre, et même ſans pourrir.

Enfin, il y a quelque temps qu'il leur prit envie d'aller à Rome en pélerinage, déguiſées, et cachant leur nom, de peur de l'inquiſition. Dès qu'elles furent arrivées, elles s'adreſsèrent au cuiſinier du pape *Ganganelli, Clément XIV.* Elles ſavaient que c'était le cuiſinier de Rome le moins occupé. On peut dire même qu'il était, après vos confeſſeurs, Meſſieurs, l'homme le plus déſœuvré de ſa profeſſion.

Ce bon homme, après avoir donné aux deux pélerines un dîner preſqu'auſſi frugal que celui du pape, les introduiſit chez ſa ſainteté, qu'elles trouvèrent liſant les penſées de *Marc-Aurèle.* Le pape reconnut les maſques, les embraſſa cordialement, malgré l'étiquette. Meſdames, leur dit-il, ſi j'avais pu imaginer que vous fuſſiez ſur la terre, je vous aurais fait la première viſite.

Après les complimens, on parla d'affaires. Dès le lendemain *Ganganelli* abolit la bulle *In cœnâ Domini,* l'un des plus grands monumens de la folie humaine, qui avait ſi long-temps outragé tous les potentats. Le ſurlendemain il prit la réſolution de détruire la compagnie de *Garaſſe,* de *Guignard,* de *Garnet,* de *Buſembaum,* de *Malagrida,* de *Paulian,* de *Patouillet,* de

Nonotte, et l'Europe battit des mains. Le furlendemain il diminua les impôts dont le peuple fe plaignait. Il encouragea l'agriculture et tous les arts ; il fe fit aimer de tous ceux qui paffaient pour les ennemis de fa place. On eût dit alors dans Rome qu'il n'y avait qu'une nation et qu'une loi dans le monde.

Les deux pélerines, très-étonnées et très-fatisfaites, prirent congé du pape, qui leur fit préfent non d'agnus et de reliques, mais d'une bonne chaife de pofte, pour continuer leur voyage. La Raifon et la Vérité n'avaient pas été jufque-là dans l'habitude d'avoir leurs aifes.

Elles vifitèrent toute l'Italie, et furent furprifes d'y trouver, au lieu du machiavélifme, une émulation entre les princes et les républiques, depuis Parme jufqu'à Turin, à qui rendrait fes fujets plus gens de bien, plus riches et plus heureux.

Ma fille, difait la Raifon à la Vérité, voici, je crois, notre règne qui pourrait bien commencer à advenir, après notre longue prifon. Il faut que quelques-uns des prophètes qui font venus nous vifiter dans notre puits aient été bien puiffans en paroles et en œuvres, pour changer ainfi la face de la terre. Vous voyez que tout vient tard : il fallait paffer par les ténèbres de l'ignorance et du menfonge, avant de rentrer dans votre palais de lumière, dont vous avez été chaffée avec moi pendant tant de fiècles. Il nous arrivera ce qui eft arrivé à la nature ; elle a été couverte d'un méchant voile, et toute défigurée pendant des fiècles innombrables. A la fin il eft venu un *Galilée*, un *Copernic*, un *Newton* qui l'ont montrée prefque nue, et qui en ont rendu les hommes amoureux.

En converſant ainſi, elles arrivèrent à Veniſe. Ce qu'elles y conſidérèrent avec le plus d'attention, ce fut un procurateur de St Marc, qui tenait une grande paire de ciſeaux devant une table toute couverte de griffes, de becs et de plumes noires. Ah! s'écria la Raiſon, DIEU me pardonne, *luſtriſſimo Signor*, je crois que voilà une de mes paires de ciſeaux que j'avais apportés dans mon puits, lorſque je m'y réfugiai avec ma fille! Comment votre excellence les a-t-elle eus, et qu'en faites-vous? *Luſtriſſima Signora*, lui répondit le procurateur, il ſe peut que les ciſeaux aient appartenu autrefois à votre excellence, mais ce fut un nommé *Fra-Paolo* qui nous les apporta il y a long-temps, et nous nous en ſervons pour couper les griffes de l'inquiſition, que vous voyez étalées ſur cette table.

Ces plumes noires appartenaient à des harpies qui venaient manger le dîner de la république; nous leur rognons tous les jours les ongles et le bout du bec. Sans cette précaution elles auraient fini par tout avaler; il ne ſerait rien reſté pour les ſages grands, ni pour les *pregadi*, ni pour les citadins.

Si vous paſſez par la France, vous trouverez peut-être à Paris votre autre paire de ciſeaux chez un miniſtre eſpagnol qui s'en ſervait au même uſage que nous dans ſon pays, et qui ſera un jour béni du genre humain.

Les voyageuſes, après avoir aſſiſté à l'opéra vénitien, partirent pour l'Allemagne. Elles virent avec ſatisfaction ce pays, qui du temps de *Charlemagne* n'était qu'une forêt immenſe, entrecoupée de marais, maintenant couvert de villes floriſſantes et tranquilles; ce pays peuplé de ſouverains autrefois barbares et pauvres,

devenus tous polis et magnifiques ; ce pays qui n'avait
eu dans les temps antiques que des forcières pour
prêtres , immolant alors des hommes fur des pierres
groffièrement creufées ; ce pays qui enfuite avait été
inondé de fon fang , pour favoir au jufte fi la chofe
était *in* , *cum* , *fub* , ou non ; ce pays qui enfin recevait
dans fon fein trois religions ennemies , étonnées de
vivre paifiblement enfemble. D I E U foit béni! dit la
Raifon ; ces gens-ci font venus enfin à moi, à force
de démence.

On les introduifit chez une impératrice qui était
bien plus que raifonnable , car elle était bienfefante.
Les pélerines furent fi contentes d'elle , qu'elles ne
prirent pas garde à quelques ufages qui les choquèrent;
mais elles furent toutes deux amoureufes de l'empereur
fon fils.

Leur étonnement redoubla quand elles furent en
Suède. Quoi! difaient-elles , une révolution fi difficile
et cependant fi prompte ! fi périlleufe et pourtant fi
paifible ! et depuis ce grand jour pas un feul jour
perdu fans faire du bien , et tout cela dans l'âge qui
eft fi rarement celui de la raifon ! Que nous avons
bien fait de fortir de notre cache quand ce grand
événement faififfait d'admiration l'Europe entière !

De là elles pafsèrent vîte par la Pologne. Ah! ma
mère, quel contrafte, s'écria la Vérité ! Il me prend
envie de regagner mon puits. Voilà ce que c'eft que
d'avoir écrafé toujours la portion du genre humain la
plus utile, et d'avoir traité les cultivateurs plus mal
qu'ils ne traitent leurs animaux de labourage. Ce chaos
de l'anarchie ne pouvait fe débrouiller autrement que

par une ruine : on l'avait affez clairement prédite. Je
plains un monarque vertueux, fage et humain ; et
j'ofe efpérer qu'il fera heureux , puifque les autres
rois commencent à l'être, et que vos lumières fe communiquent de proche en proche.

Allons voir , continua - t - elle , un changement
plus favorable et plus furprenant. Allons dans cette
immenfe région hyperborée , qui était fi barbare il y
a quatre-vingts ans, et qui eft aujourd'hui fi éclairée et
fi invincible. Allons contempler celle qui a achevé le
miracle d'une création nouvelle... Elles y coururent,
et avouèrent qu'on ne leur en avait pas affez dit.

Elles ne ceffaient d'admirer combien le monde était
changé depuis quelques années. Elles en concluäient
que peut-être un jour le Chili et les Terres Auftrales
feraient le centre de la politeffe et du bon goût ; et
qu'il faudrait aller au pôle antarctique pour apprendre
à vivre.

Quand elles furent en Angleterre, la Vérité dit à fa
mère : il me femble que le bonheur de cette nation
n'eft point fait comme celui des autres ; elle a été plus
folle, plus fanatique , plus cruelle et plus malheureufe
qu'aucune de celles que je connais ; et la voilà qui s'eft
fait un gouvernement unique, dans lequel on a confervé tout ce que la monarchie a d'utile , et tout ce
qu'une république a de néceffaire. Elle eft fupérieure
dans la guerre , dans les lois, dans les arts , dans le
commerce. Je la vois feulement embarraffée de l'Amérique feptentrionale qu'elle a conquife à un bout de
l'univers , et des plus belles provinces de l'Inde ,
fubjuguées à l'autre bout. Comment portera-t-elle

ces deux fardeaux de fa félicité? Le poids eft lourd, dit la Raifon ; mais pour peu qu'elle m'écoute, elle trouvera des leviers qui le rendront très-léger.

Enfin, la Raifon et la Vérité pafsèrent par la France. Elles y avaient déjà fait quelques apparitions, et en avaient été chaffées. Vous fouvient-il, difait la Vérité à fa mère, de l'extrême envie que nous eûmes de nous établir chez les Français dans les beaux jours de *Louis XIV?* mais les querelles impertinentes des jéfuites et des janféniftes nous firent enfuir bientôt. Les plaintes continuelles des peuples ne nous rappelèrent pas. J'entends à préfent les acclamations de vingt millions d'hommes qui béniffent le ciel. Les uns difent: *Cet avénement eft d'autant plus joyeux que nous n'en payons pas la joie.* Les autres crient : *Le luxe n'eft que vanité. Les doubles emplois, les dépenfes fuperflues, les profits exceffifs vont être retranchés :* — et ils ont raifon. — *Tout impôt va être aboli :* — et ils ont tort, car il faut que chaque particulier paye pour le bonheur général.

Les lois vont être uniformes. — Rien n'eft plus à défirer; mais rien n'eft plus difficile. — *On va répartir aux indigens qui travaillent, et fur-tout aux pauvres officiers, les biens immenfes de certains oififs qui ont fait vœu de pauvreté. Ces gens de main-morte n'auront plus eux-mêmes des efclaves de main-morte. On ne verra plus des huiffiers de moines chaffer de la maifon paternelle des orphelins réduits à la mendicité pour enrichir de leurs dépouilles un couvent jouiffant des droits feigneuriaux, qui font les droits des anciens conquérans. On ne verra plus des familles entières demandant vainement l'aumône à la porte de ce couvent qui les dépouille.* — Plût à Dieu ! rien n'eft plus digne d'un roi. Le roi de Sardaigne a détruit chez lui cet abus abominable : faſſe le ciel que cet abus ſoit exterminé en France !

N'entendez-vous pas , ma mère , toutes ces voix qui diſent : *Les mariages de cent mille familles utiles à l'Etat ne feront plus réputés concubinages ; et les enfans ne feront plus déclarés bâtards par la loi ?* — La nature , la juſtice , et vous, ma fille , tout demande ſur ce grand objet un règlement ſage qui ſoit compatible avec le repos de l'Etat et avec les droits de tous les hommes.

On rendra la profeſſion de ſoldat ſi honorable, que l'on ne ſera plus tenté de déſerter. — La choſe eſt poſſible , mais délicate.

Les petites fautes ne feront point punies comme de grands crimes , parce qu'il faut de la proportion à tout. Une loi barbare, obſcurément énoncée, mal interprétée , ne fera plus périr , ſous des barres de fer et dans les flammes , des enfans indiſcrets et imprudens , comme s'ils avaient aſſaſſiné leurs pères et leurs mères. — Ce devrait être le premier axiome de la juſtice criminelle.

Les biens d'un père de famille ne feront plus confiſqués , parce que les enfans ne doivent point mourir de faim pour les fautes de leur père , et que le roi n'a nul beſoin de cette miſérable confiſcation. — A merveille ! et cela eſt digne de la magnanimité du ſouverain.

La torture , inventée autrefois par les voleurs de grands chemins pour forcer les volés à découvrir leur tréſor , et employée aujourd'hui chez un petit nombre de nations pour ſauver le coupable robuſte , et pour perdre l'innocent faible de corps et d'eſprit , ne ſera plus en uſage que dans les crimes de lèfe-fociété au premier chef , et feulement pour avoir révélation des complices. Mais ces crimes ne fe commettront jamais. — On ne peut mieux. — Voilà les vœux que j'entends faire par-tout , et j'écrirai tous ces grands changemens dans mes annales , moi qui fuis la Vérité.

J'entends encore proférer autour de moi, dans tous les tribunaux , ces paroles remarquables : *Nous ne citerons plus jamais les deux puiffances , parce qu'il ne peut en exifter qu'une : celle du roi , ou de la loi , dans une monarchie : celle de la nation , dans une république. La puiffance divine eft d'une nature fi différente et fi fupérieure qu'elle ne doit pas être compromife par un mélange profane avec les lois humaines. L'infini ne peut fe joindre au fini. Grégoire VII fut le premier qui ofa appeler l'infini à fon fecours , dans fes guerres jufqu'alors inouies contre Henri IV, empereur trop fini ; j'entends , trop borné. Ces guerres ont enfanglanté l'Europe bien long-temps ; mais enfin on a féparé ces deux êtres vénérables qui n'ont rien de commun : et c'eft le feul moyen d'être en paix.*

Ces difcours que tiennent tous les miniftres des Lois me paraiffent bien forts. Je fais qu'on ne reconnaît deux puiffances ni à la Chine , ni dans l'Inde , ni en Perfe , ni à Conftantinople , ni à Mofcou , ni à Londres , &c... Mais je m'en rapporte à vous , ma mère. Je n'écrirai rien que ce que vous aurez dicté.

La Raifon lui répondit: Ma fille, vous fentez bien que je défire à peu-près les mêmes chofes et bien d'autres. Tout cela demande du temps et de la réflexion. J'ai toujours été très-contente , quand, dans mes chagrins , j'ai obtenu une partie des

foulagemens

foulagemens que je voulais. Je fuis aujourd'hui trop
heureufe.

Vous fouvenez-vous que du temps où prefque
tous les rois de la terre, étant dans une profonde
paix, s'amufaient à jouer aux énigmes ; et où la belle
reine de Saba venait propofer tête-à-tête des logo-
gryphes à *Salomon !* — Oui, ma mère ; c'était un bon
temps, mais il n'a pas duré. Hé bien ! reprit la mère,
celui-ci eft infiniment meilleur. On ne fongeait alors
qu'à montrer un peu d'efprit ; et je vois que depuis
dix à douze ans on s'eft appliqué dans l'Europe aux
arts et aux vertus néceffaires qui adouciffent l'amer-
tume de la vie. Il femble en général qu'on fe foit
donné le mot pour penfer plus folidement qu'on
n'avait fait pendant des milliers de fiècles. Vous qui
n'avez jamais pu mentir, dites-moi quel temps vous
auriez choifi, ou préféré au temps où nous fommes
pour vous habituer en France ?

J'ai la réputation, répondit la fille, d'aimer à dire
des chofes affez dures aux gens chez qui je me trouve ;
et vous favez bien que j'y ai toujours été forcée ;
mais j'avoue que je n'ai que du bien à dire du temps
préfent, en dépit de tant d'auteurs qui ne louent que
le paffé.

Je dois inftruire la poftérité que c'eft dans cet âge
que les hommes ont appris à fe garantir d'une maladie
affreufe et mortelle, en fe la donnant moins funefte ;
à rendre la vie à ceux qui la perdent dans les eaux ;
à gouverner et à braver le tonnerre ; à fuppléer au
point fixe qu'on défire en vain d'Occident en Orient.
On a fait plus en morale ; on a ofé demander juftice

aux lois contre des lois qui avaient condamné la vertu au fupplice ; et cette juftice a été quelquefois obtenue. Enfin on a ofé prononcer le mot de tolérance.

Hé bién, ma chère fille, jouiffons de ces beaux jours ; reftons ici, s'ils durent ; et fi les orages furviennent, retournons dans notre puits.

Fin du fecond et dernier volume des Romans.

TABLE

DES PIECES CONTENUES DANS CE VOLUME.

Fin de la Table.